KB165339

망원동
브라더스

제9회 세계문학상 우수상

망원동 브라더스

김호연 장편소설

나무옆의자

소설의 한 구절에서처럼, 다들 인생이 연체된 건 똑같다. 망원동 옥탑방에 우연찮게 함께 살게 된 네 명의 남자와 한 명의 소년, 그리고 마지막으로 한 여자까지…… 다들 연체된 인생이지만 희망을 잃지 않고 내일을 향해 조금씩 걸어가는 이야기다. 작가의 망원동 집에 여러 번 신세 진 적이 있어서인지 나에겐 이 소설이 너무 낯익다. 그의 달변이 소설에서는 찰진 입담으로 업그레이드되었다.

이 소설은 치명적으로 술을 부른다. 소설을 읽고 나면 누구나, 피가 섞이진 않았지만 가족같이 소중한 사람들과 함께 술을 마시고 싶어질 것이다. 다음 날엔 아구아구 해장국이 먹고 싶어질 테고.

서진 (소설가, 『웰컴 투 더 언더그라운드』, 『하트브레이크 호텔』)

나는 이 책의 작가를 만나고 싶지 않다. 십중팔구 실망할 것이기 때문이다. 그가 제아무리 훌륭하고 매력적인 사람이라 한들 이 책보다 훌륭하고 매력적이겠는가. 『망원동 브라더스』는 그런 작품이다. 작가가 궁금해지는 것이 아니라 차라리 작가를 외면하고 싶어지는, 그 자체로 빛나는 텍스트. 지지리 궁상맞은 네 남자가 코딱지만 한 옥탑방에서 아웅다웅 동거하는 이야기라는 설명만 들으면 누구나 칙칙한 풍경을 떠올릴 것이다. 그러나 이 소설은 놀랍게도 사랑스럽고 따뜻하며 유쾌하다. 작가는 구질구질한 세상을 기분 좋게 웃으며 건너가는 법을 알고 그것을 소설로 묘파해냈다. 실로 고수의 솜씨다.

김미월 (소설가, 『아무도 펼쳐보지 않는 책』, 『여덟 번째 방』)

『망원동 브라더스』에서 주인공 오 작가가 사는 8평 옥탑방은 퍼시 애들론의 영화 〈바그다드 카페〉와 일맥상통하는 공간이다. 물론 모하비 사막에 덩그러니 놓인 영화 속의 공간과 찌질함의 극치를 보여주는 서울의 옥탑방이 어찌 같겠냐만, 서로를 이해하고 끌어안아 그 공간을 사랑이 충만한 지상 최대의 낙원으로 만들어가려는 따뜻한 시선은 각기 다른 공간을 완벽하게 같은 곳으로 착각하게 만든다.

소설 속 인물들은 찌질하다 못해 사랑스럽다! 그들이 펼치는 긍정적 삶의 태도는 '세상은 살 만한 가치가 있는가'란 비관적인 질문에 답하듯, 서로를 보듬어주고 살다 보면 그 삶 또한 충분히 살아갈 가치가 있지 않은가를 웃음을 통해 증명해내고 있다. 그래서 좋다. 작가의 따뜻한 시선이 소설을 의미 있게 만들어내고 있다. 다들 웃으며 즐기시길. 책을 읽다 보면 정말이지 망원동에 가고 싶어진다. 소설처럼 희망을 찾아가는 각자의 현실들이 실현되기를 진심으로 고대하며……

　　　　송해성 (영화감독, 〈파이란〉, 〈우리들의 행복한 시간〉, 〈고령화 가족〉)

차례

김 부장 귀국하다

김 부장은 길치가 분명하다. 망원역 2번 출구 앞 맥도날드로 그를 데리러 나가며 확신했다. 벌써 세 번째다. 첫 번째는 1년 전 문병을 온다며 망원역에 와서는, 길을 못 찾겠다고 발목에 반 깁스한 나를 기어이 마중 나오게 했다. 두 번째는 이민을 간다며 전자레인지와 스탠드를 주겠다고 망원역으로 와서 또 전화를 했다. 그리고 오늘은 3개월 만에 '한국에 돌아왔다'는 그를 데리러 망원역으로 다시 향하고 있다.

망원역 앞 맥도날드. 입 안에 햄버거를 욱여넣고 있는 김 부장을 발견한다.

"캐나다엔 맥도날드 없어요?"

"없어. 그래서 돌아온 거야."

너무도 당연하게 말하곤 감자튀김을 한 움큼 집어먹는 김 부장. 맞은편 자리에 앉아 잠자코 그가 먹는 것을 바라본다. 후덕하던 몸은 살이 쪽 빠졌는데 날씬해졌다기보다는 안쓰러워 보였고, 정체를 알 수 없는 상표의 반팔 티셔츠에선 수차례 땀이 배었다가 식었는지 소금기와 땀 냄새가 배어 있다. 무엇보다 그의 다리 옆에 바짝 붙어 있는 맹인 안내견 같은, 아니 맹인 안내견 한 마리 반은 족히 들어감직한 검정 트렁크가 명백한 사실 하나를 증거하고 있다. 그가 오늘 밤 '나의 집'에 묵을 거라는 것.

김 부장은 검정 트렁크를 끌고 나의 집으로 향하며 주요 포인트를 확인하느라 바쁘다. 삼거리에서 반우회전, 구도로 지나서 이발소 끼고 우회전, 근데 이 동넨 아직도 이발소가 있구나, 동네 참 정겹네. 길치를 탈출하려는 김 부장의 노력이 우리 동네에서 벌어지는 게 달갑지 않다.

"이제 알아서 길 잘 찾아오시겠네?"

"마트나 편의점은 없냐?"

아주 살림을 차리실 작정인가보다. 나는 눈앞에 떡하니 보이는 유진마트를 가리킨다. 과일과 채소가 망원시장 갈 것까지 없게 싸고, 아이스크림은 최대 60퍼센트까지 할인하는 나의 단골 가게.

그는 마트에서 오랜만에 만난 친구와 악수하듯 소주 세 병을 먼저 집어든다. 뒤이어 새우깡에 고래밥도 챙긴다. 초저예산 술상이로군. 거기에 생물 오징어 한 마리와 콩나물, 김, 청양고추를 산다. 오징어 국이라도 끓이려는 건지, 궁금증이 막 일어나려는 찰나 그가 나에게 필요한 건 없느냐고 묻는다. 필요한 거야 많지. 휴지도 다 떨어져가고, 커피믹스랑 쓰레기봉투, 달걀, 건전지, 면도날, 샴푸, 모기약 등등. 나는 그의 호의가 부담스러워 생수 두 통만 집어든다. 카운터에서 마지막으로 담배 한 보루를 추가한 그가 돈을 냄으로써 확실하게 의사를 표현한다. 나 당분간 너네 집에 묵는다.

"이거, 대학 입학하고 처음 상경해 하숙집 잡은 느낌인걸."

김 부장은 그렇게 말하곤 흐뭇한 표정으로 옥탑 마당 끝으로 걸어간다. 멀리 한강과 성산대교가 바라보이는 옥탑 마당 돗자리에 앉은 채 나는 소주잔을 비우며 대학 신입생이고 싶은 40대 아저씨의 축 처진 어깨와 퍼진 엉덩이를 바라본다.

한참 야경을 보던 그가 돗자리로 돌아와 잔을 비운다. 말이 없다. 그러다가 대화는 옛 사람들의 안부 따위를 물으며 돌고 돌았다. 내가 하숙집 아줌마는 아니라지만 규칙은 정해야 하는 법.

"부장님, 여기 언제까지 계실 건데요?"

"야, 부장이라고 좀 하지 마."

"걍 '부장님'이 부장님 이름이라고 생각하세요. 난 그게 편해요."

투덜대듯 소주잔을 비우는 김 부장.

"부장 짤린 지도 벌써 4년이나 됐거든…… 근데 여기 5백에 30이랬지?"

"이제 2백에 30쯤 될 거예요. 보증금 3백 정도 까였으니까."

"월세 많이 밀렸구면."

"안 쫓겨난 게 다행이죠."

"그럼 말야, 내가 10을 낼게. 30에서 10. 그리고 물값, 전깃값 같은 건 반반씩 하고, 어때?"

"부장님……."

"맞아, 인터넷 선 없다 그랬지? 인터넷 선도 내가 깔게."

"진짜 가실 데 없어요?"

김 부장이 입맛을 다시더니, 잠시 무슨 생각을 하는 듯하다가 나를 빤히 쳐다본다.

"없어. 캐나다 갈 때 집도 절도 다 정리했잖아."

"가실 데도 없으면서 왜 돌아왔어요? 작정하고 가셨으면 무 조건 붙어 있었어야죠."

"난 캐나다가 싫어. 사람도 겪어봐야 안다고, 캐나다도 겪어 보니 싫다는 걸 알겠더라."

"형수랑 민진이는 어쩌고요?"

"걔들은 거기가 좋대."

"그럼 계속 떨어져 살 거예요?"

대답이 없다. 더 묻기도 민망하다. 말없이 그의 잔에 소주를 따른다. 그가 기다렸다는 듯 잔을 비우고 돗자리에 벌렁 누워 하늘을 본다.

"망원동 참 좋다. 5백에 30이면 이렇게 전망 좋고 마당 있는 곳도 얻을 수 있고……. 영준아, 내가 5백 벌 때까지만 참아주라. 최대한 피해 안 가게 지낼게.”

그가 하늘을 향해 독백하듯 내뱉는다. 당혹스러웠다. 내용도 내용이지만 언제나 목소리 하나는 호탕하던 그가 아니었던가.

“부장님 있어도 많이 불편할 건 없거든요. 다만…… 걱정돼서 이러는 겁니다. 형수님이랑 잘 합쳐서 새출발한다며 가시고는 3개월 만에 돌아오신 거잖아요.”

순간 김 부장의 상체가 펀칭머신처럼 벌떡 올라왔다. 주먹 한 대 올려치라는 듯 내 앞에 바짝 얼굴을 갖다댔기에 나는 움찔하며 뒤로 몸을 뺐다.

“장고 끝에 악수 둔 거야. 근데 아직 돌 던진 건 아니니까 너무 걱정 마라.”

나는 다시 벌렁 누워버린 그를 한참 동안 바라보다가 답했다.

“월세 30에서 10 내시고요. 전기세, 물세 같은 건 됐어요.”

김 부장이 일어나 웃으며 건배를 청한다. 나는 잔을 비우며 백 킬로그램에 육박하는 그가 이 더위에 샤워를 얼마나 해댈지 스멀스멀 신경이 쓰이기 시작했다.

김 부장은 내 첫 책(마지막 책이기도 한)을 낸 만화 출판사 영업 부장이었다.

잡지만화 시절 실시된 마지막 공모전. 거기서 우수상을 수상하며 나는 만화가가 됐다. 담당 편집자는 첫 대면에 내 만화가 절대 잘 팔릴 만한 내용이 아니라고 선언하듯 말했다. 그는 예방주사라 했지만, 내겐 군대 고참이 부리는 텃세로 느껴졌다. 오히려 내 만화에 관심을 갖고 잘 팔아보겠다고 한 건 영업을 담당한 김 부장이었다. 말년 병장이 갓 들어온 이등병에게 격의 없이 대하듯 그는 정말 친절했다. 담당 편집자 예상대로 잘 안 팔려 찬밥이 된 내 만화책을 좋아해주고, 어떻게든 팔아보려 노력한 그야말로 나의 유일한 우군이었다.

결정적으로 그와 친해진 계기는 출판사에서 진행한 어린이날 캐리커처 그려주기 행사였다. 그때 나는 김 부장의 초등학생 딸 민진이의 캐리커처를 그려주었는데, 민진이와 형수님 모두 그 그림을 무척 마음에 들어 했다. 며칠 뒤 김 부장은 딸이 자꾸 자기 얼굴 그려준 만화가 삼촌 얘기를 한다며 나를 집으로 초대했다.

김 부장은 투자 명목으로 구리에 아파트를 사서 살고 있었다. 그 나이에 제법 값이 나갈 자기만의 집을 가지고 있다는 것이 대단해 보였다. 그는 대출이자가 엄청나다며 엄살을 부리면서도 화장실이 두 개라며 집 자랑을 마다하지 않았다.

민진이는 자기 아빠 못지않게 넉살이 좋아 친구 다섯 명을 데리고 왔다. 나는 다섯 명의 캐리커처를 하나하나 정성껏 그려주고 나서야 저녁을 먹을 수 있었다. 형수님은 캐나다산 로브스터를 삶아주었는데, 아무래도 캐나다에 대한 형수님의 동경은 그때부터가 아니었나 싶다. 캐나다에선 이런 로브스터를 10불이면 산다고 하네요, 호호.

나는 로브스터에 소주를 마시고, 김 부장 가족이 함께 앉아 있는 모습을 또 캐리커처로 그려주고(그에게 공짜란 없다), 자고 가라는 걸 사양하고 서울 가는 마지막 버스에 올랐다.

누군가의 집에 초대받는다는 건 그 사람의 속내를 보는 것과 다름이 없다. 더군다나 그 집이 누군가의 가정이라면 그 가정의 지인 정도 되는 것이다. 김 부장 가정과 나의 인연은 민진이가 나를 만화가 삼촌이라고 부르는 정도라고 할 수 있다. 물론 나는 더 이상 만화를 그리지 않고, 김 부장도 더 이상 부장이 아니지만, 어느덧 세월이 흘러 우리는 8평 옥탑방에서 함께 지내는 신세가 됐다.

이 옥탑방은 큰 방 하나와 마루 겸 부엌으로 되어 있다. 부엌 옆으로 창고와 욕실 겸 화장실이 있는데, 욕실 겸 화장실은 반신욕조가 들어갈 정도로 넓은 편이다. 지난번 살던 집은 욕실이 좁아 반신욕조를 주인집 뒤꼍에 버려두어야 했기에 마음이 아팠다. 그래서일까, 이 집에서 가장 마음에 드는 곳이 바로 넓은 욕실이다.

마당에는 세탁기와 재활용품 수집을 위한 큰 고무대야가 놓여 있다. 주인할아버지가 재활용품을 잘 수집해놓으라고 일부러 가져다놓고는 일주일에 두 번 검사하러 올라온다. 그리고 옥탑 마당 왼쪽을 지배하는 두 줄의 평행선, 빨랫줄이 있다. 이 옥탑방에 이사 오고 나서야 나는 빨래하는 것을 즐기게 됐다. 이전의 반지하방에서 꿉꿉하게 빨래를 말렸던 것과는 비교도 안 되는 청량감을 느낄 수 있기 때문이다. 자취 생활 8년간 여섯 번 이사하며 살아본 자취방 중 가장 마음에 드는 곳이 여기 망원 2동 ○○○-○○번지 김판곤 씨 댁 옥탑이다.

우리는 소주를 다 마시고 마루로 술자리를 옮기고는 냉장고의 큐팩 맥주 하나까지 남김없이 비웠다. 김 부장은 마지막 술잔을 독배처럼 비운 후 스르르 마루에 누워 미동이 없다. 나는 방으로 들어가 침대에 누웠다. 그러자 술 마실 땐 몰랐던 열대야의 입김이 온몸에 질척이기 시작한다. 샤워를 하고 자려다가 선풍기만 튼다.

제법 시원하네, 만족하던 찰나 양심이 간질거려 일어선다. 문을 열고 선풍기를 정확히 문과 마루 사이에 놓고 회전 모드로 작동을 시키자, 바람이 김 부장의 러닝셔츠를 흔든다. 선풍기는 일정하게 고개를 돌리며 방으로도 바람을 밀어넣는다.

방으로 들어와 눕는다. 아까만큼 시원하진 않지만 그럭저럭 밤을 날 수 있을 듯하다. 그때 귓가에 들리는 소름끼치는 윙윙 소리. 아이 씨……발! 선풍기 바람을 타고 모기들이 침공한다. 방의 창에는 방충망이 있지만 마루와 부엌 창엔 방충망이 없다. 그렇다고 문을 닫을 수도 없는 노릇. 왜 나는 에프 킬라가 떨어져도 새로 살 생각을 안 하는가? 식료품 살 돈도 빠듯해 생필품은 늘 뒷전이 되는 것이다. 순간 목덜미가 가렵다. 어느새 모기들이 흡입을 시작한 모양이다. 이제 어떻게 할 것인가? 문을 닫고 바람을 포기할 것인가, 아니면 문을 열어둔 채 선풍기 바람을 맞는 대신 모기에게 뜯길 것인가.

결국 나는 1. 불을 켜고, 2. 선풍기를 김 부장에게 고정하고, 3. 방문을 닫고, 4. 눈에 불을 켜고 박수 쳐가며 방 안 모기를 다 잡아 죽인 뒤, 5. 불을 끄고 잠을 청했다.

더위에 쪄 죽더라도 모기는 질색이다. 김 부장 취향은 모르지만 그는 바람을 얻었고 모기에겐 노출됐다. 무릇 인생이란 하나를 얻으면 하나를 잃는 법. 나는 공평한 내 처사에 스스로에게 우쭐한 기분이 들었다. 뒤이어 밀린 잠이 스멀스멀 올라와 더위도 잊을 즈음, 마루에서 굉음이 들려왔다.

젠장, 김 부장의 코골이가 시작됐다. 모기가 코의 알람이라도 건드렸나보다. 그렇게 코골이 대마왕 김 부장의 공습으로 인해 나는 좀처럼 잠을 청할 수가 없었다. 역시 삶은 공평하지 않다.

아침이 되어 겨우 잠이 든 나는 해가 중천에 떠서야 땀을 뻘뻘 흘리며 깨어났다. 문을 열고 보니 마루 겸 부엌에서 열기가 홧홧 전해져온다. 김 부장이 싱크대 앞에서 흠뻑 젖은 러닝셔츠 차림으로 무언가를 끓이고 있다.

"뭘 그리 푹푹 끓이세요?"

"콩나물 해장국. 군산식이다."

그가 불을 끄고 해장국을 그릇에 퍼담아 밥상에 내려놓는다. 한쪽에 놓인 김을 찢어넣고 새우젓으로 간을 하란다. 그대로 해서 한 입 삼킨다. 시원하고 구수한 게 제법이다. 콩나물 밑으로 어제 산 오징어가 잘게 썰려 국물 맛을 낸다. 이거 괜찮은걸! 부지런하고 요리 잘하는 '방돌이'가 있다는 건 나쁘지 않은 일이라고 생각한다. 간밤에 뒤척이면서 그를 옥탑방 안으로 들인 걸 재고해봐야겠다던 생각을 철회한다.

식사를 마치고 자연스레 설거지는 내가 했다. 이후로 단숨에 불문율이 만들어졌다. 한 명이 식사를 준비하면 한 명이 설거지를 한다. 한 명이 청소기를 돌리면 한 명이 세탁기를 돌린다. 한 명이 음식물을 사오면 한 명이 음식물 쓰레기를 버린다. 15년 영업자 경험답게 김 부장은 눈치도 빠르고 처신도 잘한다. 생애 처음 생긴 방돌이가 10년이나 나이 많은 부장급이지만, 나쁘진 않았다.

그렇게 일주일이 지났다. 김 부장은 자신이 깐 인터넷 선을 이용해 구직 사이트를 전전하고 있고, 나는 아르바이트로 받은 일러스트 작업을 마무리했다. 작업비 50만 원을 받으면 다음 달은 대충 버틸 수 있을 것이다. 문제는 언제 돈이 들어오는가이다. 마감을 지켜 작업물을 보내줘도, 고료 입금 마감은 무시되는 게 이 바닥 현실이다. 그래서일까, 덩달아 나도 김 부장이 검색하는 구직 사이트를 기웃대기 시작했다.

"영업직, 35세 이하…… 에이 씨."

"35세면 난 턱걸인데."

"그럼 너 가서 해."

"정확히 뭐 하는 건데요?"

"봐봐. 대충 감 잡히지 않아? ○○일보 보급소. 돈 봉투 들고 집집마다 다니며 '복돈 받으세요' 하면 돼."

"에이, 이런 걸 왜 해요?"

"짜식, 배부른 소리 하네. 내가 니 나이면 당장 가서 한다."

"그따위 돈 봉투 돌리는 신문 영업은 안 합니다."

"그럼 뭐 할 건데?"

"몰라요. 진짜 일 없어요? 부장님이야말로 영업으로 잔뼈 굵었으면 뭐든지 할 수 있지 않나?"

"그것도 젊을 때지, 이젠 영업은커녕 경비 자리나 알아봐야 돼. 너처럼 그림 그리는 재주 있으면 뭐라도 그려서 팔아먹겠는데."

"대책 없는 사람끼리 서로 부러운 척하는 거 좀 웃기거든요."

김 부장이 억울하다는 듯 나를 본다.

"영준아, 난 진짜 니가 부럽다니까. 그림 그리는 재주 있지, 나보다 열 살이나 어리지, 결혼도 안 했지, 집도 있지."

"……일자리나 알아보세요."

김 부장의 말에 신경을 끄고 나는 자리에서 일어났다. 어디 가느냐는 김 부장의 말에 도서관에서 빌린 책들을 들어 보였다.

버진아일랜드는 어느 바다에 떠 있는가?

여름날 비좁은 옥탑방. 두 사내가 러닝셔츠 차림으로 땀을 줄 줄 흘리며 컴퓨터 모니터 앞에 앉아 있다. 모니터 안 구직란을 살피며 탁상공론에 열을 올린다. 이 상황이 싫다. 칙칙한 일은 같이하면 더 칙칙해진다.

그래서 나는 책들을 가방에 챙겨 마을버스를 타고 마포평생 학습관에 왔다. 불행히도 망원동엔 큰 도서관이 없다. 흔히 마 포도서관이라 불리는 마포평생학습관은 무지 크고 에어컨도 나 오고 책도 많고 젊은 아가씨도 많다. 홍대 앞에서 마을버스를 내린다. 바지인지 팬티인지 모를 하의, 그것조차 실종될 정도로 짧게 입은 거리의 각선 미녀들이 여름을 뽐내고 있다. 눈이 다 어지러울 지경이다. 서둘러 학습관으로 향한다.

집에서 도시락이라도 싸왔을 것 같은 참한 처자들이 열람실

칸칸마다 다소곳이 고개를 숙인 채 공부에 열중이다. 이제 막 대학교를 졸업했거나 취업 준비생으로 보이는 그녀들과 같은 공간에 앉아 있는 것만으로도 젊어진 느낌이다. 사회생활 첫 도전에 동참하는 기분도 든다. 마지막 여자친구가 떠난 지 어느덧 4년. 인정하긴 싫지만 이제 나는 젊은 여자들과 같은 공간에만 있어도 꽤나 신선함을 느끼는, 노총각이다.

자, 그럼 이제 학습관 투어를 시작해볼까. 먼저 장서실에 가 빌린 책을 반납한 뒤 새로운 책들을 빌렸다. 모두 무슨 원리니, 무얼 바꾸니, 무얼 믿느니 하는 법칙과 기술로 가득한 자기 개발서다. 자기 개발서를 읽는 건 자기를 주도하고 발전시키기 위해서가 아니다. 그냥 읽고 있으면 면죄부가 생기는 느낌. 자본주의 사회의 성경이 바로 이건지도 모르겠다. 나는 자기 개발서대로 살진 않는다. 그건 성경 말씀대로 살진 않지만 천국에 간다고 믿으며 성경을 읽는 사람들의 심리와 비슷한 거다.

이번에는 간행물실에서 일반 신문과 스포츠 신문 그리고 경제 신문을 꼼꼼히 정독한 뒤, 내가 좋아하는 여배우가 표지로 나온 영화 주간지를 (여배우 기사 중심으로) 후딱 읽는다.

그러고 나서 시청각 교육실에 비치된 검색용 인터넷으로 구직활동을 한다. 그래, 이게 인구밀도 높은 방에서 김 부장과 같이 머리 맞대고 살피는 것보다 백 배는 쾌적하다. 역시 도서관에 오길 잘한 것 같다. 오늘은 답답한 마음에 알바 사이트에도 들어가본다. 더 이상 아르바이트는 하기 싫지만 어쩔 수 없다.

쾌적한 기분에 부지런히 새 페이지를 열며 한 달 전 게시물까지 살펴봤지만 별다른 수확이 없다. 순식간에 기분이 다운된다. 역시 '닥치는 대로 하고 싶은 일'은 없는 법. '닥치는 대로 해야 하는 일'이 있을 뿐이다.

마지막으로 다시 열람실로 돌아가 사람들이 공부하는 소리를 듣는다. 정숙을 요하는 열람실에서 무슨 소리냐고? 원래 조용한 곳에서 나는 소리가 더 인상적인 법. 나는 한 시간 정도 자기개발서를 읽다가 낙서를 하면서 그들의 소리를 듣는다. 그럴 때면 학창 시절 모범생으로 살아보겠다고 앞자리에서 선생님 말씀에 집중하던 시절들이 용해되는 걸 느낀다. 당시 나는 뒷자리에서 공부를 뒷전으로 둔 채 빈둥대는 친구들을 부러워했다. 선생님들도 포기한 그 친구들은 음악을 듣거나 낙서를 하거나 졸거나 하면서 여유로운 학창 시절을 보냈었지……. 지금 그들이 잘나가든 못 나가든 상관없다. 어차피 지금 나도 못 나가기는 매한가지 아닌가.

그렇게 취업 준비로 분주하게 머리를 굴리는 취준생들 사이에서, 수업 제친 학생 기분을 만끽하고 있는데 〈소원을 말해봐〉가 터져나온다. 제기랄, 스마트폰 발신음을 진동으로 해놓는 걸 잊었다. 나는 사람들의 눈총을 받으며 열람실 밖으로 나갔다.

명석은 IT업계의 기린아였다. 중학 동창인 이 녀석은 PC통신 시절부터 온라인 상거래를 시작했고, 벤처 열풍이 불던 2000년

대 초 대학을 중퇴하고 회사를 차렸다. 그리고 몇 년 뒤 수십 억 자산의 회사 대표가 되어 폼나게 살았다. 처음으로 내게 외제차를 태워주기도 했다. 연예인 뺨치는 여자들만 사귀던 놈이었고 (실제로 한 명은 이후 TV에 나오는 걸 보고 엄청 놀랐다), 역삼동에 50평짜리 포차를 열어 대박을 내기도 했다.

그래, 모두 과거형이다. 지금 내 앞에서 곱창에 소금장을 잔뜩 발라 씹어대며 씨익 웃는 그는 더 이상 벤처 회사 대표도, 대박 포차 사장도 아니다. 벤처 열풍이 무너지며 녀석도 기울었고, 포차는 동업자들 횡포와 농간에 빚만 떠안고 접어야 했다. 사람이 한순간에 무너지는 모습을 그때 처음 봤다. 꽤 오래 잠적했던 녀석이 최근 들어 재기를 위해 이곳저곳 출몰한다는 소식을 듣긴 했다. 그래서 아까 전화가 왔을 때부터, 지금 내 앞에서 소주잔을 비우는 녀석이 갑작스럽진 않았다.

"가끔 곱창에 소주도 괜찮단 말야."

"허세 부리지 마라. 여기 망원동에서 제일 비싼 집이거든."

실제로 '망원동 만세곱창'은 서울 시내 곱창집 중에서도 꽤 비싸고 유명한 맛집이다. 놈이 이곳으로 오라고 할 때 '짜식, 여전히 입맛만 높아가지고'라는 생각을 했다. 차가 없으면 지하철 타고 오면 될 것을 택시를 타고 왔고, 이곳도 스마트폰 맛집 검색으로 찾았다며 최신형 스마트폰을 들어 보인다. 역시 입맛과 씀씀이는 성적과 반대라 한번 올라가면 쉽사리 내려오지 않는다.

내 힐난에 대답이라도 하듯 그가 소곱창 2인분을 추가한다.

"사업 아직 시작도 안 했다며?"

"걱정 마. 설계 다 끝났어."

"어머니는 잘 계시냐?"

"장가가라고 난리시다. 너도 마찬가지지?"

"나야 백수인 거 아시니까, 이제 별말 안 하신다."

"돈 없다고 못 가냐? 넌 너처럼 소박한 여자 만나면 돼."

"그럼 너는?"

"난 그렇겐 못하지. 돈지랄해야지."

"돈지랄이든 개지랄이든 어디 좀 떨어봐라."

"그러려고 서울 왔잖아. 주식으로 돈은 좀 벌었는데 재미가 없더라고."

사업을 다 말아먹고 한동안 충격이 컸던 녀석은 내상을 치유하려 서울을 떠나 고향인 김천 외곽에 원룸을 잡고 칩거했다. 그러고는 독학으로 주식을 배워 생활을 유지했다고 한다. 자기 방에 모니터 두 대 놓고 하루에 두어 시간 투자해 월 3백 정도를 벌었다니, 역시 돈은 벌어본 놈이 번다는 생각이 들었다. 나나 김 부장은 주식을 배우는 데만 월 3백은 써야 할 거다. 역시 명석은 돈 버는 쪽으로는 제 이름처럼 명석하다. IT업계에 투신한 것도, 벤처 회사를 차린 것도 모두 돈이 그쪽으로 몰리는 걸 예측한 것 아니겠는가.

"영준아, 간단해. 돈이란 건 말야. 가재 잡기 같은 거야. 우리 여름이면 직지사 솔밭에 가서 가재 잡았잖아. 잡다 보면 어느

바위 아래 몰려 있는지 곧 감을 잡게 되지? 그럼 거기다 얼마나 큰 그물을 치냐, 그거였잖아."

"말은 쉽다. 그래서 이번엔 어디다 그물을 칠 건데?"

"내가 팬티공장 차릴 것도 아니고……. 역시 인터넷의 바다지."

"너 엿 먹인 놈들이랑 또 엮이려 그러냐?"

"아니, 이건 철저히 익명의 세상이거든. 너 인터넷에서 제일 쉽게 돈 버는 법이 뭔지 아냐?"

"나 컴맹이나 다름없다. 묻지 말고 읊어."

그는 소주 한 잔을 비운 뒤 다단계 업체 실장처럼 내게 말했다.

"있잖아, 인터넷에서 되는 두 가지 '노'가 있어."

"예스가 아니고?"

"닥치고. 그 두 가지 노만 잘 팔면 되는데…… 바로 포르노와 카지노지."

"그럼 그런 사이트를 운영하겠다는 거냐? 에라, 이 정신 나간 새끼야, 너 그래도 전에는 벤처라고 명함이라도 내밀었어. 그런 일로 명함 팔 수 있어?"

나라고 윤리의식이 대단한 편은 아니다. 하지만 어릴 적부터 워낙 총명해서 그 모습을 은근 동경했던 친구 녀석이 꺼내든 회심의 카드가 고작 포르노나 도박 사이트 운영이라니! 실망감에 화가 치밀었다.

"흐흐, 벤처 회사 이름 보고 그 회사 하는 일 제대로 파악하는 사람 없다. 명함은 무슨, 테크니 닷컴이니 붙여서 파면 되고, 실제로는 명함도 필요 없는 일이라고."

나는 술잔을 비우고는 곱창 두 조각을 한꺼번에 집어먹었고, 우물우물 씹으며 녀석을 노려보았다.

"간단해. 쌈박한 카지노 프로그램은 이미 구했고, 버진아일랜드 같은 데 은행만 하나 개설하면 돼. 거기서 유령 계좌 만들고 서버 돌리면 안전하다고."

"왜 버진아일랜드까지 가는데?"

"그런 데는 페이퍼컴퍼니가 허용되거든."

"그럼 왜 다른 사람들은 너처럼 그렇게 돈 안 벌고 가만히들 있는데? 다들 그렇게 버진아일랜드 가서 그런 거 차리면 되잖아?"

"다들 그렇게 벌고 있어. 아는 놈들은."

"그래서 나보고 홈페이지에 일러스트라도 그리란 말이냐? 이건 윤리의 문제가 아니고, 너도 알지만 그림이랑 간단한 웹 디자인이나 하는 내가 거기서 할 게 뭐가 있겠냐. 난 그런 재주 없다."

명석은 중학교 짝꿍이던 시절 근의 공식을 알려주듯 우쭐해하며 말했다.

"인마, 너는 내가 믿잖아. 너랑 나 사이의 믿음, 그거 엄청난 자산이라고."

"자산은 있는지 몰라도 자신은 없다."

"있잖아, 어려운 거 아냐. 그냥 버진아일랜드에서 계좌랑 서버 관리만 맡아주면 돼."

순간 버진아일랜드가 지구의 어디에 붙어 있는지 머리를 굴려봤지만 도무지 그 위치를 알 수 없었다. 마찬가지로 녀석의 도박인지 포르노인지 사업이 괜찮은 구상인지도 알 수 없었다. 내가 고개를 갸우뚱하자 명석이 들고 있던 술잔을 내려놓고 말했다.

"영준아, 이건 니가 모르는 세상이야. 난 말이야, 전부터 이 시장이 쉽게 돈이 된다는 걸 알고 있었어. 그런데 안 뛰어든 건 그놈의 가오 때문이야. 아까 니 말처럼 폼나는 사업을 하고 싶었던 거지. 밑에 애들도 많이 부리고 사회적으로도 인정받을 수 있는 일 말이야. 근데 내가 다 말아먹고 배운 건 오직 이거 하나야. 돈은 돈이야. 개처럼 벌어서 정승처럼 쓰면 돼. 사회적 지위? 상류층은 태어날 때부터 상류층이야. 우리 같은 김천 출신 촌놈들은 고시 합격하거나 스카이 의대 정도 가줘야 겨우 신분 상승 할까 말까야. 그러니까 이 나라에서 현실적인 우리의 목표는 개정승, 개정승이라고. 한마디로 졸부지."

"정말 졸부가 되고 싶냐?"

"넌 싫으냐?"

"난 나 먹고살 정도만 되면 부자건 뭐건 상관없어."

"너 지금 백수로 찌질하게 살고 있지? 결혼은커녕 여자들이랑 데이트 한번 할래도 차는 한 대 있어야겠지? 차 없으면 요샌 여자들이 만나주지도 않는다며. 그리고 결혼하고 서울에서 살려면 최소 전세 1억은 있어야 돼. 거기에 애라도 낳아봐라. 맞벌이 안 되면 혼자서 한 달에 5백은 벌어야 할걸. 그렇게 20년 키워서 니 아이 대학 보내려면 그땐 대학 등록금이 한 학기에 천만 원도 넘을 거고. 지금 한 학기에 5백 정도 한대잖아. 아까 오다 보니 반값 등록금 어쩌고 데모하더라. 내 장담하는데 그거 절대 안 돼. 자, 그럼 대충 니가 앞으로 가정을 꾸리고 살아가려면 월 5백은 벌어야 미래의 자식 대학까지 보낼 수 있을 거야. 졸부로도 아니고 보통으로도 아니고 소박하게, 정확하게는 가난한 편으로 살면서 말이다."

"결혼 안 하고 애 안 낳으면 되지, 뭐."

"씨발, 인생 한 번 사는데 마누라랑 애새끼 가질 자격도 없으면 그게 인생이냐? 난 마누라도 둘은 가지고 싶고 애도 셋 이상은 낳아야 되거든. 그러니까 졸부가 돼야 한다고. 너랑은 삶의 태도가 달라요."

녀석이 한숨을 한 번 쉬고는 술잔을 비운다. 나는 잔을 채워준다. 마침 곱창을 뒤집어주러 온 아줌마가 흥미롭다는 듯 연신 명석을 눈짓한다. 곱창이 익고 아줌마가 자리를 뜨자 잔을 들어 녀석과 건배했다. 다시 곱창을 집어먹고는 서로를 마주 본다.

"니가 그렇게 살겠다는 건 잘 알겠다. 근데 버진아일랜드는 모르겠다."

"영준아, 내가 왜 저번에 실패했는지 아냐? 바로 믿을 수 없는 사람들을 주변에 너무 많이 뒀기 때문이야. 폼 잡고 사업만 키우고……. 상대적으로 사람은 소홀했지. 온통 아부에 협잡꾼들이었는데 그땐 몰라보겠더라. 그래서 이번엔 사람 많이 쓸 필요 없는 이 사업을 하기로 한 거다. 또 너라면 내가 믿을 수 있고."

"나도 널 믿는다만, 난 빼줘라. 태도가 다르다고 그랬지?"

"너 평생 만화만 그리며 살고 싶다며. 버진아일랜드에서 그냥 관리만 하고 거기서 만화 그려. 몇 년만 거기 있으면서 돈도 벌고 대표작도 만들어서 오란 말야."

천국에라도 보내준다는 듯 녀석은 힘주어 나를 설득한다. 하지만 버진아일랜드라니, 어쩐지 그것은 거리에서 설파되는 천국처럼 내겐 존재하지 않는 곳으로 느껴질 뿐이다. 여전히 내키지 않았으나 소곱창을 사주는 놈의 성의를 봐서 적당한 대답을 찾아냈다.

"생각해볼게. 근데 다른 사람도 알아봐."

명석이 입꼬리를 올린다. 대번에 내 속을 알아채고는 담배를 빼물어 한 모금 피운 뒤 입을 연다.

"싫으면 됐어, 용균이 시키면 돼."

"그러든지."

"그래도 난 너 챙긴다고 먼저 제의한 거다."

"챙기는 건 맛있는 곱창이면 충분하다."

마지막 남은 곱창을 젓가락으로 집어삼킨 뒤 잔을 들자, 명석도 잔을 든다. 건배를 마친 녀석이 일어나 계산대로 향한다. 오랜 친구와 맛있는 음식을 먹었는데도 기분은 개운치 않다. 서비스로 나온 사이다를 그제야 딴다. 불판 옆에 오래 놔둬 뜨듯한 느낌이지만 병째로 들이켠다.

집에 들어오자 김 부장이 카레 해놓은 거 남았다고 먹으란다. 친구가 곱창을 샀다고 하자 그런 자리면 좀 부르지 그랬느냐고 아쉬워한다. 게다가 친구가 일전에 말했던 IT 사업가고 지금 재기를 위해 준비 중이라고 말하자, 자기 좀 소개해주지 왜 안 불렀냐며 화를 내기까지 한다. 잠깐 김 부장을 소개해줄까 생각하지 않은 것도 아니다. 하지만 외국 살기 싫어 돌아온 이 남자를 어느 바다에 떠 있는지도 모르는 섬으로 보낼 수야 없지 않은가. 명석 역시 낯선 사람과 함께 일할 생각은 없다. 이유를 설명해도 혼자 맛있는 거 먹고 일 제의도 받아 좋겠다며 빈정대는 김 부장.

"부장님, 포르노랑 카지노 공통점 알아요?"

"음…… 둘 다, 내가 좋아하는 거?"

"역시 내 친구가 돈 냄새는 확실히 맡네요."

"그러니까 나 좀 소개해줘. 니가 보증하고 나이는 다섯 살 정도 내리고, 곰처럼 우직하고 개처럼 충성스럽다고, 응?"

"걔 이제 초면인 사람이랑은 절대 일 안 한대요."

"에익, 그럼 술 사줘. 니가 곱창 냄새 풍기니 배가 고프잖아."

"냉장고에 어제 먹다 남은 맥주 큐팩 있어요."

"안주는?"

"카레 있잖아요."

"그러지 말고, 뭐 시켜서 한잔 하자."

"거참, 드시고 싶으면 혼자 드세요. 전 돈도 없고 술도 꽤 올랐다니까요."

실망한 듯 그는 마루에 깔아놓은 자신의 요로 돌아간다.

"술친구도 없고 돈도 없으니 배나 깔고 어서 뻗어야지."

들으라고 푸념을 늘어놓는 김 부장을 나는 모른 척한다. 술고래인 그를 족족 받아주다간 나까지 거덜날 것이다. 돈도 건강도. 같이 지내려면 단호해져야 되기에 나는 그의 뒤이은 푸념도 못 들은 척했다. 얼마나 지났을까, 코 고는 소리가 들려온다. 그큰 덩치를 웅크린 채 배고파 잠든 그의 모습을 바라본다. 다음에 여윳돈이 생기면 김 부장을 꼭 만세곱창집으로 데리고 가리라. 근데 그게 과연 언제쯤일까?

슈퍼할아버지의 펀치 콤비네이션

다음 날 아침 깨어나 보니 김 부장이 없다.

드디어 일을 구한 건가? 그랬다면 나한테 먼저 이야기를 했을 텐데? 아니면 몇 날 며칠 집안에 틀어박혀 인터넷으로만 일자리를 알아보는 것에 한계를 느끼고 발로 뛰기 시작한 건가? 그렇게 적극적이었으면 벌써 구했겠지. 아니면 어제 술 안 사줬다고 삐쳐서 가출했나? 잘 삐치긴 하지만 넉살도 좋은 사람이다. 무엇보다 그는 갈 데가 없다. 아니나 다를까, 옥탑 한쪽 창고로 쓰는 콘세트 구조물 안에 트렁크며 옷가지 등이 그대로 있다.

전화를 해보지만 받지 않는다. 어제 그가 만들어놓은 카레를 데워 먹고 인터넷으로 구직활동을 펼친다. 김 부장이 없으니 내가 이 짓을 하는군. 아무튼 그가 없을 때만이라도 인터넷을 독점한 채 구직활동에 힘을 기울여보자.

상동무역. 물류관리. 안산 소재. 너무 멀다. 패스.

우리정육. 정육기술 보유자 우대. 초보도 가능. 은평구 응암동. 뭐야, 월급이 80. 최소 백은 받고 싶다. 패스. 역시 아무거나 찾지 말고 경력을 인정해주는 곳으로 찾자.

그래, 여기. 메가포인트. 맥 편집 디자인. 경력 2년 이상. 그런데 수학 교재 편집이라고? 숫자엔 젬병이라. 패스.

도서출판 수박. 디자인팀장. 여기 괜찮네. 경력 3년 이상. 아, 경력이 1년 하고 2개월 모자란다. 패스.

주식회사 아민. 여긴 뭐 하는 곳이지? 유아용 스티커북 일러스트 작업이라. 이거 해볼 만한데! 그림체가 자기들과 맞아야 하니 샘플을 보내라고? 보내지 뭐. 근데 내 그림체가 유아용 스티커에 어울리는 그림체는 아닌데…… 앙증맞은 그림들을 그려서 보내야 하나? 아니면 원래 포트폴리오를 보낼까? 이거 갈등 생기네. 일단 보내자. 킵. 하지만 이곳 하나만으론 안심할 수 없다. 다른 곳 또 없어?

아이카툰즈. 학습만화 외주 제작사. 이거 만화가만 착취당하는 곳 아닌가? 페이지당 지급에 자세한 건 전화 주시라. 말로 어떻게 구워삶으려는 거로군. 패스.

그때 밖에서 기척이 들린다. 나가 보니 김 부장이 양손 가득 비닐봉지를 들고 어깨에는 커다란 백을 멘 채 들어온다. 비닐봉지를 받아들자 어깨에 멘 백을 내려놓고는 의기양양하게 비닐봉지에서 돼지바 하나를 꺼내 먹으며 마당으로 나가는 김 부장.

비닐봉지 안을 살피니 아이스크림, 과일, 통조림과 즉석요리 식품, 술, 캔커피, 과자 등 각종 먹거리가 그득하다. 캔커피 하나를 꺼내들고 마당으로 나간다. 마당에서는 김 부장이 백을 열고 무언가를 꺼내고 있다. 폴대다. 그가 폴대를 조립하며 나를 돌아본다.

"돕지그래?"

"텐트예요?"

"날 더 더워질 텐데, 안에 둘이 있으면 덥잖아."

"옥탑 마당이 더 더울 텐데."

"오히려 바람 솔솔 들어오고 좋을걸."

코 고는 소리에서 벗어나겠군. 속으로 쾌재를 부르며 함께 텐트를 치기 시작한다. 제법 고가의 장비인지 폴대 프레임이 견고하고 천도 빠닥빠닥하다. 갑자기 돈은 어디서 나서 이러느냐고 물으려다가 말았다. 폴대를 세우려 고개 숙인 그의 목덜미에 당연히 늘어져 있어야 할 금목걸이가 없다. 거의 쇠사슬 수준의 두께라 조폭들이나 차는 거 같다고 놀리자, 어머니 유품이라 꼭 차고 다닌다고 말하던 금목걸이 말이다.

"요즘 금값이 꼭대기까지 올랐더라고."

김 부장이 내 시선을 살피곤, 주꾸미가 제철이라는 듯 말했다.

나는 별다른 대꾸를 못한 채 텐트 설치에 몰두했다.

설치 완료된 텐트는 햇볕도 막아주고 통풍창도 잘 되어 있어

기대 이상으로 근사했다. 더구나 방충망 일체형이라 모기 걱정도 없을 테고, 바닥은 스티로폼을 깔고 그 위에 돗자리를 더해 시멘트에서 올라오는 열기를 차단했다. 겨울에야 추워서 어렵겠지만 다른 계절들은 충분히 지낼 수 있을 듯했다.

김 부장과 나는 텐트에 벌렁 누워 아이스크림을 빨았다. 텐트 밖으로 나온 발들이 햇살을 받아 따뜻하고 몸은 텐트 그늘에 숨은지라, 족욕이라도 하는 기분이다. 캠핑이라도 온 것처럼 한갓지다. 김 부장은 어느새 아이스크림을 다 먹고 눈을 감고 있다. 곧 코를 골 기세로 숨을 몰아쉬며 배를 내밀어댄다. 그 배에 모든 것이 들어 있는 듯하다. 그의 무게, 그의 허세, 그의 욕망, 그의 불안, 그의 안쓰러움…… 이번 달 가족에게 부쳐줘야 한다던 돈은 오늘 금목걸이로 해결됐을까. 그랬길 바라야겠다. 캐나다의 차가운 공기 아래 그의 가족은 한국의 폭염 속에서 허우적대는 남편 혹은 아빠를 그리워하고 있을까? 그 순간, 벼락이 울렸다.

"게서 뭣들 하고 자빠져 있어?"

김 부장이 화들짝 깨어나 침을 닦으며 상체를 일으킨다.

나는 몸을 일으켜 텐트에서 나온다. 앞에는 작달막한 키에 고집스러움이 검버섯 하나하나에 촘촘히 새겨진 대머리 할아버지가 서 있다. 올 것이 왔구나.

슈퍼할아버지. 슈퍼마켓 주인할아버지란 뜻이 아니다. 못하는 게 없는 만능에, 간첩도 때려잡을 기세의, 내가 세입자로 지내는 망원 2동 ○○○-○○번지 명패에 이름을 올린 분. 김판곤 옹이시다.

"안녕하셨어요?"

"자네 아직 일자리 못 구했는감?"

펀치 한 방.

"예, 알아보고는 있는데……."

"망원시장 청과상에 배달 일 알아봐줄까? 싫지? 대학교 나왔다고, 그치?"

펀치 두 방.

"그래도 제 전공은 살려보려고요."

"전공. 암, 전공 좋지. 근데 저 족발은 뭐여?"

펀치 세 방.

곧 곰 한 마리가 굴에서 나오듯 김 부장의 두툼한 몸집이 텐트에서 빠져나온다.

"안녕하십니까, 어르신. 저는 이 친구 선배 김창경이라고 합니다."

슈퍼할아버지 표적이 금세 김 부장으로 바뀌는 게 느껴진다. 나로선 다행. 김 부장은 덩치가 커서 표적도 넓다. 슈퍼할아버지는 자기 앞에 와 선, 자기보다 20센티미터는 더 큰 김 부장 안면을 꼼꼼히 올려다본다. 그러고는 나를 돌아본다. 안 돼! 표적을 바꾸지 마세요.

"선배라고 하기엔 너무 늙은 거 아녀?"

펀치 네 방.

"하하, 제가 좀 들어 보이긴 해도…….."

"됐고, 내가 며칠 여길 눈여겨봤어. 보아하니 길 잃은 곰 한 마리가 미루나무 위 참새 둥지에 누운 꼴이더만. 어이 자네, 저 친구도 불편해하는 거 같던데 그만 떠나시지."

펀치 다섯 방.

"어르신, 말씀 참 명쾌하십니다."

"이보게. 난 정확한 사람일세. 나는 세입자 한 명만 받는 걸로 이 친구 들였으니까, 더 있을 거면 자네 분 월세를 더 내든가, 아님 빨리 이거 철거햐!"

펀치 여섯 방.

"그게, 제가 지금 갈 데가 없어서…… 당분간은…….."

그러자 슈퍼할아버지가 번개같이 몸을 숙여 텐트 폴대를 움켜쥐었다.

김 부장과 나는 다급히 텐트를 붙잡았다.

"텐트 확 뒤집어버릴까? 월세 낼겨, 안 낼겨?"

펀치 일곱 방.

"할아버지, 그럼 제 월세에서 10만 원만 더 내면 안 될까요? 그러니까 5백에 40으로…….."

내가 타협안을 제시했다.

"자네는 자네 월세나 제때 내지 그려. 남은 보증금 얼마 안 되는 거 알어, 몰러?"

펀치 여덟 방.

"어르신, 그런데 저는 방은 안 쓰고 여기 옥탑 마당만 쓸 건데, 달에 15만 원 정도로 어떻게 안 되겠습니까?"

"거참, 여기가 쪽방촌도 아니고. 쯧쯧."

슈퍼할아버지는 여전히 텐트 폴대를 잡은 채 쭈그려 앉아 있다.

"45에 15로 혀. 최소 석 달분 월세 해당하는 보증금은 있어야지. 싫음 말고."

김 부장이 잠시 고민에 빠지자 슈퍼할아버지는 한 치의 주저함도 없이 텐트 폴대 한쪽을 힘껏 뽑아들었다. 펀치 아홉 방.

"잠깐만요! 그, 그렇게 하겠습니다."

영업과 쇼부의 달인 김 부장도 꼬리를 말았다. 역시 슈퍼할아버지답다.

그제야 슈퍼할아버지는 허리를 세우고 일어나더니 담배를 꺼냈다. 반사적으로 김 부장이 라이터를 꺼내 불을 붙여드린다. 슈퍼할아버지는 상륙작전을 성공으로 이끌고 인천 앞바다를 바라보는 맥아더처럼 멀리 한강을 바라보며 담배 연기를 내뿜었다.

"자네도 보아하니 백수 같은데…… 1종 대형 있어?"

"1종 대형이라면……."

"면허 말야. 있으면 내 후배가 망원운수 이사니까 마을버스 몰게 해줄게."

"그게, 제가 2종에 오토라……."

"역시 그렇구먼. 그럼 자네도 전공이 있겠지. 전공 잘 살려봐."

이번엔 나가지 1타 2피. 펀치 열 방.

"그럼 잘 부탁드립니다."

김 부장이 꾸벅 인사를 하자, 나도 엉겁결에 같이 꾸벅했다. 하지만 슈퍼할아버지는 이미 돌아서 잰걸음으로 옥탑 계단으로 향하고 있었다. 등으로 인사받는 건 슈퍼할아버지의 재능 중 하나다. 충청도가 고향이라면서도 참 빠르시다.

김 부장이 방금 전 외계인 출몰한 거 봤냐는 듯 나를 돌아본다. 내가 말하려는 찰나, 다시 계단을 오르는 소리가 들리며 슈퍼할아버지 대머리가 타원형 비행접시처럼 옥탑에 출현했다.

"물값이랑 전깃값은 내가 분배하는 대로 내는 겨. 그리고 똥치우는 값은 여태껏 안 받았는데, 자네 투실투실한 게 꽤 많이 쌀 거 같아. 이제 받아야겠으니 그리 알라고."

펀치 열한 방.

'텅, 텅, 텅' 계단을 다 내려가는 발소리를 듣고 나서야 김 부장과 나는 텐트로 돌아와 뻗을 수 있었다. 펀치 콤비네이션 열한 방에 완전 녹다운됐다. 원형 텐트의 바닥이 마치 복싱링의 캔버스처럼 느껴졌다.

"주인할아버지 강적이네."

한참의 침묵 끝에 김 부장이 말했다.

"이 동네 유명한 슈퍼할아버지예요."

"슈퍼도 가지고 계시면서 뭘 그리 깐깐하다냐."

"슈퍼 같은 거 없어요. 그냥 망원 2동 슈퍼할아버지라고 불린다니까요."

"거참, 군대 고참 잘못 만나 꼬인 기분이 딱 이거였어."

"근데 챙겨주실 땐 또 잘 챙겨주세요. 잔소리만 좀 견디면 돼
요."

"너도 내 나이 돼서 잔소리 함 들어봐라."

"그나저나 똥 조금만 싸세요."

"에이 씨, 왕창 팍팍 싸댈란다."

"그래요. 그래봐야 똥값이죠."

우리는 웃음을 터트렸다. 어느새 녹다운 캔버스가 쌔끈한 텐
트로 변했다.

인생은 타임

오늘도 김 부장은 텐트 속에서 나올 줄 모른다. 텐트가 없었으면 어떻게 살았을까 하는 생각이 들 정도다. 하긴 장맛비가 솔솔 내려 덥지도 않고 운치도 있는 데다 옥탑인지라 지하처럼 물 들어찰 염려도 없다.

점심으로 라면을 끓여 텐트로 향했다. 그가 당연하다는 듯 라면과 나를 반긴다. 한 손에는 낡은 만화책을 들고 다른 손으로는 라면을 향해 젓가락을 가져간다. 이곳이 무슨 만화방도 아니고 참 볼썽사납다. 만화책을 넘기며 라면 국물을 숟가락으로 떠먹으며 동시에 낄낄대는 그의 재주가 놀랍기는 하다. 참다못한 나는 젓가락을 탁 내려놓는다.

"거 애들처럼 밥상머리에서 산만하게 굴지 맙시다."

곧 김 부장이 묘한 미소를 지으며 만화책을 들어올린다.

"다시 봐도 재밌네. 어째 이게 히트를 못 쳤을까?"

그의 손아귀 사이로 만화책 제목이 또렷하게 각인된다. 『종결자』. 나를 만화가로 만들어준 작품. 정확히 말하면 나를 못 나가는 만화가로 만들어준 작품. 잠시 라면 국물이 신물처럼 올라오는 것을 참아 넘긴다.

"그거야 부장님이 잘 못 팔아서 그런 거죠."

"너 기억 나냐? 내가 교보에 이벤트 두 개나 달았던 거?"

김 부장이 라면이 튀어나올 정도로 입을 크게 벌리며 말한다. 보기 싫다.

나는 대꾸 대신 라면 그릇에 얼굴을 묻는다.

"인마, 니도 나도 최선을 다했지만 말야. 때론 안 되는 건 안 되는 거야."

"때론이라뇨. 늘 안 되는 건 안 되죠."

"아니지. 니가 꾸준히 했냐? 니 이름으로 나온 만화 몇 편이나 되냐? 내가 너라면 만화만 죽어라 그릴 거다. 진득하게 한 열 작품 하면 서너 개는 평타 치고 잘하면 한 개 대박 나는 거야. 사는 게 다 그래. 아무튼 넌 대박 만화가가 될 수 있어. 작심하고 그려보라고."

"열심히 그리면 부장님이 책 내줄 겁니까? 아님 다시 잘 팔아줄 수 있어요?"

"음…… 일단 좀 그려봐."

"일단 그리긴 뭘 그려요. 책 내주기는커녕 종이 살 돈 주는 데도 없는데…….”

밥상을 들고 텐트를 나온다. 밥상도 무겁고 일단 그려보라는
말도 싫다. 모두들 내게 고료 얘기는 뺑긋도 안 한 채 그려서 가
져와보라고만 했다. 그래, 만화 그리는 일은 펜과 종이만 있으
면 된다. 하지만 차도 기름을 넣어야 가듯 나도 밥은 먹어야 손
이 굴러갈 거 아닌가.

김 부장 말도 틀린 건 아니다. 나는 데뷔 만화가지만 사실상
무명이다. 어떻게든 그려서, 어디에든 투고해야 기회가 주어질
것이다. 금방 되는 일이 아닌 것도 안다. 형편없는 성적표 내밀
며 되레 짜증 내는 아이처럼 행동한 거다. 그때 김 부장이 들어
와 한마디 한다.

“영준아, 내 말은 말야. 어쨌거나 넌 재능이 있다는 거야. 아직
은 사람들이 몰라주더라도 니 만화 괜찮다는 거 잊지 마라.”

대답이 없자 책상 앞에 슬그머니 『종결자』를 내려놓고 나가
는 김 부장.

“오늘 저녁 먹고 온다. 친구가 특허 상품 하나 출원했다는데
전망이 좋대. 어쨌거나 그놈이 한턱낸다고 해서.”

“맛있는 거 많이 먹고 와요.”

“당근이지!”

입맛을 다시며 김 부장이 나간다.

나는 텅 빈 방에서 한동안 멍하니 앉아 있다가 『종결자』를 집
어들었다.

잠깐 들춰보려던 것을 다 읽고 말았다. 데자뷰. 내 작품을 다시 읽을 때마다 기시감을 느낀다. 대체 이게 나의 어디서 나온 건지 궁금하다. 나는 뭘 제대로 끝내본 적도 없고 주인공처럼 대담무쌍하지도 않지만, 만화는 만화대로 살아서 수조 같은 네모 칸 안에서 펄떡이고 있었다. 새삼 반가웠다.

의욕이 샘솟아 만화 관련 사이트를 뒤지기 시작한다. 만화가 협회 사이트, 주요 웹툰 사이트, 만화 마니아 사이트, 선배들과 습작을 위해 만들었던 만화 동인 사이트, 그리고 선배들의 소셜 네트워크를 닥치는 대로 살핀다.

그간 공모전이 세 개 지나갔고, 웹툰으로 제대로 뜬 P선배의 뒷담화가 돌고 있다. 모 드라마가 자기 만화를 표절했다고 제작 사를 고소했다는 Y선배 기사도 있다. 오랜만에 들어간 나의 페이스북에는 새 소식 열두 개가 남겨져 있었는데, 모두 영양가 없는 안부와 초대다. 한때 친했던 만화계 마당발 K선배 페이스 북에 들어가봤다. 그의 결혼식 이후 2년 만이다. 윽, 페이스북에 크게 뜬 사진 속 K선배는 자신과 꼭 닮은 딸을 안고 있었다. 그 아래 멘트. '이번 주 토요일, 지구 최고 미녀 정연이의 돌잔치가 있습니다. 모두모두 와 축하해주세요!'

K선배는 작은 히트작 하나로 만화계에서 10년째 버티는 마당 발이다. 2년 만이라도 찾아가면 사람 좋은 웃음 지으며 반길 것이고, 그 뒤로 수많은 선후배들이 술잔을 기울이겠지. 그래, 다시 만화 일을 찾아보려면 이곳이 제격이다. 나는 오랜만에 만화

가들을 만나겠다고 마음먹는다. 그동안 잠수를 타긴 했지만 만화계에서 내 평판은 나쁘지 않다. 분명 일거리를 찾을 수 있을거다. 토요일이면 당장 내일. 아뿔싸! 돌반지는 어찌 마련할꼬?

　인터넷으로 드라마 재방송을 보며 김 부장이 돌아오기를 기다렸다. 어느새 자정을 넘긴 시각. 그에게 5만 원만 꾸면 돌잔치 입장료는 해결될 거라 생각한다. 네이버 지식인을 확인해보니, 요즘은 금값이 비싸 돌반지보다 그냥 5만 원 정도 내면 된다는 답이 가장 많은 추천을 받았다.
　나는 김 부장에게 5만 원을 빌리기로 했다. 만화 다시 해보려고 가는 자리라고 하면 안 꿔줄 수 없을걸. 만화 그리라고 독려하며 펌프질한 건 그가 아닌가, 음하하하.
　그가 돌아오는 대로 돈을 꿀 심산이었는데, 친구를 만나 몇 차를 도는 건지, 돌아올 생각을 안 한다. 어느새 추적추적 잠이 오기 시작했다.
　순간, 밑에서 동굴에서나 울릴 법한 굵직한 괴성이 몇 차례 들려왔다. '끄어어억, 워어억.' 창으로 다가가 아래를 내려다보니 괴성의 주인공은 집 앞 전봇대에 몸을 잔뜩 웅크린 김 부장이다. 내려가려는 찰나, 대문이 벌컥 열리는 소리와 함께 슈퍼 할아버지의 우렁찬 고함이 귀를 때린다. 젠장할!
　"대체 이게 뭐 하는 짓이여?"
　"끄어억, 아, 안녕하세요?"

"지금 이게 안녕하게 생겼어? 거 드럽게 많이 토해났네. 아예 똥을 싸지 그려. 엉!"

김 부장이 입을 훔치며 겨우 인사를 했지만 슈퍼할아버지의 분노는 가실 기색이 없다. 할아버지가 청소 도구를 가지러 집으로 들어간 그때를 노려 나는 아래로 내려갔다. 김 부장은 나를 보자마자 아군을 만난 포로처럼 반갑다는 표정으로 뭐라 말을 했지만…… 당최 알아들을 수가 없다. 서둘러 그를 부축해 대문 안으로 들어가는데…… 이런 제길, 입구에서 할아버지와 딱 마주쳤다.

"어딜? 다 치우고 들어가야지!"

"선배가 많이 취해서요. 일단 방에 누이고 제가 내려와 할게요."

"오 군, 저 친구 또 이러면 월세고 뭐고 당장 쫓아낸다고 혀!"

순간 내 몸에 기대 흐느적대던 김 부장이 고개를 쳐들고, 참이슬이 맺힌 듯한 눈망울로 슈퍼할아버지를 응시한다.

"거참, 빡빡하게 구시네……."

"뭬야?"

"아, 이 영감아, 사람이 살다 보면……."

나는 안타성 타구를 놀라운 반사 신경으로 막아내는 유격수처럼 김 부장의 입을 틀어막았다. 뒤이어 취해서 그러니 제발 이해하시라는 말을 슈퍼할아버지께 남기고 뒤도 안 돌아보고 그를 부축해 올라갔다. 뒤통수로 연신 날아오는 슈퍼할아버지의 잔소리를 희석시키기 위해 유독 세게 철제 계단을 밟고 올랐다.

김 부장을 방에 눕히고 다시 내려간 나는 슈퍼할아버지의 서슬 퍼런 감시 아래 오바이트 일체를 치워야 했다. 슈퍼할아버지는 마지막에 호스로 물을 뿌리면서 지금이라도 김 부장을 쫓아내라고 했다. 나는 김 부장이 기러기 아빠에 실업자며 지금 여러모로 힘든 상황이라 상태가 좀 안 좋긴 하지만, 마음만은 착한 사람이라는 것을 강조했다.

그러자 슈퍼할아버지는 기러기 아빠 같은 게 생기는 잘못된 교육 구조와, 실업자와 비정규직 문제를 해결하지 못하는 무능력한 정부, 그럴수록 세상을 이기기 위해 혹독하게 자신을 통제하지 못하는 나약한 요즘 사내놈들에 대해 한바탕 독설을 퍼부었다. 결과적으로 청소보다 설교를 듣는 게 더 고역이었다.

청소를 다 마치자 슈퍼할아버지가 감시를 끝내고 대문 안으로 들어간다. 도대체 내가 뭘 잘못해서 이 새벽에 토사물 시큼한 냄새와 슈퍼할아버지 개똥 설교에 둘러싸인 채 집 앞 전봇대 옆에 서 있어야 했을까? 곧 끊었던 담배가 생각났다.

옥탑방에 올라와 보니 김 부장이 내 침대에서 자고 있다. 트렁크 팬티에 러닝셔츠 차림으로, 돼지처럼 씩씩대며 잠든 그를 처연히 바라보았다. 오늘은 내가 텐트에서 자야 되겠다.

김 부장의 호주머니를 뒤져 담뱃갑을 꺼냈다. 담배를 한 개비 꺼내 물고 불을 붙였다. 새벽의 담배는 언제나 맛있다. 밤새 원고를 그려야 했던 초보 만화가 시절, 새벽 담배는 유일한 나의 친구였다. 담배를 끊은 시기와 만화를 그리지 않게 된 시기가 비슷한 건 우연이 아닌 것 같다.

담배 한 개비를 더 꺼냈다. 다 피운 담배의 불로 새 담배에 불을 붙이곤, 다시 한 모금 깊게 빨았다. 오랜만이어선지 몽롱한 기운이 머릿속을 가득 채운다. 이내 서랍을 열어 깊숙한 곳에 처박혀 있는 크로키 노트를 꺼냈다. 의자에 앉아 노트를 펴고 펜을 들어, 잠든 김 부장을 그리기 시작했다. 니코틴 때문일까? 담배를 피우며 그림을 그리니 손이 점점 빨라지는 것을 느낀다.

나는 손이 빠른 데다 마감도 잘 지키는 편이었다. 만화는 히트하지 못했지만 그나마 성실한 작가로 인정받던 와중, 한순간에 만화를 접어버렸다. 지난일이다. 그리고 이제 다시 만화를 그릴 수도 있겠다는 생각을 해본다. 그때였다. 김 부장이 뭐라고 웅얼거렸다.

"네?"

"인생은…… 타임이라고."

"뭐라고요?"

"그게…… 인생은 타임이래. 그래서 내 잘못이 아니라나 뭐라나…… 씨버럴."

"……타이밍이겠죠."

"아이 씨…… 암튼 그놈 새끼가 특허 상품 같이 하는 대신 자금을 대래……. 그리고 훈계나 하고 지랄이잖아…… 씨발. 영준아, 내가 그 무시를 당하면서도 술값이 없어서 굽실굽실해주다 나왔다는 거다…… 씨발 놈의 개새끼…… 으어, 어어."

　코 골듯 울먹이며 그가 말을 이었다. 나는 묵묵히 들으며 그의 모습을 마저 노트에 담았다. 적어도 그림 속 그는 울고 있지 않았다.

싸부와의 재회

"요즘 경조사에 3만 원 내면 욕먹는다던데……."

김 부장의 말이 영 거슬린다. 5만 원 빌려달라고 하니까 3만 원밖에 없다면서 꿔주고는 김을 뺀다. 그래도 3만 원이 어딘가. 이건 나만의 취업박람회 입장료란 말이다.

동인천행 급행열차에 올랐다. 급행이라 생각보다 빨리 가긴 하는데, 그래도 동인천은 멀다. 인천행 국철 끝자락에 자리 잡은 이곳은 최근 몇 년간 만화가 선후배들이 모여서 군집을 이룬 곳이다. 수유리 일대와 망원동 일대에 주로 서식하던 가난한 만화가들이 오르는 서울 방값에 부담을 느낀 나머지 일부는 안산으로, 일부는 남양주로, 일부는 동인천으로 산개한 지도 꽤 됐다.

지난 10년. 물가는 거침없이 오르는데 만화가들 수익은 갈수록 떨어졌다. 무엇보다 제대로 된 잡지 연재 지면은 거의 다 사라졌고, 인터넷 웹툰과 학습만화 시장만이 살아남았다. K선배역시 잡지만화 시절에는 나름 히트작(시리즈가 종결이 안 나 팬들원성은 자자했지만)도 내고 유명세도 탄 만화가였다. 하지만 지금은 학습만화 일을 하며 첫아이 분유 값과 기저귀 값을 버느라정신없다고 했다.

나는 오늘 K선배 혹은 다른 만화가 선배나 선배의 지인들 중누군가에게 학습만화 일을 소개받으려 한다. 그렇게나 하기 싫었던 학습만화. 만화가가 되어서 자기 창작을 해야지, 왜 '교재따위'나 만들며 재능을 낭비하느냐며 잘난 척하던 내가 이렇게된 것이다. 이제는 돈을 벌려고 재능을 쓰고, 그 돈으로 시간을사서 재능을 키워야 한다. 아무리 생각해도 선순환은 아니다.하지만 지금은 그런 것을 따질 때가 아니다. 악순환의 궤도에라도 올라야 한다. 적어도 돌아가고는 있지 않은가?

동인천행 열차가 어느새 궤도에 멈춰섰다. 문이 열렸다. 반드시 일을 얻어낼 거라고 마음을 다잡으며 열차에서 내린다. 그런데 돌잔치 장소가 어디였더라?

"형, 얼마 안 돼요."

"많이 먹고 가!"

K선배는 손님맞이에 정신이 없는 표정이다. 내 근황도 물어보지 않는다. 나는 슬며시 그의 바지 호주머니에 3만 원이 든 봉투를 욱여넣었다. 그는 내게 한 번 웃어 보이곤, 다시 어떤 부부

를 호들갑스럽게 맞이한다. 형수님은 저만치서 울고 있는 돌잔치 주인공을 달래느라 진땀을 빼고 있다. 여느 돌잔치와 다를 바 없는 풍경이다.

어디에 앉아야 할까, 누구에게 아는 체를 해야 할까, 일단 혼자라도 빈자리를 잡은 뒤 접시를 들고 뷔페 음식을 퍼 날라야 할까. 수많은 고민을 담은 눈동자를 굴려본다. 갑자기 식은땀이 흐른다. 순간 시상식 때 일이 생각났다. 우수상을 받고, 존경하던 만화가 어르신들과 인사를 나누고, 무슨 무슨 출판사 만화 기자들과 인사를 해대고…… 정신이 없던 입문 시절 말이다. 이 자리는 마치 새로운 입문이라도 하는 양 부담이 어깨를 누른다.

정신을 가다듬고 주위를 돌아본다. 마당발 K선배답게 익숙한 만화계 인사들 얼굴이 보인다. 이제 그들은 나를 못 알아본다. 그럴 만도 하겠지. 7년 전보다 살은 10킬로그램이 더 불었고, 이마를 규정하는 북방한계선은 점점 더 올라가 인상마저 변할 지경이다.

지팡이라도 되는 양 뷔페 접시를 앞세우고 음식들 사이를 돌았다. 긴장한 나머지 딱히 먹고 싶은 게 없다. 위장이 스트레스를 받아 식욕에게 훈계를 하는 듯하다. 지금, 음식이나 처먹을 때냐? 어서 아는 사람을 찾아서 살갑게 친분을 나누라고!

어쨌거나 뷔페 식당에선 음식을 태운 접시를 들고 있어야 정상이기에 대충 풀떼기와 호박죽을 담고 있는데, 누군가가 "먹는 게 그게 뭐냐?"라고 툭 던진다. 고개를 돌려 보니 얼굴 아랫부

분 전체를 털로 덮은 L선배가 접시에 올린 김밥을 손으로 입에 가져가며 나를 바라보고 있다.

"어, 형. 안녕하세요."

"새끼, 얼마 만이냐?"

"글쎄요. 여전하시네요."

그의 털에 대한 헌사였다. L선배는 턱수염을 두어 번 만지작거리고는 그 손으로 다시 김밥 하나를 집어먹는다.

"지금 왔나보지? 안줏거리 좀 집어들고 내 쪽으로 와."

오, 구원의 손길을 내미는 털보 천사가 아닐 수 없다. 사실 L선배와는 그리 친한 사이가 아니다. 인상만 보면 영락없는 마초지만 꼭 그런 것만은 아니다. 뭐랄까, 평소엔 친절한데 종종 지랄맞은 성격으로 독설을 퍼붓는 사람이다. 언젠가 그는 술자리에서 내가 너무 반듯한 성격이라 좋은 작품을 못하는 거라고 면박을 주었다. 묵묵히 그 면박을 받으며 속으로는 '너나 잘하세요'라고 했던 기억이 난다. 반듯함과는 거리가 먼 L선배가 좋은 작품을 많이 그려낸 것도 아니었기 때문이다. 오히려 원고 펑크와 기행으로 유명한 그보다는 내가 더 좋은 만화가라고 생각했다. 그러거나 말거나 지금 L선배는 이 망망대해에서 내게 동아줄을 내려준 유일한 인간이다. 나는 그가 좋아할 만한 기름진 안줏거리를 접시에 채우곤, 동아줄을 붙잡으러 갔다.

L선배 자리는 창가 구석이었다. 그런데 그가 K선배와 친했던가? 아닐 것이다. L선배 옆에는 똘똘이 스머프를 닮은 내 또래

사내가 앉아 초밥만 잔뜩 담은 접시를 말없이 비우고 있었다. 왠지 가까이하기 싫은 스타일이다. 다행히 L선배는 똘똘이 스머프에게 나를 소개하는 과정은 생략하고 맥주잔부터 채워주었다. 건배하고 나자 그가 수염의 맥주 거품을 슥 닦고는 부하를 바라보는 산적 두목 표정을 짓는다.

"잠수 다 탔냐?"

"그냥 왔어요. 축하해드리려고."

"지랄, 축하는. 저 새끼 기저귀 값 번다고, 자기 작품 연재도 접고 학습만화 그리느라 똥줄 빠진다."

"똥줄 빠지면 자기 기저귀도 사야 하는 거 아녜요?"

"이 새끼, 유머하고는……."

L선배가 너털웃음을 지으며 다시 잔을 들었다. 청량한 잔 부딪치는 소리가 그간의 공백을 채워주었다. 뒤이어 내가 집어온 기름진 안주를 먹고는 다시 잔을 부딪치고 또 마시고를 반복했다. 그렇게 위장과 영혼에 채찍질을 가한 뒤, 그가 헤어진 여자친구 안부를 묻듯 입을 열었다.

"어떻게, 만화는 좀 그리고 있냐?"

나는 다시 그리려고 하는데 일이 없어 곤란하다고 답했다. L선배는 잠시 고민하는 표정을 지었다. 나는 그에게 만화는 그리고 있느냐고 묻지 않았다. 굳이 물을 필요가 없겠다고 생각하던 찰나, 그가 술잔을 비우고 입을 열었다.

"너, 학습물 그려볼 생각 있냐?"

순간 '물론이죠' 하는 말이 동태전 조각과 함께 튀어나올 뻔했다. 음식을 마저 우물거리며 여유를 차린 뒤 L선배를 올려다보았다.

"예, 이제 뭐든지 그려야죠."

그러자 L선배가 옆의 똘똘이 스머프를 팔꿈치로 툭 쳤다. 똘똘이 스머프가 곧바로 나를 돌아보고는 기계적으로 명함을 한 장 꺼내 건넸다. '아이툰즈' 홍준영.

"『아, 그래』 시리즈 담당 홍준영입니다."

음성녹음 보이스 같은 말투다.

"만화가 오영준입니다."

"가만, 이거 둘 이름이 데칼코마니네. 준영, 영준. 음, 좋아! 오작가, 여긴 내가 거래하는 출판사 담당 편집자. 홍 팀장, 여기 오작가는…… 알지?『종결자』."

내 이름을 거꾸로 부르면 되는 사내가 잘 안다는 듯 고개를 끄덕이며 나와 눈을 마주쳤다. 내 작품을 알고 있다니, 냉정해 보이던 그의 눈빛이 갑자기 청사초롱 불빛으로 보이기 시작했다. 동시에 든 의문은 나 못지않게 학습물 작업을 비판하던 단행본 만화 지상주의자 L선배의 변신이었다.

"그럼 형도 이제 학습물 그려요?"

L선배는 수염을 두어 번 만지작거린 뒤 코털을 뽑았다.

"해보니까 괜찮더라고. 돈도 제때 잘 주고."

"L작가님이『아, 그래』 시리즈에서 제일 히트 친『아, 그래–

화장실의 역사』를 작업하셨죠."

똘똘이 스머프가 첨삭하듯 알려준다.

L선배는 우쭐 반 겸허 반의 미소를 지은 뒤 잔을 비우곤 내게 자신의 잔을 건넸다.

"형은 말이야, 아무것도 바뀌지 않았다. 그러니 너도 바뀌지 않을 자신 있으면 와서 그려."

그는 이제 전공을 독설에서 궤변으로 바꿨나보다. 나는 일단 따라가기로 했다. 어차피 돈만 준다면 내 누드라도 그릴 각오로 온 자리였으니까. 그가 잔을 채워 건네자 내가 비웠다. 그의 잔을 돌려주며 잔을 채워주자 그가 비웠다. 그러곤 L선배는 홍 팀장이라 불리는 똘똘이 스머프에게 내가 실력도 있고 마감도 잘 지키니까 무조건 하나 맡기라고 했다. 똘똘이 스머프는 내게 번호를 물은 뒤 다음 주 초에 전화를 주겠다고 했다. 나는 긍정적인 자세와 적극적인 리액션으로 그들과 보조를 맞췄다. 속으로는 시리즈 제목이라는 '아, 그래', '그래, 아, 그래'를 연신 되뇌며.

너무나 순조롭게 원하던 일감을 얻게 되니 긴장이 풀렸는지 술이 오르기 시작했다. 말술인 L선배도 제법 취해 P선배와 J선배 등을 싸잡아 욕하기 시작했다. 똘똘이 스머프는 아랑곳없이 초밥을 세 접시째 가져와 먹으며 L선배의 주정을 받아주었다. 보기보다 비위가 좋은 사람 같다. 그래도 계속 이러다가는 L선배가 사고라도 칠 것 같은 분위기였다. 아니나 다를까, 계속되는 L선배의 육두문자와 쌍시옷 추임새에, 옆자리의 K선배 고모부

나 작은아버지 같은 분들이 자꾸 힐끔대며 혀를 차는 게 보였다.

순간 진도 7의 강진이 일어났다.

다행히 진원지는 L선배가 아니었다.

연회장 중앙에서 테이블을 탕 치는 소리가 크게 울렸고, 뒤이어 "내가 아주 미쳐버리겠어. 엉!"이라는 고함소리가 터져나왔다. 돌아보니 비쩍 마르고 키가 큰 중년 사내가 P선배를 향해 삿대질을 하고 있다. P선배는 웹툰 작가로 유명세를 탄 뒤 패널로 출연한 방송에서 재치 있는 언변을 발휘해, 전국적인 인기를 얻은 만화계 대표 스타 작가다. 지금 그는 평소의 여유롭던 이미지와는 달리 잔뜩 당황해서 뒤로 몸을 빼기 급급하다. 그도 그럴 것이, 중년 사내가 테이블 위 접시에 있던 방울토마토와 포도 등의 과일을 닥치는 대로 그에게 던지기 시작했기 때문이다.

사람들이 말리기 시작했고, 중년 사내는 기성을 몇 번 지르며 연회석에서 끌려 나갔다. 이소룡의 기성과는 약간 다른, 좀 더 청승맞은 그 기성을 듣고서야 나는 그를 기억했다. '싸부'. 10년 전 내게 만화를 가르쳐준 그 사람이다. 술이 확 깬 나는 즉시 몸을 일으켜 싸부가 끌려 나간 쪽으로 향했다.

싸부는 연회장 밖 엘리베이터 앞에 놓인 의자에 다소곳이 앉아 있었다. 그 옆에는 몇 번 본 적이 있는 싸부의 후배 아저씨 두명이 그를 타박하고 있었다. 마치 아까의 일은 없었다는 듯 차분하게 앉은 채, 후배들의 타박을 듣는 그에게 내가 다가갔다.

그가 나를 올려다보고 반가운 미소를 지었다. 여전히 낚시를

즐기시는지 해변의 햇볕에 잔뜩 그을린 듯 얼굴이 검붉다. 만화
계의 꽃중년이라고 우기던 게 어느 정도 납득이 가던 쌍꺼풀 깊
은 눈과 날선 콧날, 줄기가 긴 식물처럼 껑충하고 마른 체구까
지. 내가 아는 싸부가 맞다.

"너 왔냐?"

"싸부, 잘 지내셨어요?"

"말도 마라. 방금 보지 않았냐."

"무슨 일인데요?"

싸부는 예의 수줍은 미소를 지어 보이고는 담배를 청했다. 내
가 담배를 꺼냈고, 후배가 담뱃불을 붙여주었다. 싸부는 맛있게
한 모금 빨고는 바둑돌 내려놓듯 툭 한마디 했다.

"P가 날 깠거든."

"그게 무슨 소리세요?"

"내가 저 녀석한테 스토리를 보냈어. 두 달 전에."

"요즘도 꾸준히 쓰셨나봐요."

"아니, 예전에 그거 있잖아.『인간실험지대』라고…… 스포츠
신문에 연재하다 만 거."

"그걸 보낸 거예요?"

"조금은 고쳤지. 그래도 아주 훌륭하더라고. 그런데 저 녀석
이 두 달이 지나도 답이 없는 거야. 싸가지가 그럼 안 되지. 그래
서 내가 오늘 놈이 올 거란 첩보를 듣고, 와서 물은 거야. 내 스
토리 읽었냐? 왜 답이 없냐?"

"그래서 못 하겠다는 거예요?"

싸부는 대답 대신 고개를 주억거렸다.

"읽기는 했대요?"

"읽었다고는 하는데, 개뿔."

"두 달간 안 읽다가 이제 와서 못 한다고 하는 거예요?"

"아니, 처음에 스토리 보낸다고 전화했을 때도 바쁘다고 고사하더라고. 그래도 내가 그냥 보냈지."

"더러워서 안 한다고 마음 잡숫고 잊으세요."

"그렇지. 그런데 얼굴 보니까 화딱지가 나잖아."

"싸부, 이렇게 과격하시지 않았잖아요."

곧 옆의 후배 둘이 피식 웃었다.

"야, 나도 이제 악에 받쳐 산다. 너 데리고 신선놀음하던 시절 만화판이 아냐. 들어가자, 술 한잔 하게."

싸부가 일어나자 두 후배가 그를 제지했다. 싸부는 오랜만에 아끼는 제자를 만났는데 이럴 거냐며, 아무 일 없이 조용히 한잔 하겠다고 그들을 설득했다. 나도 내가 모시겠다고 거들고는 싸부와 함께 다시 연회장으로 향했다.

"그동안 연락도 잘 못 드리고 그래서 죄송했습니다."

"알았으면 추석에 한우라도 사들고 안산에 함 와라."

"윽…… 한우는 좀."

"그럼 미국산 사오든가."

그렇게 말하고 싸부는 사람 좋은 웃음을 지어 보였다. 나는 이곳에 온 이후 처음으로 편안함을 느꼈다. 그 순간 싸부가 나를 뒤로한 채 후닥닥 연회장 안으로 뛰어 들어갔다. 놀라서 쫓아갔더니, 싸부가 P선배의 뒤통수를 후려갈기고 있었다. 갑작스러운 구타에 P선배는 외마디 비명을 지르며 바닥으로 몸을 숙였다. 싸부는 그를 밟기 위해 오른발을 쳐들다가, 주위 사람들에 의해 제압당했다. 순식간에 벌어진 일이었고, 내가 아는 싸부가 맞나 할 정도로 기가 찬 광경이었다.

싸부와 다시 마주한 건 두 시간 뒤 동인천역 뒷골목 감자탕 집에서였다. 싸부는 경찰서 유치장에서 P선배에게 용서를 구했고, P선배는 만화계 한참 선배인 그를 차마 어쩌지 못하고 훈방 조치에 동의했다.

모두가 가고 싸부와 나만 남은 자리. 싸부는 별말이 없었다. 술 많이 드시지 말라고 하자, 오히려 물잔을 비우곤 거기에 소주를 콸콸 부어 원샷을 한다. 그제야 싸부가 청개구리띠란 게 떠올랐다. 타고난 반골 기질 때문에 누가 뭐라 말하면 일부러 반대로 굴던 모습. 그런 점만 놓고 보면 내가 아는 싸부가 분명했다. 하지만 누구를 원망하고 때리고 하는 모습은 내가 아는 그 싸부가 아니었다. 지난 10년 동안 싸부는 어떻게 살아온 것일까? 동시에 그가 예전에 내게 해주던 말들이 떠올랐다.

만화 스토리 작가는 애당초 유령작가였다. 80년대만 해도 이현세 만화, 허영만 만화, 고행석 만화로 알려졌다. 만화가들은 화실에 스토리 작가 팀을 보유하고 있었다. 하지만 상징성 있는 만화가 이름으로만 작품이 소개됐기에 스토리 작가들은 이름을 얻지 못했다. 그 대신 수입은 좋았다. 인터넷도 스마트폰도 스타크래프트도 없고, 영화는 방화라고 불리며 인기 없던 그 시절, 만화는 가장 핫한 문화상품이자 시간 보내기 제일 좋은 놀이였다. 성인을 대상으로 한 만화잡지도 많았고 만화가게도 호황이었다. 스토리 작가는 이름 대신 넉넉한 고료를 받았다. 싸부 말로는 당시 1급 스토리 작가였던 자신의 한 달 고료가 대기업 부장급 직원 월급의 두 배는 됐다고 했다.

90년대 들어 대본소 공급용 공장제 만화 시스템이 한국 만화 창작의 주를 이루게 됐다. 만화 공장에서는 한 달에 수십 권의 만화를 뽑아냈고, 이는 결국 질의 하락으로 이어졌다. 때마침 『드래곤볼』과 『슬램덩크』 등 빅히트 일본 만화들이 적극 수입되면서 우리 만화는 경쟁력을 잃게 됐다. 여기에 PC통신, 게임, 영화 등의 호황으로 만화는 그 설 자리를 점점 뺏기게 됐다.

2000년대 초, 이미 싸부에게는 주어지는 일이 없었다. 그는 만화 스토리를 접고 영화 시나리오에 매달렸다. 하지만 영화계도 그리 녹록하지 않았다. 전설적인 SF만화 『메탈 하트』의 스토리 작가라며 자신을 소개했지만 싸부에게 돌아오는 일은 없었다. 몇몇 정체가 의심되는 영화사에서 작품을 의뢰했으나 돈을 떼이거나 초고 단계에서 엎어지곤 했고, 싸부는 참다못해 영화판을 접고 다시 만화를 쓰기로 했다.

그즈음이었다. 내 만화의 가장 큰 약점이 스토리라는 점에 늘 고민하던 나는 마침 열린 한 문화센터 만화 스토리 작법 과정에 등록했다. 그리고 거기서 일일 특강 강사로 나온 싸부를 만났다. 한마디로 싸부의 특강은 형편없었다. 그의 인기작들에 대한 작업 노하우를 듣고 싶던 우리에게 그는 아무런 노하우도 이야기해주지 않았다. 그 대신 만화계의 몰락과 영화계의 장벽, 자신의 불운을 털어놓았고, 결론은…… 만화를 하지 말라는 것이었다.

황당해하는 우리 못지않게 싸부를 특강에 초빙한 전임 강사 또한 당혹스럽기 그지없어 했다. 그는 어색한 미소를 지으며 그래도 긍정적인 말씀 좀 더 해달라고 싸부에게 애원하다시피 했다. 그러자 싸부는 예의 그 수줍은 미소를 짓고는 수강생들에게 말했다.

"술이나 마시러 가자고. 마시다 보면 또 만화가 하고 싶어질지도 모르잖아!"

왠지 그 말에 호감이 갔다. 그때는 그가 무슨 도사 같이 보이기까지 했다.

뒤풀이 자리에는 싸부와 전임 강사 그리고 나를 포함한 남자 수강생 넷만이 모였다. 여자 수강생들은 당연히 안 왔고, 전임 강사 역시 몇 잔 마시다가 도망치듯 사라졌다. 남자 수강생 넷 가운데 나를 뺀 셋은 서로 아는 사이였고, 내가 싸부와 독대를 시작하자 자기들끼리 술을 마셔대기 시작했다. 술을 다 마시자 그들은 싸부에게 잘 먹었다고 꾸벅 인사한 뒤 자기들끼리 2차는 어디로 갈지를 떠들어대며 사라졌다.

결국 나와 싸부만이 남았다. 나는 싸부에게 만화 스토리 비법을 알려달라는 질문은 하지 않았다. 그저 최고점과 최저점을 모두 찍은 그의 이 바닥 삶이 흥미로울 따름이었다. 싸부는 말을 많이 하지 않았다. 그 대신 모두를 깜짝 놀라게 할 죽이는 이야기를 쓰겠다는 일념과, 그깟 것 다 부질없고 조용히 만화계 한쪽에 묻어 살아가겠다는 이념, 그 사이에서 매일매일 오락가락한다고 했다.

"근데 묻어 살겠다는 게 이념이 될 수 있나요?"

"일념 다음엔 이념이 나와야지. 자네, 그렇게 유머가 없어서야 좋은 스토리 쓸 수 있겠어?"

그의 이런 말장난을 어떻게 받아들여야 하나. 당시엔 그게 제일 난감했다.

난감함을 누르고 나는 『불한당』 시리즈에 대해 묻기로 했다. 만화가 황룡이 운영하는 화실의 스토리 작가로 오래 활동하며 그 시리즈에 참여했다는 싸부의 이력은, 특강을 듣기 전부터 가장 관심 가는 지점이었기 때문이다. 줄잡아 5백 편도 넘는 『불한당』 시리즈는 80년대 후반과 90년대 중반을 주름잡은 한국 만화계의 레전드 캐릭터 시리즈이자, 내가 제일 좋아하는 한국 만화이기도 했다.

"그런데 불한당 시리즈 중에 어떤 거 쓰셨어요? 저, 그 시리즈 거의 다 알거든요."

그러자 싸부가 무심한 듯 말했다.

"재미있는 건 다 내가 쓴 거야."

순간 싸부의 표정이 내가 좋아하던 그 '불한당'의 심심한 얼굴과 오버랩됐다.

"너도 그런 거 쓰고 싶어? 그럼 앞으로 날 '싸부'라 불러라."

나는 그날부터 그를 싸부로 모셨고, 이후 그에게 작품 전반에 대한 도움을 받……기는커녕 술만 줄창 얻어마셨다.

10년이 지난 지금, 우리는 또 둘만 남아 술을 마시고 있다.

싸부는 이제 50대 중반이 됐고, 나도 30대 중반이다. 그동안 만화계 행사나 몇몇 선후배 모임에서 뵙기는 했지만, 7년 전 내가 공모전에 당선되고 나서는 만남이 뜸해진 게 사실이다. 그즈음 싸부는 연극배우 후배들과(싸부는 젊은 시절 연극배우로 활동했고, 이장호 감독이 캐스팅 제의를 한 적도 있다는 걸 늘 자랑했다) 〈난타〉를 능가하는 공연을 준비한다고 바빴다. 그는 내 당선에 축하 대신 이런 말을 남겼다.

"너 이제 그 바닥 못 떠나겠구나."

축하해야 할 일에 왜 그런 부정적인 말을 하는지 당시에는 울컥했지만, 납득이 간 건 채 1년이 안 되어서였다. 이후로는 싸부와 연락이 닿지 않았다. 싸부는 싸부대로 나를 찾지 않았고, 나는 제자로서 먼저 인사할 의무를 방기했다. 둘 다 그럴 겨를도 없이 삶의 안개 속에서 자기 방위만 찾기 바빴던 것이다.

어느덧 둘 다 술도 많이 약해졌다. 싸부는 꾸벅꾸벅 졸기 시작했고, 나는 감자탕 국물에 볶아놓은 밥을 깨작깨작 퍼먹고 있었다. 주인아줌마가 우리 자리에 오고 나서야 나는 시간이 새벽 두 시를 넘었다는 걸 알게 됐다. 부리나케 정신을 차리고 싸부를 깨웠다.

"싸부, 가야죠. 여기 문 닫는대요."

"으응? 응…… 그래."

"싸부, 안산 사신다고 그랬죠?"

"안산, 안 산다니까."

"에이, 아까 추석에 안산으로 한우 사오라고 했잖아요."

"안산에 안 살아. 안바다에 살아."

짜증이 확 밀려왔지만, 안산에 사는 건 확실해졌으니 나가서 택시를 태워드리면 될 것이다. 나는 싸부를 부축해 일으켰다. 그러자 싸부가 기겁하며 몸을 부르르 떨면서 내 부축을 뿌리쳤다. 너 나 간지럼 많이 타는 거 알고 그랬지라며 눈을 흘기는 싸부. 어쨌거나 정신이 들었다.

감자탕집 술값은 싸부가 현찰로 계산했다. 다행이다. 나는 싸부에게 안산까지 갈 택시비는 있느냐고 물었다. 싸부는 고개를 끄덕이고는 대뜸 "한잔 더 할래?"라며 손짓했다. 그런데 그 손짓에 택시가 와 섰다. 싸부는 뻘쭘하게 택시에 올라타고는, 창밖으로 손을 뻗어 두어 번 흔드셨다. 저 낭만이 좋다. 따뜻하고 쓸쓸한 낭만이다.

그러나 나는 곧 낭만 따위는 뒤로하고 어떻게 서울로 가야 할까를 고민하기 시작했다. 택시비는 없고 서울로 가는 국철은 다섯 시 넘어서야 가동된다. 동인천 지하 역사에 몸을 맡길 만한 데가 있지 않을까 하고 역사로 향했다. 그때 빵빵거리는 경적 소리가 났다. 돌아보니 싸부가 택시 안에서 기사의 불만 어린 시선을 뒤로한 채 나를 바라보고 있다.

"야, 타."

"왜 돌아오셨어요?"

"너 택시비 없지? 내가 니네 집까지 태워다주고 안산 갈게."

"저희 집 멀어요."

"어딘데."

"망원동이라고, 성산대교 지나서……."

"망원동! 가깝네. 난 또 수유리나 남양주라고. 어서 타."

실로 오랜만에 싸부에게 깊은 감사를 느끼며 택시에 올랐다.

인천 차여서 서울 가면 돈을 더 줘야 한다는 기사 말에, 안산 갈 때는 안 그랬느냐며 싸부가 맞불을 놓는다. 기사가 더 대꾸하지 않자 싸부가 의기양양해하며 나를 돌아본다. 아까 P선배 건도 그렇고 싸부의 전투력이 많이 늘었다. 다소곳한 수수 장대 같던 분이 악착같은 가시 덩굴로 변한 것 같다.

"정말 돈 있으세요?"

"걱정 마. 나 현찰 많아."

"그냥 여기 좀 있다 가면 되는데……."

"너 망원 산다며. 안 데려다주면 원망 들을까봐 그랬지."

"제발 좀 그만하세요."

새벽 택시는 때론 타임머신 같다. 택시가 망원동에 접어들자 이미 주도권을 잡은 싸부는 내 설명을 기사에게 지시했고, 골목길을 돌고 돌아 집 앞에 집요하게 택시를 대게 했다. 나로서는 황송할 따름이었다. 싸부는 늘 술을 같이 마시다 먼저 사라지는 분이었다. 함께 끝까지 마시거나 여관 같은 데 몰려가 잔 적도 없었다. 그런데 이렇게까지 챙겨주니 다시 한번 싸부에게 감사함이 몰려왔고, 그동안 연락 못한 데 대한 미안한 마음까지 솟구쳤다.

나는 택시에서 내린 뒤, 손을 흔드는 싸부의 손을 덥석 잡고 감사하고 미안하다는 말을 연신 내뱉었다. 싸부는 민망하게 왜 이러냐며 손을 빼고는, 고개를 들어 옥탑을 올려다보았다.

"저기 사냐?"

"예, 옥탑이요."

"옥탑, 좋지. 그럼 들어가, 잘 자라."

"예. 고마워요, 싸부. 제가 꼭 연락드릴게요."

"집도 알았으니 언제 한번 놀러 올게."

"예, 꼭 오셔야 돼요. 혹시 서울 오셨다가 안산 가는 차 끊기면 와서 주무시고 가세요."

싸부는 대답 대신 손을 흔들어 보였다. 택시는 안산을 향해 출발했다.

택시비가 족히 10만 원은 넘을 텐데……. 다시 한번 싸부에
대한 고마운 마음이 솟구쳤다. 그때는 그런 마음만 들었다. 별
생각이 없었다. 술에 취했고 오랜만의 재회와 호의에 감사했다.
오늘의 꼼꼼한 배웅이 어떤 결과를 불러올지 전혀 알지 못했던
것이다. 오호 통재라!

가깝고도 먼, 망원과 홍대 사이

　아이툰즈 사무실은 망원동에서 그리 멀지 않았다. 망원역 1번 출구에서 서교동 방향으로 죽 걸어가다 서교동과 동교동을 가로질러, 한때 기찻길이었으나 지금은 공원으로 조성되고 있는 연남동 입구 한 여행사 건물 2층에 있었다.

　똘똘이 스머프, 아니 홍준영 팀장과 전화 통화가 된 건 돌잔치 뒤로 3주가 지나서였다.

　돌잔치 다음 주에 털보 L선배에게 문자를 보내 안부와 함께 학습물 건을 상기시켰는데 답문자가 안 왔다. 그다음 주에는 전화를 하자, L선배가 마감 때문에 바빠서 정신이 없었다며 그제야 담당 편집자에게 연락해본다는 말을 남겼다.

　거참, 자기 일들 아니라고 너무 무성의하네라고 생각하며 몇 개 남지 않은 동전으로 라면을 사먹으며 한 주를 더 버텼다. 김 부장은 진주 쪽에 일거리가 생겼다며 내려간 지 일주일이 됐는데 연락이 없다. 그러니까 내 세상은 함흥차사와 감감무소식 사이에 있는 셈이었다.

셋째 주에는 용기를 내 똘똘이 스머프가 건넸던 명함을 꺼내 들었다. 핸드폰 번호로 걸면 부담스럽지 않을까 하는 생각에 회사 전화번호를 누른다. 잠시 뒤 잠에서 깬 것 같은 저음의 여자 목소리가 전화를 받는다. 용건을 묻기에 홍준영 팀장 좀 바꿔달라고 하자, 여자는 기다렸다는 듯 홍 팀장이 부재중임을 선고한다. 나는 우물쭈물한다. "메모 남겨드릴까요"라는 여자의 말에 됐다고 하고 끊는다.

참으로 소심하고 답답하다. 직장 생활을 할 땐 이 정도는 아니었다. 교재 알바를 할 때도, 편집 디자이너 생활을 할 때도 업무와 관련한 의사소통엔 문제가 없었다. 결국은 혼자 지내고 혼자 일하면서 사회적 소통 감각이 무뎌진 듯하다. 몇 년째 단순 외주 아르바이트 같은 성과 없는 작업을 전전하다 보니 자신감도 많이 떨어졌다. 나는 한숨을 쉬고는 남은 동전으로 담배를 살까, 라면을 살까 고민하기 시작했다.

그때였다. 전화벨이 울렸다. 발신지는 방금 내가 건 전화번호. 심호흡을 한 뒤 전화를 받았다.

"여보세요."

"예, 저 찾는 전화 주신 분입니까?"

똘똘이 스머프다! 어떻게 알았을까? 요즘은 일반 전화도 발

신 번호가 뜨나보다. 똘똘이 스머프는 어째서 금세 부재중에서
재중으로 바뀐 걸까? 피어오르는 온갖 생각을 누르고 일단 대
답을 한다.

"아, 예."

"실례지만 누구시죠?"

"저는, 그 왜 지난주, 아니…… 지지지난주 돌잔치에서 뵌 만
화갑니다."

"K작가 딸 돌잔치 말입니까?"

"예, 오영준이라고…… 그때 L선배랑 같이 자리했고요. 혹시
L선배가 최근에 전화 주거나 그러지 않았나요?"

그러자 수화기 너머로 짧은 탄식이 들린다.

"L작가님 지금 마감인데 잠수 탔습니다. 혹시 L작가님 연락
되시나요?"

"그건 저도…… 힘들 것 같은데요."

"그런데 무슨 일로 제게 전화를…….."

"『아, 그래』 시리즈 있잖습니까? L선배가 그때 저를…… 추천
했었잖아요."

"그랬던가요?"

뭐야, 이 녀석. 난 네가 초밥을 세 접시나 먹던 것까지 기억하
는데……. 술도 별로 안 먹었으면서 나를 광어로 본 건가. 치밀어
오르는 억울함을 참으며 그에게 나를 기억할 방법을 떠올렸다.

"기억나시나요? 제 이름이랑 그쪽 이름이랑 서로 거꾸로 읽

으면 된다고. 그때 L선배가 그랬는데……."

"아, 데칼코마니. 이제 기억납니다. 준영, 영준. 그래요, 김영준 작가님."

"오영준입니다."

"그런가요."

이제 화도 나지 않는다. 단도직입이다.

"제가 그쪽 일을 해보고 싶어서요. 혹시…… 일 좀 주실 수 있습니까?"

말하고 나서 입에 고인 침을 꿀떡 삼켰다.

"예."

엥? 뭐가 이리 간단해.

"정말입니까?"

"포트폴리오 가지고 사무실 한번 오세요."

"그럼 된 겁니까?"

"그럼 좀 보고, 별 문제 없으면 같이 하시죠."

이후로 감사하다는 말을 하고 전화를 끊으려는데, 그가 미팅 날짜를 정하자고 해서 다시 날을 정하고, 나는 다시 한번 감사하다고 인사하고 전화를 끊었다. 그러고 나서 빛의 속도로 포트폴리오가 될 만한 것들을 찾아 살피기 시작했다.

아이툰즈 사무실은 무슨 택배회사처럼 박스와 비닐 등이 곳곳에 쌓여 있었고, 전체적으로 어수선했다. 홍준영 팀장 책상은 박스와 배송될 책더미 사이를 지나 창가 구석에 있었다. 별다른 응접 테이블 같은 것도 없는지 그가 옆 책상의 빈 의자를 끌어와 나를 앉게 했다.

다시 보게 됐지만 초면인 것 같은 어색함을 깨려고 L선배는 마감을 잘했는지 물었다. 홍준영 팀장은 고개를 젓고는 아무래도 힘들 것 같다고 답한다. 그가 포트폴리오를 달라고 해서 들고 온 파일을 열어 건넸다. 가방에서 내 만화책 『종결자』도 꺼내자 그건 읽었다며 괜찮다고 했다.

홍 팀장은 각각의 작품이 어떤 책이나 잡지에 들어갔는지를 꼼꼼히 물었다. 내가 일일이 기억하지 못하자 의외라는 듯 고개를 갸우뚱하기도 했다. 명화도 아닌 그림을 이리 살피고 저리 살피는 그의 모습에 초조함이 일기 시작했다. 포트폴리오에서 떨어지면 정말 개망신 아닌가. 그럼 다시는 학습만화는커녕 그림 그리는 일을 포기해야 할지도 모른다. 온갖 심란한 생각이 머리에서 떠나지 않는 찰나, 그가 눈을 치뜨며 나를 바라보았다.

"오 작가님, 아직 결혼 안 하셨죠?"

"예."

넌 했냐?

"혹시 아이들 좋아하세요?"

"그럼요."

애들이라면 질색이다.

"간단히 말씀드리는데, 학습만화는 만화가 아닙니다."

"음, 그런가요."

네 앞에 있는 책은 만화책이 아니고 뭐냐?

"학습만화는 교육입니다."

"아……."

오우, 침대는 과학입니다!

"학습만화는 아이들에게 가장 쉬운 방법으로 지식을 안겨주는 교육이지요."

"듣고 보니 그렇네요."

호랑이 개 끌어가는 소리하고 있네.

"우리나라 초중고생 교육에 대해 어떻게 생각하십니까?"

"음, 문제가 좀 있죠."

썩을 대로 썩어빠졌지, 뭐.

"예, 그 개선의 선봉에 우리 학습만화가 있습니다. 오 작가님, 전 앞으로 대학교 교재까지도 모두 만화로 만들어질 거라고 믿는 사람입니다."

"아, 그거 그럴듯한데요?"

이 사람 정상이 아니로군.

"지금 학습만화를 보고 자라는 아이들이 대학생이 되고, 나중에 교육자가 되면 그들도 자신들이 받은 교육을 정책에 적용할 거란 말입니다."

"맞습니다."

맞긴 개뿔.

그대로 돌아가고 싶었다. 정말이지 이 똘똘이 스머프는 어딘가로 내동댕이쳐져야 정신을 차릴 친구였다. 그래도 나는 묵묵히 맞장구를 쳐주었다.

결론은 학습만화계의 미래는 밝고, 자기네 회사에서 잘 작업해 좋은 책 만들어보라는 이야기였다. 뒤이어 그가 서랍을 열고 두툼한 대형 서류봉투를 건넸다. 열어 보니 그 안에는 익숙한 그림체의 원고 뭉치와 스토리 콘티 등이 담겨 있었다.

"지난주 L작가님이 퀵으로 부친 겁니다. 잠수함 제대로 탔어요."

L선배 특유의 방랑벽이 도진 모양이다.

"오 작가님이 이 작품 완성해주시죠."

"제, 제가요?"

"김창현 기자 아시죠? 서울만화사 시절 제 선밴데 전에 작가님 담당이셨더군요. 물어봤더니 다른 건 몰라도 작가님이 마감 하나는 잘 지킨다고 하던데……."

"그거야 그렇죠."

나는 잠자코 원고 뭉치를 살피며 이걸 수락해야 하나 말아야 하나를 고민했다. L선배의 작품을 뺏은 것 같은 모양새라 찜찜하기도 했고, 한편으론 처음 하는 학습물 작업인데 남의 것을 받아 잘 완성할 수 있을까 하는 걱정도 들었다.

"고민하실 거 없습니다. L작가님은 누가 해도 상관없다고 했고요. 작가님 실력이면 충분히 완성하실 수 있습니다."

이 녀석, 안경 눈깔 속에 사람 마음을 살피는 칩이라도 박아 놨나……. 어쨌거나 그의 말에 부쩍 힘이 난 나는 원고 뭉치를 봉투에 넣고 내 무릎에 올려놓은 뒤, 제일 중요한 질문을 했다.

"고료는 어떻게 되죠?"

원고 뭉치와 계좌번호를 교환하고 돌아오니 김 부장이 엄청난 물소리를 내며 샤워를 하고 있었다. 진주에서의 일은 잘된 건가? 또 잔뜩 처진 어깨로 세상 한탄하는 그의 모습을 보면 기분이 우울할 것 같다. 오랜만에 일 같은 일을 잡은 것 같아 기분이 좋은 오늘 저녁만큼은, 이대로 이 기분을 유지하고 싶다. 역시 같이 살면 상대방의 감정 상태에 기분이 좌우될 수밖에 없는가 보다. 해보지도 않은 결혼생활을 남자 동거인을 상대로 체험하는 느낌이…… 매우 찝찝했다. 그때 김 부장이 욕실에서 나온다. 타월로 머리를 쓸어대며, 투실투실한 벗은 몸 그대로다. 나는 반사적으로 고개를 돌렸다.

"아, 수건으로 좀 가리고 나와요."

"엇, 우리 자기 왔어?"

김 부장이 아랫도리를 수건으로 가리며 말한다.

"그러지 마요. 더럽거든요."

"짜식, 그동안 나 보고 싶었지. 야! 역시 집이 최고다!"

그는 허리에 수건을 두른 채 냉장고를 열어 1.5리터 포도주스를 꺼내 그대로 입을 대고 마신다. 아, 행동 하나하나에 짜증이

나기 시작한다. 나는 집에서도 팬티 차림으로 안 다니고, 컵이나 수저 없이 음식을 먹는 것을 혐오한다. 그래도 어쩌랴, 잘생긴 내가 참아야지.

"일은 잘됐어요?"

"뭐, 친구 행사 잡일 해주고 용돈이나 챙겼지. 좋은 소식도 있고……. 그러니까 오늘은 내가 쏜다! 뭐 먹을래?"

그 말에 짜증이 슥 가시며, 트렁크 팬티를 꾸역꾸역 먹고 있는 그의 푸진 엉덩이도 봐줄 만해졌다. 뒤이어 '파블로프의 개'처럼 입에 침이 고이며 김에 쌓인 채 녹아내리는 참치 뱃살이 떠올랐다.

"이 동네 참치 죽이는 데 있는데요."

"어? 왜 말 안 했어."

"곱창보다 비싸거든요."

"인생 뭐 있냐. 맛있는 거나 실컷 처먹어야지. 고고씽!"

나는 기분이 좋아져 김 부장의 투실투실한 배를 두 번 툭툭 쳤다. 그러자 김 부장도 트렁크 팬티 차림으로 복싱 자세를 취한 채 나에게 쉭쉭 대며 펀치를 두어 번 뻗었다. 나 역시 훗훗거리며 펀치를 피한 뒤 김 부장의 가슴을 손등으로 찰지게 후려쳤다. '철썩' 소리에 이어 김 부장이 '억' 하고 외마디 신음을 내질렀다. 프로레슬링에서 종종 나오는 '찹' 기술로, 언제 한번 꼭 써보고 싶었는데무척이나 통쾌했다. 김 부장의 투실한 살은 훌륭한 교보재였다. 곧 김 부장이 뻘게진 가슴팍을 보고는 내게 돌진해왔다. 나는 마당으로 탈출했다.

"야, 시뻘게졌잖아. 졸라 아파!"

"크크, 한번 해보고 싶었어요."

"너 한 대만 맞자. 그래야 참치 쏜다."

"쩨쩨하게. 옷이나 입고 나와요."

김 부장은 궁시렁거리며 티셔츠를 입었다. 나는 장난이 통하는 룸메이트라면 조금 짜증나는 생활 습관을 가졌더라도 견딜 만하다고 생각했다.

망원동 대로변에서 조금 들어간 차도에 자리한 작은 참치집. 그냥 동네 흔한 참치집인 줄 알지만, 이곳은 참치 맛 좀 안다는 사람들이 몰려드는 곳이다. 사장이 다양한 참치 부위를 특별한 경로로 공수해서 그때그때 신선하게 제공하는데, 체인점 무제한 참치집과 비교하자면 통통배와 원양어선 차이라 할 수 있다.

참치를 무척이나 좋아하는 사람과 두 번 이곳에 와본 적이 있다. 참치 중에서도 가장 고급인 혼마구로 코스를 선택한 뒤 가마도로, 오도로, 주도로, 울대살, 배꼽살 등을 사장님의 자부심 넘치는 설명을 들어가며 음미했다.

사장님은 나를 알아보지 못했다. 하긴 몇 년 전 딱 두 번 찾아온 손님이니 기억할 리가 없다. 오히려 그게 편하다. 김 부장은 뭐 이렇게 허름하고 좁은 데가 있냐는 불평을 해댔다. 하지만 잠시 뒤 나온 참치를 먹고 나서는 허리를 곧추세우며 나를 돌아보았다.

"야, 참치 살이 무슨 소 혓바닥 같다."

"소 혓바닥은 드셔보셨수?"

"아무튼 살살 녹네. 와우!"

"이것도 드시고 말해요."

"야, 이게 무제한이란 말이지?"

"더 좋은 부위 나오니까 너무 많이 먹어대지 말아요."

"으하하하."

김 부장은 특유의 호탕한 웃음을 흘리며 오도로를 무순과 함께 김에 싸서 입에 넣었다.

그렇게 정신없이 먹다 보니 배가 잔뜩 불렀다. 소주도 세 병비웠다. 사장님이 참치 눈알주랑 금술을 제공했는데, 그게 술이라는 불에 기름을 부은 격이었다. 우리는 눈알주와 금술을 연달아 마시고는 소주 두 병을 추가했다. 도합 소주 다섯 병. 어느새눈앞의 참치 살이 녹듯 내 몸도 녹아내리고 있었다.

더 먹을 참치 부위도 없어졌고, 가게도 슬슬 정리를 시작한다. 나는 일어서며 사장님에게 엄청난 단골이라도 되는 양 친근하게 인사를 건넸다. 김 부장은 계산을 하며 자기도 이 동네 사람이라며 앞으로 자주 오겠다는 허언을 남겼다.

참치집을 나와 집으로 가려고 보니 생각보다 거리가 있다. 마을버스로 네 정거장 거리. 올 때는 맛있는 걸 먹으러 간다는 기대감에 쉽게 걸어왔지만, 갈 때는 술도 취했고 배가 불러 몸이 무거웠다. 그때 마침 구원의 '은하철도 999'처럼 마을버스가 다가오는 게 보였다. 그렇다. 망원운수. 슈퍼할아버지는 망원동의 마을버스 시스템이 아주 훌륭하다며, 자신의 후배가 이사로 재직하는 망원운수 칭찬을 아끼지 않았었다.

김 부장과 나는 망원운수 17번 마을버스에 올랐다. 김 부장은 노선도를 주의 깊게 살피기 시작했다. 나는 두 정거장 뒤에 내리면 된다고 말했다. 그런데도 김 부장은 노선도에서 시선을 떼지 않더니 급기야 나를 돌아보며 능글맞은 미소를 지어 보였다.

"왜요?"

"야, 이거 홍대까지 가네."

"그래서요?"

"홍대 가서 한잔 더 하자. 맥주로 입가심해야지."

"그러다 훅 갑니다. 우리 소주 다섯 병이나 마셨거든요."

"에이, 그러지 말고…… 2차도 내가 쏠게."

"부장님, 저 어제까지 라면만 먹었어요. 너무 쏘시면 배 놀라요. 지금 밤 열한 시고요. 홍대 갔다 택시 타고 집에 오기도 싫습니다."

"택시비도 내가 내마."

"됐어요. 이번에 내립니다."

나는 벨을 누르며 일어섰다. 출구로 향하며 돌아보니 김 부장이 의자에 몸을 푹 집어넣은 채 나를 노려보고 있다. 심통이 난 표정으로 불퉁하게 입을 내밀고.

문이 열렸지만 나는 내리지 않았다. 기사가 뭐라고 중얼거리고는 다시 시동을 걸었다.

그래, 이 마을버스를 타고 뻔질나게 홍대를 다니던 때가 있었다.

마지막 여자친구는 상수동에 살며 서교동에 위치한 출판사에 다니는 편집자였다. 17번은 망원동에서 서교동을 지나 상수동을 살짝 걸쳐 신촌 쪽으로 가는 노선표를 달고 있다. 17번 마을버스는 그녀와 나 사이의 핫라인이었다. 흔히 홍대라고 부르는 서교동 일대는 우리의 놀이터였다. 5년 전 일이고, 2년간의 연애가 남긴 건 만신창이 육신과 영혼뿐이었다. 그녀와의 이별로 다리가 부러졌고, 머리가 깨졌으며, 사람들을 경계하게 됐고, 더 이상 만화를 그리지 않게 됐다. 물론 그녀가 들으면 억울해하겠지만 말이다.

술에 취하지 않았다면 17번 버스를 타지 않았을 것이다.

술에 취하지 않았다면 제때 17번 버스에서 내렸을 것이다.

그리고 술에 취하지 않았다면 지금 술집 '올드 앤 와이즈'에 앉아 있지도 않았을 것이다.

김 부장은 왜 이런 좋은 데를 진즉 안 데려왔느냐며 감탄사를 연발하며 자갈치와 새우깡을 집어먹었다. 자갈치와 새우깡. 가끔은 고래밥도 나온다. 이곳의 해물 기본 안주다. 카스와 맥스가 큰 병으로 나오고 외국 병맥주는 다른 집보다 천 원에서 2천 원 정도 싸다. 무엇보다 60~70년대 팝송이 쉼 없이 나온다. 딱 봐도 음악 하다가 가게 차린 것 같은 30대 후반 주인장은 자기 기분 내킬 때만 신청곡을 받는다. 특히 비틀즈 신청곡이 들어오면 "오늘은 그 노래가 신선하지 않아서요"라며 마치 해당 안주 재료에 문제가 있다는 식으로 답하고는 태연히 C.C.R(크리던스 클리어워터 리바이벌)의 노래를 튼다.

김 부장과 포탄 크기의 카스를 세 병째 비우고 있는데, 제니스 조플린의 〈썸머타임(Summertime)〉이 흘러나온다. 주인장은 나를 기억한다. 이곳에 올 때마다 이 노래를 신청했고 주인장도 제니스 조플린을 좋아했는지, 언젠가부터 내가 오면 알아서 이 노래를 틀어주곤 했다. 노래를 들으며 맞은편 자리를 바라본다. 김 부장이 담배를 힘차게 빨고는 콧김과 함께 연기를 뿜어내고 있다. 어느새 그의 모습이 담배 연기 뒤로 희미해지고 그녀의 모습이 오버랩된다.

"이제 담배도 끊어야 할 것 같아."

"편집자가 담배를 어떻게 끊어?"

민주는 눈을 흘기며 재떨이에 담배를 비벼 껐다.

"평생 책만 만들고 살 거 같아? 담배도 끊고 시집도 가고 아이도 낳아야지."

"그렇지, 일등 신부가 되려면 담배를 끊어야겠지."

"그래, 계속 그렇게 말해."

"난 그냥 담배 피우는 네 모습이 좋아서."

"난 너 담배 피우는 거 보기 싫거든."

"그럼 담배 끊으면 내가 보기 좋아지려나?"

"됐어, 마음대로 사셔."

민주와 나 사이에는 인질처럼 담배가 놓여 있었다.

연애 초기, 섹스 뒤 나눠 피우는 담배가 제일 맛있다고 하던 그녀였다. 모텔 협탁 위에 가지런히 놓아두던 콘돔과 담배 그리고 라이터. 그때 그녀는 담배를 피우려고 섹스를 하는 여자 같았다.

이후 담배는 천덕꾸러기가 됐다. 담배를 끊었다가 다시 피우는 게 생리 주기처럼 찾아왔다. 담배를 끊고 있을 때는 내가 피우는 담배를 혐오한 나머지 데이트에도 가져오지 못하게 엄포를 놨다. 담배를 다시 피울 때는 내 담배를 다 뺏어 피우고 새로 담배를 사서 다정히 나눠가졌다. 담배에 관한 한 그녀는 두 얼굴의 아가씨였다.

이곳에서 가시 돋친 대화를 나누고 얼마 지나지 않아 그녀는 완전히 담배를 끊었다. 그리고 나와도 헤어졌다. 담배를 끊는다는 건지, 나를 끊는다는 건지 헷갈렸던 그간의 정황은 쉽게 정리됐다. 나와 담배는 함께 그녀의 인생에서 퇴출됐다. 그게 기분이 나빠 한동안 담배를 피울 수 없었다. 만화 역시 그릴 수 없었다.

나는 담배 때문에 퇴출된 게 아니다. 대책 없이 가난한 만화가였기에 퇴출됐다. 결혼을 함과 동시에 지긋지긋한 직장을 그만 다니고 예쁘게 꾸민 집에서 남편 퇴근에 맞춰 요리 솜씨를 뽐내고 사랑스러운 아이를 낳는 걸 꿈꾸던 그녀에게, 내가 해줄 수 있는 건 아무것도 없었다. 그녀는 언제 내게서 그런 가능성을 지운 것일까? 돌이켜보면 처음부터 그녀는 내게 그런 가능성을 둔 적이 없었는지도 모르겠다.

담배 한 모금을 깊게 빨고 그녀를 지우기 위해 연기를 내뿜는다. 3년 만에 찾은 '올드 앤 와이즈'는 여전했다. 그녀가 다시 여기 온 적이 있었을까? 아닐 것이다. 무엇을 직면하기 두려웠나? 이제 두렵지 않다. 〈썸머타임〉이 끝나고 있다.

"나도 이런 가게나 차렸으면 좋겠다."

"다음 주부터 출근한다면서 뭔 포부가 그래요?"

"인마, 자영업은 직장인의 로망이야. 그러니까 내가 벌써 직장인 모드가 됐다는 거지."

"하하, 축하해야 하나요. 근데 거기는 정확히 뭐 하는 데예요?"

"바야흐로 스마트폰 시대 아니냐. 애플리케이션 관련 사업인데, 일단 가서 스마트폰부터 받아봐야 알겠더라고."

"휴, 어쩌시려고."

"어쩌긴, 내가 어디서나 잘 비비잖냐. 그리고 친구 놈이 거기 이사기도 하고."

잔을 들어 김 부장과 건배했다. 아날로그 맨인 그가 스마트폰 사업에서 진심으로 잘 버티기를 기원했다. 잔을 비우고 김 부장은 술집 술을 다 먹을 듯이 호쾌한 목소리로 맥주를 다시 주문했다.

"너, 여기 옛날 여친이랑 오던 곳이지?"

"됐거든요."

"전에 니가 여기 얘기한 거 같아. 민주랑 즐겨 간다고 나보고도 홍대 오면⋯⋯."

내가 딴청을 피우자 그가 머쓱해한다. 술이 깬다. 신기하게 여기 오고 나서 1차에서 취한 술이 다 증발해버렸는지, 맥주가 물처럼 하나도 부담스럽지 않다.

"여기 좋죠?"

"응. 자주 오자구. 이제 형님이 돈 벌면 망원동 말고 홍대에서 노는 거야."

"당장이라도 클럽 갈 기세네요."

"클럽? 그래 클럽, 거기도 가자. 어디 아는 데 있나?"

"애들 가는 덴 우린 들어가지도 못해요. 30대들 가는 클럽도 있다고는 하던데."

"오, 좋아. 거기 가자. 당장!"

"부장님 30대예요?"

"이래 봬도 내가 안경만 벗으면 열 살은 젊어 보이거든. 너랑

형 동생 정도로 보인다구."

"절대! 네버! 안 그렇거든요. 그래서 내가 부장님, 부장님 깍듯하게 부르는 거라고요."

"참내! 야, 너도 나이보단 들어 보이거든. 너 이마 점점 확장되는 거 알아?"

"내 이마가 어때서요?"

"너 그러다 탈모 돼."

"부장님이나 흰머리 좀 뽑으세요."

"내기할래?"

김 부장은 말릴 새도 없이 일어나 다짜고짜 바를 향해 걸어갔다. 나도 지지 않고 그를 따라갔다. 그는 내가 다가오자 대뜸 어깨동무를 했다. 그리고 주인장에게 둘이 몇 살 차이로 보이느냐고 물었다. 주인장은 제법 진지하게 우리 둘을 살피곤 말했다.

"띠동갑?"

나는 눈물 나게 웃었다. 김 부장이 계산하는 동안, 예전에 여기 올 때마다 늘 그랬듯 "노래 잘 들었습니다"라고 인사했다. 주인장도 늘 그랬듯 턱을 살짝 끄덕였다.

돌아오는 택시에서 김 부장은 계속 어깨동무한 채 중얼거렸다.

"영준아, 사랑한다. 진짜 고맙다. 너 없었으면 한국 돌아와 노숙자 됐을 거야."

약간 훌쩍거리는 것도 같아 그가 좀 진정이 된 후 내가 말했다.

"나도 도움 드려서 좋습니다. 그렇지만 사랑한다는 말은 하지 말아요."

"인마, 이건 플라토닉한 거야."

"알겠으니까, 그래도 사랑하긴 뭘 사랑해요."

"알았다, 사랑한다."

"아우, 제발 좀!"

1, 2차까지 거하게 얻어먹은지라 택시비는 내가 냈다. 현찰 만 원이 전 재산이었기에 홍대에서 망원동이 가깝다는 게 다행이라 느껴졌다.

펭귄 아빠, 나 이거 된다고 봐

  손이 쉽게 풀리지 않는다. 오랫동안 만화를 그리지 않았으니 당연하지만 왠지 억울하다. 초등학교 때부터 그려온 만화다. 각종 사생대회를 섭렵했고 '학생 만화 공모전' 당선으로 대학에 들어갔다. 대학 졸업 전 만화가로 데뷔했고, 한순간도 만화를 그리지 않고 지낸 적이 없다. 하지만 3년의 공백은 마치 구속이 떨어져 후보 신세가 된 강속구 투수 꼴이다. 좀처럼 구도가 안 잡히고 손이 느려진다. L선배의 그림체를 따라해야 하는 것도 고충이다. 아무튼 한 달 반으로 잡힌 마감을 지키려면 이 페이스로는 쉽지 않겠다.

  그래도 오늘 선고료가 입금됐다. 돈 문제로 다른 아르바이트를 할 필요가 없다는 것만으로도 안심이 된다. 만화만 다시 들입다 그리는 거다. 내가 그리고 싶던 극 만화는 아니지만, 어쩧

거나 만화를 그려서 돈을 번다는 것만으로도 위안이 된다.

김 부장은 출근한 날부터 외박이다. 출근 다음 날 전화를 해서는 연수 차원에서 일주일을 양평 쪽 콘도에 머문다고 했다. 그러면서 안드로이드폰을 받았다며 자랑이다. 스마트폰은 써본 적도 없는 사람이 웹 시장에서 일을 한다니 아무래도 집중적인 교육이 필요하긴 할 거다.

만화를 다시 그리고, 김 부장도 없고 하니 예전의 삶으로 돌아간 기분이다. 담배도 꾸준히 피운다. 모든 것이 정상으로 돌아왔다. 그녀와 헤어진 뒤 3년은 그림자처럼 살았다. 마치 내 앞에 누가 있고 그 뒤에 진짜 내가 검은 후드티를 뒤집어쓰고 서 있는 듯했다. 앞의 내가 누구를 만나건 무슨 삶을 살건 별 관심 없이 졸고 있는 척하던, 그 그림자 녀석 말이다.

옥탑방 마당에는 뜨겁지만 무언가를 개운하게 말려줄 것 같은 여름 햇살이 작렬하고 있다. 잠시 일손을 놓고 밖으로 나가 햇살을 만끽하며 담배를 피운다. 담배와 햇살 모두 이글댄다. 이 뜨거움이 좋다. 건물 몇 개 너머 한강 둔치를 바라본다. 성산대교 아래 있는 한강 야외수영장에 한번 가야겠다고 생각한다.

"안 더워요?"

놀라 돌아보니 석이 와 있다. 마르고 늘씬한 키는 여전하다. 그러고 보니 오랜만이다.

"또 소풍 다녀왔니?"

석이 묵비권을 행사한다. 그리고 담배를 꺼낸다.

"저도 한 대 피울게요."

"새삼스럽게. 담배 친구 아니냐."

석이 웃으며 담뱃불을 붙인다. 제법 탄 얼굴이 어디 지방에라도 다녀온 듯하다. 만화에나 나올 법한 마르고 큰 키에 기다란 머리칼과 작은 얼굴. 요즘 애들은 역시 체형 자체가 다르다는 걸 느끼게 한다. 쌍꺼풀 없는 눈이 작고 째져서 날카로운 인상이지만 충분히 개성적이다.

"할아버지가 이번엔 뭐라 안 하시대?"

"이젠 화도 안 내세요. 전엔 아버지 흉내 내냐면서 졸라 심하게 그랬거든요."

"학교, 돌아가야지."

석이 웃으며 고개만 두어 번 젓는다.

"뭘 해도 고등학교는 나와야 돼."

"서태지도 중퇴했잖아요."

"너, 서태지보다 베이스 잘 쳐?"

"형, 또 따지신다."

"있잖아, 피 터지게 연습하라는 말. 그거 진짜 피 터진다는 말이야. 서태지도 손가락에 피 흘려가며 기타 연습했을걸. 너, 언제라도 여기 올라와서 연습해. 난 괜찮으니까."

"근데 이 텐트는 뭐예요?"

"어? 그거…… 그냥 남는 거 있어서. 친구들도 가끔 오니까……."

"우와, 형. 그럼 나 여기 와서 자도 돼요?"

"그게 말이다…… 할아버지한테 허락받고 와."

말이 끝나기도 전에 석은 텐트에 들어가 오래 입던 점퍼 걸치듯 편하게 누워버렸다. 동거인이 와 있다고 냉큼 말하지 못한 게 실수였다. 원래 이 옥탑 마당은 석의 구역이다. 녀석이 담배도 피우고 기타도 치면서 시간을 보내던 곳이었고, 내가 살게된 이후로는 자연스럽게 공유해왔다. 그렇게 보자면 자신의 구역에 텐트를 친 김 부장은 석에게 불청객이다.

석의 정확한 이름은 모른다. 그냥 석아, 석아 하고 슈퍼할아버지가 부르니까 나도 그렇게 부른다. 녀석은 슈퍼할아버지의 손자다. 고딩인데 학교는 안 나간 지 꽤 됐고, 수시로 가출(녀석은 그걸 '소풍'이라고 부른다)을 일삼는다. 녀석은 슈퍼할아버지와 할머니 속을 꽤나 썩이고 있다. 어머니는 어릴 적 돌아가셨는지, 집을 나갔는지 정확히 알지 못한다. 아버지, 그러니까 슈퍼할아버지의 아들 역시 사업에 실패한 후 집을 나간 지가 오래됐다고 했다. 나이 차이가 많이 나는 누나는 시집을 갔다고 하는데, 명절에조차 한번 본 적이 없다. 결국 슈퍼할아버지와 할머니가 석을 키우고 있다. 아무리 슈퍼할아버지라도 자기 자식과 손자는 맘대로 하지 못한다.

음악을 한다고 기타를 두드리긴 하는데 멋 부린다는 느낌 이상은 아니고, 그렇다고 딱히 싸움질을 한다거나 불량한 친구들과 어울리지도 않는다. 그냥 자기 길을 못 찾고 방황하는 소년이다. 솔직히 내가 녀석처럼 훤칠한 키에 좋은 비율, 개성 있는 외모를 지녔다면 좀 더 적극적으로 삶을 개척했을 거다. 모델이나 연예인을 지망했을 수도 있고, 음악을 더 열심히 하거나 연애에 힘써 여자라도 많이 사귀었을 거다. 이 녀석은 자기 장점을 모르기도 하거니와 매사에 의욕이 없다. 키 큰 녀석이 싱겁다고, 좀처럼 충고를 해줘도 어색한 웃음을 짓거나 묵비권 행사다.

녀석은 내가 옥탑에 들어오기 전부터 이곳은 자기 구역이었다며, 올라와서는 담배를 맛있게 피우고, 라면도 얻어먹고 갔다. 외로움이 드리운 소년이다. 어머니도 아버지도 없고 누나도 그를 돌보지 않는다. 엄한 할아버지와 다부진 할머니 밑에서 세대 차이를 겪으며 엇나가기만 한다. 그러니 이 집에서 가장 말이 통하는 사람이 어쩌면 나일지도 모른다. 한번은 아저씨 같은 삼촌이라도 하나 있었으면 좋겠다고 해서, 그냥 형이라고 부르라고 했다. 그래서 형으로 불리게 됐지만, 내 인생도 코가 석 자라 녀석을 돌봐주지는 못한다. 그저 담배를 같이 나눠 피우고, 힘내라는 격려나 서툰 조언을 건넬 뿐이다.

어느새 석은 텐트에 누워 잠들어 있다. 김 부장이 당장 올 것도 아니니까 그냥 자게 놔두고 방으로 향한다. 다시 책상 앞에 와 원고를 보니 한숨이 난다. 매일 열 페이지를 그려야 한다. 아직 다섯 페이지가 남았는데 밖이 어둑어둑해진다. 마음을 다잡고 다시 책상에 앉는데 밖에서 쩌렁쩌렁 호통이 울린다.

"야 이놈아, 여기서 뭐 하는 거야? 또 집 나간 줄 알았잖아!"

나가 보니 슈퍼할아버지가 텐트를 발로 차며 안에서 잠든 석을 깨우고 있다. 석은 텐트에서 기어나와 어기적거리며 계단으로 향한다. 슈퍼할아버지는 그런 석의 등짝을 손바닥으로 한 대 친다. '짝.' 석이 잠시 멈추었다가 다시 내려간다. 슈퍼할아버지는 더 타박하는 대신 주변을 살피다가 담배꽁초와 나를 동시에 발견한다.

"오 군, 쟤한테 담배 주지 마."

"그거 제가 피운 거예요."

"쟤 좀 잘 털고, 재떨이에 꽁초 버리고. 응?"

결국 오늘도 한소리 들은 셈이다. 익숙해질 때도 됐는데, 슈퍼할아버지 잔소리는 늘 부담스럽다. 석이 녀석도 걱정된다. 난 그의 멘토도 친형도 아니다. 하지만 담배 한 대 정도는 건넬 수 있는 거 아닌가.

슈퍼할아버지의 호통 이후로도 석은 종종 옥상에 올라와 시간을 때웠다. 학교는 영등포 쪽의 대안학교를 알아보고 있다고 했고, 기타 연습은 전보다 열심히 했다. 서태지를 들먹인 내 충고가 자극이 됐는지 두 종류 기타를 텐트 안에 올려다둔 채 열심히 연습한다. 슈퍼할아버지도 밖으로 싸돌아다니는 것보단 옥상에 있는 게 낫다고 판단했는지 이후로는 별말이 없다. 대신 할머니가 부침개나 수제비 등을 수시로 옥상으로 가지고 올라오신다. 할머니는 작고 다부진 체구에 참으로 부지런히 집안일을 하시는데, 손자에게 잘 해주는 건 잘 먹이는 것밖에 없다고 생각하시는 것 같다. 연신 석에게 이거 먹어라, 저거 먹어라 하셨고, 덕분에 나도 석과 함께 할머니가 가져온 간식을 얻어먹는 재미가 쏠쏠하다.

"근데 대안학곤가 뭔가도 고등학교 졸업장 주는 거 맞쥬?"

한번은 간식을 먹는 나에게 할머니가 물었다. 나는 정확히 알지 못해 한번 확인해보겠다고만 했다. 그런데 이후로도 계속 같은 질문을 하셔서 결국 네이버 지식인을 찾아 대답해드렸다. 슈퍼할아버지가 펄펄 끓는 용광로 스타일이라면 할머니는 은근한 군불 같다. 그리고 석에게 듣기로는 슈퍼할아버지가 유일하게 꼼짝 못하는 분이 할머니라는 사실. 이제부터 나는 할머니에게 줄을 서기로 했다. 그동안 할머니가 교회 나오라고 자꾸 성화여서 피했는데, 이젠 교회를 다니면서라도 할머니와 친해질 필요가 있겠다.

다음 날 오후, 텐트에서 할머니가 들고 올라온 팥죽을 먹다가 내가 대뜸 물었다.

"할머니, 그…… 교회는 일요일만 나가면 되는 건가요?"

"글쵸. 일요일 열한 시여. 나랑 같이 가면 되는디."

"여기서 멀지 않다고 하셨죠?"

"총각, 잘 생각했어. 석아, 니도 이 형이랑 함께 교회 가자."

할머니는 곧바로 적극적인 전도를 펼치셨다. 석은 질색을 하며 먹던 팥죽까지 내려놓았다. 그러자 화포가 내게 집중됐다.

교회에 가면 점심도 주고, 좋은 말씀도 들려주고, 참한 처자도 많아 장가도 잘 갈 수 있단다. 그런데 그게 기대되기보다는 부담된다. 괜한 말을 꺼냈나 싶어 후회하는데 텐트 앞에 커다란 그림자가 드리워졌다.

"여기서들 뭐 하세요?"

텐트 앞에 선 김 부장이 난감하단 표정으로 할머니와 석을 살피곤, 뒤이어 안쪽의 나를 발견했다. 할머니와 석 그리고 나까지 차례로 텐트를 기어나왔다.

"부장님, 일주일 동안 연락도 없이 어떻게 된 거예요?"

"근데, 이분들은……?"

"주인할머니시잖아요. 그리고 여긴 손자."

할머니는 자기를 못 알아보는 김 부장이 패씸했는지 남은 팥죽을 싸들고 부랴부랴 내려가셨다. 석 역시 김 부장이 텐트 주인인 줄 이미 짐작했는지 머쓱하게 고개를 숙이고는 할머니를 따라 내려갔다.

"야, 그래도 이건 내 방이잖아……."

김 부장이 퉁명스럽게 한마디 하고는 텐트에 엉덩이부터 집어넣는다. 가만히 보니 평소와 달리 불퉁한 게 누가 자기 텐트를 점유하고 있어서만은 아닌 듯했다. 가뜩이나 무성한 수염을 깎지도 않아 덥수룩한 것부터, 전혀 본 적 없는 갈색 트레이닝 바지에 목 늘어난 티셔츠까지. 이제 막 노가다 뛰고 온 사람 꼴이다. 무엇보다 훤한 대낮, 갑자기 돌아온 것을 보면 대충 짐작이 간다.

"괜찮아요?"

김 부장은 아무 말 없이, 신발만 벗은 채 몸을 텐트 속으로 구겨넣었다. 사연이 있겠지. 더 이상 묻지 않고 방을 향하는데 뒤에서 김 부장의 낮은 음성이 들렸다.

"물 있냐?"

김 부장은 텐트에 쭈그려 앉은 채 물을 반 리터 정도 마신 뒤나를 바라보며 턱수염을 쓸어내렸다. 나는 잠자코 그가 말하길 기다렸다. 이윽고 그가 호주머니에서 핸드폰을 꺼내 바닥에 내려놓았다. 안드로이드폰이긴 한데 마치 10만 킬로미터는 주행한 중고 자동차 같았다.

"내 전화 계속 불통이었지?"

"문자도 안 갔어요?"

김 부장은 스마트폰을 몇 번 만지작거리다가 이내 화면을 덮고는 뒤로 던져버렸다.

"스마트폰 어플 중에 이런 게 있더라고, 피라미드."

"피라미드……요?"

"씨발. 이젠 다단계도 스마트하게 하더라. 친구도 잃고 남은 돈도 다 잃고 나왔다."

김 부장은 그대로 벌렁 누워버리곤 담배를 빼어 물었다. 그저 일이 생각보다 달라서 고생만 하다 돌아온 걸로 짐작했던 나 역시 당혹스럽기는 마찬가지였다. 요새도 그런 게 있나 싶어 반문

하자, 각박하기가 최고조인 요즘이니까 남 속이는 일도 더하면 더했지 덜할 게 없다는 답이 나왔다.

김 부장은 텐트 바닥에 그냥 재를 털며 담배를 피웠다. 재떨이가 반대편에 있는데도 신경 쓰지 않았다. 그렇게 마구 털 듯 하루 자고 털어내면 좋으련만, 기대가 컸기에 그만큼 처참해진 그의 몰골이 걱정됐다.

"나가서 밥이나 먹죠. 제가 쏠게요."

그러자 김 부장이 재떨이를 찾아 담배를 끄고는 텐트 구석의 이불로 손을 뻗었다.

"잘게. 그냥 냅둬라."

그럴 수밖에. 이놈의 세상. 안간힘 쓰는 저 사람 하나 도와주지 않는다. 그저 스스로 훌훌 털고 일어나길 바랄 수밖에. 나는 밀린 원고를 떠올리며 방으로 향했다.

용케도 다음 날부터 김 부장은 기운을 차리고 부지런히 여기저기 전화를 돌려댔다. 돈 꿔달라는 부탁부터 일자리 알선, 주가 정보, 소상공인 창업 정보 등 친구들과 정부기관을 가리지 않고 통화를 한다. 퉁퉁하지만 알찬 몸집과 늘 뜨거운 피부는 아직도 그가 정력적으로 삶을 운전해나갈 것이라는 증거로 보였다. 텐트 아래서 땀을 줄줄 흘리면서 한 손엔 전화기를 한 손엔 메모지를 들고 자기 인생을 적어나가는 사내. 그 모습에 어느 정도 고무된 나도 펜을 쥔 손에 힘이 들어갔다.

인터넷으로 대량 주문한 청수냉면을 만들어 먹는 점심. 김 부장은 냉면을 먹으면서도 땀을 뻘뻘 흘린다. 인간 육수 제조기다. 냉면을 다 먹고 그가 브리핑을 한다.

"지리산 생태 마을로 귀농한 친구가 오라네. 머슴방 하나 준대."

"그럼 가족 불러올 수 있어요? 형수님, 시골 질색이라며."

"아무래도 미래가 좀 불투명하지? 그럼 친구 사촌형이 파주에서 블루베리 농장한다는데, 거기 가서 그걸 배우면 어떨까?"

"블루베리가 뭐예요?"

"너도 참, 그렇게 시류를 몰라서야 되겠냐? 그거 열매 있잖아. 눈에 엄청 좋다고 요새 비싸게 팔려."

"그냥 가르쳐준대요? 땅은 있고?"

"일단 가서 무보수로 몇 개월 배워야 된대. 땅은 알아봐야지."

"생태 마을 정착보다는 나은 것 같네요. 근데, 그게 정말 전망은 있대요?"

"가봐야 알지."

"피라미드처럼 또 노예 생활하는 거 아니에요?"

"이건 친구 사촌형 소개라니까."

"저번엔 친구가 이사였다면서요."

"알았어. 그럼 이건 어때? 한국콘텐츠진흥원의 만화 기획 개발 지원."

김 부장이 호기롭게 말한다. 나는 잘 알고 있다. 그가 세 번째 말하는 게 제일 미는 거라는걸. 그런데 뜬금없이 만화 기획 개발 지원이라니. 내 무표정한 얼굴을 보고 김 부장 눈썹이 잠시 올라갔지만 곧 양손을 올리고는 특유의 과한 제스처로 설명을 시작했다.

"그러니까 내가 보기엔 나 같은 40대 기러기 아빠들의 애환을 그린 만화라면 콘텐츠진흥원에서 지원해줄 수도 있겠단 말이지. 사회적 공감대도 있고. 기러기 아빠랑 40대 명퇴 가장들 눈물 쏙 빼는 만화를 만드는 거야. 가제는 '펭귄 아빠'. 이게 기러기 아빠보다 못한, 자식들 보러 아예 날아가지도 못하는 아빠를 일컫는 말이거든. 반면에 언제라도 비행기 타고 왔다 갔다 할 수 있는 아빠는 독수리 아빠라고 하고."

"독수리는 대륙을 오갈 수 없고요, 오히려 기러기가……."

"됐고, 그러니까 내 말은 이런 게 그림으로 폼이 나잖아. 의인화라고 알지? 너 만화가잖아. 그리고 주인공이 펭귄이다 이거야. 펭귄치고 잘 안된 게 없다고. 예전에 심형래도 펭귄 분장하고 개그해서 대박 냈고, 뭐냐? 요새 애들이 사족을 못 쓰는 거…… 뭐더라?"

"뽀로로?"

"그래, 뽀로록."

"뽀로록이 아니라 뽀로로!"

"아무튼 걔도 펭귄이라고. 펭귄 아빠, 나 이거 된다고 봐."

마치 입찰 프레젠테이션이라도 하듯 열변을 토한 그가 담배를 빼어 물었다. 어디서 끊어야 될지 모르던 나는 찬스를 잡았다.

"부장님, 만화책 안 팔아봤어요?"

"그러니까, 내가 서울만화사 영업부장 출신 아니냐. 경력도 된다고. 그런 데가 또 경력을 봐요."

"아니 제 말은, 만화를 누구에게 파셨어요?"

"그거야 독자들에게 팔았지."

"그 독자들이 누구예요? 애들이잖아요. 나이 많아야 20대까지였어요. 40대 아저씨들이 만화책을 왜 사요? 그 돈으로 돼지 갈비에 소주 마시지."

그러자 김 부장이 잠시 골똘해한다. 나의 원 펀치가 그의 뇌를 자극한 게 확실하다. 그는 우쭐해하는 나를 얄밉다는 듯 바라보고 담배를 비벼 껐다.

"영준, 잘 들어. 니가 간과하는 게 있는데…… 이건 지원 사업이야. 안 팔려도 지원금 받으면 손해 볼 건 없어. 그리고 왜 못 파냐? 내가 직접 스토리를 쓰겠다니까. 내 실제 상황을 쓰면 진짜 눈물 없인 못 본다. 너도 알잖아? 이렇게 니네 집에 기생하는 거라며, 친구한테 피라미드 끌려간 거, 이 와중에도 애랑 마누라는 캐나다에서 스키 장비 사게 돈 보내달라는 거야. 스키 못타면 왕따 된다나 뭐라나. 진짜 내 상황에 감정이입되고 그러지 않니, 응?"

"그럼…… 부장님이 스토리 쓰고, 저보고 그리라고요?"

"빙고!"

"출판사는 어떻게 하고요. 그런 건 출판사 끼고 넣어야 돼요."

"그거야 차리면 되지. 출판등록, 까짓것 내일 해치우자고."

생각보다 의지가 강하다. 단칼에 그의 기대를 접게 만들어야겠다고 느꼈다. 나는 곧장 책상에 가서 작업 중인 원고와 각종 자료 뭉치를 들고 와 밥상 위에 내려놓았다. 김 부장은 이것저것 살피고는 입술을 몇 번 우물거렸다.

"잘 그리네. 좋아, 이걸로 손 풀리면 바로 펭귄 아빠 하는 거야."

"펭귄이건 펠리컨이건 못 해요. 이거 한 달 반 안에 마감해줘야 하고, 잘해서 다음 시리즈도 따낼 거라고요."

"너, 학습만화 빈정댈 때는 언제고……."

"아저씨, 지금 아저씨가 드신 이 냉면, 이거 선고료 받은 걸로 산 거거든요. 자, 구체적으로 생각해봅시다. 콘텐츠진흥원 지원 넣으려면 샘플도 그려야 되고, 몇 회 분량 그려야 되고, 그거 말처럼 쉽지 않아요. 이런 작품은 캐릭터가 중요해서 캐릭터 디자인이나 콘셉트 같은 것도 미리 연구 많이 해야 돼요. 그리고 스토리도 잘 짜야 하고요. 누구 사연 그냥 쓴다고 되는 거 아니거든요. 스토리가 진짜 중요한데, 사실 부장님이 글 제대로 써본 적 없잖아요. 글씨 쓰는 거랑 글 쓰는 건 달라요. 무엇보다 경쟁이 장난 아니에요. 요즘 돈 나올 데가 없어서 다들 지원 사업만 노리고 있어요. 준비 덜 된 채 넣어봐야 들러리만 서는 것밖에 안 돼요. 말하자면 어려운 도전이란 겁니다. 그리고 전 지금 거기 할애할 시간이 없어요. 당장 이거 그려서 잔금 받아야 먹고 살 수 있다고요."

말해놓고도 너무했나 싶긴 하다. 하지만 이건 김 부장 혼자의 사업이 아니다. 결국 내가 그려야 하는 것이기에 딱 잘라 거절해야 했다. 김 부장은 내 장황한 결론에 대응할 말을 찾지 못했다.

"그래, 뭐. 먹고살려면 그거 해야지. 그럼 펭귄 아빠도 아니네."

나는 다짐이라도 받듯 고개를 세게 끄덕였다. 하지만 여기가 끝이 아니다. 김 부장의 수첩엔 무언가가 또 남아 있었다.

"군산식 콩나물 해장국집!"

내가 덜 긍정적인 사람이라서 그런진 모르겠지만, 김 부장이 가진 제안이란 것들이 하나같이 비현실적으로 느껴졌다. 그게 잘될 거라면 남들은 왜 그걸 안 했는데요? 군산식이 아니라 전주식도 제대로 서울에서 자리를 못 잡았는데…… 군산식이랑 전주식이랑 뭐가 다르죠? 게다가 자영업이 쉬운 것도 아니고, 대여섯 평짜리 국밥집 차리려고 해도 기천만 원은 들 텐데…… 뭐라고 더 해줄 말이 없지만 그래도 룸메이트로서 모른 척할 수도 없는 일.

"그냥 우리 집에서나 끓여주세요. 제가 5천 원씩 내고 먹을게."

"너도 맛있다며? 돈이야 어떻게든 융통해서 일단 작게 차리면……."

"저희 집이 온갖 식당은 종류별로 다 해봐서 아는데요, 자영업 그렇게 쉬운 게 아니거든요. 그리고 한번 말아먹으면 재기하기 진짜 힘들어요. 차라리 택시나 대리운전 하세요. 참, 대형 면허 따서 마을버스를 모시든가. 슈퍼할아버지가 소개해준다고 했잖아요."

"······알았다."

김 부장은 무기력한 표정으로 한숨을 내쉬었다.

"부장님, 제가 너무 부정적으로 말했지만 그래도 그게 제일 현실적인 거예요. 일단 밑천이라도 모아야죠."

"나 교통사고 난 뒤로 운전 트라우마 있어. 기억 안 나냐?"

윽, 그러고 보니 김 부장이 출판사를 그만두게 된 것도 수금 때문에 지방 출장갔다가 사고를 당한 후유증이었다. 고속도로에서 앞차의 바퀴가 빠지면서 김 부장 차로 날아왔고, 급정거를 했으나 뒤차들이 계속 부딪쳐 5중 추돌이 벌어진 사건이었다. 불운하게도 바퀴 빠진 차는 책임이 없고, 김 부장이 가장 큰 책임을 떠안아야 했다. 사고 수습 과정에서 그는 회사를 그만두게 되었고, 이후로도 계속 직장을 옮겨가며 힘든 생활을 해야 했다. 운전에 대한 부담감이 그의 삶을 어느 정도 바꿔놓은 것이 사실이다.

미안한 마음에 헛기침만 한다. 어떻게 해야 할지 떠오르지 않았다. 방금 전 그의 진로 제안들을 거침없이 비판하던 내 목소리가 어느새 내 안에서 나를 비난하고 있었다. 멍청한 놈. 남의 삶인데 조심스럽게 말했어야지. 어떻게 된 놈이 생각나는 대로 떠들기만 하냐……

내가 침울해하자 이번엔 김 부장이 나를 보며 웃어 보였다.

"됐어, 인마. 슬슬 어두워지는데 술이나 사라."

결국 기승전술.

나는 노을이 지는 한강 쪽을 바라보았다. 문득 한강에 나가 소주를 마시고 싶어졌다.

동네에서 조금만 걸어가면 한강 둔치다.

둔치로 넘어가는 지하 통문 앞 가게에서 소주 세 병과 물, 오다리와 새우깡을 사서 김 부장과 함께 터벅터벅 노을이 짙어가는 한강으로 향한다. 예전에 이 망원동에 한강물이 범람해 큰 수해가 있었다고 슈퍼할아버지는 말했지만, 지금은 그걸 믿기 힘들 정도로 둔치 주변은 공원으로 잘 조성되어 있다.

둔치에 앉아 소주를 두어 번 흔든 뒤 딴다. 녹색 소주병이 마치 한강 물색과 비슷하다고 느낀다. 가져온 머그컵 두 개에 적당히 술을 붓는다. 소주병의 반 정도가 빈다. 김 부장과 나는 아까의 토론을 잊을 기세로 술을 들이켠다. 반 정도 비우고 잔을 내려놓고 보니, 김 부장은 꿀럭꿀럭 원샷을 한다.

말없이 한강을 붉게 물들이는 노을을 바라본다. 곳곳에 걷거나 자전거를 타고 운동하는 사람들이 지나간다. 이들은 다 어디에 직장이 있고, 어디에 집이 있는 걸까? 털이 잘 관리된 애완견이 지나가는 게 보인다. 누가 저렇게 관리해주고 밥을 주고 키워주는 걸까? 아버지가 부자이거나 물려받은 재산이 없다면 성인이 되고 자기 꿈을 꾸며 살기엔 너무나 힘든 세상이다. 그래, 루저의 푸념이다. 하지만 루저가 너무 많다. 나도, 옆의 김 부장도, 어딘가로 사라져버린 석의 아버지도 모두 루저다.

주변의 많은 사람이 다 지면서 살고 있다. 지면서도 산다. 어쩌면 그게 삶의 숭고함일지도 모르겠다. 그러자 갑자기 만화가 그리고 싶어졌다. 지면서도 살아가는 사람들. 매일 검붉은 노을로 지지만 다음 날 빠알간 햇살로 빛나는, 태양 같은 사람들에 대한 이야기를 그리고 싶어졌다. 사실 따지고 보면 김 부장이 이야기한 펭귄 아빠도 흥미로운 구석이 없는 소재는 아니다. 누가 돈만 준다면 그리고 싶은 이야기다. 지금 느끼듯 내가 그리고 싶은, 지면서도 살아가는 사람들에 대한 이야기가 아닌가.

어느새 나는 내부의 검열을 하고 있는 나를 보게 된다. 돈 안되는 것, 돈 안 주는 것은 할 자신이 없어졌다. 술김에 김 부장에게 펭귄 아빠를 하자고 수락하고 싶은 마음이 스멀스멀 기어 올라온다. 나는 참는다.

김 부장은 두 번째 소주병을 기울여 잔을 채우고 있다. 아울러 채 비우지도 않은 내 잔에도 술을 첨잔한다. 어딘가에서 기타 연주가 들려왔다. 돌아보니 덥수룩한 머리의 사내 하나가 둔치 끝에 앉아 기타를 치고 있다. 선율은 익숙하다. 〈스테어웨이 투 헤븐(Stairway To Heaven)〉의 전주 부분.

"역시 딥 퍼플이야."

오다리를 씹으며 김 부장이 말했다. 굳이 정정해주지 않고 선율에 집중하다가 기타 치는 사내를 돌아본다. 어라? 석이다. 그러고 보니 녀석을 옥탑 아닌 곳에서 본 건 처음이다. 굳이 아는 척하지 않고 마저 선율에 집중했다.

두어 곡을 더 연주하고는 들고 온 캔맥주를 마시는 녀석을 내가 불렀다. 녀석은 나를 돌아보고는 어색한 미소를 지은 뒤 기타와 캔맥주를 들고 다가왔다. 김 부장은 아직도 석이 누군지 모르는 기색이다.

"아는 애야?"

"어제 부장님 텐트에 있던 친구요."

그제야 김 부장은 호탕하게 웃으며 석에게 손을 내밀었다. 석은 자리에 앉다가 어색한 자세 그대로 김 부장의 악수를 받았다.

"기타 잘 치네. 나 옥탑 사는 아저씨야."

"네."

"딥 퍼플 좋아하니?"

"레드 제플린인데요."

"응? 그런가. 아무튼 반갑다."

김 부장은 머그컵을 들어 건배를 제의했고, 석은 캔맥주를 그냥 입에 가져갔다. 김 부장은 민망한지 머그컵을 거두어 자기 입에 가져갔고, 석은 맥주를 겨우 입에만 댄 듯했다. 매사 심드렁한 석과 매사 적극적인 김 부장의 대면답다.

내가 대충 석의 상황을 이야기하자 김 부장은 자기 딸도 사춘기에 접어들었다며 이런저런 조언을 석에게 늘어놓기 시작했다. 석은 귀찮아하면서도 김 부장의 말을 들어주었고, 어느새 김 부장이 건네는 머그컵의 소주도 족족 받아 마셨다. 그리고 어느 순간, 내가 손 쓸 수 없을 정도로 두 사람 모두 거나해졌다.

"……아저씨."

"마, 형님이라고 불러."

"에이, 그렇겐 안 되죠. 저보다 스무 살도 더 많으신데……."

"뭔 상관이냐. 친구 먹을까? 친구?"

"아저씨, 애들…… 보고 싶죠?"

"……애들은 아냐. 딸 하나야."

"암튼 보고 싶으시죠?"

"보고 싶은 것뿐이겠냐."

"다들 이렇게 애들 보고 싶어 하는데…… 왜 우리 아버지는 안 그럴까요?"

"으응? 그거야, 어른들은…… 다 사정이 있는 거지 뭐."

"아저씨!"

대뜸 석이 외쳤다. 김 부장도 화들짝 정신을 차렸다.

"애들…… 아니 애한테 잘해주세요."

"그, 그럼. 난 우리 딸 생각밖에 없다고."

"어서 돈 벌어 뉴질랜드 가시라고요."

"캐나다야."

술 취한 둘의 대화는 끊어질 듯 끊어질 듯 계속됐다. 둘이 너무 친해져도 안 되겠다. 나는 남은 한 잔의 소주를 내 잔에 따라 뱃속으로 부어버렸다.

새로 사온 소주 두 병을 더 비운 뒤에야 우리는 한강 둔치를 벗어났다. 술에 취한 루저 삼총사는 개선장군인 양 집을 향해 씩씩하게 걸었다. 우리는 슈퍼할아버지 복덕방 앞에 와서야 퍼뜩 정신을 차렸다. 술 취한 석을, 그것도 석에게 우리가 술을 먹인 것을 슈퍼할아버지가 알게 된다면…… 망원동을 떠나야 할지도 모른다.

복덕방의 불은 켜져 있었다. 나는 취한 두 사람에게 대기 신호를 보내곤, 살짝 복덕방 안을 살폈다. 늦은 밤임에도 슈퍼할아버지는 바둑판에 머리를 묻고 기보를 살피고 계셨다. 우리는 후다닥 복덕방 옆을 달려 집으로 돌아왔다. 적을 피해 고지를 탈환한 듯 뿌듯한 밤이었다.

덕이 있는 자는 결코 외롭지 않고 반드시 이웃이 있으니……

어제의 숙취로 나는 침대에 누운 채 뒤척이고 있다. 몇 년째 커튼을 달겠다고 마음만 먹고 달지 않은 창문을 통해 늦여름의 뜨거운 햇살이 계속 얼굴을 때린다. 힘겹게 몸을 일으켜 장롱을 열고 옷걸이에 걸린 겨울 코트 한 벌을 옷걸이째 창틀에 건다. 커튼 대용으로 쓰는 저 코트는 정작 겨울에는 입지도 않는다. 이런 식의 미봉책으로 계속 살아도 괜찮은 걸까? 다시 될 대로 되라는 마음가짐으로 침대에 몸을 다이빙한다. 그나마 햇살이 덜 비치니 다시 잠이 들 법도 하다. 숙취에는 잠이 최고다. 간은 인간이 움직이지 않을 때 가장 잘 활동하는 장기란다. 굳이 비유하자면 미동이 없어야 숙취 노폐물을 잘 쓸어담아 해치울 게 아닌가. 참으로 술 먹고 뻗어 있을 수 있는 좋은 변명이다.

그때 끼익 소리와 함께 문이 열리고 김 부장이 들어온다. 특유의 어기적 걸음으로 좀비처럼 화장실을 향해 가는 게 뻔하다. 이윽고 '우드득, 푹푹, 파아' 폭풍 설사의 효과음이 걸지게 들린다. 냄새까지 넘어오는 듯한 기분에 영 찝찝하다. 김 부장은 꼭 술 먹은 다음 날 자다가 일어나 똥을 싼다. 그의 지론은 아침의 술똥이야말로 간을 도와준다는 거다. 간이 숙취 노폐물 치우기도 벅찬데 몸 속 똥 냄새까지 처리하느라 힘겹다며. 그는 그걸 해장똥이라고 불렀다. 해장국도 잘하지만 해장똥도 잘 챙긴다. '똥, 똥'거려서 입맛이 좀 없어졌지만 김 부장이 이따 끓여줄 콩나물 해장국 생각에 뱃속이 벌써 시원해진다. 역시 사람은 같은 분야에서 장점을 발휘하는가보다.

어느새 물 내려가는 소리와 함께 해장똥을 마무리한 김 부장이 어기적거리며 기어나와 다시 텐트로 향한다. 그가 똥을 싸고 나갔으니 최소 한두 시간 정도는 조용히 잠들 수 있을 거라 여기며 다시 잠을 청한다. 그때 김 부장의 비명이 들렸다.

"으악! 이게 뭐야."

방문을 밀치고 김 부장이 내 방으로 들어선다. 제길, 뭔진 몰라도 자긴 글렀다.

"야, 일어나봐. 밖에 누가 있어."

"누군데요?"

"몰라. 죽었나봐. 노숙자 같기도 하고 이상해."

"나도 몰라요. 부장님이 깨워 내보내요. 잘래요."

"야, 진짜라니까. 여기서 시체 발견되면 니가 책임질 거야?"

"끙."

나는 숙취와 잠을 밀치고 겨우 일어났다. 아직 현실감이 없다. 도대체 아침부터 뭐가 옥탑 마당에 떨어져 있다는 거야? 그런 건 주인한테 말해야지. 전지전능한 슈퍼할아버지라면 금방 해결할 텐데…….

투덜대며 마당으로 나오자 김 부장은 덩칫값도 못한 채 어기적거리며 내 뒤를 따라왔다. 나와 보니 정말 그의 말대로 옥탑 마당으로 올라오는 계단 앞에, 여름에 걸맞지 않는 커다란 곤색 점퍼를 뒤집어쓴 사람이 쓰러져 있다. 이 더위에 저런 걸 덮고 미동이 없다면 정말 무슨 일이 나도 난 거다. 나와 김 부장은 천천히 점퍼를 뒤집어쓴 채 누워 있는 사람에게 다가갔다. 부근에는 악취가 흘렀고, 뒤이어 강한 술 냄새가 코를 찔렀다.

나는 질끈 이를 악물고 다가가 점퍼를 뒤집어 올렸다. 윽! 노숙자라고 해도 아무 이견이 없을, 산발과 수염 그리고 악취와 술 냄새의 4단 콤보를 장착한 중년 사내…… 그였다.

내가 그를 알아보자 김 부장은 더욱 놀랐다.

"아…… 아는 사람이야?"

"싸부! 여기서 뭐 하세요?"

나는 아플 정도로 힘껏 싸부의 어깨를 쥐어 잡고 흔들어댔지만, 그는 처음부터 거기 박혀 있는 그루터기처럼 꿈쩍도 하지 않는다. 어떡해야 하나…… 돌아보니 김 부장이 방에서 대접에 물을 담아 나오고 있다.

김 부장이 마당에 찰싹 달라붙어 있는 싸부의 얼굴 옆에 대접을 내려놨고, 나는 손에 물을 묻혀 뺨에 몇 번 뿌려주었다. 하지만 여전히 미동이 없자 김 부장이 대뜸 대접을 싸부의 얼굴에 엎어버렸다. 놀라 돌아보자 김 부장이 어쩔 수 없었다는 표정으로 나를 바라본다. 뒤이어 '으어어어' 하며 물을 얼굴에 뒤집어쓴 싸부가 대접을 밀치며 움직이기 시작했다.

"싸부! 괜찮아요?"

"으, 으응."

게슴츠레 눈을 뜨며 상체를 겨우 일으킨 싸부가 그제야 나를 알아본다.

"넌, 왜 여기 있냐?"

"싸부야말로 어쩐 일이세요?"

"여기가 어디냐?"

"여기 제 옥탑방이거든요."

어깨에 걸쳐진 점퍼를 손으로 밀쳐낸 싸부는 마당에 주저앉은 채 주위를 살피기 시작했다. 마치 각막 이식 수술을 받고 막 붕대를 푼 환자처럼 신중하게 곳곳을 살펴보는 싸부. 그런 싸부를 나와 김 부장 역시 심각하게 바라보았다. 이윽고 그가 핸드폰을 꺼내 살피며 입을 열었다.

"그래? 너 번호가 없더라. 그래서 미리 온다고 연락 못 했어."

"도대체 어떻게 되신 거예요? 옷도 그렇고. 어디 아프신 거 같은데……."

"응. 좀 아파. 그래서 더 자야 돼."

말을 마치고 싸부는 무릎을 부여잡고는 힘겹게 일어서 천천
히 방을 향해 걸음을 내딛었다. 내가 부축하려고 하자 괜찮다고
손짓한 뒤 마저 걸어 방으로 들어간 싸부는, 그대로 내 침대를
향해 쓰레기봉투를 투척하듯 자기 몸을 던져버렸다. 윽, 씻고
주무시지……. 침대 시트 빨 생각부터 드는 걸 보니 싸부가 불
청객은 불청객인 모양이다.

"싸부? 너 무술 배웠냐?"

텐트에 나란히 누운 채 김 부장이 물었다. 어디서부터 시작해
야 할지 잘 모르겠다.

"나한테 만화 가르쳐준 분이에요."

"만화가야?"

"만화 스토리 작가세요."

"만화 스토리 작가라…… 무슨 작품 썼는데?"

"황룡의 『불한당』 시리즈요."

"그게 뭔데?"

"『메탈 하트』라고, 영화 제작까지 진행됐던 SF만화도 썼고
요."

"영화가 됐어?"

"우리나라에서 SF영화 같은 거 되기 쉽지 않죠."

"별 거 없네. 그래서 저사람 지금은 뭐 하는데?"

"몰라요."

"근데 우리 집을 어떻게 알고 왔냐?"

우리 집이란다. 김 부장은 경계 의식을 잔뜩 장전 중이다. 나는 얼마 전 돌잔치 때의 이야기를 간략히 들려줬다. 그러자 몸을 뒤척이고 돌아누우며 김 부장이 한숨을 내뱉듯 말한다.

"저 아저씨 느낌 안 좋다. 깨어나시는 대로 잘 모셔 보내라."

나도 돌아누우며 말했다.

"부장님, 근데 해장국 언제 끓여요?"

내 말에 김 부장은 마치 그게 자기 소임인 양 벌떡 일어났다. 그러고는 분주히 해장국을 끓이기 시작했다. 좁은 방 옆 부엌에서 뚝딱대는데도 싸부는 꿈쩍 않고 시체처럼 침대에 파묻혀 있다.

우리는 부엌 마루에 앉아 해장국을 먹었다. 콩나물과 오징어 조각을 잔뜩 넣고 우려낸 해장 국물에, 새우젓으로 적당히 간을 하고 김 가루를 뿌린다. 국물에 김 가루가 젖어 잠기면, 밥을 말고 모든 내용물을 수저로 한 번에 떠먹는다. 따뜻하고 시원한 국물이 일품이다. 좋다. 지난주에도 김 부장이 해장한다며 이 국을 끓였는데, 전날 술을 안 마신 게 억울할 지경이었다.

내가 맛있게 먹어대자 김 부장은 돈만 있으면 해장국집 차려서 대박 낼 수 있을 거라며, 다시 군산식 콩나물 해장국 사업에 대해 큰소리치기 시작했다. 기다렸다는 듯 나는 다시 한번 자영업의 어려움을 들먹였다. 어차피 세상에 쉬운 건 없다고 그가 맞받아친다. 그래서 나는 지난번보다 더 디테일하게 요식업계

집안의 아들로서 그 현실을 알려주기 시작했다.

우리 부모님은 내가 태어나기 전부터 경양식집, 카페, 프랜차이즈 통닭집, 시장통 호프집, 번화가 갈빗집 등 다양한 업종을 3년에서 5년 간격으로 바꿔가며 30년간 운영하셨다. 어머니가 자기 좋아하는 돼지갈비 좀 팔아보자며 마지막으로 연 갈빗집을 끝으로 그 영겁의 세월이 끝났을 때 나는 대한 독립 만세를 외쳤다.

일단 가게는 쉬는 날이 없다. 가게를 열건 안 열건 월세는 나가지 않는가? 큰집인 우리 집은 설날에도 차례를 지낸 후, 친척들은 우리 집에서 놀고 우리 가족은 가게로 나가 오후부터 영업을 시작했다. 심지어 나는 고3 시절에도 아버지로부터 아르바이트가 펑크 났다는 연락을 받으면 학원을 제치고 가게로 가 설거지를 해야만 했다. 가게를 하면 늘 현찰이 돌긴 하지만(요즘은 카드가 보편화돼서 그것도 별 볼일 없다) 근근이 살기 마련이고, 가족의 노동력은 임금에 포함되지 않는다. 그저 가끔 용돈을 받으면 감지덕지. 왜? 부모님 역시 자기 노동력에 대한 가치를 돈으로 환산하기가 쉽지 않은 본전 장사였기 때문이다. 거기에 건물주의 횡포와 부동산의 장난. '손님은 왕'이라는 말도 안 되는 가치에 젖은 사람들 때문에 받는 스트레스도 이만저만이 아니다. 무슨 손님이 왕이냐. 내 음식과 서비스를 너의 돈과 바꾸는 것인데. 결국 돈이 왕이었다. 돈이 있으니 왕으로 굴려는 손님들이야말로 가게에서 일하면서 제일 꼴 보기 싫은 부류였다. 프랜

차이즈 통닭집은 프랜차이즈 쪽 마진이 너무 커서 운영하는 게 오히려 손해인 적도 있었다. 다트 머신을 놓아서 재미를 보던 호프집은 옆에 새로 들어선, 다트와 당구대 등을 겸비한 대형 복합 카페에 밀려 한순간에 매출이 절반으로 떨어진 적도 있다. 나는 스펙터클하고 디테일한 설명의 끝에 방점을 찍었다.

"그나마 우리 집이 버틸 수 있었던 건 형이랑 누나 그리고 제가 무보수로 가게 일을 도왔기 때문이에요. 가게는 패밀리 비즈니스입니다. 근데 부장님은 지금 가족이 없잖아요. 결국 혼자서 해야 하는데, 그러려면 작은 거 해야죠. 그럼 거기서 돈이 벌릴까요?"

"작은 걸로 시작해 키워나가야지."

"그건 아세요? 상가건물임대차보호법?"

"그게 뭔 소리냐?"

나는 예습을 안 해온 학생 같구듯 김 부장을 바라봤다.

"예를 들면 부장님이 상가 건물에 가게를 차렸어요. 계약 기간 5년 동안 열심히 일해 매출이 꽤 잘 나오게 됐어요. 그런데 건물주가 계약 기간 5년 끝나자 재계약하면서 월세를 세 배로 올려버립니다. 부당하죠. 하지만 건물주는 싫으면 나가라고 하죠. 부장님은 권리금도 못 받고 나가고, 건물주가 새로 들어오는 가게한테 권리금 받는 거죠. 아니면 울며 겨자 먹기로 세 배 월세 내고 장사하거나."

"에이, 설마."

"설마라뇨. 장사 잘돼서 쫓겨나는 집이 얼마나 많은데. 장사라는 게 잘돼도 걱정이고 안돼도 걱정인 거라고요."

"거참, 이래저래 가진 놈만 편리한 시스템이구면."

"모르셨어요? 법 만드는 놈들이 부자니까 부자가 살기 좋은대로 다 세팅하는 거."

"그러니까 법 만드는 국회의원 새끼들이 문제야. 지들 월급이랑 연금이나 올리고 말야. 나 같은 사람이 여의도로 가야 하는데……."

"여의도도 돈 있어야 가는 거예요."

"씨발, 니미 좆도."

김 부장이 상을 탁 치고 일어났다. 해장국은 아직도 많이 남아 있다. "뭘 이리 많이 했어요" 하자 그가 턱짓으로 방 안을 가리킨다. 그래, 밥은 나눠 먹어야지. 역시 작은 밥그릇일수록 싸울 일이 없나보다.

그날 밤. 부엌 마루에서 자다가 소음에 깨니, 불이 켜진 채 싸부가 해장국에 밥을 말아 솥째 끌어안고 퍼먹고 있었다. 깨어난 나를 보고는 싸부가 씨익 웃어 보이는데 누런 이에 김까지 껴서 봐주기가 아주 힘들다. 나는 해장국이 맛있다며 다시 먹기에 여념이 없는 싸부를 그저 바라만 봤다. 물어볼 말은 많지만 '먹을 때는 뭣도 안 건드린다'는 불문율이 생각나서다. "식사하시는데 죄송하지만 다시 누울게요" 했더니 싸부는 "어, 어서 더 자"라며 다시 한번 김 낀 이를 보여준다.

다시 누웠지만 잠이 잘 오지 않았다. 싸부는 후루룩 쭈읍, 마지막 국물 한 방울까지 다 마시는 소리를 끝으로 방으로 사라졌다. 다시 침대에 몸을 누이셨겠지. 부디 내일은 기운 차리고 일어나시기를. 나는 내일 오전 중으로 반드시 싸부에게 사정을 묻겠다고 다짐했다.

"나 집 나왔다."

다음 날 오후 두 시가 되어 깨어난 싸부가 침대에서 몸을 일으켜 담배를 한 대 빼문 뒤 꺼낸 말이다.

"아니 무슨 사춘기 중학생도 아니고 가출을 해요?"

"너도 이 나이 되어 봐라. 호르몬 변화로 제2 사춘기를 경험하게 된다고."

"그런 이론 처음 들어보거든요."

"아무튼 서울에서 며칠 전전하다 니 생각나서 온다는 게 술 만땅 취해 그렇게 된 거다."

"몸은 좀 괜찮으세요?"

"이 침대가 아주 특효약이네. 잠 잘 자고 일어나 잘 먹었더니 아주 개운해."

싸부가 말을 마치고 기지개를 켰다. 그때 김 부장이 방으로 들어와 싸부를 빼꼼히 바라본다. 둘은 잠시 서로를 살피며 머쓱해했다. 남자들 특유의 가늠하기가 펼쳐지는 찰나, 내가 중재를 했다.

"여긴 김창경 부장이세요. 어제 해장국도 이분이 끓인 거예요."

말이 끝나기도 전에 김 부장이 영업 모드를 발휘했다.

"김창경입니다. 얘기 많이 들었습니다."

"제 얘기를 들어요?"

"주무시는 동안 대략…… 만화 그리셨고, 영준이 스승이시라고."

"잘못 들으셨네요. 전 스토리 썼는데……."

싸부가 정색하자 김 부장은 순간 난감한 표정이 됐다. 하지만 곧 노련하게 표정을 누그러뜨리고 웃음을 터트렸다.

"으하하하, 제가 그쪽 분야는 잘 몰라서요. 아무튼 영준이가 어르신 자랑을 많이 하더라고요."

"어르신은 무슨, 저 나이 그리 많지 않습니다."

"실례지만 혹시 연세가……?"

"오팔 갭니다."

"육육 말입니다. 저보다 형님이시네요. 앞으로 형님이라 부르도록 하죠. 형님도 말씀 놓으시죠."

"뭐, 그러시든가."

역시 대한민국은 나이와 짬밥으로 쉽게 정리가 된다. 마냥 경계할 순 없다고 생각한 김 부장이 넉살 좋게 깔고 들어갔고, 괴팍한 싸부도 상하 관계를 확인하고는 마지못한 척 받아주었다. 그래도 어색함이 둘 사이에 감돌았다. 나는 같이 밥이나 먹으러

나가자고 했다.

동네 단골 식당인 할매집에 갔다. 싸부와 나는 동태찌개 2인분, 김 부장은 만둣국을 시켰다. 음식은 모두 4천5백 원 균일. 대신 현찰만 받는다. 할매는 굽은 허리로 분주히 주방을 오가며 뚝딱 음식을 만드시고, 우리는 어색한 침묵 속에 냉수를 들이켠다. 순간 싸부가 냉장고로 가서 막걸리 한 병을 꺼내온다. 자신의 물잔에 막걸리를 붓고는 내 빈 물잔에도 막걸리를 붓는 싸부. 뒤이어 싸부가 김 부장을 돌아보자 그도 잔의 물을 비우곤 막걸리를 받는다.

술이 한 순배 돌자 입이 좀 풀리는 듯 김 부장이 이것저것 신변잡기를 이야기한다. 기러기 아빠의 회한과 실직자의 고통, 자기도 한때는 잘나가는 영업직이었다는 회고까지 순식간에 털어놓으며 세 병째 막걸리를 비우자 식사가 나왔다.

자연스레 식사는 안주가 되어 동태 살을 발라먹으며 술판이 벌어졌다. 싸부는 말없이 술을 마시며 김 부장의 고백 타령에 노련한 고수처럼 추임새를 넣었다. 잔을 부딪치고, 고개를 끄덕여주는 것만으로도 김 부장은 들썩였다. 그러자 새로운 고민이 스멀스멀 기어 올라왔다. 이거 둘이 친해지면 어떡하나? 둘이 싸워도 난감하지만 친해져도 문제다!

김 부장의 이야기가 지겨워졌는지 싸부가 나를 돌아보고 물었다.

"학습만화 일은 할 만하니?"

"은근 어렵더라고요."

"음…… 학습만화니까 학습하면서 그리도록 해."

"그 농담 좀 안 하시면 안 돼요? 싸부는 요즘 뭐 하시는데요?"

"말했잖아. 가출했다고."

"그럼 일은……?"

싸부는 대답 대신 술잔으로 입을 막았다.

"듣기로 영화 쪽도 하신다면서요?"

답답한지 김 부장이 덧붙였다.

"영화는 접었어. 양아치들 많아서 못 해먹겠더라고. 내가 진짜 모두를 깜짝 놀라게 할 콘텐츠 아이템이 있는데 말야……. 가화만사성이라고 일단 집안 문제부터 해결해야 돼."

"도대체 사모님이랑 어떻게 싸우셨는데 그래요?"

내가 물었다.

"형님, 혹시 돌이킬 수 없는 그런…… 사채나 불륜 그런 겁니까?"

김 부장이 물었다.

싸부가 김 부장을 노려보았고, 김 부장은 급히 대접에 얼굴을 묻고 만둣국을 들이켰다.

얼마나 시간이 흘렀을까, 싸부는 마지막 남은 동태 살을 우물우물 씹은 뒤 입을 열었다.

"나, 황혼이혼당하게 생겼어."

황혼이혼? 환갑도 안 된 싸부여, 그러기엔 아직 젊다고요!

사모님을 몇 번 뵌 적이 있다. 순하디순한 인상에 푸근한 몸매. 기억하기로 싸부는 사모님에게 가부장적으로 굴었다. 밤늦게 집으로 우리를 데리고 가서 술상을 봐오라 했다. 그렇게 한참 마시다가도 주무시는 사모님을 깨워 술과 담배를 더 사오라고도 했고. 아무튼 보통 남편으로서는 쉽지 않은 간 큰 행동들이었다.

하지만 이후로 만화 일도 떨어지고 사모님이 미용실을 운영하며 경제권을 쥐게 되자 싸부도 점점 주눅이 들었다. 사모님 처지로선 자신이 돈도 버는데, 평소같이 살림도 하고 남편도 챙기는 건 힘든 일이었다. 그러다보니 사모님의 기세는 올라갔고, 싸부는 고개 숙인 가장이 되어야 할 판국이었다.

싸부가 일도 안 하면서 계속해서 밖으로만 돌자 참다못한 사모님이 지난주 이혼 서류를 준비해 도장을 찍으라고 했다. 하지만 싸부로서는 지금 이혼하면 본인 인생의 베이스캠프가 사라지는 거라 완강히 거부했고, 자신이 할 수 있는 최고의 저항인 '가출'을 감행했다.

"집에서는 연락 없어요?"

"어제 문자 왔어. 빨리 와 도장 찍으래."

"집에 가면 이혼이고…… 그래서 못 가시는 거군요."

"자넨 왜 못 가는데?"

"저야 일단…… 집이 캐나다 아닙니까."

"방심하지 마. 자네도 언제 불쑥 서류 날아올지 몰라."

"에이, 저는 단지 애 교육 때문에 떨어져 있는 겁니다. 민진이 엄마, 저 사랑해요."

"전화 와?"

"전화는 비싸서 자제하고 가끔 메신저 합니다."

"계속 전화해. 자꾸 안 받거나 그러면 바람난 거야."

"형님, 무슨 악담을 그렇게……."

"내 말은 여자 마음은 모른다는 거야. 우리 아내 별명이 뭐였는지 알아?"

"알고 싶지 않네요."

"싸부, 아직 창창하신데 무슨 황혼이혼이에요. 그리고 요즘은 백 살까지들 산다던데."

"이혼하면 난 폭삭 늙을 거라고. 바로 독거노인 되는 거지. 입에서는 구린내 나고, 발기는커녕 고환암이나 걸리지 않으면 다행이야. 게다가 머리는 누가 깎아주냐? 난 30년 동안 아내가 머릴 깎아줬다고."

"에그, 아내가 그렇게 중요하면 평소에 잘했어야지!"

천둥 같은 목소리에 놀라 돌아보니 설거지를 하던 할매가 국자를 든 채 우리를 노려보고 있다.

"안 그래? 대낮부터 술 처마시고 마누라 투정할 시간에 어여 노동판에라도 다녀들!"

할매의 기백 있는 일갈에, 우리 셋은 엉거주춤 일어나 문으로 향했다.

식당을 나와 집으로 돌아가는데, 싸부가 자연스럽게 우리와 동행한다.

"저 아저씨, 진짜 딴 데 갈 데 없다냐?"

김 부장이 슬며시 귓가에 속삭였다.

"모르겠어요. 사정 들으니까 뭐라 말을 못 하겠네요."

"그래도 니가 주인인데 과감하게 말해. 지금이 기회야. 안 그러면 제대로 빈대 붙을걸?"

"그게 그렇게 간단한 일이 아니라고요."

그게 그렇게 간단한 일이면 부장님도 우리 집에 빈대 붙진 못했을 거라고요.

싸부를 싫어하진 않지만 같이 지낸다고 생각하면 부담이 된다. 싸부는 내게 소중한 사람이다. 그가 내게 가르쳐준 건 만화 스토리 쓰는 법이 아니라 사는 방식이었다. 대학에서도 직장에서도 그런 걸 배운 적은 없다. 싸부는 가난하면서도 자신감이 넘쳤고, 청춘이라 불리기 힘든 나이임에도 나보다 더 젊게 행동했다. 정답을 말하진 않지만, 오답으로 사람들을 즐겁게 할 수 있는 사람이다. 그리고 내게 놀라운 위로를 주기도 했다.

등단 후 한 작은 공모전에서 대상을 받은 내 작품에 어떤 만화 평론가가 표절 혐의를 제기했고, 많은 사람(아마도 떨어진 지망생들이리라!)들이 기다렸다는 듯 해당 공모전 게시판과 만화 사이트 게시판에 악의적인 댓글들을 달아대던 때가 있었다.

당시 나는 아무것도 못 하고 괴로워만 했는데, 그때 전화를 걸어온 싸부가 내게 말했다. 지금부터 24시간 안에 털어버리라고. 넌 지금 한 방 먹고 링에 쓰러진 권투 선수라면서, 한 방을 먹을 순 있지만 일어나지 않으면 진다고. 심판이 지금 카운트를 세고 있다고. 너에게 카운트 텐은 24시간이라며, 그는 어서 일어나라고 내게 말했다. 다음 날 나는 견뎌내고 일어설 수 있었다.

지금 싸부는 어떤가? 그는 지금 녹아웃되어 앰뷸런스에 실려 간 권투 선수다.

그때 김 부장이 툭 친다. 돌아보니 따라오던 싸부가 보이지 않는다. 우리는 왔던 길을 돌아가 보았다. 싸부가 어디에 쓰러져 있진 않나 살폈다. 김 부장은 간다고 하면 우리가 말릴까봐 그냥 조용히 간 거라는 매우 편의적인 해석을 늘어놓았다. 내가 전화기를 꺼내자 김 부장이 손을 홰홰 저으며 나를 말렸다.

어찌할까 고민하는 찰나, 길 옆 가전제품 매장 안에서 점원과 이야기하는 싸부가 눈에 들어온다. 갸우뚱 바라보는데 싸부가 나를 보더니 들어오라고 손짓한다.

"니네 집 주소 어떻게 되지?"

"무슨 일인데요?"

"너무 덥더라고. 에어컨 하나 샀다. 배달해준다니까 주소 여기 불러줘."

"싸부, 이럴 필요 없어요."

"아냐, 난 더우면 못 살아. 어서 알려주라고."

점원이 건넨 종이에 주소를 적는데 손이 떨린다. 적어도 싸부가 여름이 지나가기까진 우리 집에 머물겠구나. 휴, 에어컨을 사준 싸부에게 고맙다는 말 따윈 하지 않겠다고 마음먹는다.

그날 밤 옥탑방은 이글루가 됐다. 김 부장까지 텐트에서 나와 부엌 마루에 진을 치고 누웠다. 전기세가 얼마 나올지는 전혀 상관없다는 듯 싸부는 빵빵하게 에어컨을 틀었다.

"원래 차도 그렇고, 기계는 처음에 풀가동해줘야 되는 거야."

"좋네요. 형님 덕분에 시원하게 잡니다."

금세 아부 모드로 바뀐 김 부장이다. 얄미워 죽겠다.

"오작, 시원하지?"

싸부는 모든 호칭을 두 자로 줄여 부르는 게 취미다. '오 작가'를 줄여 '오작'이라 부르는 게 그나마 다행이다. '오 만화가'를 줄였다면 그건 꽤 싫었을 거다.

"예, 뭐."

"너무 고마워할 거 없다. 내가 잠시 니네 집에 머문다고 월세라도 내면 너도 부담이잖아. 그래서 대신 이거라도 사주는 거야."

월세 내주셔도 안 부담되고, 오히려 전기세 왕 부담이거든요. 차마 그 말은 못 하고 어색한 웃음만 지어 보인다.

그때 탕탕 문을 세게 두드리는 소리가 들렸다. 김 부장이 내게 눈짓을 한다. 아니나 다를까, 슈퍼할아버지가 김 부장이 열기도 전에 문을 밀고 들어왔다. 매운 고추라도 먹은 표정으로 슈퍼할아버지는 방 안으로 들어와 싸부를 살폈다. 싸부 역시 뚱한 표정으로 지지 않고 슈퍼할아버지를 바라본다.

"자네가 말한 게 이 사람이여?"

슈퍼할아버지가 김 부장을 돌아보며 물었다. 그는 긍정도 부정도 못 하고 주춤댔다. 싸부와 나는 김 부장의 그런 모습에 일말의 배신감을 느꼈다. 눈치를 챈 슈퍼할아버지가 싸부와 에어컨을 번갈아 살폈다.

"댁은 뉘신데 야심한 밤에 이 총각 집에 떡하니 누워 있는가?"

내가 말하려는데 싸부가 손을 들어 나를 제지했다. 침대에서 일어난 싸부는 슈퍼할아버지 앞에 가 섰다. 키가 큰 싸부가 슈퍼할아버지를 내려다보자, 슈퍼할아버지는 고개를 삐쭉 쳐든 채 싸부를 노려보았다.

"식객입니다. 그런데 제가 누군지 영감님이 알 필요가 있나요?"

"흐흠. 내가 이 집 주인인데, 이 방은 한 명 이상 살 수가 없어. 저 친구도 그래서 텐트 치고 밖에 사는 거고. 보면 몰러?"

"그런 규칙은 어느 나라 법에 써 있는 건가요?"

"내 집이니까 내 수첩에 써 있다, 왜?"

"그럼 그 수첩 속에 경찰서 주소도 있나요? 거기 찾아가서 절 잡아가든가 쫓아내든가 하라고 하시죠. 정당하게 월세 내고 사는 후배 집에 놀러 와서 제가 왜 이런 소릴 들어야 합니까?"

"어허, 이거 천둥벌거숭이 같은 놈이구먼. 이놈아, 집이 없으면 서울역 같은 데 가서 지내!"

"영감님이나 남 일 참견 마시고 야식으로 옥수수라도 드시고 주무시죠."

물러서지 않는 싸부의 대거리에 슈퍼할아버지는 약간 당황한 듯 고개를 흔들었다. 그러나 곧 강하게 손을 올리며 싸부에게 삿대질을 했다.

"아니, 이 자식이!"

그 순간 슈퍼할아버지의 손가락이 싸부의 턱을 찔렀다. 싸부는 턱을 붙잡은 채 슈퍼할아버지를 내려다봤다.

"지금 저 때리신 겁니까?"

"때리긴, 니 턱이 주걱턱이니 걸린 거지. 이것 봐, 저 에어컨 저렇게 틀어대면 전기세는 어떻게 감당하려고 그려?"

"나 참, 전기비야 알아서 내는 거 아닙니까? 안 그래?"

싸부가 나를 돌아보며 동의를 구했다.

내가 주저하는 찰나 슈퍼할아버지가 콧방귀를 뀌고는 말했다.

"이봐, 오 군. 월세도 제때 못 내는데 전기세까지 밀리면 나도 봐줄 수가 없는 겨."

나는 대답 대신 에어컨을 껐다. 싸부가 나와 슈퍼할아버지를 번갈아 보곤 한숨을 쉬었다.

"이봐요, 영감님. 내가 전기세며 월세며 다 내줄 거니까, 걱정 끄시고 내려가세요."

"바락바락 대꾸해대긴. 환갑도 안 돼 보이는 새파란 게. 세상이 거꾸로 돌아가서, 이것 참……."

혀를 차고는 슈퍼할아버지가 돌아가자 싸부는 아직도 분이 안 풀리는지 씩씩거리다가 리모컨을 들어 다시 에어컨을 켰다.

"오작, 너 월세 얼마 밀렸어?"

다 내줄 듯 호기롭게 묻는 싸부.

"몇 개월 됐어요. 지금 보증금에서 까고 있어요."

다는 아니라도 좋으니 조금이라도 내주세요.

"마, 그런 건 밀리면 안 되는 거야. 가뜩이나 주인이란 것들은 유세 떨기 좋아하는데, 월세 밀리면 약점을 잡힌다고. 그러니까 저렇게 더 난리지."

"맞아요."

그래서 보태주실 건가요, 안 보태주실 건가요.

싸부는 더 이상의 언급 없이 털썩 침대에 몸을 부렸다.

"저 할아버지가 망원동에서도 워낙 유명하다더라고요."

김 부장이 스리슬쩍 끼어들자 싸부가 침대에서 벌떡 상체를 일으켰다.

"야! 너 나가. 어서!"

싸부가 노기 띤 목소리로 외쳤다.

"부장님이 여기 사람 더 와서 지낸다고 고자질했어요?"

나도 거들었다.

"그게 아니라, 저 할아버지가 자꾸 나한테 묻더라고. 누가 와 있는지……. 형님, 그게요……. 저도 여기 꼽사리로 있는 거라 아무래도 할아버지 눈치가 뵈지 않겠습니까?"

"이…… 자본가에게 아부하는 어용 노조 같으니라고……."

싸부가 김 부장에게 베개를 던졌다. 김 부장은 난감해하다가 자신도 베개를 들어 싸부에게 던진 뒤 후닥닥 나가버렸다. 싸부는 허탈한 웃음을 짓고는 다시 침대에 벌렁 누웠다. 그렇게 대자로 뻗으시면 안 되죠……. 내 눈빛이 전달됐는지 싸부가 벽으로 몸을 당겨 누웠다.

퀸 사이즈 침대에 남자 둘이 옴짝달싹 못하게 눕고는 불을 껐다. 에어컨 소음이 자장가 소리로 들려왔다. 싸부는 금세 잠이 들었고 종종 이를 갈았다. 나는 내가 얼마나 이 생활을 버틸 수 있을지 고민에 빠져 뒤척이려고 했으나, 침대가 좁아 그것마저 힘들었다.

다음 날 아침, 김 부장이 일찌감치 밥을 차리고 있다.

이 아저씨 어제의 고자질이 마음에 걸렸는지 알아서 봉사 중이다. 해장국 못지않게 다른 음식도 제법 먹을 만했기에 절로 군침이 돈다.

순두부찌개에 고등어조림. 싸부와 나는 만족스러운 포즈로 수저를 들었다. 김 부장은 이렇게 된 거 같이 밥도 해먹고 잘 지내자고 힘주어 말했고, 싸부는 열심히 고등어를 젓가락으로 분해함으로 대답을 대신했다.

싸부는 우리에게 슈퍼할아버지에 대해 물었다. 나이, 직업, 성격, 가족 관계, 좋아하는 음식, 주요 동선 등. 나와 김 부장은 아는 대로 싸부에게 답해주었다. 사실 아는 게 그리 많진 않았다. 제일 중요한 성깔이야 어제 한번 붙었으니 대충 알 테고…….

식사 후 나는 학습만화 작업에 박차를 가했다. 김 부장은 다시 구인구직 사이트를 뒤지기 시작했다. 싸부는 은행에 다녀온다며 나갔다. 과연 얼마를 인출해올 것인가가 관건이다. 싸부는 염치없는 사람이 아니다. 하숙비 조로 한 50만 원 정도만 주면, 숨통이 트일 것이다. 아니 반드시 그 정도는 줘야 한다. 에어컨 풀가동으로 전기세만 한 달에 30만 원은 나올 테니까.

저녁 시간이 다 됐는데 싸부가 돌아오지 않는다. 하루 종일 집에서 각각 그림 작업과 구직활동에 매진한 김 부장과 나는, 우리를 위한 선물로 통닭에 맥주를 시켰다. 아니, 맥주는 시키면 비싸다고 김 부장이 굳이 나가서 사왔다.

포동이 두 마리 치킨은 아무래도 브라질 닭이 맞는 것 같다. 시키면 뼈가 오골계 새끼도 아닌 게 영 꺼림칙하다. 싸부 몫으로 다리 하나 날개 하나 가슴살 두 개를 남기니 좀 부족해 보였다. 맥주잔을 비운 김 부장이 입맛을 다신다.

"근데 니네 싸부는 은행에 돈 찾으러 간 거냐, 은행을 털다 잡혀간 거냐?"

"몰라요. 전화도 아까부터 꺼져 있더라고요."

순간 김 부장이 화색이 도는 표정으로 나를 살폈다.

"집에 간 거 아냐?"

"음…… 그럴지도 모르겠네요."

"그래, 그럴 거야. 나 같아도 주인 잔소리랑 니 눈칫밥 먹으며 여기 있긴 싫을걸."

김 부장은 그제야 자기가 무슨 말을 했는지 알아차렸다.

"아니, 그게. 나는 말야…… 그래, 나는 돈도 좀 내잖아. 그리고 너는 나 눈치 안 주지."

나는 이제부터 눈치를 좀 주기로 마음먹었다.

"싸부 진짜 어떻게 된 걸까요?"

"집에 간 거야. 그러니까 우리 이거 먹어버리자."

"늦게라도 오시면 우리끼리 먹은 거 미안한데."

"어서 먹고 환기시키고 오리발 내밀면 돼."

김 부장이 어느새 집어든 닭다리를 오리발처럼 내밀며 말했다. 나도 반사적으로 날개를 집었다. 우리는 마저 뜯었다. 그때 전화가 왔다. 역시나 싸부다.

"오작, 복덕방으로 와라."

"어디시라고요?"

"아래 복덕방. 어르신 복덕방 말야."

맙소사. 이건 또 무슨 시추에이션.

내려가 보니 싸부는 슈퍼할아버지와 검고 하얀 알이 가득찬 바둑판을 사이에 둔 채 대거리하고 있었다. 대마불사라느니, 사사구통이라느니, 이걸 내주고 이걸 받으셨어야죠. 아니, 그걸 내가 왜 헛갈렸지, 허허. 하하, 글쎄 참, 껄껄.

우리는 어제와는 반대로 화기애애한 대거리를 나누는 둘을 갸우뚱 바라보았다.

싸부는 어서 앉지 않고 뭐 하느냐고 했고, 슈퍼할아버지는 암호를 해독하듯 바둑판만 뚫어지게 바라보았다.

곧이어 문을 열고 배달원이 와서 양장피, 탕수육, 깐풍기와 이과두주 두 병을 복덕방 탁자에 늘어놓았다. 싸부가 계산을 하려 하자 슈퍼할아버지가 "이 사람 이거 왜 이러나, 규칙은 규칙이지"라고 한 뒤 배달원에게 자기 이름에 달아두라고 지시했다.

슈퍼할아버지는 우리들에게 음식 앞에 둘러앉으라고 손짓했다. 방금 전 먹은 치킨에 배가 불렀지만 은근한 식욕이 또 돌았다. 가난하단 건 허기를 쉽게 느끼는 걸지도 모른다는 생각이든다. 김 부장은 먹성 하나는 알아주는 사람답게 벌써 젓가락을 뜯고 있다.

"어르신, 정말 대회 한 번도 안 나가보셨나요?"

"내가 그런 북적이는 거 싫어해. 기원에서 하는 대회는 한 번 참가했지. 2등."

"야, 진짜 대회 한번 가시면 어르신 연령대에서는 짱 먹을 겁니다. 연배에 비해 체력이랑 집중력도 좋으시고요. 오늘 벌써 이게 몇 시간째십니까?"

"이 사람아, 내가 젊을 땐 2박 3일간 여섯 명을 돌아가며 상대한 적도 있어. 맞아, 자네 말처럼 바둑도 체력이 중요하지. 그나저나 오 군, 자네 선생이라는 이 사람이 정말 유명한 만화가 맞나?"

"예, 만화 쪽에서는 이분 모르는 사람 없습니다."

"자네, 그럼 바둑 만화를 한번 그려보지 그러나. 바둑을 그렇게 잘 아는, 자네 같은 사람이 나서서 바둑을 만화로 알려야지. 요새 젊은 애들은 게임이다 인터넷이다 그런 것만 하잖아. 그래서 바둑이 많이 죽었어."

"그러게요. 제가 그 생각을 못 했네요. 유념하겠습니다."

싸부는 가증스러울 정도로 공손하게 답하며 우리를 돌아보았다.

"뭐 해? 다들 먹어. 어르신이 쏘시는 거야. 저녁들 안 먹었지?"

"오시면 같이 먹으려고 했죠."

김 부장이 냉큼 대답했다.

"잘 먹겠습니다, 어르신."

나는 잽싸게 감사의 인사를 하고 깐풍기에 젓가락을 가져갔다. 오늘은 닭으로 조지는 날이구나. 어느새 싸부는 이과두주를 따서 슈퍼할아버지에게 한 잔 올리고 우리에게도 한 잔씩 권한다. 슈퍼할아버지가 흡족한 듯 우리들을 돌아보고 잔을 들었다.

"자, 이렇게 한지붕 아래 사는 것도 다 인연인데 다들 하는 일이 잘되어야지. 옛날에 공자님 말씀 중에 '덕불고 필유린'이라고 했어. 덕이 있는 자는 결코 외롭지 않고 반드시 이웃이 있다

는 말이야. 우리가 다 이웃들 아닌가. 내가 다른 건 몰라도 복덕
방 사장 아닌가. 인정과 낭만만으로 망원동을 일구며 살아온 세
월이야…… 자, 그럼 여러분들의 성공적인 재취업을 위하여!"

"위하여!"

4년간 이곳에 살며 슈퍼할아버지와 건배할 날이 올 줄은 꿈
에도 몰랐다.

내 앞에서 슈퍼할아버지에게 술을 올리며 담소를 나누는 싸
부와 김 부장이 새삼 다르게 보였다. 나에게는 저런 넉살도 여
유도 없다. 역시 어른들은 어른들이다. 나는 서른다섯 살 철부
지에 지나지 않는다.

"어, 김부. 자네 해장국 이거 진짜……."

김 부장도 싸부의 줄임말 호칭에서 자유롭진 못하다.

"진짜 뭐요?"

"따봉이다."

"따봉! 거 추억의 유행어네요. 암튼 감사합니다."

"이거 돈 내고 먹어야겠어."

"내세요. 사양 안 합니다."

"같이 살면서 그럴 수야 없지."

"참, 팔자 좋으십니다."

둘은 이제 스스럼이 없어졌다. 확실히 싸부는 사람을 끄는 매
력이 있다. 김 부장처럼 과하게 영업 모드도 아니고, 나처럼 순

순히 받아주는 것도 아니다. 굳이 말하자면 여유로운 뻔뻔함이 있다. 별말 안 하다가 슬며시 정곡을 찌르고, 관심 없는 척하다가 어느새 챙기고. 슈퍼할아버지와의 처음 말싸움도 아마 다음 날 친해지기 위한 포석이었을지 모른다.

싸부는 침대에 누워 담배를 빼물었고, 김 부장은 남은 해장국을 먹어치웠다. 나는 설거지를 하며 오늘 마감할 분량을 떠올린다. 끔찍하다. 싸부 때문에 며칠간 일을 제대로 못한 데다 어제 슈퍼할아버지와의 술자리로 밤과 오전을 다 날렸다.

설거지를 마치고 책상에 앉아 원고를 펼쳐놓았다. 코를 박고 집중해 해치워야 한다. 지난 원고를 살필 것도 없이 바로 새 장면을 콘티에 맞게 그려넣기 시작한다. 며칠 놀아서 그런지 손놀림이 둔하다. 시골 밤길을 선글라스 끼고 걷는 기분이랄까. 선배들은 이럴 때 손이 침침하다는 표현을 쓰곤 했다.

"거, 손이 침침해 쓰겠어?"

화들짝 돌아보니 뒤에서 싸부가 내 원고를 바라보고 있다.

"싸부 때문이거든요."

"선수는 며칠 쉰다고 폼이 망가지지 않아."

"저 선수 아니거든요."

"그게 아니라, 넌 지금 하기 싫은 일을 해서 그런 거야. 니 데생이 이렇게 후진 적은 처음 본다."

더 이상 그릴 수 없어 손을 멈췄다. 싸부를 좋아하지만 같이 사는 건 다른 문제다. 서로의 영역에 침범하기 시작하면 관계가

엉망이 될 수밖에 없다. 나는 냉장고 문을 열어 물을 꺼내 마시며 싸부에게도 권했다. 싸부는 물은 사양하고 대뜸 냉장고 안을 손으로 가리켰다. 반쯤 남은 녹색의 막걸리 병이 보였다. 나는 냉장고 문을 세게 닫았다.

"싸부, 제 일에 참견하지 마세요. 자꾸 이러시면 불청객 됩니다."

"그냥 니 재능이 아까워서."

"저는 싸부 재능이 아깝거든요. 10년째 작품이 없는 전설의 만화 스토리 작가 아니십니까?"

"너 직장 생활도 하고 그랬다더니 이빨이 늘었다."

"대신 싸가지는 줄었습니다. 그래서 싸부가 자꾸 제 신경 긁으시면…… 저도 어쩔 수 없습니다."

"어쩔 수 없다라……. 그래, 그럼 단도직입으로 묻자. 너 저거 계속 그릴 거야?"

"물론이죠. 현재 제 밥줄이거든요."

"많이 바쁘냐?"

"3일 안에 40페이지 해서 보내야 돼요."

"있잖아, 내가 죽이는 아이템이 있는데, 너랑 상의 좀 할까 했지."

"그거 유령들이 근무하는 유령회사 이야기죠?"

"……아니, 다른 건데. 이건 다국적 프로젝트야."

"불한당이 라스베이거스 카지노 터는 이야기, 맞죠?"

싸부가 너털웃음을 짓고는 내게 물었다.

"그걸 니가 어떻게 다 아냐?"

"유령회사는 5년 전에 저한테 이미 말했고요, 다국적 프로젝트는 저번에 감자탕집에서 말했어요. 싸부, 일단 쓰세요. 한 열 장짜리 줄거리라도 있으면 저도 그릴 준비할 테니까."

"알았다. 그거 마저 해라."

싸부는 두말 않고 물러났다. 대신 김 부장의 텐트로 향했다. 귀를 기울여보니 거기선 연극 관련 프로젝트를 풀어놓기 시작했다. 젊은 시절 연극배우로 대학로를 전전했던 싸부가 아동극 관련 대박 프로젝트라며 오래전부터 우려먹는 게 있다. 김 부장은 일단 귀 기울여 듣는 듯했다. 하지만 뒤이어 "형님, 그건 좀 힘든 거 같은데요", "저는 잘 모르겠습니다"라고 연신 부정적인 반응을 보였다. 잠시 뒤 싸부는 옥탑을 내려가버렸다.

김 부장이 방으로 들어왔다. 싸부가 무슨 이상한 이야기를 늘어놔 신경이 쓰인다는 김 부장. 나는 그러려니 하라고 했다. 본인은 죽이는 아이템이라는데 늘 같이 할 사람을 못 찾고 있다고. 그게 우리가 될 필요는 없다고 내가 말해주자, 김 부장이 고개를 끄덕이고는 싸부는 복덕방에 바둑 두러 갔다고 했다. 우리는 싸부가 슈퍼할아버지에게는 무슨 사업 아이템을 꺼낼지 궁금해졌다.

떴다! 삼척동자

마감을 위해 3일간 밤을 새웠다. 덕분에 침대 점유율을 가지고 싸부와 다툴 일도 없었다. 졸릴 때마다 김 부장의 코 고는 소리와 싸부의 이 가는 소리가 전기 자극처럼 나를 깨웠다. 새록새록 드는 잠의 유혹도 불편한 잠자리를 생각하니 참을 수 있었고, 결과적으로 마감을 하는 데 도움이 됐다.

진짜 노인이 되어 가시는지 싸부는 여섯 시면 깨어났다. 그가 내 주변을 어슬렁댈 즈음 원고의 마지막 페이지를 출판사 웹하드에 올렸다. 싸부는 마감 원고 분량을 살피며 따봉이라고 외쳤고, 나는 깨우지 마시라는 말을 남기고 싸부가 비워둔 침대로 스며들어 갔다. 이후로 폭음 뒤 필름이 끊기듯 기억이 희미해졌다.

골목을 쩌렁쩌렁 울리는 이벤트 소음 때문에 잠이 깨고 말았다. 이제 열 시. 네 시간밖에 못 잤는데 어찌하여 세상은 이리도 나를 괴롭힌단 말인가.

망원동 주택가는 다닥다닥 붙은 빌라들과 가게들로 복잡다단하다. 아이들이 노는 소리와 리어카 상인의 외침은 이젠 친숙하다. 하지만 저 이벤트 소음은 보통 데시벨이 아니다. 잊지 않겠다, 가야마트. 리모델링 공사 소음을 여름 내내 뿌려대더니, 그 화려한 마무리로 온 동네에 오픈 이벤트 행사 소음을 펑펑 뿌려대고 있다. 고속도로 뽕짝 메들리와 함께 가수 장미화 뺨치는 허스키 보이스의 여자 도우미가 지르는 멘트가 쩌렁쩌렁 울려 퍼진다.

"망원 2동의 새 명소, 대박이 있는 곳, 가야마트가 화려하게 오픈했습니다. 완전 만족스러운 가격으로 주민 여러분을 모셔요. 아울러 대박 이벤트가 망원 2동 주민 여러분을 기다리오니, 다들 나오셔서 사은품도 챙기고 이벤트도 도전하세요! 자자, 어서 오세요. 예, 감사합니다. 오징어, 명태, 전갱이, 낙지, 임연수어, 고등어, 없는 해산물이 없어요. 어머니 이리 와보세요. 예, 예⋯⋯."

진짜 나가서 확 명태로 때려주고 싶다.

몸을 일으켰다. 가까운 찜질방으로 도망이다. 오랜만에 등도 지지고 잠도 푹 자고 목욕도 해야지.

만 원짜리 하나 호주머니에 찔러넣고는 옥탑방을 나서는데, 그러고 보니 아무도 없다. 김 부장도 싸부도 모두 부지런히 하루를 시작했나보다. 이런 날이야말로 오랜만에 혼자 살던 시절(어느새 시절이 되어버렸다)의 기분을 만끽해야 하는데, 저놈의 오픈 이벤트 때문에 집을 나서야 한다. 오호 통재라!

가야마트는 절대 이용하지 않겠다고 다시 한번 다짐하며 건물을 내려온다. 골목을 돌아 큰길로 나서니 길 건너 이벤트 현장의 위용이 제대로 눈에 들어온다. 하늘을 가리려는 듯 거미줄처럼 펼쳐진 만국기 아래 문제의 여자 도우미가 여전히 걸진 목소리로 행사를 진행 중이다. 그 뒤로 두 명의 여자 도우미와 풍선 인형이 펄럭펄럭 춤을 추고 있다. 잔뜩 몰려 있는 사람들은 사은품과 제공되는 음식을 분주히 집어들고 있다. 왜 오픈 행사 이벤트는 늘 저렇게 창의적이지 못하고 요란하기만 한 걸까? 다시 생각해보니 요란하다는 게 핵심인 것 같다.

무시하려는 찰나 내 눈에 들어온 건 김 부장과 싸부가 줄 서 있는 모습이었다. 저 인간들 저기서 뭐 하는 거지? 때마침 바뀐 신호등에 길을 건넌다. 아이고, 점점 시야에 가까워지니 둘은 오픈 행사로 제공되는 쌀강정과 센베(전병) 과자를 나눠 먹으며 도우미들의 춤을 살피고 있다. 어처구니없어 하며 피해가는데, 이번엔 그들이 나를 알아본다.

"일어났냐? 이리 와봐. 대박이야."

어쩔 수 없이 끌려간 폼새는 맞는데, 어쩌다 보니 나는 김 부장과 싸부 사이에 선 채 센베 과자를 네 개째 먹고 있다. 수마에 빠져 허기진 줄도 몰랐는데 한번 먹게 되니 계속 입에 붙는다.

김 부장이 이것도 먹어보라며 젤리 과자를 건넨다. 싸부는 도우미들의 춤을 바라보며 어깨를 들썩이더니 스텝까지 밟고 있다. 한마디로 꼴불견이다. 그 옆에 세탁소 아저씨와 복덕방 죽돌이인 슈퍼할아버지 친구 분도 보인다. 결론적으로 나는 동네 잉여 아저씨들과 공짜 과자를 먹으며 오픈 행사의 엑스트라 역할을 톡톡히 하고 있다. 나는 정신없이 춤을 추는 싸부를 툭 친다.

"싸부, 보기 부담스러워요."

"왜? 잘만 추는데."

"개다리 춤 그만 추라고요!"

"뭘, 이 정도로. 가만, 너 이거 써야지."

싸부가 말을 돌리며 호주머니에서 꾸깃꾸깃 접은 전단 하나를 꺼내 보인다. 김 부장도 선착순 50명이라며, 어서 신청하라고 들썩인다. 나는 전단을 살펴보았다.

가야마트 오픈 기념 특별 이벤트

가야분식 빨리 먹기 대회

1등 : 평면 슈퍼 디지털 TV(100만 원 상당)
2등 : 가야마트 구매 포인트 50만 원 지급
참가상 : ○○라면 5개들이 번들
참가 자격 : 망원 2동 주민 누구나

나는 누구 앞에 나서는 것도 싫어하고 음식 빨리 먹기에도 재

주가 없다. 그런데 두 사람은 왜 안 하겠다는 나를 재촉하는가? 망원 2동 주민만 신청할 수 있으니 나를 미는 것인가?

"만약 2등이라도 되면 우리 한 달 생활비는 세이브 되는 거야."

김 부장이 독촉한다.

"아니지, 1등이 돼서 TV를 받아 팔면 그게 더 남는 거지. 근데 오작 니가 아직 배가 덜 고팠구나. 어쨌거나 공짜로 분식 잔뜩 먹는 건데……."

싸부가 빈정댄다.

"정 궁하면 부장님이랑 싸부님이 직접 하세요. 주소 이전해서."

두 사람이 한심하다는 듯 나를 바라본다.

"우린 이미 신청했지."

"내가 보기엔 김부가 우승 후보야."

"엥? 주소 이전은 언제 했어요?"

"난 오자마자 했지. 몰랐냐? 그리고 형님은 요거 참가하려고 아까 동사무소 다녀왔어."

"뭡니까? 집주인 동의도 없이."

"왜 그래, 오작. 재미있잖아."

나는 한숨을 쉬고 신청서를 작성했다. 스승과 제자로 만난 사이라서 그런지, 싸부의 다그침엔 힘을 쓸 수가 없다. 접수자에게 주민증을 보여주며 신청서를 낸다. 매장 안으로 들어가는 김 부장과 싸부를 뒤로하고 찜질방을 향해 발걸음을 옮긴다. 뒤늦게 나를 부르는 둘의 목소리를 애써 외면하고 등판에 비쭉 나온 입을 그려본다. 이래봬도 주인인데 주소 이전 정도는 미리 공지해주는 게 예의 아닌가. 손바닥만 한 옥탑방이라도 규칙은 있다는 걸 보여줘야 한다는 다짐을 한다. 그나저나 먹기 대회는 어쩔 것이냐? 좋아하는 순대나 잔뜩 먹다 탈락해야지.

3일 뒤 토요일. '가야마트 오픈 기념 특별 이벤트'가 시작됐다. 마트 옆구리에 안팎으로 크게 자리 잡은 가야분식은 사장의 큰딸이 운영한다고 한다. 음식 맛도 보여주고 마트 홍보도 하려는 계획인 듯했는데, 막상 50명 도전자가 모이니 가게 앞이 출근 시간대 신도림역이다. 동네 오지랖 대마왕인 슈퍼할아버지는 호루라기를 불며 인도 한쪽으로 도전자들을 줄 세우고 있다.

나와 싸부 그리고 김 부장은 아침부터 아무것도 먹지 않은 채 오후 두 시의 이 행사를 기다려왔다. 두 사람은 생전 처음 구입한 로또 복권인 양 접수증을 손에 꼭 쥐고 있다. 반면 나는 무료 급식을 기다리는 노숙자가 된 기분이다.

이윽고 다섯 명씩 경기가 시작됐다.

각자의 테이블 앞에 산더미같이 쌓인 떡볶이, 만두, 순대, 튀김, 오뎅, 이 다섯 개를 1분 안에 모두 먹어치워야 예선 통과다. 첫 조는 덩치 좋은 남중생 한 명과 두 명의 아줌마, 두 명의 아저씨다. 다들 아귀처럼 먹어대는데 성장기여서일까, 여드름투성이 중학생이 두드러진다. 아줌마 아저씨들은 생각만큼 속도가 오르지 않는다. 무엇보다 국물까지 다 먹어야 하는 뜨거운 오뎅이 난항이다.

"오뎅을 마지막에 먹으라고. 국물이 조금이라도 식은 뒤 먹으면 나을 거야."

"1분 안에 식긴 얼마나 식겠어요."

"형님, 걱정 마세요. 전 뜨거운 거 안 따집니다."

"근데 부장님, 매운 거 잘 못 먹잖아요."

"김부, 그럼 떡볶이를 오뎅 국물에 풀어서 먹으라고."

"사실 준비한 게 있어요."

김 부장이 나와 싸부를 향해 나직이 말했다. 궁금해하는데 더 이상 말하지 않고는 윙크를 하며 입에 손가락을 가져가는 김 부장. 매운 것만 극복한다면 확실히 대식가 김 부장에게도 우승확률이 있다. 갑자기 나도 고무되기 시작했다.

우리 셋 중에 제일 먼저 내 차례가 돌아왔다. 나는 교복 차림여중생 한 명과 그의 어머니로 보이는 제법 곱상한 아줌마, 그리고 아저씨 두 명과 함께 자리에 섰다. 나는 교복 여중생을 라이벌로 잡았다. 여중생은 이런 것에 도전하기에는 덩치도 작고새침한 인상이라 이길 수 있을 것 같다. 적어도 꼴찌는 하지 말아야 할 것 아닌가. 그런데 잠시 뒤 자기 엄마와 매서운 눈빛을교환하며 파이팅을 하는 여중생의 모습에서 결기가 느껴졌다. 얘는 집에 TV가 없나……. 나는 사기가 꺾인 채 음식으로 시선을 내리깔았다. 막상 가까이서 보니 만만치 않은 양이다.

곧이어 부저가 울리고 사회자의 데시벨이 올라간다.

"13번 여중생 무지 빠르네요. 원래 여학생들이 분식 좋아합니다. 예, 근데 14번 참가자는 식도락 즐기나요? 떡볶이를 너무 음미하며 드시네. 자자, 서두르시고……."

음미하는 게 아니고 진짜 맵다. 일부러 맵게 한 게 분명하다. 평소에 이렇게 팔면 망할 텐데, 결국 오뎅 국물을 들이켰는데 이건 또 너무 뜨겁고 짜다. 주르르 입가에서 흘러내리자 사회자가 14번 참가자 턱받이 줘야 된다고 놀린다. 사람들이 웃어댄다. 아, 미치겠다. 나는 쪽팔려 어쩔 줄 모르며 순대만 꾸역꾸역 먹어대다 1분을 보내고 말았다.

역시 옆에 여중생이 1등, 여중생 엄마가 2등. 여기까지 예선 통과. 탈락한 두 아저씨도 나보다는 많이 먹었다. 진짜 개쪽팔린다. 싸부와 김 부장을 원망스레 노려보며 돌아오는데 둘은 개의치 않고 앞다투어 나에게 묻기 시작했다.

"많이 맵냐?"

"캡사이신 범벅이에요. 오뎅 국물은 뜨거운 건 둘째치고 간장국이고요."

"망하려고 작정했구만. 행사 재밌게 한다고 일부러 맛없게 만들면 쓰나?"

"괜찮아요, 형님. 어차피 상관없습니다."

우리가 돌아보자 김 부장이 순간 손에서 무언가 꺼내 입 안에 뿌려넣는다. 레모나? 가그린? 순간 싸부가 큭큭 웃음을 참고, 김 부장은 주먹을 불끈 쥐어 보이곤 전장에 나가듯 행사대로 향했다.

경기가 시작되자 김 부장은 엄청난 속도로 떡볶이부터 끝장을 낸다. 사회자는 LTE급 속도라며 '빠름, 빠름' 추임새와 함께 김 부장을 칭찬한다. 싸부는 경마장에서 배팅한 말을 응원하듯 주먹을 쥐고 광분한다. 내가 아까 그거 뭐냐고 묻자 싸부는 히죽이고는 칙칙이란다. 칙칙이, 그게 뭐지? 갸우뚱하는 나를 보고 싸부가 피식 웃고는 감각 둔해지라고 거기에 뿌리는 거란다. 윽, 듣고 보니 알겠다. 지금 김 부장이 맵고 뜨거운 거 가리지 않고 닥치는 대로 쑤셔넣는 건 감각을 둔화시키는 칙칙이를 입 안에 뿌렸기 때문이다. 우워어, 저 몹쓸 승부욕.

혀를 차며 김 부장의 러시를 바라보는데, 순간 그 옆에서 김 부장 못지않은 속도로 먹어대는 사람이 눈에 들어왔다. 어디서 많이 본 친구다. 피시방 알바였나, 편의점 총각이었나……. 갸웃하는 사이 김 부장이 1위, 그 친구가 2위로 경기 종료. 둘 모두 현재까지 최고 기록으로 예선 통과. 2위 친구를 곰곰이 떠올려보는데, 마침 그가 경기 마치고 내려오며 내게 아는 척을 한다.

"영준이 형, 여기 웬일이에요?"

듬직한 덩치에 어울리지 않는 사극 속 간신배 목소리를 들으니 기억이 났다. 대학 시절 동아리 후배 삼척동자다.

"형도 이 동네 살아요?"

"으응. 그러니까 여기 참여했지."

"근데 저 아저씨들은 누구예요?"

"말하자면 길다. 넌 어디 사냐?"

"유수지 가는 길에 있는 정진고시원요……. 야, 형 진짜 반갑다."

"난 저기 옥탑방에 살아. 가까운 데 있었는데 어떻게 한 번을 못 봤네."

내가 턱짓으로 길 건너 노란 물탱크가 도드라진 옥탑방을 가리키자, 녀석이 씨익 웃으며 악수를 청했다. 나도 그의 손을 잡았다.

"형, 내가 1등 하면 한턱 낼게요."

삼척동자와 이야기를 나누는 동안 싸부는 예상대로 예선 탈락했고, 곧 전체 기록으로 삼척동자가 2위, 김 부장이 1위라는 발표가 이어졌다. 김 부장과 싸부는 다가와 저놈 저거 뭐 하는 놈이냐고 내게 물었고, 나는 삼척동자에게 한 것과 같은 대답을 해주었다.

"말하자면 길어요."

예선 통과자가 두 조로 나뉘어 본선을 치렀고, 마침내 각 조 1위가 모여 결승전을 벌이게 됐다. 예상대로 김 부장과 삼척동자였다. 100만 원 상당의 TV냐 적립금 50만 원이냐를 놓고 둘이 일합을 겨뤄야 한다. 둘 다 내가 아는 사람이란 게 기분이 묘했다.

김 부장은 타고난 먹성에 비장의 무기 칙칙이까지 갖췄고, 삼척동자는 워낙 덩치가 좋은 데다 기억하기론 잔머리 대마왕이다. 김 부장은 나와 싸부와 손을 맞대고 파이팅을 준비하면서, 슥삭 칙칙이를 입에 뿌렸다. 그러고는 처음으로 그를 흐뭇한 표정으로 바라보는 슈퍼할아버지와 악수한 뒤 결전의 테이블에 올랐다.

이번엔 삼척동자가 고시원 동료들인 뿔테안경과 스포츠머리와 하이파이브를 한 뒤 단상으로 향한다. 그러다 갑자기 내 앞으로 다가와 손을 쳐든다. 나도 엉겁결에 하이파이브를 한다. 그 순간 싸부와 김 부장, 슈퍼할아버지의 따가운 시선이 느껴진다. 참내, 나보고 어쩌라고.

자기가 더 흥분한 듯 사회자는 열띤 표정으로 둘의 결승전을 중계하고 있다. 가야마트 사장과 딸은 흐뭇하게 그 광경을 바라보고 있고, 탈락한 지원자들도 둘의 먹성을 보려고 모여 있다. 인터넷 신문사 한 곳에서까지 취재를 왔으니 이 정도면 대박 흥행이다. 사회자는 먼저 김 부장에게 마이크를 가져갔다.

"성함과 나이 말씀해주세요."

"저는 망원 2동을 사랑하는 40대의 희망 김창경입니다."

"망원 2동 어디시죠?"

김 부장이 손을 쭉 뻗어 우리 옥탑방을 가리킨다.

"저깁니다. 망원제일부동산 슈퍼할아버지 소유 단독주택 옥탑."

슈퍼할아버지는 흡족한 듯 김 부장과 시선을 교환하고, 나는 점점 더 오그라든다.

"현재 하시는 일은?"

"아, 이것저것 하고 있습니다. 망원 2동, 가야마트, 파이팅!"

곤란한 질문을 간단히 스킵하고자 잽싸게 구호를 외치며 마무리한 김 부장의 재치가 빛났다.

"와우, 파이팅 넘치는 김창경 씨였습니다. 그럼 이번에는 이쪽. 오, 건장합니다. 역시 성함과 나이 말씀해주시죠."

"망원 2동 정진고시원에 사는 스물아홉 유재완입니다."

뿔테안경과 스포츠머리가 새된 환호성을 지른다.

"아, 고시생! 그럼 무슨 고시를 준비하시나요?"

"……거창한 건 아니고 공무원 9급입니다."

"그럼 공시생이시군요. 근데 요즘은 공무원 9급도 고시 못지않게 빡세다고 들었습니다."

"정확한 지적입니다. 공시라뇨? 9급도 이제는 고십니다. 4대 고시인 사법, 입법, 행정, 외무 고시랑, 여기에 임용시험도 고시급이고 언론 고시도 무시 못 하죠. 하지만 체감되는 부담은 9급이 제일일 겁니다. 왜냐하면……."

"네, 여기까지. 고시생의 설움이 절절히 느껴지네요. 자, 그럼 파이팅 한번 하시죠."

"고시생은 강하다! 파이팅!"

삼척동자 저 녀석, 여전하다. 잘난 척에 할 말도 많고 넉살도 좋다. 근데 공무원 시험을 준비한다니 약간 의외다. 나는 그가 말로 먹고사는 직업을 가질 줄 알았다. 보습학원 인기 강사나 자동차 판매 왕 같은 게 될 줄 알았다.

모두의 시선이 집중된 가운데…… 드디어 부저가 울렸다.

동시에 두 사람은 어서 자기 밥그릇 비우고 남의 밥그릇에도 코를 박고 싶은 개들처럼 먹어대기 시작한다. 시작은 칙칙이 효과여서인지 김 부장이 앞서 나간다. 그런데 처진다고 느낀 삼척동자가 오뎅 먼저 다 빼먹은 국물 안으로 떡볶이와 튀김을 투하하곤, 그릇째 들고 마시기 시작한다. 대단한 스펙터클이다. 우와아! 곳곳에서 탄성이 터지고, 사회자는 흥분한 목소리로 중계를 이어간다. 국물에 빠진 떡볶이와 튀김을 씹지도 않고 마셔버리는 삼척동자. 김 부장이 이를 힐끔 보고는 자기도 그릇에 남은 분식들을 쓸어담고 입에 가져가는데, 순간 사레가 들려 컥컥댄다.

그것으로 승부의 추가 기울었다. 삼척동자의 기민한 잔머리가 만들어낸 작전이 김 부장의 무리한 약물복용을 이겼다. 김 부장은 침통한 표정으로 우리의 시선을 피했고, 삼척동자는 친구들과 환호하며 나를 보고 웃는다. 이제 표정 관리를 할 시간이다.

이틀 뒤 월요일 오후, 삼척동자가 옥탑에 찾아왔다. 양손엔 가야마트에서 샀을 짐들이 휴지와 세제를 들고. 김 부장과 싸부가 모두 외출한 걸 다행이라 여기며 나는 그와 그의 선물을 반갑게 맞았다.

"우와, 형 여기 전망 죽이네. 옥탑방이 역시 낭만이 있어요."

"말 마라. 여름엔 덥고 겨울엔 추운데도 돈은 돈대로 나가는 곳이야. 너처럼 고시원이 속 편하지."

"고시원이야말로 사람 살 데가 못 돼요. 시험을 준비한다는 긴장감을 가지지 않으면 죄책감이 들 것 같아 들어가는 감옥 같은 곳이라니까요."

"근데 공무원 시험은 언제부터 준비한 거야?"

"얼마 안 됐어요."

녀석의 말하는 폼이 꼭 대학 떨어진 재수생 같다.

삼척동자는 대학 졸업 뒤 신림동에서 사법 고시를 2년 준비하다 포기한 뒤, 망원동 정진고시원에 자리 잡고 공무원 시험을 준비한다고 했다. 서울에 집이 있는데도 굳이 고시촌과 고시원을 전전하는 건 부모님과 트러블이 있어서일 것이고. 나는 녀석에게 사실 너는 법관이나 공무원이 어울릴 거라 생각해본 적은 없다고 솔직히 말했다. 녀석은 그 말을 수긍했다. 자긴 특별한 꿈도 없고 그저 학교라는 버스를 타고 가다가 고시라는 정거장에서 내린 뒤, 세상이라는 버스로 환승하지 않는 것일 뿐이란다.

"뭘 하고 싶은지 모르겠어요."

"아는 것 많은 놈이 왜 그래?"

"원래 아는 게 많으면 우유부단해지잖아요."

"다들 왜 그러냐."

"다들이라뇨?"

"보면 알잖아. 여긴 식객이 많아. 너랑 먹기 결승전한 아저씨랑 내 만화 쪽 스승님이랑. 다들 인생 연체된 건 똑같다."

"형은요?"

"난 아니지. 지금도 만화 그리고 있어."

"그래요? 최근에 나온 거 뭐 있는데요?

"그래, 나도 포함해서다. 좋냐?"

그제야 공범의 웃음을 짓는 삼척동자. 종종 놀러 온다는 말을 남기고 녀석이 돌아갔다. 나는 반갑기도 하고 불편하기도 했다. 반가운 것은 그가 풋풋한 대학 시절을 떠올리게 해주어서였고, 불편한 것은 대학을 졸업한 지 5년, 10년이 다 되어감에도 여전히 사회에 자리 잡지 못한 우리의 지지부진을 목도해서였다.

저녁에 술 한잔 걸친 김 부장이 돌아와 휴지와 세제를 보고 무어냐고 물었다. 삼척동자가 가져온 거라 말하자, 그는 패배감을 누그러트리곤 언제 한번 술 먹을 때 부르라고 말했다.

새벽에 잔뜩 취한 싸부가 돌아와 휴지와 세제를 보고 똑같은 질문을 던졌다. 답해주자 그도 똑같은 말을 했다. 역시 아저씨들은 다 비슷한가보다.

"근데 왜 삼척동자냐?"

말복. 저녁놀이 지는 옥탑에서 삼계탕 대신 삼겹살을 먹으며 삼척동자를 불렀다. 삼척동자는 자기가 막내라는 걸 잘 안다는 듯 열심히 고기를 구우며 대답 대신 민망한 웃음을 지어 보였다. 내가 나섰다.

"아는 척, 잘 생긴 척, 돈 많은 척. 이 친구가 전문가였죠."

"아하, 그래서 삼척. 난 또 삼척이 고향이라고."

"난 키가 진짜 삼 척인 줄 알고……."

삼척동자가 뜨악하다는 표정으로 나를 돌아보았다. 나는 아저씨들은 다 그렇다고 말해주었다. 그래도 아저씨들은 자기들 삼류 유머에 우리가 한 방 먹었다고 생각하는 듯 의기양양이다.

"그게 여자 후배들이 지어준 거거든요. 제가 여자 앞에서 유난히 척을 심하게 해요."

삼척동자가 보충설명을 한다.

"괜찮아. 남자는 허세가 좀 있어야 해. 자신감을 살짝 넘어가는 허세. 그 정도는 괜찮아."

김 부장이 신입사원에게 덕담하는 부장 노릇을 오랜만에 재현하고는, 어떻게 그리 잘 먹어댔느냐고 그날의 승부를 복기한다.

"전 대식가는 아니고요. 준비된 작전이 있었어요. 푸드파이터라고 빨리 먹기 대회에 전문적으로 참가하는 선수들이 있거든요. 고바야시 다케루라는 일본 애가 유명한데, 한 번에 햄버거를 98개나 먹어치워 기네스북에도 올랐어요. 근데 걔가 덩치도작고 말랐는데, 산만 한 외국 선수들보다 두 배나 잘 먹거든요. 위가 무지하게 늘어나 있고 턱 벌리는 것도 장난 아니에요. 뭐,

그 원리를 조금 활용한 거죠. 다들 굶고 참가하셨죠? 전 며칠 전부터 폭식으로 위를 늘였어요, 턱 벌리는 훈련도 했고."

"오, 아는 척이 아니라 잘 아네."

"볼수록 잘생긴 것도 같아."

"집에 돈도 많은 거 아냐? 그럼 삼척동자가 아니라 엄친아네, 엄친아."

"아이고, 왜들 그러세요."

"근데 삼척동자는 부르기 너무 길어. 이제 넌 삼동이다."

"삼동이 좋다. 멋지다! 하하."

삼척동자 녀석, 아저씨들의 부추김에 민망해한다. 역시 아저씨들 넉살에는 녀석도 당할 수가 없나보다. 뒤이어 아저씨들은 삼척동자에게 이런저런 인생 충고들을 늘어놓기 시작했다. 사람은 누구나 자기 이야기 하기를 좋아한다. 충고란 것도 알고 보면 자기 이야기다. 그리고 아저씨들은 누구보다 자기 이야기 늘어놓는 걸 좋아한다. 아저씨가 되면 그런 자격증이라도 나오나보다.

두 사람은 이제 씨알도 안 먹히는 나에겐 하지 못하는 이야기들을 삼척동자에게 신나게 풀어낸다. 다들 맺힌 게 많고, 술자리는 그걸 푸는 굿이라도 되는 듯하다. 삼척동자는 그답게 경청하는 '척'한다. 2차가 끝나고 아저씨들은 삼척동자니까 3차까지 마셔야 한다며 녀석을 괴롭혔다. 내가 보기엔 패배의 뒤끝을 발휘 중이다. 나는 구원의 눈길을 보내는 놈에게 손을 흔들며 2차

에서 빠졌다. 삼겹살, 삼척동자, 삼동, 삼차……. 참으로 삼삼한
밤이다.

며칠 뒤 저녁. 삼척동자는 바둑판 두 개를 붙인 크기의 평면
TV를 가지고 옥탑으로 왔다. 어차피 고시원에선 둘 곳도 없고
시끄러워 못 보던 거라며, 여기 두고 같이들 보시라는 녀석. 우
린 TV 잘 안 보니 그냥 가져다 팔라고 내가 말하는데, 어느새
싸부가 침대 방 한쪽에 위치를 잡고 있다. 케이블 신청하면 돈
이 든다고 하자, 이번엔 김 부장이 옥탑 구석에 늘어져 있는 케
이블 TV 선을 살피곤 자기가 선 정도는 딸 수 있단다.

30분이 채 안 돼 내 방에선 프로야구 중계가 나오고 있다. 다
들 야구광인가보다. 그동안 야구 중계 안 보고 어떻게 버텼는지
의아할 정도로 셋 모두 아나운서와 해설자가 되어 수다들이다.
으으, 응원하던 팀의 희망고문을 견디다 못해 몇 해 전 야구를
끊은 나로서는 더욱 골치 아프게 됐다.

나중에 알게 된 사실인데, 삼척동자가 TV를 가져온 건 세 남
자의 작전이었다. 삼척동자가 TV를 가져오면, 싸부와 김 부장
이 맞장구쳐서 이곳에 TV를 안착시키는 작전. 싸부는 스포츠
채널과 바둑TV 팬, 김 부장은 각종 서바이벌 오디션 프로 마니
아였다.

삼척동자는 무슨 이득이 있느냐고? 녀석은 이제 TV 핑계로
매일 우리 집에 들른다. 침대에 누워 바둑TV를 보는 싸부 옆에

앉아서 아다리니 단수치기니 용어를 들먹이며 아는 척을 하다 한소리 듣는다. 김 부장과는 오디션 참가자들 순위를 놓고 내기를 하고, 연예프로에 나오는 걸그룹 멤버들과 그들의 소속사까지 알려준다. 한마디로 공부는 안 하고 우리 집에 와서 노닥대는 거다.

어느새 백수들의 놀이터가 된 나의 옥탑방. 어쩌다 일이 이렇게까지 됐을까. 더 이상 고요한 옥탑의 아침은 사라지고 없다. 고요한 아침의 나라가 일제의 침략에 점령된 뒤 겪은 식민지 백성의 슬픔이 이러했을 터. 실로 미치고 환장할 노릇이다.

아귀찜과 데킬라

"어서들 일어나지 못해!"

벼락 같은 외침에 텐트에서 일어나 보니 슈퍼할아버지가 현관문을 연 채 방 안에 대고 일갈 중이다. 지난 새벽, 박지성 경기가 있다며 싸부와 김 부장, 삼척동자가 침대 방에 모였다. 나는 그들을 피해 김 부장의 텐트에서 잠들었고.

그런데 이게 뭔 일인가? 슈퍼할아버지가 나를 대신해 그들을 깨우고 있다. 시계를 보니 아침 일곱 시 반. 저들에게는 새벽이다. 아니나 다를까, 투덜대며 슈퍼할아버지에게 항변하는 싸부와 김 부장의 목소리가 들린다. 곧 슈퍼할아버지, 신발을 벗고 방으로 들어가며 다시 버럭 하신다. 군 시절 내무반에 비상 걸려 출동하던 때가 생각이 난다. 생각만 해도 선뜩하다. 다행히 나는 내무반이 아닌 야전 텐트다. 텐트에서 자길 참 잘했다.

그때 방에서 나온 슈퍼할아버지가 내 텐트로 상체를 쓱 들이밀고 나보고도 어서 일어나란다. 일감 들어왔으니 빈둥대지 말고 다들 오늘 하루 일당 뛰란다. 순간 잔머리를 굴렸다. 오늘은 출판사 들어가야 된다고 둘러대자, 슈퍼할아버지는 일본 순사 같은 표정으로 나를 두어 번 가늠하고는 젊은 사람이 일찍 일찍 좀 일어나라는 핀잔을 남기고 다시 방으로 쳐들어갔다. 아싸!

궁금증을 참지 못하고 텐트에서 나왔다. 방 안을 살피니 내 말은 죽어라 안 듣는 세 사람을 슈퍼할아버지가 닥치는 대로 깨우고 있다. 마치 바퀴벌레 박멸을 위해 출장 온 세스코 직원처럼 슈퍼할아버지는 가차가 없다.

잠시 뒤 불퉁한 표정으로 싸부와 김 부장, 삼척동자가 옷을 추스르며 나왔다. 슈퍼할아버지는 세 사람에게 일당 9만 원이라며 어서 따라오라는 말을 남기고 계단을 내려갔다. 잔뜩 짜증이 일었던 김 부장 표정이 금세 바뀌며 싸부를 돌아본다.

"형님, 9만 원이라는데요?"

"거참, 노인네. 무슨 일인데……."

"전 할래요."

삼척동자가 먼저 슈퍼할아버지가 내려간 계단으로 향한다. 뒤이어 김 부장이 바지춤을 추어올리며 따라간다. 싸부가 나를 돌아본다. 내가 출판사 가야 된다고 둘러대자 싸부가 입맛 한 번 다신 뒤 그들을 따라간다. 슈퍼할아버지의 채찍과 당근에 바퀴벌레들이 순순히 옥탑을 내려갔다.

텅 빈 내 방으로 들어와 침대에 몸을 던졌다. 혼자 침대를 점유한 게 대체 얼마 만이냐! 슬며시 웃음이 나왔다. 등에 눌리는 뭔가가 있어 손을 가져가 보니 리모컨이다.

TV를 켠다. 뉴스가 나온다. 뻔하고 뻔한 세상 이야기들은 참견 좋아하는 삼동이가 주로 본다. 싸부는 TV를 바둑판으로 만드는 재주가 있다. 김부장은 오디션 프로는 몽땅 찾아보는 인간이다. 그리고 세 명 모두 프로야구에 환장해 저녁 6시 반만 되면 옥탑방을 야구장으로 만들곤 한다. TV에 볼 게 그것들밖에 없단 말이다. 나는 오랜만에 채널권을 쥔 자의 즐거움을 만끽하며 이곳저곳 돌려본다. 여행 다큐. 스페인. 우와, 아름답다. 하지만 난 해외여행을 못 가지. 생활의 달인. 이야, 무슨 짬뽕 국물 하나 만드는데 보약 달이듯 저 수고를 하네. 역시 난 달인은 못 되겠다. 아침 드라마. 당장이라도 김치 싸대기가 나올 분위기라 더이상 채널을 고정할 수가 없다. 대체 내가 볼 만한 채널은 없는 것 같던 차에, 영화 채널이다. 뻔한 할리우드 스릴러 영화인 것 같은데 몰입되어 간다. 제목도 배우도 기억이 안 나는데 보는 맛이 있다. 역시 영화가 최고다! 그런데 왜 영화를 보고 있는데 아래쪽이 뻐근하지?

생각해보니 자위를 잊고 산 지도 꽤 됐다. 닭장 같은 데서 남자들과 붙어 사니 '그럴 찬스'를 잡는다는 게 힘들기도 했고, 칙칙하고 갑갑해 성욕도 안 생긴다.

퀴즈 쇼에서 문제의 답을 알아채고는 잽싸게 손을 들듯, 내 그곳이 빠르게 온몸을 세우며 외쳤다. 정답은 지금이야! 어느새 나는 TV를 끄고 반바지와 팬티를 한 번에 벗겨 내린 채 자위에 몰입하게 되었다. 그런데 너무 빨리 느낌이 온다. 이대로 폭발할까, 아니면 참았다 더 해야 하나. 이런 기회가 흔치 않은데…… 최대한 오래 즐기고 싶다. 아무도 없단 말이다!

"허어억!"

사정과 함께 신음도 터져나왔다. 오랜만이라 그런지 폭발이라는 말이 딱 들어맞는다. 몸의 긴장이 풀어지며 침대에 푸욱 잠긴다. 잠시 심호흡을 크게 한다. 아, 얼마 만에 누려보는 혼자만의 즐거움인가. 진정한 자유라고나 할까.

정리를 하고 침대 옆을 보니 마침 담배가 있다. 기분 좋게 담배 한 모금을 빨고는 다시 TV를 켰다. 영화에 다시 몰입하며 혼자만의 시간을 만끽한다. 역시 영화가 최고다! 그런데 어느 순간 수마가 찾아오고 결국 잠이 들어버렸다.

까무룩 잠들고 깨어나 보니 어느새 점심때가 다 됐다.

깨어나자마자 그들의 행방이 궁금해졌다. 무슨 일이기에 일당 9만 원을 받는 것일까? 순간 나도 따라가야 했나 하는 생각이 든다. 아니다. 떡 본 김에 제사 지낸다고, 둘러댄 김에 출판사에 연락 좀 해봐야겠다.

원고를 보낸 지 2주일이 지나도록 출판사 측에서는 아무 연락이 없다. 재작업이라도 요청할까봐 차마 먼저 전화는 못 했다. 하지만 잔금은 언제 입금될지, 새 작업물이 있는지를 물어 봐야 한다. 그래, 오늘은 무조건 출판사에 전화를 걸어볼 테다. 그러고 나서 침대에 누워 TV를 보며 바퀴벌레들이 일당을 물고 돌아올 때까지 게으름을 피우도록 하자. 어쨌거나 나만의 평화. 몇 개월 만의 인디펜던트 데이다.

물을 마시고 휴대전화를 들고 와 침대에 누운 뒤 출판사에 전화를 건다. 바로 받는 똘똘이 스머프. 똘똘이 스머프는 당연하다는 듯 내 원고를 편집 중이란다. 별 문제 없냐니까, "문제 있었으면 연락을 드렸겠죠"라고 매우 당연하게 말한다. 참으로 당연한 사람이다. 나는 고료를 물었다. 책이 나와야 드릴 수 있다고 해서 언제쯤 출간 예정이냐고 묻자, 그가 한 달 정도 걸릴 거라고 했다. 나도 모르게 작은 한숨으로 답했다. 수화기 건너편에서 잠시 침묵이 흐른 뒤 원고 작업할 게 하나 있는데 혹시 관심 있느냐고 되묻는다. 나는 큰 관심을 표했다. 그러자 이번 주는 자기가 마감 때문에 바쁘니 다음 주 월요일에 회사로 오라는 똘똘이 스머프. 속으로 쾌재를 부르면서도 최대한 감정을 자제하고 대답한다. 담담하고 당연하게. 그렇지, 이게 갑에 대처하는 을의 의연한 자세야. 전화를 끊고 나서 내가 조금 대견하다고 느낀다.

통장 잔고는 10만 원 정도다. 한 달을 버티긴 힘들지만 오늘 일당을 받아오는 룸메이트들이 있지 않은가. 그래, 당분간은 그들에게 빌붙도록 하자. 그동안 내가 베푼 게 있지 않은가. 이런 정책도 나쁘지 않다. 나는 그것을 '빈대 정책'이라 이름 붙였다. 그러고 보니 그들은 바퀴벌레, 나는 빈대. 칙칙한 남자들이 사는 방이 다 그렇지 뭐. 바퀴벌레와 빈대, 개미, 귀뚜라미, 곱등이 등이 널린 공간. 차라리 카프카의 소설에 나오는 벌레라면 어떨까? 그레고르 잠자(카프카의 단편소설 『변신』의 주인공). 싸부라면 잠이나 자라고 농담하겠지. 잠자. 잠자리도 폼이 나는 것 같다, 드래곤플라이. 나비는 버터플라이. 그냥 플라이는 파리. 지금 나를 괴롭히는 건, 모스키토라 불리는 모기. 그렇게 랩을 하듯 곤충과 벌레의 이름을 호명하다가…… 다시 잠이 들고 말았다.

누군가의 우렁찬 목소리에 잠을 깨보니 어느새 어둑하다.
오랜만에 침대를 백 퍼센트 점유하고 잤더니 숙면도 이런 숙면이 없다. 아침에 이어 저녁에도 누가 시끄럽게 깨우는군 하며 스윽 상체를 일으킨다. 웃통을 벗은 김 부장의 넉넉한 배가 보인다. 그가 어서 일어나라면서 등을 벅벅 긁고 있다. 화장실에서는 누군가 샤워를 하고 있다. 김 부장이 기다리는 걸 보니 싸부일 거다. 삼척동자는 자기 고시원에서 샤워를 하고 있겠지. 그러니까 다들 노가다 뛰고 와서 샤워를 하고 있는 것 같다. 그런데 나는 왜 깨우는 거야? 다시 누우려는데 김 부장이 외친다.
"일어나라. 형님이 한턱 쏜다니까."
그거야말로 흔치 않은 일이다. 나는 침대에서 튀어나왔다.
망원역 사거리에서 합정동 방면으로 계속 올라오다 접어든

골목. 사무실들이 많아서인지 작게나마 맛집 거리가 형성되어 있다. 싸부가 연신 좌우를 살피며 앞서 가는데 우리는 좀 걱정이 됐다. 싸부는 그리 길을 잘 찾는 사람이 아닌 데다, 노가다를 빡세게 했는지 걸음걸이도 꽤 불안해 보인다. 고물처리장에서 물건 분류한 게 그렇게 후달리는 일이냐고 물었으나 김 부장은 해보지 않고는 모른다며, 자기들만 군대 다녀온 사람들인 척 군다. 삼척동자 녀석에게 물어봤자 힘든 척 꽉꽉 할 테니 패스. 어쨌거나 비썩 마른 싸부가 허적허적 걸어간다. 마침내 자기가 쏜다는 아구찜집을 발견하는 싸부.

'마산 못난이 아구찜'에 들어서자 풍채 좋은 중년 사내가 대번에 싸부를 반긴다.

오랜만에 망원동 사는 제자 보러 왔다가 들렀다며 인사 나누는 싸부. 오랜만이라니…… 망원동으로 주소까지 옮기신 분이.

우리는 후배라는 분 앞에서 나름 가오를 잡는 싸부의 위신을 세워주며 자리를 잡는다. 스무 평 남짓 실내에 테이블 여덟 개가 아담하게 놓여 있다. 일찌감치 판을 벌였는지 안색들이 얼큰한 아저씨 세 명인 테이블 하나와 우리가 손님의 전부다. 아구찜집 주인아저씨는 싸부의 연극판 후배라는데 풍채도 좋고 노주현을 닮은 게 싸부보다 좋은 배역을 도맡았을 법하다.

주인아저씨의 아내분이 내온 아구찜을 앞에 두고 싸부가 한마디 한다.

"이 녀석이 결혼 하난 잘했어. 마누라가 마산 출신인데 아구찜부터 시작해 못하는 음식이 없거든."

"아유, 형님이야말로 셔터맨 아닙니까? 그래, 형수님 미용실
은 잘되죠?"

순간 다들 입에 셔터를 내린다. 주인아저씨가 갸웃하자 김 부
장이 서둘러 잔을 들며 건배를 청한다. 싸부는 말없이 소주잔을
비우곤 주인아저씨를 돌아본다.

"잘되다마다. 내 머리 깎아줄 시간도 없단다."

뒤이어 흰머리와 검은머리가 4 대 6 비율로 무성한 장발을 긁
적이며 웃는 싸부. 주인아저씨는 형수님이 염색도 안 해주고 너
무하신 거 아니냐며 눈치 없는 소리를 계속하고, 싸부는 넉살
좋게 대거리를 받아준다. 우리 셋은 멋쩍게 술잔을 비운다. 문
득 싸부가 언제쯤 머리를 깎을 수 있을지 궁금해졌다. 적어도
우리 집을 떠나야 가능한 일인 것만은 확실하다.

어느새 테이블 구석에는 열 병이 넘는 소주병이 줄을 섰고,
주인아저씨 포함, 우리 넷 모두 취해버렸다. 연극배우 시절, 하
루도 같이 술을 안 마시고 헤어진 적이 없다는 싸부와 주인아저
씨. 그들의 끝없는 무용담은 지루한 2인극을 보는 듯했다.

시간은 저녁 열한 시를 넘어가고 연속극도 끝났는지 주인아
줌마가 자꾸 주방 쪽에서 우리를 흘기는 게 느껴졌다. 김 부장
은 벌써 주인아저씨와 형님동생 하며 권커니 잣거니 하고, 싸
부는 주인아저씨를 통해 연락처를 확인한 또 다른 연극배우 후
배와 통화하며 올 거냐 말 거냐 실랑이 중이다. 나라면 안 올 거

다. 삼척동자 이놈은 술도 쎈 녀석이 오랜만에 육체노동을 해서 인가, 제법 불콰한 얼굴로 내게 자꾸 묻는다. 형, 진짜 반가워요. 형도 나 반가웠죠? 진짜죠? 주사 부리니 안 반갑다, 이놈아.

결국 주인아줌마가 먼저 집으로 들어간다는 말과 함께 주인 아저씨를 한 번 흘기곤 총총 사라지셨다. 주인아저씨는 오히려 잘됐다는 듯 일어나 호기롭게 소리쳤다. 앞으로 먹는 술은 자기 가 다 쏜다고! 반갑기도 하고 반갑지 않기도 했다. 슬슬 취해왔 고 술자리는 끝날 기미가 안 보인다. 김 부장이 간 큰 남자라며 주인아저씨를 치켜세웠다. 싸부가 나처럼 황혼이혼당할 처지가 되지 않으려면 조심하라고 덧붙이자, 주인아저씨가 호탕하게 웃으며 주먹을 불끈 들어올렸다.

"선배, 제가 이게 좀 되잖아요. 마누라 삐쳐도 그걸로 확실히 점수 딴다니까요."

"……너 아직도 마누라랑 그걸 한단 말야?"

"크핫. 선배, 안 서죠?"

주인아저씨가 손을 흔들며 싸부를 놀린다.

"서도 마누라랑 할 건 아니지."

"선배, 아시다시피 저도 젊을 때 마음만 먹으면 안 품어본 여 자가 없었잖아요. 근데 지금은 마누라라도 있는 게 감사한 겁니 다."

"퍽이나 감사하겠다."

"형님, 처음 뵀을 때 제가 캐나다에서 가져온 비아그라 드렸잖아요. 그거 혹시 쓰셨어요?"

때마침 김 부장이 끼어든다. 싸부의 얼굴이 일그러진다.

"넌 또 왜 그래? 비아그란지 푸아그란지 알 게 뭐냐. 빈혈 나서 비타민인 줄 알고 먹었다."

"엇, 김 부장. 비아그라 있어?"

"형님, 김 부장이라고 하지 말고 그냥 창경이라 부르세요. 비아그라 필요하세요?"

"나쁠 거 없지. 가져와봐."

"인마, 넌 잘 선다며! 이거 다 뻥이구먼. 히히."

싸부가 한 손을 들어 주인아저씨에게 감자를 먹인다. 주인아저씨 순간 얼굴이 일그러지고, 나와 삼척동자 히죽 웃는다. 역시 남자들끼리는 섹스를 잘해도 웃기고, 잘 못해도 웃긴다.

"선배, 그게 있으면 더 잘하고 더 사랑받고 그런 거 아닙니까. 안 돼서 그러는 게 아니라구요. 아무튼 김 부장, 아니 창경아. 다음에 그거 가져오면 내가 술 쏠 테니까, 응?"

"여부가 있겠습니까. 알아 모시죠. 비아그라 그거 죽여요. 우리나라 짝퉁들이 델 게 못됩니다. 제가 캐나다에서 그걸로 마누라한테 점수 좀 땄는데, 씨벌 그래도 돈 못 버니까 괄시 받습디다."

김 부장, 주인아저씨에게 엉겨 갑자기 눈물이라도 한바탕 쏟을 기세다. 주인아저씨가 아직 창창한데 뭘 그러냐며, 뭐든 하라고 격려하면서 둘의 대화는 음담패설에서 인생 상담으로 옮겨간다.

싸부는 고개를 두어 번 젓고는 나와 삼척동자를 살피며 턱짓한다. 나가자는 말씀. 지겹던 차에 잘됐다. 나와 삼척동자는 싸부를 따라 아구찜집을 나섰다.

"돈은 내셨어요?"

"아니."

"윽, 그럼 어떡해요?"

"지금까지 먹은 건 김 부장이 내면 되고 나머지는 저놈이 낸다 그랬잖아."

싸부가 씨익 입꼬리를 올리며 말했다. 나는 내일 볼 김 부장의 뾰로통한 얼굴이 떠올랐다.

어느새 새벽 한 시. 망원동을 가로지르는 대로를 고속도로인양 차들이 쉭쉭 지나가고 있다. 택시 몇 대가 우리 앞에서 눈치를 보다 사라졌다. 싸부가 우리를 돌아보고는 특유의 너털웃음을 지어 보였다.

"어린 녀석들 앞에서 너무 야한 얘기 했나?"

우린 코웃음을 쳤다.

"분 냄새 맡고 싶지 않냐?"

"아이고, 돈도 없으시면서 호기 부리지 마세요. 싸부님이 맡고 싶으셔서 그런 거죠?"

"저는요, 정말 그런 거 안 좋아합니다."

삼척동자가 덧붙였다.

"너 또 척하는 거지? 순수한 척. 히히."

싸부가 삼척동자를 놀렸다.

"진짜 아니거든요! 전 여자 나오는 데 질색입니다!"

말을 마치고 삼척동자가 냅다 망원역 쪽으로 달려갔다. 술 취한 자의 한밤 질주를 어찌 막으랴. 나는 녀석의 이름을 부르며 쫓아가다 결국 멈춰서 저만치 망원역을 지나 달리는 녀석의 뒷모습을 망연자실 바라본다. 토할 것 같다.

그때 택시가 서더니 창문이 열렸다. 앞에 탄 싸부가 얼굴을 내민다. 너까지 순수한 척하면 진짜 슬플 거라는 싸부의 말에 택시로 향한다. 차에 오르자 다시 시동을 거는 택시 기사에게 싸부가 호기롭게 '대학로'를 외친다. 뒷자리에서 나는 대학로 어디에서 분 냄새가 나는지 궁금증이 돋기 시작했다.

대학로 낙산가든 뒤쪽의 골목길로 택시를 이끌어가는 싸부. 싸부의 취객 기세에 기사는 짜증 내기를 포기하고 요리조리 골목으로 차를 몰아 들어간다.

마침내 다다른 빌딩 앞. '너티 걸'이라는 핑크색 간판이 반짝인다. 싸부는 택시에서 내려 호기롭게 2층의 '너티 걸'로 향한다. 비키니 바처럼 야한 곳은 아니겠지? 기대보다는 부담을 안고 계단을 오른다. 애인과 헤어지고 여자랑 스킨십할 기회조차 없었다. 3년간을 수도승처럼 보낸 것 아닌가. 그렇게 상념이 심장처럼 부풀어오르는 가운데 '너티 걸'에 들어섰다.

밝은 붉은색 조명 아래 술과 향수 냄새가 뭉근하게 공기 중에 퍼져 있다. 양주가 진열된 바가 길게 자리 잡고 있고, 그 옆으로 테이블이 네 개 일렬로 늘어서 있다. 바에 두 팀, 테이블에 한 팀이 있고, 오피스 룩을 입은 여자들이 한 명씩 붙어 있다. 싸부는 문 옆 바가 시작되는 곳의 스툴에 홀짝 올라앉고는 나를 돌아본다. 나도 싸부 옆 스툴에 앉아 내부를 좀 더 살핀다. 만화가가 되고부터는 어디를 가나 배경부터 살피는 버릇이 생겼다. 너티걸. 무슨 뜻인지는 모르겠지만 오피스 룩 차림의 여자 바텐더들이 말상대해주는 곳으로 보인다. 싸부는 이곳에 또 무슨 인연이 있는 것일까?

"형, 내가 맨정신에 오랬지?"

돌아보니 마담으로 보이는 40대 초반 여자가 어느새 싸부 앞에 와 서 있다. 화장기 없는 맨얼굴이, 당당히 생얼을 과시하는 개성파 여배우를 연상시킨다. 그러자 감이 왔다. 첫째, 싸부는 아까 연극배우 후배인 아구찜집 주인아저씨를 만났다. 둘째, 대학로. 셋째, 형이라는 호칭. 저 여자는 분명 싸부의 연극판 후배다.

"넌 가고, 다른 아가씨 오라 그래. 킵한 거 갖고."

"킵한 거 내가 다 먹었거든."

"뭐야? 너 손님한테 그렇게 장사해?"

"더 놔두면 썩을까봐 그랬다. 왜?"

"그럼 다른 썩어가는 술 아무거나 가져와봐."

마담이 혀를 한 번 차고 돌아간다. 무슨 관계냐고 내가 떠보자, 싸부는 그냥 아는 사이란다. 그냥 아는 사이라……. 어쩌면 그게 가장 편한 대답이자 관계인지도 모르겠다. 아는 여자, 아는 오빠, 아는 언니, 아는 친구, 아는 사람, 그것들의 최대공약수에서 거품을 뺀 것이 '그냥 아는 사이'다. 하지만 나의 추리는 완벽하다. 나는 범인을 알아낸 명탐정의 시선으로 싸부를 돌아본다. 아뿔싸, 싸부는 어느새 이마를 바에 반듯이 맞댄 채 눈을 감고 있다. 괜히 따라왔다는 후회가 밀려오기 시작하던 찰나.

"선생님."

싸부를 깨울까 말까 고민 중이던 그때, 낮은 저음의 여자 목소리가 들려왔다. 목소리와 잘 매치가 되는 쇼트커트에, 예쁘다기보다 잘생겼다는 표현이 어울리는 인상이 미소년을 연상시켰다. 그녀는 들고 온 반쯤 남은 데킬라 병과 잔, 얼음, 레몬, 소금 등을 내려놓고는 나를 향해 도와달라는 표정을 지어 보였다.

나는 싸부를 깨웠다. 어깨를 두어 번 흔들자 그제야 정신을 차리고 상체를 들어올린 싸부가 자기 앞의 여자를 살펴보았다.

"선생님, 저 기억 안 나세요?"

으이구. 이 양반, 이런 데까지 와서 서빙하는 여자들한테 선생님 소리 들어먹다니…….

"음…… 주현이, 너 왜 여기 있냐?"

"에이, 선생님. 또 주현이라고 하시네. 주연이요, 주연."

"어 그래, 주연. 나는 조연."

여자가 질색하는 표정을 짓는다. 나도 같은 표정을 지어 보였다.

"저 진화 언니랑 일한 지 꽤 됐어요. 그때 한 번 오셨을 때도 똑같이 물으셨는데, 헤헤."

음색과는 어울리지 않는 웃음이 재미있다. 그녀가 오고 나서는 라디오 사연에 몰입한 청취자인 양 싸부와 그녀의 대화를 종긋 듣고 있다. 그녀는 싸부가 최근 6개월 동안 세 번 이곳에 왔고, 그때마다 꽤 취하셨으며, 자길 보고 반가워했으며, 조금 드시다가는 같이 온 동료들을 버려둔 채 홀쩍 가셨다고 말했다. 싸부는 이미 없는 기억을 굳이 찾아줄 필요 없다며, 반갑다, 일은 힘들지 않니 등의 지루한 안부를 물었다. 그녀도 지루했는지 나를 살피며 입을 열었다.

"저분은 누구세요? 선생님이랑 같이 오셨던 분들 중엔 제일 젊으시네요."

싸부랑 같이 다녀 유일한 좋은 점. 나는 총각에 젊은이다!

"응, 이 친구도 너처럼 내 제자야."

헉, 이게 무슨 소리지? 나는 긴장한 눈으로 그녀를 바라봤다. 마침 그녀도 나에게 시선을 돌려 우리는 서로를 마주 보았다. 아주 잠깐의 어색한 공감이 흐른 뒤 그녀가 입을 열었다.

"그럼 혹시 만화가세요?"

"……어, 그럼 그쪽도……?"

"아, 전 그냥 지망생이었고요, 제가 예전에 선생님 스토리 강의 들었거든요."

"그, 그렇군요. 그런데 왜 여기서…… 아, 제 말은 여기가 뭐 이상하다는 게 아니라 말이죠. 그게 강의 듣고 지금까지 계속 선생님과 어떻게 연락을 주고받으셨냐는 거죠. 그러니까 여기서 다시 뵙게 된 거겠죠? 그…… 그렇죠?"

끔찍하다. 예쁜 여자만 마주하면 헛소리가 튀어나온다.

그녀는 내 말을 골똘히 듣더니 슬쩍 고개를 숙여 웃는지 비웃는지 모를 미소를 짓고는 잔을 내 앞으로 옮겼다.

"강의는 4년 전에 들었고요, 그동안 못 뵈다가 여기서 우연히 다시 뵙게 됐죠. 딱히 우연이라고 하기는 힘들지만……. 어떻게 드실래요?"

그녀가 데킬라 병을 들면서 내게 물었다. 나는 스트레이트라고 답했다. 싸부도 스트레이트라고 외쳤고, 그녀는 "원래 뭐든 스트레이트로 드시잖아요"라고 하며 싸부의 잔부터 채웠다. 방금 전에 주책없이 말을 한지라 얼굴이 후끈거린 나는 그걸 감추기라도 할 요량으로 그녀가 따라준 데킬라 스트레이트를 원샷했다. 싸부는 그런 나를 보고는 입꼬리를 올리곤 레몬을 집어 뜯은 뒤 데킬라를 원샷하고 소금 약간을 집어 입에 털어넣었다. '인마, 데킬라는 이렇게 먹는 거야'라는 표정으로 나를 보고 웃는 싸부가 얄미웠다.

주연이란 여자가 싸부와 내 잔에 다시 데킬라를 따라준다.

"멕시코식으로 드시네요."

"예?"

"미국 대학생들이 폼 잡으려고 레몬 뜯고 소금 찍어 먹는대요. 정작 멕시코에서는 그냥 데킬라만 마신다죠."

"그런가요? 하하."

"뭐야? 주연아, 그럼 난 뭣도 모르는 미국 대학생이란 말이냐?"

"선생님은 미국 교수님 같아요, 헤헤."

"넌 참 어떻게 말을 그리 안 믿게 하냐."

"그래서 그런지 저 여기서 1년째 안 짤리고 잘 버티잖아요."

"니가 여기서 일하는 줄은 몰랐다. 저년이 야박하게 안 구냐?"

"언니 완전 좋아요. 아마 제가 선생님보다 언니랑 더 친할걸요."

"그래? 잘됐네. 둘이 같이 그렇게 잘 일하니⋯⋯. 내가 좋은 일 한 거지?"

"그럼요."

싸부가 다시 잔을 비웠다. 그녀는 내가 뻘쭘해 보였는지 나를 돌아보며 미소 지었다. 업무상의 미소인지 호감의 표현인지 알 길이 없었지만, 미소는 자연스럽게 내게 전염됐다.

"만화가시면 어떤 작품⋯⋯ 혹시 제가 알 만한 거라도?"

"잡지만화로 데뷔했고요, 딱히 아실 만한 건 없습니다. 지금은⋯⋯ 학습만화라고, 어린이들 대상으로 하는⋯⋯."

"아, 저 학습만화 좋아해요. 조카들 거 막 뺏어 읽고 그러는데."

"좋아하신다니 다행이네요."

어이쿠, 학습만화를 한 게 이렇게 기쁠 수가!

"나중에 작업하신 책 보여주시면 제가 맥주 서비스로 드릴게요."

"진짜요?"

"예, 한 권에 한 병."

"하하, 감사합니다."

그녀가 대답 대신 웃었다. 싸부가 대뜸 목을 쭉 빼고는 우리 둘을 살폈다.

"니네 지금 연애하냐?"

능글맞게 웃으며 싸부가 말했다.

나는 뭐라 말해야 할지 모른 채 싸부를 흘기는데, 그녀는 무슨 일 있었냐는 듯 태연히 싸부의 빈 잔을 채웠다.

"연애라뇨? 영업이죠. 자, 어서들 잔 비워요!"

그러면서 그녀는 나를 향해 눈웃음을 지었다. 그 순간 나는 그 웃음은 영업이 아닐 거라 믿기로 했다.

어쨌거나 날씨는
한결 **시원**해지고 있으니

깨어나 보니 따가운 햇살이 비추는 옥탑방 텐트. 옆에는 싸부가 내 다리에 자기 다리를 얹은 채 잠들어 있다. 다리를 치우고 일어나 나가 보니 부엌 쪽에 삼척동자가 있다. 내 기척을 느꼈는지 돌아보고 라면 먹지 않겠냐는 녀석. 언제 왔느냐니까 어제 이리로 왔단다. 귀소본능이 이제 이쪽으로 발동한다며 웃는 녀석. 그러고는 나한테 어제는 왜 그리 떡이 되어 왔느냐고 묻는다. 니 몫의 데킬라까지 처마시느라 그랬다고 한마디 했다.

방으로 향했다. 삼척동자 말이 김 부장은 어제 안 왔단다. 김 부장은 귀소본능이 감퇴했나보다. 그에게 귀소본능계의 비아그라라도 먹여주고 싶다. 나는 텅 빈 침대에 벌렁 누워본다. 삼척동자가 라면 먹을 거냐고 다시 묻는다. 싸부 것까지 끓이라고 하고는 어제 일을 복기해본다.

기억나는 건 주연이라는 알바생의 눈웃음밖에 없다. 호감 가는 여자만 만나면 반드시 필름이 끊긴다. 말주변이 없어 술만 들이켜서일까? 참으로 답답한 노릇이 아닐 수 없다. 싸부가 깨어나면 그녀에 대해 물어봐야겠다. 그런데 싸부가 어제 일을 기억이나 할까.

자신 몫의 라면이 다 붇고 나서야 싸부는 밥상 앞에 앉는다. 자긴 경로당 스타일 라면 좋아한다며 우동 면발처럼 굵어진 라면을 맛있게 드신다. 그러다가 진짜 경로당 가시는 수가 있다.

어제 일을 묻자, 역시나 잃어버린 기억 애써 들추지 말라는 싸부. 자신의 평온한 아침을 깨지 말라는 말을 덧붙인다. 이미 열두 시가 넘었는데 아침은 무슨. 나도 문제지만 싸부야말로 더 걱정이다. 삼척동자 이놈은 어른 드시는데 먼저 먹고 침대로 가 뻗었다. 네놈 천하태평도 걱정이다. 고시생이란 놈이 도통 고시원에 박혀 있는 적이 없다. 고시원에 둔 가방이나 책이 대신 공부라도 해주나보다. 여기에 김 부장까지 떠오르자 걱정이 삼단합체가 돼 내 머릿속 트라이앵글을 두드린다. 땡땡땡. 지금 남 걱정할 때가 아닌데, 어느새 내 몸의 지체같이 이들이 붙어 있다. 어떻게 떼어낼 순 없을까? 쫓아내려면 마음 독하게 먹어야 하겠지. 휴, 한숨이 앞선다.

그때 계단 올라오는 소리. 묵직한 발소리가 김 부장임을 짐작게 한다. 곧 잔뜩 부은 얼굴의 김 부장이 투실투실한 몸을 앞세워 걸어온다.

"이제 해장들 하십니까?"

"밥은 먹었어요?"

"나야 콩나물 해장국으로 제대로 했지."

"상순이가 끓여주던가?"

싸부가 콩나물 해장국이 당긴다는 표정으로 물었다.

"아뇨. 어제 상순 형님이랑 아구찜집에서 그대로 먹다 같이 뻗었거든요. 아침에 일어나 보니 주방에 콩나물이 그득하더라고요. 그래서 제가 직접 끓여서 형님이랑 같이 먹었죠."

"오, 김 부장 표 콩나물 해장국!"

싸부가 먹던 라면을 지겹다는 듯 밀쳐냈다.

"사장 아저씨도 맛있어하던가요?"

내가 궁금증에 물었다.

"당근이지. 그 형님 나한테 아주 가게를 차리라고 하더라고."

"상순이 그 자식…… 여전히 오버가 심하더라니. 지 가게나 잘하라지."

"암튼 형님 덕에 좋은 분 소개받았습니다. 제 인맥에 등재됐고요. 참, 어젠 왜 다들 먼저 가신 거예요?"

"몰라, 기억 안 나."

"나도 기억 안 나요."

"이거 이거, 나 빼놓고 좋은 데 간 거 아냐?"

"됐고, 콩나물 해장국 우릴 위해서도 끓여봐."

"지금 라면 드셨잖아요."

"다 뽑어서 맛대가리 없는 걸로 해장이 돼? 먹고 싶다고."

"아구찜집 가시면 남아 있습니다."

"거기까지 언제 가. 니가 가서 배달해오든가."

"형님, 왜 아침부터 꼬장이세요?"

싸부와 김 부장의 티격태격을 뒤로한 채 나는 방으로 들어와 삼척동자 옆에 누웠다. 어느새 코까지 골며 자는 놈 옆에 모로 누운 채 둘의 콩나물 해장국 타령을 들었다. 김 부장 콩나물 해장국이 식당 주인 입맛도 사로잡는구나, 생각하다가 문득 떠올랐다. 아구찜집은 저녁에 문을 연다고 했으니, 낮에는 거기서 콩나물 해장국을 팔면 안 될까?

나는 후다닥 침대에서 일어나 마당으로 달려가, 아직도 티격태격 중인 두 남자 앞에 섰다. 뭔 일이냐는 듯 돌아보는 두 사람.

"거기서 파는 거예요. 콩나물 해장국."

둘 다 잠시 생각하고는 고개를 갸웃.

"어차피 아구찜집 새벽이랑 낮엔 장사 안 하니까, 부장님이 그때 해장국 장사하면 되잖아요."

"그게 생각보단 복잡할걸. 가게 등록도 이중으로 해야 하고, 건물주랑 문제도 있고……."

"문제는 해결하면 되죠. 원래 인생은 문제 해결의 연속이라고 부장님이 그랬잖아요. 싸부는 아구찜집 사장 설득해주시면 되고."

"나도 설득 불가."

"참내, 그 아저씨 싸부 말이면 껌뻑한다면서요."

"상순이라면 모르겠는데, 거기 실질적 주인은 제수씨라고."

"아니 누가 공짜로 한다고 했나요? 어차피 임대료 나갈 거 가게 세 나눠 내고 그러면 그쪽도 돈 벌고 좋잖아요. 장사도 잘 안되는 거 같던데, 내가 주인아줌마라도 오케이 하겠네요."

차츰 김 부장의 눈빛이 달라진다. 자연스레 싸부를 돌아보는 김 부장.

"형님, 이거 말 되는데요."

"난 몰라. 너희들이 알아서 해."

"에이, 그렇게 비협조적으로 나오시기예요? 저희 집에서 한 달도 넘게 마음 편히 계시게 해드렸는데."

내 말에 눈을 치뜨는 싸부. 나도 물러서지 않는다. 나는 다시 내기로 한 전기세 어쩔 거냐고 물었다. 싸부가 침묵하는데, 김 부장이 싸부에게 한 발 다가선다.

"상순 형님에게 한번 말이나 꺼내볼까요?"

싸부가 못 들은 척 일어나 방으로 들어간다. 코 고는 삼척동자를 밀치고 침대에 눕는 싸부. 실망스러운 모습이다. 갑자기 서운함과 오기가 치민다.

"부장님, 우리끼리 가서 그 아저씨 만나보죠. 에이, 치사해라."

그러자 싸부가 벌떡 일어나 튀어나온다.

"인마, 치사하다니! 그게 싸부한테 할 소리냐!"

순간 정적이 흐르고, 어느새 깨어난 삼척동자가 방에서 토끼

눈으로 우릴 살핀다. 나는 나대로 싸부의 눈을 피한 채 서 있고, 김 부장이 뭐라 말하려고 입술을 우물거렸다.

"같이 가면 될 거 아냐. 도움 안 돼도 뭐라 하지 마라."

쪼리에 발가락을 끼우고 싸부가 앞장선다.

나는 작전 성공이라는 듯 김 부장을 보고 웃는다. 김 부장도 히죽대고는 슬리퍼를 신고, 삼척동자는 두 눈이 물음표가 된 채 방에서 따라 나온다.

"너 아구찜과 콩나물 해장국 공통점 알지? 둘 다 콩나물이 무지 들어간다는 거야. 니네 맨날 콩나물 남아서 버리지 않냐? 그거 해장국에 쓰면 절약되고 돈도 벌고 좋잖아?"

싸부는 예상보다 열성적으로 사장 아저씨를 설득했다.

"그거 얼마나 번다고 번거롭게 그래요. 가게 같이 쓰는 게 말처럼 쉬운 게 아니거든요."

사장 아저씨가 반격하자 내가 나선다.

"아저씨, 여기 골목 합정동이랑 망원동 직장인들이 새벽에 진짜 많이 기웃거려요. 그리고 이 동네 출판사 많거든요, 근데 그 사람들 다 술 엄청 먹어요. 새벽이랑 오전에 해장국 장사하면 나름 짭짤하게 벌어서 가게 임대료 나눠 낼 수 있다니까요. 게다가 김 부장이 출판사 사람들 많이 알아서 홍보도 잘될 겁니다."

내 말에 사장 아저씨가 김 부장을 돌아보자, 김 부장이 눈에 힘을 주며 고개를 끄덕인다.

"글쎄…… 그래도 나는 힘이 없어. 알다시피 우리 마누라가 주인이잖아."

회피하는 사장 아저씨에게 김 부장이 슬쩍 흰색 약통을 건넨다.

"형님, 어제 말한 그거요. 캐나다산 진품입니다. 이것만 있으면 형수님 사로잡을 수 있다면서요."

사장 아저씨는 일단 게 눈 감추듯 약통을 챙기고는 너털웃음으로 답을 미룬다.

"예끼 못난 놈아, 늙은 마누라한테나 쥐여살면서 뭐가 옛날에 명배우고 미남배우야!"

싸부가 일침을 가하는데 그게 오히려 역효과인지, 사장 아저씨가 발끈한다.

"참나, 그러는 형님 꼴은 어때서요? 형수한테 쫓겨나 후배 집이나 전전하는 처지잖아요. 내 어제 창경이한테 다 들었거든요."

"뭐야?"

싸부가 버럭 하고는 김 부장을 잠깐 노려본 뒤, 다시 사장 아저씨에게 시선 고정한다.

사장 아저씨 역시 지지 않고 눈싸움이다. 김 부장과 내가 가운데 끼어들어 말린다. 나는 싸부에게 눈짓하고 김 부장은 사장 아저씨를 다시 한번 설득하려는데…… 그때까지 멍하니 앉아 있던 삼척동자가 벌떡 일어났다.

"아구아구 콩나물 해장국."

"엥?"

"뭐라고?"

다들 멍한 채 삼척동자를 바라보자, 삼척동자 만면에 웃음을 띠며 말한다.

"콩나물만 넣지 말고 아구도 조금 넣고 이름을 아구아구 콩나물 해장국이라고 하는 거예요. 막 입 안에서 국밥 씹는 소리가 들리지 않아요?"

유레카를 외친 아르키메데스처럼 삼척동자가 만족스러운 표정을 짓는데, 반론이 시작됐다.

"아구아구라……. 아구까지 넣으면 너무 비싸지지 않을까?"

"조금만 넣으면 되죠."

"하긴 아구는 엄지손가락만큼만 넣어도 국물 맛이 달라질 거야."

의견이 분분한 가운데, 삼척동자는 뭘 팔아도 네이밍이 중요한 거라며 '아구아구 콩나물 해장국'이란 제목이 대단한 거라고 잘난 척을 한다. 우리가 너무 떠들어대자 사장 아저씨가 정신이 산란한지 고개를 두어 번 젓고는 박수를 쳤다.

"아 글쎄, 알았으니까 내가 마누라랑 상의해볼 테니 일단 돌아들가요."

"긍정적으로 검토해보십쇼, 형님. 그것도 조만간 써보시고요."

김 부장이 도장을 찍는다.

우리가 문을 열고 나서는데 싸부가 주방으로 향한다.

"거참, 선배. 이제 가라니까요!"

"가만, 난 이거 먹으러 왔거든."

싸부가 콩나물 해장국이 남은 냄비에 불을 올린다. 사장 아저씨가 한숨을 쉬었다. 우리는 싸부를 남겨두고 옥탑방으로 돌아왔다.

그로부터 며칠 동안 삼척동자는 김 부장에게 가게 운영과 마케팅 방안에 대해 늘어놨다. 마냥 잘난 척이 아니라 내가 들어봐도 그럴 듯한 타당한 계획이었다. 김 부장은 싸고 맛만 있으면 된다고 삼척동자 의견을 애써 무시했다. 하지만 삼척동자는 가게가 맛만 가지고 되는 게 아니라며, 해장용임을 강조해 '해장마차'라는 이름을 붙이고 장사를 하라는 아이디어를 또 내놓았다. 싸부는 포장마차처럼 밖에서 하는 것도 아니고, 남의 가게에서 하는데 이름을 굳이 새로 달 게 뭐냐고 토를 달았다. 내가 해장마차라는 이름은 괜찮은 것 같다고 하자, 네가 그래서 저 녀석이 잘난 척하는 거라는 김 부장. 삼척동자에게도 잘난 척 그만하고 얼마 안 남은 공무원 시험이나 열심히 준비하라는 김 부장. 그러자 삐쳤는지 삼척동자는 인사도 안 하고 곧장 옥탑을 내려가버렸다.

일주일째 삼척동자는 옥탑에 얼씬도 하지 않는다.

이제 TV는 온전히 싸부 차지가 됐다. 싸부는 요즘 부쩍 야구에 빠져서 낮엔 메이저리그를 시청하고 저녁엔 일본 프로야구와 우리나라 프로야구를 돌려가며 보았다. 다시 밤엔 '야구 하이라이트' 프로그램을 보고 새벽엔 야구 재방송을 섭렵했다. 침대에 미라처럼 누운 그는 리모컨을 든 손만 살아 움직이는 것 같다.

그리고 어제, 싸부가 안산으로 돌아갔다. 아무 말도 없이 우리가 장을 보러 간 사이 '간다'라는 두 글자만 달랑 있는 메모를 남기고. 행여 전화하면 돌아올까봐 우리는 그에게 전화하지 않았다. 다만 싸부가 갑자기 사라진 것에 대한 궁금증만 가득했다.

"응원하던 엘지가 플레이오프 떨어져서 그런 걸 거야."

"설마 그걸 가지고 그러겠어요?"

"넌 관심 꺼서 그렇지, 응원하는 팀 떨어지면 야구 진짜 보기 싫어진다고. 형님이 여기서 야구 안 보면 할 게 뭐 있냐."

"하긴 그렇네요."

어쨌거나 둘이 사라졌고, 그들이 각각 남긴 에어컨과 TV만이 남았다.

다시 김 부장과 둘만 남게 되자 쥐구멍 같던 옥탑방이 별장만큼이나 넓어졌다. 이렇게 편하고 쾌적할 수가! 이곳이야말로 홈 스위트홈이다.

그렇게 다시 사흘이 지났다. 점점 싸부의 안부와 삼척동자의 근황이 궁금해질 찰나, 김 부장이 전화를 받고는 문을 박차고 내게 달려왔다.

"야, 지금 무슨 전화 온 줄 아냐?"

"싸부요?"

"아니, 말고 있잖아."

"삼척동자? 그놈이 부장님한테 사과한 거예요?"

"너 다들 사라져서 좋다고 하더니…… 벌써 보고 싶어진 거냐?"

"아니, 그게 아니라. 누군데요?"

그러자 뜸 꽤나 들이던 김 부장이 씨익 웃으며 말한다.

"아구찜집 상순 형님 전화다. 형수가 한번 만나고 싶단다고 준비 잘해서 오래."

오, 저절로 기성이 났다. 드디어 김 부장에게도 기회가 찾아온 것일까?

귀국 후 3개월 동안 정말 일이 안 풀렸는데, 이번 기회는 반드시 잡아야 한다. 그러자면 역시 싸부의 후방 지원과 삼척동자의 아이디어가 필요하다! 나는 김 부장에게 그들의 도움이 필요하니, 연락을 해서 주인아줌마와의 미팅을 잘 준비하라고 했다. 김 부장은 잠시 생각하더니 나보고 연락하라며 일을 미뤘다. 하지만 내가 직접 연락하면, 그들로 하여금 정식으로 동거를 허락한 모양새가 될 수 있기에 조심스럽다고 거절했다. 그러자 김 부장은 자기 혼자서라도 어떻게든 해볼 테니 신경 쓰지 말라고 했다. 어휴, 이 아저씨야, 지금 이걸 신경 안 쓰게 생겼어? 아무래도 결국 내가 연락해야 되겠다. 솔직히 그들이 보고 싶었다. 역시 좋은 핑계는 언제나 사람에게서 나온다. 나는 핸드폰을 집어들었다.

아구찜집의 실질적 주인인 주인아줌마는 싸부에게 김 부장에 대한 보증을 서라고 했다. 싸부는 자기가 함께 온 이유를 안다는 듯 묵묵히 승인했다. 주인아줌마는 사업 계획은 다 마음에 드는데 가게 운영은 결국 사람 쓰는 게 제일 큰 문제라면서 같이 일할 사람은 누구냐고 물었다. 김 부장은 나와 삼척동자를 지목했다. 우리는 엉겁결에 수긍했고 졸지에 김 부장의 예비 아르바이트생이 됐다. 이에 주인아줌마는 두 달 해보고 별다른 성과가 없으면 해장국 장사는 없어진다는 조건을 달고 가게를 승인했다. 가게 오픈은 이번 월세 일 다음 날부터.

정확히 보름 남았다. 김 부장은 충분히 맞춰 시작할 수 있다고 호기롭게 말했다. 언제나 긍정적인 그였지만 오늘 따라 특히 밝아 보였다. 그도 그럴 것이, 사실상 이게 김 부장이 한국 돌아와서 시도한 수많은 삽질 뒤에 나온 가장 현실적인 방안이 아닌가.

"너, 진짜 도울 수 있는 거야?"

"다다음 주에 시험 끝나면 할 일도 없는데요, 뭐."

"돈 많이 못 줘."

"저도 언제까지 할 수 있을지는 몰라요."

"알았어. 그럼 가게 이름은 니가 말한 해장마차로 하지."

"메뉴 이름도 아구아구 콩나물 해장국이어야 합니다."

"그래, 아구아구."

김 부장과 삼척동자는 그렇게 의기투합했다. 첫 만남인 먹기 시합 때부터 적수로 만나, 평소에도 톰과 제리처럼 티격태격하던 둘이 사장과 아르바이트생으로 한 배를 타다니! 삼척동자는 삼척동자대로 자기 네이밍 아이디어로 가게를 여는 게 즐거운 듯했고, 김 부장은 해장국집이 자신의 천직인 양 몰두하기 시작했다. 이거 내가 좋은 일을 한 건가, 갸웃하면서도 일단 기분은 좋았다.

반면 나와 싸부는 여전히 서먹했다. 싸부는 돌아와서 말이 별로 없다. 나는 나대로 싸부에게 묻고 싶은 게 많았지만, 제멋대로인 모습이 마음에 들지 않는다. 아무리 싸부라지만 내 방에서 같이 지내는 동안은 공동생활에 협조해야 한다.

싸부는 아무것도 하지 않는다. 청소나 빨래를 말하는 게 아니다. 그는 다시 리모컨을 쥔 미라가 되어, 야구만 보며 침대에 누워 산다. 함께 건배하며 좋은 만화를 만들자던 다짐도, 어깨동무한 채 홍대 번화가를 걷고 또 걸으며 김광석 노래를 합창하던 추억도 무뎌졌다. 싸부는 스승이자 선배이고, 친구이기도 했고, 동료이기도 했으며, 형이기도 했다. 그러나 지금은 노골적으로 우울함을 잔뜩 풍기는 초라한 중년이다. 그의 무기력함이 내게도 전염될까 두렵고 그런 모습들이 다시 슬슬 미워지기 시작했다.

　다음 날 저녁. 김 부장과 삼척동자는 최초의 아구아구 콩나물 해장국을 만들어 우리에게 시식을 요청했다. 콩나물에서 나는 건지 아구 살에서 나는 건지 맛이 좀 비렸다. 그래도 아구 국물과 콩나물 국밥 국물의 조화는 나쁘지 않았다.

　삼척동자가 제법 요리에 소질이 있는 것 같다며 김 부장이 칭찬했고, 삼척동자는 이에 참으로 어울리지 않는 겸손함을 떨었다. 반면 싸부는 국물만 몇 번 떠먹더니 냉장고로 가서 소주를 가져왔다. 며칠째 술만 마시고 침잠해 있는 싸부라 우리는 모두 불안한 시선을 그에게 보냈다. 싸부는 머그컵에 혼자 한 잔 따라 쭈욱 마시곤 아구 살을 하나 집어들었다.

　"아구 찍어 먹을 와사비 간장이 없잖아?"

　"아, 그것도 필요하겠네요."

　"형님, 이건 술안주가 아니라 해장국인데……."

　"인마, 너 술 하루 이틀 마셔? 해장국에 빠질 수 없는 게 해장술 아니냐?"

　김 부장은 얼른 대답을 못 하고 입만 삐죽 내민다. 내가 참다못해 말한다.

　"다른 거 말고, 국밥 맛은 어떠냐고요?"

　"모르겠어. 맵게도 한번 끓여봐."

　싸부는 유난스럽게 굴고는 일어나 화장실로 향했다. 김 부장은 나를 살피며 미간을 찡그렸고, 삼척동자는 연신 국물 맛을 보며 싸부의 불만에 대해 불평했다.

화장실에 다녀온 싸부가 술잔을 들어 한 모금 마셨다. 그러고는 다시 해장국을 한 수저 들어 입에 넣다가 멈추고는, 수저를 밥그릇에 내려놓고 숨을 참는다. 울컥한 채 손을 상에서 내리고는 우리를 보고 한숨을 쉬는 싸부.

"이번에 내려가서 이혼서류 접수하고 왔다."

순간 우리는 아무 말도 못하고 싸부를 살폈다.

"1개월 숙려 기간 가지라는데, 뭐 끝났다고 보면 되지 싶고……."

"형님…… 자식 있으면 숙려 기간 3개월인데, 3개월이면 어떻게 다시……."

김 부장이 조심스럽게 말했다.

"선생님 아들 대학생이라면서요. 미성년 자식 있을 때 3개월이고, 성년 자식이나 무자식일 땐 1개월이에요."

한때 사법 고시생이던 삼척동자가 그새를 못 참고 아는 척한다.

나는 두 사람에게 눈짓을 주었고, 이후 다들 침묵이다.

싸부는 무언가 더 말하려다 말고 소주를 비웠다.

김 부장이 앞에 있는 빈 국그릇에 자기도 소주를 따라 한 잔마셨다. 신호라도 되는 듯 나와 삼척동자도 각자의 국그릇에 소주를 따랐다. 삼척동자가 버릇처럼 국그릇을 건배 자세로 들어

올렸다. 김 부장이 눈총을 주었다. 우리가 각자 술을 들이켜려는데 "잠깐" 하고 싸부가 외쳤다. 우리가 돌아보자 그가 잔을 들어 보인다.

"그래, 건배다. 건배!"

우뚝 들어올린 싸부의 잔에 어정쩡하게 국그릇을 부딪친다. 그리고 들이켠다. 다시 말이 없는 싸부. 그제야 황혼이혼이라고 스스로를 놀리던 호기 뒤로 싸부가 지니고 있었을 걱정과 회한이 느껴졌다. 그 정도도 살피지 못한 채 이곳에 너무 오래 머물렀다는 것만으로 싸부를 밉게 본 나 자신이 찌질하고 한심했다.

건배 후 표정이 좀 풀린 싸부가 삼척동자의 어깨를 툭 쳤다.

"어이, 삼동. 가게 도와주며 김부랑 친해진 건 좋은데, 너 그러다 시험 망치는 거 아니냐?"

삼척동자는 해맑게 웃었다. 그럴 때면 녀석이 조금은 잘생겨 보인다.

"걱정 놓으세요. 한두 번 떨어져보는 것도 아닌데요, 뭐."

"짜식. 이번에는 여유 있는 척이네. 넌 삼척이 아니라 울진이다."

싸부의 트레이드마크인 말장난 개그를 들으니 마음이 편해진다. 익숙한 유머는 웃음을 주진 않지만 나름대로 안정을 주는 효과가 있다.

"형님, 이번에 보증 서주신 거 고맙게 생각합니다."

"인마, 생각만 하지 말고 잘해. 이건 지금 60점이야."

아구아구 콩나물 해장국 베타 버전을 손가락으로 가리키며 싸부가 말했다.

김 부장은 멋쩍은 듯 국물을 다시 수저로 뜬다.

이번엔 나를 살피는 싸부. 나에게도 한마디 하시려는군. 핀잔으로 서먹함을 푸는 건 싸부의 주특기다.

"넌 연애는 잘 돼가냐?"

엥? 이건 무슨…… 뜬금없는 소리에 나는 물론 삼척동자와 김 부장 역시 황당해한다.

"그때 주연이랑 아주 죽이 잘 맞더만, 아직 데이트 안 한 거야?"

"무슨 뚱딴지 같은 소리예요? 저 그 사람 전화번호도 몰라요."

"야, 이 촉 없는 인간아. 필 왔을 때 팍 다가가야지."

싸부가 내 옆구리를 찌른다.

"형님, 무슨 소리예요? 영준이 누구 소개시켜준 겁니까?"

"맞아! 그때 둘이서만 야한 데 가더니, 거기서 여자 만난 거죠? 맞죠?"

세 사람은 혼자 배달시켜 먹고 입 씻은 놈 바라보듯 나를 대했다. 내가 황당해하자 싸부가 재미있는지 다시 입을 열었다.

"그때 후배가 하는 대학로 바를 갔는데 말이야, 거기에 전에 내 강의 들었던 제자가 있더라고. 알고 보니 옛날에 강의하고 뒤풀이 가서 그 후배가 하던 호프집을 갔었거든. 그때 그 후배랑 그 제자랑 안면이 생겨서 이후로도 둘이 친해졌나봐. 그리고 후배가 작년에 바를 열었고, 그 제자가 거기서 일하게 된 거지."

"사연이 있네요."

"야한 덴가요?"

"야하긴. 그냥 말상대나 해주는 데야."

"예쁩니까?"

"후배는 밉상, 제자는 예쁘지."

"그럼 영준이 형이 제자한테 꽂힌 건가요?"

"그러게 말이다. 얌전한 고양이 부뚜막에 먼저 오른다고. 둘이 아주 이야기꽃을 피우느라 아주 날 뒷방 늙은이로 만들더라고……."

셋이서 죽이 맞아 아주 가관이다.

이대로 듣다가는 내가 이상한 놈이 될 거 같았기에 수저로 밥상을 연달아 두드렸다. 다들 놀리는 표정으로 나를 바라본다.

"뭐라도 시도하고 이런 소리 들으면 억울하지나 않죠. 저 아무 짓도 안 했어요. 심지어 그날 기억도 잘 안 나요. 싸부야말로 제가 그 제자분이랑 괜찮을 거 같으면, 번호라도 좀 알려주시지 그랬어요?"

"너, 마음이 있긴 있는 거구나?"

김 부장이 입을 조스처럼 벌리고 웃는다.

"와우, 형. 여자 사귈 줄 아는구나!"

삼척동자가 얄밉게도 치고 들어온다.

"오작, 그래서 니가 안 되는 거야. 지난 열흘간 니가 나한테 한 마디라도 꺼냈으면 내가 너 데리고 다시 거기 가려고 그랬다. 번호야 당장이라도 따주지, 암. 그런데 너, 그런 자세로는 둘이 모텔에 떠밀어넣어도 안 돼. 아주 연애감이 떨어진 게 티가 팍 팍 난다고."

부인에게 차인 것에 대한 심리적 보상이라도 하듯 싸부는 나에게 여자에 대한 조언을 늘어놓았다. 그게 허세인 걸 알면서도 김 부장과 삼척동자는 흐뭇하게 나의 굴욕을 즐긴다. 진짜, 속이 끓는다. 그때였다. 이렇게 된 거 아예 대놓고 부탁해야겠다는 생각이 들었다. 그래, 자기가 잘 도와줄 수 있었다는 말 아닌가. 꼬투리 잡고 늘어지기 시작이다.

"싸부, 그럼 지금부터라도 잘해볼게요. 팍팍 좀 밀어주시죠. 일단 그 아가씨 번호 좀 알려줘요."

머쓱해하던 내가 되레 적극적으로 변하자, 이번엔 구경꾼들이 하나같이 부러운 표정들이다. 도리어 싸부가 난처한 표정이 됐다.

"늦었어. 아직 이혼 서류에 도장도 안 마른 내가 지금 니 연애 도우미 할 기분이겠냐."

"번호만 알려줘요. 그럼 내가 알아서 다 할 테니."

다들 한 번 더 놀란다. 역시 발상의 전환이 중요한 법. 내 적극적인 공세에 결국 싸부는 후배랑 제자 번호 둘 다 모른다며 꼬리를 말았다. "오늘 가면 되겠네"라며 호기를 부리던 김 부장은 술값에 대한 부담이 떠올랐는지, 가게 오픈하면 기념으로 한 번 가자고 꼬리를 만다. 삼척동자는 시험 끝나면 거기서 한잔 사달라고 내게 부탁했고, 나는 정중히 거절했다.

한바탕 입심을 부리곤 다들 마음이 홀가분해진 우리는, 싸부가 집에서 가져온 양주를 마시며 넷이 이 옥탑에서 다시 한번 잘 살아보자며 우리를 독려했다. 싸부는 이곳이 자기 거처인 양 당연하다는 듯 그렇게 분위기를 주도했고, 나는 좋은 분위기 망치기 싫어 수긍한 채 잔을 부딪쳤다. 그래, 또 이렇게 부대끼며 살아보는 거야. 어쨌거나 날씨는 한결 시원해지고 있으니.

또 어쨌거나 그녀를 다시 떠올리니 기분이 좋다.

추석

월요일. 똘똘이 스머프를 찾아갔다. 내가 작업한 『아, 그래 – 구황작물 편』과 새로운 전집 기획 등으로 그는 무척 바빴다. 누군가와 전화 통화를 하고, 인쇄소 사람과 인쇄 견적에 대해 논의하고, 여직원에게 무언가를 지시하고, 나에겐 잠시만 기다려 달라는 표정을 지으며 다시 어딘가로 전화를 한다.

열한 시에 와서 벌써 30분 넘게 테이블에서 학습만화들을 읽으며 시간을 보내던 나는 무료해지기 시작했다. 이러다 점심이라도 먹고 가는 건 아닌지. 똘똘이 스머프와 둘이 밥을 먹긴 싫은데. 어서 맡긴다는 일이나 받았으면 좋겠다.

기다리며 살펴보니 아이툰즈 학습만화는 크게 아동 극화와 교육 전집으로 나뉘는 듯했다. 교육 전집인 『아, 그래』 시리즈는 유명한 『WHY』 시리즈를 적당히 벤치마킹했는데, 주제나 분류가 더 조잡해 보였다. 『울리불리 탐험대』 같은 정체를 알 수 없는 유치한 캐릭터부터 더 많은 분류가 있어도 될 만한 『공룡의 세계』 등은 딱히 새로운 게 없었다. 내가 작업한 파트 역시 아무도 모르게 여기 쌓이겠지. 사서 보는 아이들이 싫어하지만 않았으면 좋겠다.

반면 아동 극화는 나름 눈길을 끌었다. 『처음 타본 자전거』, 『외할머니 집 가는 길』, 『내가 홀딱 반한 소녀』 등은 풋풋한 동화를 교양만화 형식으로 풀어놓은 것들이다. 이 정도라면 나도 직접 스토리를 써서 그릴 수도 있겠다는 생각이 들었다. 다음에 욕심을 내 한번 제안을 해볼 수도 있겠지. 나이가 들어가는 걸까? 점점 스타일리시하고 센 이야기보다 따뜻하고 소소한 이야기로 마음이 간다. 어쩌면 그런 걸 더 잘 그릴 수 있지 않을까라는 생각도 든다. 이미 전자에서는 별 재미를 못 봤으니 후자가 괜찮을 것 같다는 얄팍한 생각 같기도 하다.

그때 똘똘이 스머프가 안경을 바로 세우며 다가왔다. 그는 내가 읽고 있던 아동 극화를 슥 살펴보았다.

"어때요?"

"『아, 그래』 시리즈보다 이게 더 제 취향인데요."

"이 시리즈 스토리가 하나 남아 있는데 한번 그려보시겠어요?"

"그러면 일단 스토리 좀 볼 수 있을까요?"

내심 쾌재를 부르면서도 그렇게 말했다.

"네. 메일로 쏴드릴 테니 읽어보고 답 주시죠."

"제안한다는 게 바로 이 건이었나요?"

"네. 이제 가보셔도 됩니다."

둘이 같이 점심 먹을 일은 없어 다행인데, 왠지 허전했다. 그때 불쑥 무언가 떠올랐다. 샘플로 참고하게 아동 극화 책 몇 권을 받을 수 있느냐고 물었다. 그렇게 말하고 나니 이미 수락한다는 뜻이 되어버렸지만, 책 욕심이 난 게 사실이다.

똘똘이 스머프는 부하 직원에게 "오 작가님 책 좀 챙겨드려" 하고 지시한 후 내게 손을 들어 보이곤 자기 자리로 사라졌다.

직원은 사무실 한편 책장으로 나를 데려갔다. 푸근한 인상의 직원은 필요하신 책 마음껏 고르라고 친절히 말했다. 나는 호기를 부려 이것저것 열 권을 챙겼다. 그는 두툼한 쇼핑백에 책을 담아주었다.

그에게 꾸벅 인사를 하고 사무실을 나오는데, 똘똘이 스머프가 다시 나타나 나를 불렀다. 그는 혹시 L선배 소식 들은 거 없느냐고 물었다. 잠수 이후 전화 통화한 적도 없다고 했더니, 그가 안경 뒤로 눈을 빛내며 혹시 L선배가 연락해 무슨 말을 하더라도 절대 돈은 꾸어주면 안 된다고 말했다. 꿔줄 돈도 없다고 나는 답했고, 그는 L선배가 지금 사채로 어려운 상황이라 물불 안 가리는 것 같다며 다시 한번 주의하라는 말을 남겼다.

사무실을 나오는데 마음이 무거웠다. 여기에 날 소개해준 L선배에게 한 번도 고맙다는 말을 한 적이 없었기 때문이다. 그는 잠수를 탔고, 내가 본의 아니게 그의 일을 대신 한 꼴이 됐지만, 연락해볼 성의 정도는 있어야 하지 않았나 하는 생각이 들었다.

버스에서 쇼핑백에 가득 담긴 만화책을 살펴보니 왠지 뿌듯했다. 아직 고료를 다 받지 못했고 내 책도 안 나왔지만, 출판사에서 증정본을 받으니 비로소 작가가 된 기분이다. 사실 진짜로 뿌듯한 건 이 책을 주연에게 가져다줄 생각이기 때문이었다. 학습만화 읽는 걸 좋아한다던 그녀. 작업 참고는 개뿔, 모두 그녀에게 가져다주자. 이 정도면 찾아갈 적절한 이유가 아닌가. 이번엔 번호 정도는 알아낼 수 있겠지. 그리고 다음에는 내가 그린 만화도 전해줄 수 있을 테고.

집에 돌아와 보니 한창 점심 식사 중이다. 이번에도 아구아구 콩나물 해장국의 새로운 버전. 이제는 그 맛이 그 맛인 것 같은 국밥이다. 국물을 두어 번 떠먹고는 전보다 나아졌다고만 말하고 침대에 가 누웠다.

저녁에 대학로에 갈 생각을 하니 벌써부터 마음이 설레어 아무 일도 할 수 없다. 환절기가 되면 느끼는 날씨의 변화처럼 내 감정 곳곳에도 온도의 변화가 느껴졌다. 누군가에게 호감을 가지고 빠져들 때면 느끼게 되는, 얇고 민감한 겹겹의 감촉이 마음속에 느껴지는 듯하다. 아직 그녀를 잘 몰라서 더욱 여러 가지 생각에 빠지게 되고, 마치 나를 위해 오래전 준비된 인연인 듯 자연스레 내 옆의 그녀를 떠올려본다. 작은 키는 아니었고,

힐을 신으면 대한민국 남자 평균 키를 가까스로 넘는 나보다 클 것이다. 그래도 얼굴이 귀여우니 키가 좀 크고 어깨가 있어도 상관없다.

만화를 그리며 배운 나만의 미학이 있다면 사람들이 궁극적으로 빠지는 미적 감각은 귀엽다는 말로 종결된다는 점이다. '예쁘네', '아름다워', '멋지군' 등의 수사는 모두 '귀여워'의 변형이거나 그 안에 종속된 말이다. 그리고 '귀엽다'의 반대는 '귀엽지 않다'가 아니라 '귀여운 척하다'이다.

그날 밤 '귀여운' 그녀를 만나러 증정받은 만화책을 들고 대학로 뒷골목으로 향했다.

용케 찾아온 '너티 걸'의 셔터는 내려져 있다. 마땅히 갈 곳도 없고 해서 한 층 위 계단에 앉아 스마트폰을 만지작댄다. 이윽고 아래층에 누군가 다가와 셔터를 열고 들어간다.

얼마간 뜸을 들인 뒤 계단을 내려와 불 켜진 가게로 들어선다. 가게 안쪽에서 그녀가 나를 돌아본다. 그런데 그녀는 주연이 아니라 민주다. 무슨 일이지, 민주가 왜 여기 와 있는 걸까? 민주 역시 내가 여탕에라도 들어온 것처럼 놀란 눈으로 나를 바라본다. 도대체 뭐가 잘못된 거지?

잠에서 깨보니 어느새 어둠이 내려 있다. 때론 꿈이었다는 게 다행인 꿈이 있다. 호러나 스릴러, 스플래터 무비 혹은 재난 영화 같은 꿈 말이다. 민주가 꿈에 나온 건 무슨 심정 때문이었을까? 심리학자나 해몽가가 아니어도 단박에 그녀를 떨쳐버려야

새 사람을 만날 수 있다는 암시에 빠진 걸 알 수 있었다. 그러나 민주에 대한 꿈은 위에 해당하는 장르는 아니다. 그건 종잡을 수 없는 여주인공이 나오는 아트 무비다. 벌써 가슴이 먹먹하고 기분도 다운된다. 어서 주연을 만나러 가야겠다. 정신이 든다. 이 꿈은 멀미약인 듯하다. 더 이상 흔들릴 순 없다.

웬일인지 방에도 마당에도 아무도 없다. 삼척동자는 고시원에서 얼마 남지 않은 시험을 준비하고 있을 테고, 김 부장은 해장마차 준비로 여념이 없겠지. 싸부는? 복덕방에서 슈퍼할아버지와 바둑을 두거나 어디 술 마실 곳을 찾아 배회하고 있을 거다. 그래, 다들 각자의 밤을 아름답게 보내고 있겠지. 나는 나의 밤을 맞으면 돼. 더 이상 주변에 신경은 그만 쏟고 나에게 집중해보자. 학습만화 일은 몰두할 거리가 못 됐나보다. 새로운 그녀에 대한 마음이야말로 내 마음을 흔들고, 마치 풍력발전이라도 되는 듯 그 흔들림 속에서 열정이 가동되고 있었다.

꿈과는 다르게 '너티 걸' 간판은 네온으로 반짝이고 있다. 묵직한 무게감이 나쁘지 않은 쇼핑백을 흔들며 가게 앞에 멈춰선 뒤, 심호흡 한 번 하고 계단으로 향한다.

아직은 이른 시간인지 손님도 없고 일하는 분도 두 명밖에 보이지 않는다. 바에 앉자 두 분 중 좀 더 어려 보이는 처자가 다가와 인사한다. 내가 주연 씨를 보러 왔다고 하자 "주연이요? 이따 마담 언니랑 온다고 했어요"라며 미묘한 미소를 지어 보인다.

맹숭맹숭 기다릴 수도 없기에 맥주를 시키자 그녀는 내게 맥주와 멸치를 가져다주고는 가버린다. 이후로도 둘은 내가 용건이 있어서 온 사람이란 걸 알아서인지 아니면 돈이 없어 보였는지, 나를 방치한 채 자기들끼리 수다를 떤다. 어제의 진상 손님을 성토하고, 함께 시술받은 피부과에 대한 불만을 늘어놓고, 마담 언니의 괴팍한 성격을 비난한다. 마치 나를 귀가 없는 사물로 아는지, 전혀 거리낌 없이 그러는 통에 기분이 상한다. 한편으로 주연도 이들과 동료라면 저런 푸념과 한숨 속에서 가게 일을 하는지, 이 일은 또 얼마나 고될지 상상해본다.

당연히 그녀는 나의 첫인상과는 다를 것이다. 사실상 내가 그녀에 대해 아는 거라곤 아무것도 없다. 내게 생각보다 친절했다는 것과 만화를 공부했고 만화 읽는 것도 좋아한다는 것뿐이다. 이럴 줄 알았으면 싸부에게 민망해도 더 물어볼걸. 아니 그랬다면 싸부가 따라왔을 거다. 좀 민망해도 혼자 오는 게 맞다. 그녀와 독대해 내가 관심이 있다는 걸 보여주는 것이 오늘의 목표다.

그렇게 한 시간 정도를 멍하니 그녀에 관한 상념으로 보냈다. 맥주도 두 병이나 더 마셨고 아가씨들 수다도 계속 들어야 했다. 첫 번째 손님 두 명이 들어오고 나서야 아가씨들의 수다는 멈췄다. 대신 술 취한 중년남들의 허세 어린 목소리가 더 세게 귓전을 때린다. 약간 김 부장과 목소리가 비슷한 게 동거인들 생각이 나게 한다. 김 부장에게 어디서 뭐 하느냐고 문자를 보내려다가 생각해보니 그들도 나를 찾지 않고 있다는 걸 깨달았다. 나는 집에서 일하는 사람인데……. 저녁은 먹었는지, 어디에 갔는지 궁금하지도 않단 말인가! 살짝 서운한 마음이 든다.

기다리다 지쳐 학습만화를 꺼내들었다. 더 이상 상념에 빠지기도 힘들어 참고할 아동 극화를 한 장 한 장 넘겨보기 시작했다. 생각보다 그림이 꽤 좋다. 표지로 돌아가 작가를 살펴보니 맙소사, 유일권 작가 작품이다. 한 시절 우리의 영웅이었던 만화가 선생님이 이제 그 작은 출판사에서 이런 소소한 작품을 진행하고 있다니. 정녕 아이툰즈가 대단한 회사인 건가? 그럴 리는 없고, 만화계가 그만큼 일도 없고 이름값 있는 작가조차 연재할 지면이 없다는 뜻이다. 유일권 작가는 싸부와도 절친한 분인데, 싸부는 이 사실을 알고 있을까? 이 책은 가지고 돌아가 싸부에게 보여주고 싶다. 유 작가님은 지금도 이렇게 그리고 계신다고요. 한마디 하고 싶다. 그런데 그럼 뭐하나. 무기력함에 씁쓸한 기분마저 감돈다. 남은 버드와이저를 마셔버리는데 뒤에서 누군가 아는 척한다.

"어머, 오셨네요?"

허스키한 저음의, 단박에 지난 첫인상을 떠올리게 하는 목소리다. 무조건반사로 입꼬리를 올리며 고개를 돌리니, 그녀와 마담 언니가 검정 비닐봉지를 양손에 든 채 들어와 내 앞에 서 있다.

"기억하시네요."

"그럼요. 잘 지내셨어요?"

뭐가 이렇게 자연스럽지? 그녀도 나를 기다렸던 건가? 순간적으로 머리가 쌩쌩 돈다.

"아, 그때 인수 형이랑 같이 온 친구구나. 웬일이에요?"

"주연 씨한테 전해줄 게 좀 있어서요. 술도 한잔 할 겸……."

"잘 왔어요. 인수 형은 안 와요?"

"예, 저 혼자 왔습니다."

"잘했어. 앞으로 오려면 혼자 오라고."

"아, 예."

"농담이에요. 인수 형이 와야 양주라도 먹지, 호호."

마담 언니가 농담을 던지곤 주방으로 향한다.

그녀는 잠시만 기다리라는 듯 손을 들어 보이곤 마담 언니를 따라 주방으로 향했다. 슬쩍 살피니 역시 키가 크다. 키 따위에 주눅 들면 안 된다. 보이시한 쇼트커트와 눈동자가 흘러내릴 듯한 눈웃음에 집중하라. 힘내라, 오영준. 곧 그녀가 나를 마주한다고!

만화책들을 건네자 그녀의 눈동자가 더욱 커졌다. 흑발 염색약을 머금은 듯 눈동자가 무척이나 검다. 너무 빠져들지 않기 위해 눈꺼풀을 바라본다. 그녀는 연신 감탄사를 내뱉으며 책들을 살핀다. 코믹스가 아닌데도 이리 좋아하다니, 대개의 만화 지망생들과는 다르다. 나는 아까 본 유 작가님의 아동 극화를 건넸다. "이분 것도 있어요"라고 마치 내 일처럼 자랑스럽게 말하자, 그녀가 깜짝 놀라며 책을 받아들어 살핀다.

"저, 이분 만화 진짜 좋아했어요. 『낮잠』 보셨어요?"

"제 교과서 같은 만화죠. 그거 보고 많이 따라 그렸어요."

"역시, 만화가 맞으시구나. 참 맥주 더 드세요. 제가 책 가져오면 쏜다고 그랬잖아요."

"영업 방해할 일 있나요. 제 돈으로 마실 테니 버드와이저 더 주세요."

"아뇨, 진짜 제가 쏠게요. 대신 이 책 주시는 거죠?"

"드릴 테니 쏘진 마세요."

"저 고집 센데, 어떡하죠?"

"하하, 그럼 일단 맥주 주세요."

왜 이렇게 분위기가 좋은 거지? 마치 잘 짜놓은 각본의 대사를 주고받듯 그녀와의 대화가 자연스럽다. 내 만화를 그릴 때도 이렇게 물 흐르듯 유연한 대사를 써본 기억이 없다. 그녀와 이런 대화를 몇 번만 나누면 나도 말풍선에 멋진 말만 채우는 만화가 될 수 있을 것 같은 기분이 든다.

잠시 뒤 그녀가 버드와이저 일곱 병을 들고 왔다.

"세 병 드셨고, 일곱 병 더 드시면 열 권 책값 맞죠?"

나는 백기라도 들듯 웃으며 고개를 끄덕였다.

"내가 같이 마실 거니까 사양할 거 없어요."

그녀가 다시 한번 확실히 한다. 황송할 지경이다.

첫 병을 따서 서로에게 따라준 뒤 우리는 이야기를 나누기 시작했다.

주로 만화 이야기. 내가 10년 전에, 그녀는 4년 전에 싸부의 강의를 들었으니, 굳이 따지면 그녀가 6년 후배인 셈이다. 선배라고 부르겠다는 그녀에게 그러지 말아줄 것을 부탁했다. "그럼 오빠라고 불러요? 나 아직 20댄데……"라며 웃고 마는 그녀. 용케 나이를 묻지는 않았다.

만화가는 왜 되고 싶었냐는 내 질문에 그녀는 대박 작품을 그려 돈 많이 벌려고 했다며 웃는다. 그러고 나서 언제 대박 내실 거냐고 내게 묻는다. 나는 멋쩍은 웃음으로 답했다.

일은 힘들지 않으냐는 질문에 그녀는 술 많이 먹는 거 말고는 할 만하다며, 재미있는 사람 많이 만나고 돈도 나쁘지 않아, 가끔 만나는 진상은 참아줄 만하단다. 그리고 다른 언니 둘과는 별로 안 친하고 마담 언니가 자기 빽이기에 일하는 데는 별 어려운 점이 없단다.

나는 내 빽은 싸부라고 말했다. 주연은 짐짓 놀란 표정으로 싸부가 만화 쪽으로 많이 도와줬느냐고 묻는다. 그런 건 아니라고 하자 그럴 줄 알았다며, 싸부는 좋은 어른 같긴 한데 자기도 도움받을 건 별로 없을 것 같다는 그녀. 아, 이런 통찰력이라니! 그녀의 혜안에 감탄하며 버드를 들었다. 건배!

"주연 씨 말씀 듣고 보니 싸부는 내 빽이라기보단 멘토시네요."

"멘토는 빽보다 좋은 건데."

"같이 다니다 보니 점점 싸부한테 영향받는 게 많아서 그런 것 같아요."

"자주 만나시나봐요."

"지금 우리 집에서 지내세요."

"집이 큰가요?"

순간 생각을 가다듬었다. 집 사정을 다 까발리는 게 좋은 건가? 그녀가 궁금증 가득한 표정으로 나를 살핀다.

"망원동에 8평 옥탑입니다."

"엥? 그럼 거기서 둘이 지내요?"

"아뇨. 셋이 지내요."

"아하하, 농담이시죠?"

"싸부랑 저는 방에서 자고, 옥탑 마당에 텐트 치고 선배 한 명이 살아요. 김 부장이라고."

북극에는 북극곰이 남극에는 펭귄이 산다는 듯 진술하자, 주연은 그제야 의심을 풀고 신기하다는 표정을 지었다.

"살림이 되나요?"

"게다가 동네 고시원에 사는 후배가 하나 있는데, 자기 방 불편하다고 일주일에 나흘은 와서 자고 가고요."

"맙소사, 〈세상에 이런 일이〉에 제보해야겠다. 어떻게 그렇게 살 수 있어요?"

그녀의 질문이 감탄인지 탄식인지 감이 잡히지 않았다. 나는 경험자의 자부심을 앞세워 담담하게 말했다.

"다 살게 되더라고요, 하하."

"진짜 대단하시네요. 날도 더운데 그 좁은 데서 일이 되나요?"

"곧 작업한 책 나와요. 그것도 주연 씨 증정해드릴게요."

"그런 환경에서도 만화를 그리시다니, 〈생활의 달인〉에도 제보해야겠다."

"하하, 말 참 재미있게 하시네요."

"진짜 제보할 거라니까요?"

정색하며 그녀가 말하곤, 맥주 광고 모델 저리 가라 할 정도로 시원하게 맥주 한 잔을 들이켜고는 웃는다. 만화 속 미소녀 웃음이다. 시원시원한 인상답게 행동도 그대로다. 솔직 담백하게 말하는 와중에도 날씬하고 긴 팔을 흔들며 온갖 제스처를 취한다. 그래, 다 제보해라. 당신이 원한다면 〈스타킹〉이든 〈동물농장〉이든 〈화성인 바이러스〉든 가리지 않고 나가겠다.

일곱 병이 금세 비워졌다. 그녀는 그녀대로 아까부터 마담 언니 눈치를 보고 있고, 나는 더 시켜도 되는지 가늠이 되지 않는 상황. 어색한 진공 상태가 오간다. 그때 문을 열고 일군의 사내가 들어온다. 약속한 듯 교복처럼 양복을 입고 넥타이를 맨 세 명의 화이트칼라 사내들. 그들을 알아보고 일어나 반갑게 인사하는 주연. 그들 역시 손을 흔들며 그녀에게 아는 척을 한다. 중간에서 나는 진공 상태 그대로에 빠져 있다. 주연은 내게 눈인사를 하고는 바를 돌아 그들이 앉은 테이블로 향한다. 허리를 숙인 채 그들의 주문(킵한 조니워커 블루와 맥주 여섯 병, 과일)을 접수한다.

다시 맥주병을 들어올리는데 비어 있다. 맞아, 다 마셨지. 그녀가 보기 전에 서둘러 내린다. 주연은 진열장에 킵해둔 조니워커 블루를 꺼낸다. 나를 살필 겨를도 없이 양주와 기본 세팅을 가지고 그들 테이블로 향한다. 나는 더 이상 그쪽을 돌아보지 않는다. 하지만 그들의 목소리가 마치 소머즈의 고막을 이식한 것처럼 잘도 들려온다. 술을 따라주고 몇몇 느끼한 인사들이 오간다. 그녀가 블루를 원샷하자 좋아하는 그들의 목소리가 들린다. 나와 기껏해야 한두 살 차이다. 말투도 저 너머 불콰한 중년 아저씨들보다 훨씬 차분하고 친절하다. 그리고 그들에게 그녀는 인기가 있다. 나는 맥주를 더 시킬까 살펴보지만 아가씨 둘은 중년 아저씨들을 상대하느라 여념이 없고, 그녀를 부를 수는 없다. 난감한 와중, 마담 언니가 과일을 들고 나와 그녀의 자리에 가져다주고는 바로 돌아온다. 나를 보며 다 안다는 듯 웃는 마담 언니. 소름이 끼친다.

그녀는 내 앞에 와 서더니 바에 놓인 학습만화를 집어 몇 장 들추다 내려놓는다.

"어이, 인수 형 후배."

"후배 아니고 제잡니다."

"그냥 후배 해도 되겠던데 뭘. 어떻게, 나랑 한잔 더 할래? 근데 난 만화 싫어하는데."

나는 그대로 일어나 마담 언니에게 꾸벅 인사를 했다. 마담 언니는 인수 형에게 안부 전해달라 하고는 바에 놓인 빈 맥주병을 치운다. 아쉬운 마음에서였을까, 그녀를 돌아보는데 여전히 화이트칼라들과 담소 중인 그녀. 나는 문을 열고 밖으로 나왔다.

계단을 내려서는데 그녀가 나를 부른다. 돌아보니 문 앞에 서서 벌써 가시느냐고 묻는 그녀. 어디까지가 영업의 일환인 걸까? 나는 그저 다음에 또 오겠다고만 대답한다.

"다음에는 오시기 전에 미리 전화 주세요. 저 일 안 하는 날도 있거든요."

이게 웬 떡이냐.

"그럼 전화번호라도 좀…… 알려주시면……."

떡 먹다 체한 것처럼 말을 더듬었다. 당황한 나에게 그녀가 손을 내민다. 이게 바로 구원의 손길인가? 나는 계단을 두어 걸음 올라가 그녀의 손을 잡았다. 순간 그녀가 손을 빼며 골목에서 길고양이라도 튀어나온 듯 놀란다.

"뭐예요? 아하하, 폰 없으세요?"

그제야 정신을 차리고 그녀에게 핸드폰을 건넨다. 그녀는 내 핸드폰을 받고 거기에 자기 번호를 꾹꾹 누른다. 그녀가 다시 핸드폰을 건네주고 침묵의 2초 뒤에 진동 소리가 들렸다. 그녀는 조끼 주머니에서 진동하는 아이폰을 꺼내들곤 흔들어 보인다. 한결 마음이 놓였다. 이번엔 돌아 들어가는 그녀를 내가 불러 세웠다.

"저기요, 일 안 하는 날엔 뭐 하세요?"

그녀가 묘한 미소를 지은 뒤 답했다.

"학교 가요."

총총 들어가는 그녀.

학교라고? 달갑지 않다. 너무 어려도 그렇고, 너무 공부를 많이 해도 그렇다. 둘 다 나에게서 멀리 있는 것들이다.

다음 날부터 나는 싸부를 살살 달랬고, 그는 마담 언니에게 전화해 시답잖은 이야기를 나누다가 그녀에 대해 물어봐주었다. 그녀는 대학원생. 그것도 서울에서 알아주는 대학의 박사과정. 맙소사, 전문대 나온 나로서는 학력 차이가 너무 난다. 키 차이는 별로 안 나고, 학력 차이는 겁나 나고.

"그래서 전공이 뭐래요?"

"안 물어봤는데."

"그게 제일 중요한데…… 뭘 전공하는지 알아야 그쪽에 관심을 두죠."

"대학원은 전공 따로 없지 않나?"

"그게 말이 돼요?"

"허허, 무식해서 미안하다. 너야 전문대라도 나왔지. 나는 고졸 아니냐."

"고졸 맞아요?"

"예리한 놈. 사실 고퇴다."

"뭐 하다 퇴학당했어요?"

"내 발로 나왔다, 왜?"

유치하게 싸우는 우리를 국밥 끓이던 김 부장이 돌아보고 웃는다. 김 부장은 국 자 대학(건국인지 동국인지 헷갈린다) 독문과 출신으로 우리 셋 중엔 가장 학력이 높다. 저 가진 자의 음흉한 웃음. 나와 같은 전문대 다니다 졸업 뒤 4년제에 편입해 그곳 대학원 석사까지 '무려' 수료한 삼척동자에게 이 꼴을 보이지 않은 게 천만다행일 따름이다.

"도토리 키 재는 소리들 하지 마시고, 이리 와 국밥 맛 좀 봐주세요."

싸부와 나는 인상을 찌푸리며 부엌으로 가 김 부장이 만든 버전 14.0쯤 되는 국밥을 한술 뜬다. 싸부는 그마저도 살짝 수저로 찍어 맛본다. 닷새째 아구아구 콩나물 해장국만 먹고 있다. 이건 무슨 모르모트도 아니고…… 솔직히 버전이 올라갈수록 맛이 없어지고 있다. 나만 그렇게 생각하는 건 아닌 듯 싸부는 손사래를 두어 번 치고는 다시 침대로 직행한다.

김 부장은 나에게는 대답을 듣겠다는 의지를 보인다. 저 부릅뜬 눈빛. 이런 열의라면 사업에 성공할 법도 하지만, 이 국밥으론 쉽지 않을 것 같다.

"잘 모르겠어? 좀 더 먹어보지그래."

"아뇨, 더 안 먹어도 되고…… 음……."

나는 더 안 먹고 대답을 안 해도 되는 대답을 고민했다.

"뭐랄까, 좀 달다는 느낌?"

"양파를 너무 많이 넣었나?"

"아, 그런 거 같아요. 아무래도 달고 짜고 그러면 안 될 것 같지 않아요?"

"역시 아구랑 콩나물 중심으로 가야겠어. 그냥 담백하게."

나는 엄지손가락을 올리곤 침대로 돌아왔다.

싸부 옆에 누워 다시 그녀에 대해 물어본다. 싸부는 자긴 더 이상 아는 바가 없다고 발뺌한다. 마담 언니에게 더 물어보라고 하자, 이 선에서 조심하는 게 좋다는 싸부.

"왜냐하면 여자들은 말야, 자기들은 뒷말 일삼지만 자기들 뒷말하는 건 싫어한다고."

아유, 그렇게 여자를 잘 아시면서 왜 이혼 대기 중이실까.

싸부는 지금 이혼 숙려 기간이다. 〈사랑과 전쟁〉에 나오듯 '4주 뒤에 봅시다'인데 싸부의 지금 태도로는 아무래도 힘들 것 같다.

"연휴에 고향들 안 가고 뭣 하고 있어?"

놀라서 보니 문 앞에 슈퍼할아버지가 고약함이 잔뜩 뭉친 눈초리로 우릴 주시하고 있다. 나는 반사적으로 꾸벅 인사를 했다. 싸부는 진즉에 자는 체를 한다. 기다렸다는 듯 혀를 차는 슈퍼할아버지.

"낼모레가 추석인데…… 방구석에들 처박혀 썩어가고 있으면 어떡혀!"

그제야 추석이 다가왔음을 깨닫는다. 머리를 긁적이며 침대에서 일어난다. 싸부는 여전히 산에서 곰을 맞닥치고 죽은 척하는 사람처럼 미동이 없다. 슈퍼할아버지도 그걸 아는지 한마디 더 버럭 하려는데…….

"어르신, 이거 한번 드셔보시죠."

김 부장이 국밥을 통째 들고 와 슈퍼할아버지 앞 탁자에 내려놓았다. 슈퍼할아버지는 비행접시라도 본 것처럼 국밥을 살폈다.

"이게 뭐여?"

"제가 개발 중인 음식점 메뉴입니다. 해장국집이고요, 아구 지리와 콩나물 해장국의 환상적 조합입니다."

김 부장이 투자자에게 브리핑하듯 말했다.

"가게는 있는 겨?"

"물론이죠, 요기 가까이에 있는 아구찜집 새벽이랑 오전에 빌렸습니다."

"숟가락 줘봐."

김 부장의 속사포 같은 아이템 소개에 이어 슈퍼할아버지의 심사가 시작됐다. 슈퍼할아버지는 세 수저 넘게 떠먹고는 아구도 따로 퍼서 씹었다. 방송국 요리 프로에서 최종 심사를 하는 마스터 셰프 저리 가라 하는 슈퍼할아버지의 진지함에 피식 웃음이 난다.

김 부장이 분위기 깨지 말라는 듯 내게 눈짓한다. 이번엔 쿵쿵 국통 안으로 얼굴을 들이대고 냄새를 맡는다. 행동 하나하나에서 망원 2동의 온갖 사안에 참견하며 공력을 쌓아온 슈퍼할아버지만의 노련함이 느껴진다. 슈퍼할아버지는 마지막으로 한 수저 더 떠먹고는 토끼눈으로 기다리는 김 부장을 향해 입맛을 다셨다.

"나쁘지 않네. 팔아먹을 수 있겠어."

"그, 그렇죠? 역시 어르신이야말로 진정한 미식가십니다."

"시끄럽고, 해장국은 술 먹고 먹어봐야 제대로 아니까, 나 술 먹은 다음 날 한번 끓여와봐."

"여부가 있겠습니까? 말씀만 해주십시오."

고무된 김 부장이 허리를 폴더 접듯 연신 꾸벅였다. 순간 '풋' 하는 싸부의 코웃음 소리가 들렸다. 돌아보니 '웃기고들 있네'라는 표정으로 이를 드러내는 싸부.

슈퍼할아버지는 추석에는 다들 고향이건 집에건 찾아가라고, 안 그러면 추석날 옥탑 대청소 시키겠다는 엄포를 놓고 내려갔다.

이윽고 싸부가 침대에서 벌떡 일어나 우리에게 다가왔다.

"진짜 추석에 갈 데들 있냐?"

"형님, 전 부모님이 저 아직 캐나다 있는 줄 아세요."

김 부장이 침통한 표정으로 답했다.

싸부가 나를 돌아본다.

"전 원래부터 명절 대이동 그런 거 싫어합니다. 국가적 소모가 크지 않나요?"

"너, 김천 1년에 몇 번 가는데?"

"암튼 올해 안엔 한 번 찾아뵐 거라고요. 추석엔 아니고요."

"으이구, 효도까지는 아니어도 명절에라도 찾아뵈라. 계시는 것들이 더해요."

김 부장과 나는 발끈한다. 이점에선 이미 부모님이 모두 돌아가신 싸부가 목소리를 높일 수 있다. 자신의 상황이 그러하기에 오히려 우리에게 더 세게 말한다.

김 부장이 한마디 한다.

"명절이 뭐 부모님만 챙기는 날인가요? 형님이야말로 집에 가셔서 가족이랑 시간을 보내셔야죠."

"그 가족이 내 제사 지내줄 것도 아닌데, 뭐."

역시 씨알도 안 먹힌다.

결국 추석 당일 우리 셋은 슈퍼할아버지 지휘하에 옥탑과 집 전체를 물청소해야 했다. 싸부는 본가에 간 삼척동자의 고시원 열쇠를 미리 받아놨으나, 늦잠을 자느라 도망치지 못해 울며 겨자 먹기로 팔자에 없는 청소를 하게 됐다. 김 부장과 나는 싸부가 청소하는 모습이 고소해서 제법 재미있게 청소를 할 수 있었다. 다만 슈퍼할아버지의 유난한 잔소리가 오늘 따라 더 심했는데, 나중에 손자인 석에게 사정을 듣고 보니 수긍이 갔다.

"할아버지는 명절만 되면 중2병 돌아요."

"중2병이 돈다니, 그게 뭔데?"

"중학교 2학년 애들처럼 불안 불안해진다는 건데요. 뭐…… 아무도 찾아오지 않으니까."

담담히 말하는 석이 어른스러워 보였다.

슈퍼할아버지에게는 아들 두 명과 딸 두 명이 있는데, 석의 큰아버지는 슈퍼할아버지와 대판 싸운 뒤 의절하다시피 했고, 두 딸은 각자의 시댁에 묶여서 좀처럼 오질 못한다. 막내인 석의 아버지는 지금 5년째 가출 중이다. 그러니 슈퍼할아버지가 싸부나 김 부장 같은 '집 나온 남자들'을 보면 어찌 분통이 터지지 않겠는가. 평소에는 적당히 고약한 정도였으나 오늘은 노골적으로 막 대한다. 심지어 걸리적거린다고 물통까지 찬다.

다행이라면 싸부도 석의 말을 듣고는 어르신 투정을 묵묵히 받아준다는 것. 저게 내공인가 혹은 짬밥인가, 아니면 같이 늙어가는 사람들끼리의 연대인가, 잠시 갸웃했다.

저녁. 물청소로 제법 시원해진 옥탑 마당. 우리는 주인할머니가 만들어주신 동그랑땡과 도토리묵에 막걸리를 마셨다. 그때 위풍당당 삼척동자가 돌아왔다. 한 손에는 커다란 김치 통을, 다른 한 손에는 명절 음식 5종 세트를 담은 찬합을 들고. 우리는 모두 환호성과 함께 그를 반겼다.

삼척동자가 오면 대개의 날은 김 부장이, 어느 날은 싸부가, 가끔씩은 내가, 반기지 않았다. 한마디로 언제나 누군가에게는 불청객이던 녀석이 오늘만큼은 우리 셋 모두의 환영을 받았다. 어쩌면 삼척동자 말고 새우와 오징어가 넉넉히 들어간 해물전과 무나물, 코다리찜, 잡채, 갈비 그리고 전라도 손맛이 분명한 겉절이가 환영을 받았는지도 모르겠다. 막걸리 병은 점점 늘어났고, 우리의 목소리도 커졌다.

소란을 듣고 올라온 석도 술자리에 끼어 명절 음식을 먹었다. 자기는 이런 게 처음이라는 녀석에게 우리는 갈비를 양보했다. 잠시 뒤 한바탕 또 성질을 부리려고 올라온 슈퍼할아버지는 석이 있어서인지 감정을 자제한다. 아니면 푸짐한 주안상에 반해서였을까? 곧바로 술잔을 받고는 한 자리 잡아 건배를 제안한다.

"내년 추석엔 이러기 없기여들. 다들 반드시 집에서 가족과 보내도록 혀!"

다 같이 한잔 나누고 나니 기분이 좋아졌다. 슈퍼할아버지와 석이 내려가는데, 삼척동자가 코다리찜을 할머니 갖다 드리라고 석에게 건넸다. 삼척동자 녀석, 의외로 어른스럽다. 어쩌면 '척'하는 건 녀석의 허세가 아니라 보호색인 것 같다. 자신의 진심을 사람들에게 감추고 적당히 상대하려는 마음. 얻어먹은 것도 있고 오늘만큼은 대견한 후배라고 치켜세운다.

그러자 다들 너보단 삼척동자가 인물도 낫고 키도 크다며 한마디씩 덕담이다. 꼭 나와 비교할 것까진 없는데. 반면 삼척동자는 민망한지 딴전을 피우다가 대뜸 우리에게 하늘을 가리킨다. 올려다보니 보름달이다.

"우와, 제대로네."

내가 외치자 담배를 피우던 싸부와 김 부장도 올려다본다.

삼척동자도 말없이 보름달을 바라본다. 아무도 소원 따위를 빌자고 말하진 않았다. 그러나 다들 마음속에 보름달 하나 받아 안고는, 마법의 구슬이라도 되는 양 닦고 또 닦고 있다.

마감, 그녀

일에도 삶에도 마감이 필요하다. 마감.

내가 마감을 잘 지키는 만화가가 된 것은 마감이 스스로 작품을 그려나가게 만들었기 때문이다. 억지 같지만 진짜로 마감이 되면 알 수 없는 집중력이 솟아올라 어떻게든 원고를 끝내게 만든다. 학창 시절 시험 기간 때의 벼락치기 같다. 그때의 집중력. 그게 마감이란 놈이고, 그놈이 결국 스스로를 완성한다.

반드시 작가만 마감이 필요한 게 아니다. 직장인에겐 퇴직해야 할 때가 있고, 자영업자에겐 영업을 접을 때가 있고, 연인에게는 이별의 때가 있고, 군인에게는 제대가 있다. 그게 마감이다. 인생의 어느 순간에 스스로 묶어야 하는 매듭 같은 거.

지금 김 부장은 재취업 준비생으로서의 삶을 마감하려 하고 있다. 곧 아구찜집을 빌려 가게를 운영할 그는 어느 때보다 의

욕으로 가득 차 있다.

삼척동자도 이번 '공무원 고시'를 자신의 마지막 시험이라 못 박았다. 어찌 되건 시험이 끝나면 그의 고시생 인생도 마감이다. 이후로는 9급이 되거나 정식 백수가 될 것이다. 언제나 느긋하던 녀석이 최근엔 느긋한 척도 못 하고 있다. 온갖 척은 다 하던 녀석의 초조한 맨얼굴을 보는 게 익숙하진 않다. 그나마 그 얼굴도 이틀에 한 번 볼까 말까. 옥탑에 안 기어 올라오고 고시원에 처박혀 있는 놈에게도, 드디어 마감다운 마감이 닥쳤다.

인생의 매듭 같은 마감이라면 사실 싸부가 가장 화끈하게 붙들어 매고 있다.

말 그대로 결혼 생활을 마무리 중인 싸부는 다다음 주면 숙려 기간이 끝난다. 지금으로선 이혼 99퍼센트 확정! 싸부는 얼마 안 되는 재산을 모두 사모님에게 맡기기로 이미 마음먹었다. 대학생 아들이야 스스로 살아갈 것이고, 위자료나 양육비 같은 것도 없다. 사모님이 이 부분은 이미 포기하신 것 같다. 그리하여 싸부는 매일매일을 말없이 야구 경기 시청에 몰두하는 중이다. 시한부 인생이 따로 없다. 내 방 침대는 그에게 1인용 병실이다. 나와 김 부장은 번갈아가며 간병인 역할을 한다. 싸부, 결혼의 마감이 인생의 마감은 아니잖아요? 수십 번 외치고 싶었지만, 그냥 아무 말도 하지 않는다. 사실 나도 잘 모르기 때문이다.

세 명에 비하면 나는 딱히 마감이랄 게 없는 생이다. 새로 받은 일(당연히 똘똘이 스머프에게 다음 날 바로 수락 전화를 돌렸다)

은 이제 시작했으니, 석 달은 꼬박 작업해야 마감에 치달을 것이고, 인생에 별다른 굴곡이 없는 게 오히려 다행이라는 생각도 든다.

군이 말하자면 마감하고픈 게 있긴 하다. 어느새 4년 차에 접어든 지긋지긋한 솔로 생활. 자의 반 타의 반 애인 없이 지내온 날들이 그렇게 흘러오다가…… 마침내 설레는 사람을 만났다. 곧 새 작품 계약금이 들어오면 데이트 비용이 없어 여자를 못 만날 일도 없다. 설레는 사람과 맛있는 걸 나눌 수 있다면 연애도 불가능한 일은 아니지 않은가?

그렇다면 나도 마감을 앞두고 있는 셈이다. 그녀를 꼬셔라. 그럼 이 옥탑방 인간들 중 가장 설레는 마감이 내 몫이 될 것이다.

그렇게 김칫국을 마시며 친구 결혼식에 간다.

오늘은 내게 버진아일랜드에 가서 카지노 서버를 관리해달라던 명석의 결혼식이다. 녀석은 이후로도 종종 안부 전화를 걸어 일이 잘 풀린다면서, 내게 비슷한 제안을 해왔다. 물론 나는 거절했고, 그때마다 녀석은 언제라도 생각 바뀌면 연락하라는 말로 통화를 마무리했다. 지난달에 전화가 왔을 때 나는 아예 받지 않을까 고민하다 전화를 받았다. 또 이어질 자기 자랑에 이은 나를 구제해주겠다는 제안을 더 이상 들어줄 수 없을 것 같아서였다. 받고 보니 명석은 의외로 중학교 친구들 동창 모임이 있으니 나오라고 했다. 평생 안 보던 놈들을 왜 모았느냐는 내 말에 "청첩장 받으러 와야지" 하며 수화기 너머로 웃음을 한가득 보냈다. 이런 천둥벌거숭이 같은 녀석이라니. 재기한 지 이제 4개월. 원래 알던 여자냐는 내 말에, 회사를 차리고 뽑은 직원이라면서 이렇게 덧붙였다.

"알잖아? 나 이제 믿을 만한 사람이랑만 일한다고."

이거 앞뒤가 바뀐 거 아냐? 어쨌거나 직원을 아내로 만들면 남보다는 믿을 만하겠다. 참으로 놈다운 선택이다. 나 역시 나답게 결혼식 전 급조된 모임은 안 갈 거고, 핸드폰으로 청첩장이나 보내라고 대꾸했다. 녀석은 예상했다는 듯 더 요청하지 않고 결혼식만큼은 꼭 온다는 다짐을 내게 받아냈다.

만화가가 된 뒤로 첫해를 제외하고는 모든 경조사를 보이콧했다. 첫해는 만화가가 됐다며 책도 들고 가고 잘난 척도 했지만 그다음 해부터 경조사는 무조건 피하게 됐다. 지금은 뭐 해? 무슨 만화 그려? 여자친구는 있냐? 책 많이 팔렸냐? 웹툰은 왜 안 해? 언제 대박 나는 거야? 강풀 소개해줄 수 있어? 네 만화는 영화로 안 되냐? 그 수많은 물음표에 어느 하나 똑 부러지게 대답할 수 없었다. 듣다듣다 만화가로 사는 게 힘들다는 토로라도 하면 돌아오는 대답은 늘 이랬다.

"그래도 너는 하고 싶은 일 하고 살잖아."

이거야말로 '꿈 타령'이다. 나는 질문 세례와 꿈 타령으로 점철된 경조사를 줄곧 피해왔고 자연스레 친구들과도 소원해지게 됐다.

지금 명석의 결혼식에 가는 나는 비장하다.

그동안 종무소식이었던 것에 대한 비난, 명석의 결혼식만 참석한 것에 대한 핀잔, 그리고 다 지난 일이란 듯 툭툭 털자고 하곤 다시 이어질 질문들, 그 질문의 끝에 이어질 꿈 타령 2절까지. 이봐 친구들, 난 그저 내 일을 하는 거라고. 만화 그리는 일은 동물원 펭귄 쇼도 아니고 나사 우주인이 되는 일도 아닌 그냥 비효율적인 직업 중 하나일 뿐이라고. 오늘은 분명히 그렇게 이야기해야지.

사업이 폈다면 분명 호텔에서 했을 텐데, 녀석은 소박하게도 평생 가지 않던 교회를 식장으로 잡았다. 보아하니 신부가 신자다. 압도적으로 신부 측 하객이 많은 것만 봐도 그렇다.

이곳저곳 인사하기 바쁜 신랑은 그 와중에도 안 오면 안 보려고 했다며 내게 농담을 던졌다. 나는 돌잔치 때는 초대하지 말라고 답했다. 녀석이 슬며시 웃음을 지어 보인다. 그래, 네 웃음을 보려 여기까지 왔으니 이제 됐다. 녀석은 다른 하객에게 인사하며 또 싱글벙글이다. 결혼이 좋긴 좋은가보다. 노총각 만화가는 언제쯤에나 결혼 같은 걸 하게 될까. 웃음조차 나지 않는다.

상대적으로 신부 측보다 한산한 신랑 측 빈 의자에 앉았다. 곧이어 신부 입장. 신부는 내가 이전에 보아왔던 녀석의 여자들에 비하면 수수한 인상이지만, 모든 신부가 그렇듯 아름답고 행복해 보였다. 녀석은 여전히 싱글벙글. 평소 녀석과 달라서인지 그 모습이 어리버리해 보인다. 평소 시니컬했던 녀석에겐 은근한 비웃음이 잘 어울렸는데, 저 싱글벙글은 도무지 적응이 안 된다.

그때 누가 내 어깨에 손을 올렸다. 돌아보니 아는 얼굴이다. 중학교 동창. 이름이 기억나지 않는다. 동창은 오랜만이라며 손을 뻗는다. 살펴보니 동창 주변에 또 동창들이다. 나는 동창 1에게 악수하며 동창 2, 3, 4에게도 눈인사를 하고는 서둘러 앞을 돌아보고 빔 프로젝트에 뜬 찬송가 가사를 바라보았다. 왠지 뒤에서 수군대는 소리가 들리는 듯하다. 무슨 소리인지 들리진 않지만 신경이 쓰인다. 휴, 사진도 찍지 말고 밥도 먹지 말고 가야지.

제길. 신부 친구들에게 머릿수 밀린다며 동창 1에게 이끌려 단체 사진을 찍어야 했다. 이대로 가면 진짜 안 본다는 동창 2의 협박에 교회 식당에 차려진 뷔페까지 먹어야 했다. 다행히 교회인지라 술이 없어 왁자해지지는 않는다. 다들 안 싱싱해 보이는 회와 초밥, 별로 뜨겁지 않은 탕수육과 닭날개 등을 쌓은 접시를 앞에 두고 두런두런이다. 내 근황에 대한 질문에 요즘은 학습만화 그리며 근근이 산다고 하자 별다른 질문이 없다. 다행이다.

동창들은 육아와 주식, 돌아올 선거에 대해 이야기를 나눈다. 하나같이 내가 모르거나 관심 없는 화제다. 나는 묵묵히 쌓아둔 김밥을 입에 집어넣는다. 김밥이야말로 내겐 최고의 음식이다. 어릴 땐 소풍같이 즐거운 날에만 먹을 수 있어서 좋았고, 지금은 어디에서나 싸게 먹을 수 있어 좋다. 말 그대로 '김밥 천국'이다. 지금의 답답한 상황에서 다른 음식을 먹으면 체할지도 모른다. 김밥, 그래 김밥이 나를 구원 중이다.

동창들과 겉도는 대화를 좀 더 나누던 중 명석이 신부와 식당으로 들어왔다. 한복을 차려입고 제법 새신랑답게 테이블을 오가며 인사를 올린다. 결혼식 주인공은 밥도 못 먹고 인사하기 바쁘다. 결혼식 준비는 또 얼마나 힘들었을까? 상견례를 하고, 집을 구하고, 그 집을 가구로 채우고, 예물을 준비하고, 주례를 섭외하고, 축가를 섭외하고, 친구들에게 미리 인사하고, 청첩장을 돌리고, 예단을 준비하고, 함을 팔고, 허니문을 예약하고, 허니문 동안 해야 할 일들을 미리 해치워야 하고……. 과연 내가 그런 일을 다 해치울 수 있을까? 무엇보다 돈은? 더 시급한 여자는? 자기 만화 한 권 그리기도 버거운 내가 그런 일을 처리할 수 있을까? 누군가를 사랑하는 마음이 넘쳐나면 그런 문제 따윈 쓱싹 해치울 수 있을까? 그 모든 것을 4개월 만에 쓱싹 해치운 명석이 다르게 보였다. 명석은 신부를 사랑하겠지?

"웬일로 안 갔다?"

명석이 내게 와 시니컬하게 웃으며 말한다. 그래 저 썩소. 그게 너다. 너다운 미소를 봤으니 이제 진짜 갈 수 있겠다.

돌아오는 지하철. 자리가 없어 서 있는데 다리가 다 후들거린다. 오랜만의 경조사 참여는 역시 버거운 일이었다. 어쨌거나 잘 해치웠다. 부조도 3만 원밖에 못 했고, 예상치 않게 사진도 찍고 밥까지 먹었지만, 유일한 친구의 두 가지 웃음을 보았으니 됐다.

동창들의 질문 공세와 꿈 타령도 없었다. 두툼해진 살집들처럼 삶의 무게를 출렁이던 그들은 더 이상 내게 새삼스러운 질문과 뻔한 타령을 할 겨를조차 없어 보였다. 다행이다. 새로울 것 없는 세상과 새로울 것 없는 삶을 사는 우리. 그걸 용인하며 늙어가는 거다. 당연한 듯 주어진 삶. 오히려 그게 다행인 날들이다. 그런 이야기가 떠올라 핸드폰을 꺼내 메모를 한다. 그러다가 주연에게 문자를 보내고 싶어졌다. 하지만 참는다. 그녀에게 다가가겠다고 다짐했으나 여전히 두려운 게 많다. 친구가 한 발 나아갈 때 나는 한 발 뒷걸음질 친다.

그녀에게 연락하고 싶은 마음은 며칠간 은근한 불에 오래오래 고아지는 사골 국물처럼 내 속에서 끓고 있었다. 그때 새 작업의 계약금이 입금됐다는 문자가 들어왔다. 동시에 마음속에서 무언가가 끓어넘치기 시작했다. 나는 곧바로 아끼는 청바지와 코듀로이 재킷을 걸치고, 어두워지는 가을 저녁 풍경에 흘러들었다.

망원역에서 6호선 지하철에 올라서야, 미리 연락하라던 그녀의 말이 떠오른다. 퇴근 시간의 빽빽한 지하철 안에서 그녀에게 문자를 보낸다. 간단한 안부와 함께 오늘 가게 출근하셨느냐고. 답문을 기다리며 초조한 마음에 핸드폰으로 웹서핑을 한다. 텍스트가 눈에 잘 들어오지 않아 곧 그만둔다. 삼각지에서 4호선으로 갈아탈 때까지도 답이 오지 않는다.

문자를 잘 확인 안 하는 스타일인가? 역시 전화를 할걸 그랬나? 지하철 안에서 전화하기가 싫었던 거니, 전화를 먼저 거는 것 자체가 부담됐던 거니? 문자로 미리 간 보지 말고 과감하게 전화부터 하는 걸 여자들이 좋아한다고도 했던 것 같은데. 아니야, 어떤 여자들은 그다지 친하지도 않은데 전화부터 거는 사람도 부담된다고 했다. 유난히 긴 삼각지 환승 통로를 지나며 온갖 상념에 빠져들었다.

4호선 플랫폼에 도착하고 핸드폰을 꺼내보니, 아뿔싸! 그녀로부터 부재중 전화가 와 있다. 쓸데없는 고민을 하며 걷던 순간 전화가 울렸는데 못 받은 것이다. 나는 곧바로 통화 버튼을 눌렀다.

"저, 오늘 가게 안 갔어요."

"그래요? 저 지금 그쪽 가려던 길인데."

"어디, 밖이신가봐요?"

"지금 지하철입니다. 혹시 오늘…… 바쁘세요?"

"지금 나가려던 참인데…… 참, 괜찮으시면 여기 오실래요?"

"어디죠? 궁금한데요."

"대학원 동기 출판기념횐데요. 오셔서 같이 보고 저녁 먹어요."

"저야 좋죠. 근데 제가 가도 괜찮은 자린가요?"

"물론이죠. 여기 사람들도 다 만화 좋아해요."

그 말에 힘이 났다. 나는 들뜬 마음을 누그러트리려 애썼다.

그녀는 행사 장소인 성북동 카페로 가야 되니, 한성대입구역에서 만나자고 했다. 갑작스러운 연락에도 반가운 목소리로, 자기 모임까지 나를 불러준 게 너무 기뻤다. 그녀는 나를 어떻게 생각하는 걸까? 그런 자리에 나를 부른다는 건, 사람들에게 나를 자연스레 소개할 수 있다는 건 어떤 상황일까? 김칫국 마시지 말자고 생각했다. 이상한 나라의 앨리스가 그랬듯 그녀라는 토끼를 따라 낯선 곳으로 흘러가는 느낌이었다. 신기함과 기대감 그리고 설렘을 안은 채 4호선에 올랐다.

한성대입구역 출구에서 그녀를 기다렸다. 밖에서 만나는 그녀는 어떤 모습일까? 궁금증이 몰려왔다. 세 번째 만남이지만 떨리는 건 여전했다.

약속 시간이 지나가는데 거리에선 그녀를 닮은 여자를 찾아볼 수 없다. 그때 누군가 내 이름을 불러 돌아보니, 그녀가 역 앞에 세운 차 안에서 나를 부르고 있다. 차를 몰고 오다니. 다시 한 번 의외였다. 서둘러 보조석에 오르자 그녀가 곧바로 차를 몬다.

관찰해야 할 게 많았다. 인형이나 향수 하나 없는 깔끔한 내부로 보아 새로 뽑은 지 얼마 안 된 차 같다. 경차 중에 가장 흔한 차종이지만, 최신형이라 세련된 느낌이 들었다. 성북동 골목으로 접어들자 그녀가 내비게이션을 보며 길을 찾느라 경황이 없다. 보조석의 남자는 할 일이 없고 뻘쭘하다. 차 안에 둘이 있으니 더욱 어색해 무슨 말이라도 꺼내야 했다.

"차 깨끗하네요."

"뽑은 지 얼마 안 돼서 그래요. 오 작가님은 차 있으세요?"

"저 같은 작가에게 차는 사치입니다."

"저는 안 그런가요, 뭐. 가게 일 하며 번 돈 대부분은 학비 쓰고, 학자금 갚고, 이제야 하나 장만했답니다."

"참, 대학원 다니신다고 해서 놀랐습니다. 공부 잘하시나봐요."

"에이, 잘하면 벌써 졸업했죠."

"일하시며 다니느라 그런 거잖아요. 아무튼 공부에 열정 있으신 분들 전 부럽더라고요."

"아뇨. 그냥 인맥 쌓으려고 다녀요. 여기도 가기 싫은데 얼굴 비쳐야 하는 거고요."

그녀가 딱 잘라 말했다. 무슨 대단한 인맥을 쌓는다고 그 비싼 대학원을 다니는지 잘 이해되지 않았다. 왜 힘들게 가게 일을 하면서까지 대학원을 다녀야 하는 건지 호기심이 돋았다.

"참, 거기 사람들은 저 가게 일 하는 거 모르니까 말하시면 안 돼요. 우리는 만화 강의에서 선후배로 만난 걸로 해요."

그녀가 둘만 있음에도 속삭였다. 나는 고개를 끄덕였다.

골목을 지나고 지나자 상당히 크고 우아한 한옥 카페가 나왔다. 저절로 감탄이 솟았다.

주차를 마친 그녀와 함께 차에서 내렸다. 그녀는 검정색 상하의 정장에 보라색 스카프를 매 세련되고 단아한 모습이다. 내가 그녀의 옷을 칭찬할 겨를도 없이 그녀가 대뜸 내 팔짱을 끼곤 자연스레 카페로 나를 이끌었다. 나는 적잖이 놀랐지만 최대한 자연스럽게 행동했다.

카페는 입구부터 화환이 긴 행렬을 이뤄 진입로를 만들고 있다. 내가 신기해하자 그녀는 자신이 다니는 언론홍보대학원엔 한 가닥 하는 사람들이 많다고 말했다. 그리고 오늘 출판기념회 주인공은 느끼한 40대 아저씬데 대학원생들 중 리더 격이라 참석 안 할 수 없다는 말을 덧붙였다. 내가 책을 사야 되느냐고 묻자, 그녀는 피식 웃고는 책은 공짜로 제공되고 밥도 줄 거니, 굿이나 먹고 떡이나 보면 된다고 했다.

"굿이나 보고 떡이나 먹는 거 아닌가요?"

내가 묻자 그녀가 자긴 늘 이런 걸 헷갈린다며 웃어댔다.

그녀의 웃음에 용기를 낸 나는 궁금증을 참지 못하고 물었다.

"그런데 우리 오늘 커플인 척하는 건가요?"

그녀가 묘한 표정을 짓고는 내게 말했다.

"아무 척도 하지 말고 그냥 그대로 있으면 돼요."

카페로 들어서자 곧 여러 사람이 그녀에게 반갑게 인사를 해오기 시작했다. 가게에서도 여기에서도 확실히 인기가 많은 그녀다. 나는 그녀의 뒤에 반 보 정도 물러난 채 그냥 그대로 있었다.

『딜레탕트 인스팅트』라는 책의 출판기념회는 순조롭게 진행됐다. 방명록에 이름을 남기고 책을 받았다. 제목부터 뭔 소리인지 알 수가 없다. 내가 절대 읽지 않을 책이다. 곧바로 헌책방에 팔면 얼마를 받을 수 있을지가 궁금해졌다.

반면 그녀는 책을 들고 사람들과 마주한 채 장정이 고급스럽다는 등 목차 구성이 어떠하다는 등 이야기꽃을 피운다. 나는 다시 한 발 물러나 테이블 곳곳에 비치된 음료를 마셨다. 다행히도 그녀 주변 사람들도 나에 대해 묻지 않았고, 그녀 역시 나를 그들에게 굳이 소개하지 않고 자기 동선대로 움직였다.

행사가 진행되고 그녀는 내 옆에 앉아 싱긋 미소 지었다. 음료수를 마시며 저자에 대해 소개도 하고, 주변 사람들에 대해 이런저런 말도 해줬다. 누구는 방송국 피디고, 누구는 총리실에서 일하고, 누구는 D그룹 총수 조카란다. 나는 그녀에게 저 사람들은 당신을 무어라 알고 있느냐고 물었다. 그녀는 얄궂다는 표정을 지은 뒤 "성공을 꿈꾸는 가난한 대학원생이죠"라고 말했다. 나는 그 말에 고개를 끄덕였다.

지루한 출판기념회가 끝나고도 계속된 인사와 명함 교환 등이 카페 내에서 벌어졌다. 나로선 적응하기가 힘든 자리다. 그녀는 어딘가에서 인사를 나누기 바빴고, 나는 테이블에 앉아 책속 사진 이미지만 훑었다. 내용은 분명 한글이지만 전혀 읽히지 않는다. 이런 책은 무식한 사람들을 만들기 위해 만들어지는 책이 아닐까? 가령 이 책을 이해하지 못하면 무식한 거라는 증거가 되는 책.

지루함을 참지 못한 내가 냅킨에 낙서를 하고 있을 즈음, 그녀가 나를 불렀다. 일어나서 돌아보니 훤칠한 키에 눈썹이 무척

짙은 사내가 그녀와 함께 내게로 다가왔다. 나이는 내 또래로 보이는데, 척 봐도 고급스러운 양복을 입고 있다.

"여긴 친한 만화가 선배예요. 인사해요."

사내가 환한 웃음으로 내게 악수를 청했다.

"만화가는 처음 만나뵙네요. 반갑습니다."

나는 말없이 눈으로 답하며 그의 악수를 받았다.

"선배, 이 오빠는 엔젤이야."

주연이 내게 살갑게 말을 놓았다.

"엔젤?"

무슨 뜻인지 몰라 놀라는 나에게 사내가 답했다.

"저는 주연 씨 엔젤입니다."

그러자 주연이 사내의 어깨를 치며 웃었다.

"오빠는 농담도."

"정확히 무슨 뜻인지…… 잘 모르겠는데요."

"선배, 엔젤투자자 말하는 거야. 이 오빠가 요즘 제일 뜨는 모바일 게임 투자했잖아. 왜 곤충들 싸우는 거……."

"아, 그래. 그거……."

분위기상 나도 그녀에게 스스럼없이 대했다. 그 모바일 게임이 뭔지, 엔젤투자자가 뭔지 모르겠지만 아는 척했다. 왠지 그래야 될 것 같았다.

사내가 내게 명함을 건네주었다. 명함에는 고급 시트지 가운데 금박의 작고 세련된 글씨체로 '박정훈, Angel'이라고만 적혀 있다. 뒷장을 보니 마찬가지로 핸드폰 번호만이 한가운데에 적혀 있다. 형식도 내용도 제대로 간지가 나는 명함이다.

장난기가 발동해, 그때까지 쭈뼛대던 나도 명함을 꺼내 그에게 건넸다. 두꺼운 마분지에 내 캐리커처가 그려진 꽤나 키치한 그 명함의 가운데에는 내가 직접 캘리그래피로 쓴 이름과 신분이 적혀 있었다. '전천후 그림쟁이 오영준.'

우리는 서로의 명함이 멋지다는 덕담을 건넸다. 주연은 명함 언제 바꿨느냐며 받아보지도 않은 예전 명함이 지금보다 나았던 것 같다고 논평했다. 이번에도 나는 동의했다.

"뒤풀이 같이 갈 거지?"

"나 차 가져와서. 그리고 선배도 오늘 오랜만에 만나가지고……."

"차야 대리 부르면 되지. 만화가 선배님도 같이 가시죠. 음식 나쁘지 않을 겁니다."

주연이 나와 엔젤이란 사내 사이에서 애매한 표정을 지어 보인다.

"선배, 괜찮아?"

왜 이렇게 살갑게 구는 거지?

"음식 나쁘지 않다고 하잖아. 먹고 가자."

웃으며 주연이 내게 팔짱을 끼고는 사내를 돌아보았다. 사내가 씩 입꼬리를 올리고는 입구로 먼저 걸어 나갔다. 우리도 그의 뒤를 따라 나갔다.

뒤풀이 장소인 부근 한정식 집은 요정을 개조한 곳이라고 했다. 30명 정도가 함께 들어갈 수 있는 방 안에서 한상 가득 차려진 음식을 먹으며 담소를 나누는 고즈넉한 자리였다. 출판기념회의 주인공인 느끼한 40대 아저씨가 자기 책에 나오는 알아듣기 어려운 말을 한 뒤 건배를 제안했다.

우리 상에 앉은 여섯 명은 나를 빼고는 주연과 친한 대학원 동기들이다. 주연을 빼고는 모두 나이가 많은 아저씨, 아줌마들이었는데 다들 그녀와 스스럼없이 이야기를 나눈다. 관찰해보니 그녀는 이 그룹의 막내 역할을 톡톡히 하고 있었다. 적당히 애교도 부리고, 사람들 말에 피드백도 잘해서 여기서 인정받는 게 느껴졌다. 나는 묘한 생각이 들었다. 주연은 원래 저렇게 싹싹하게 사람을 잘 대하는 걸까? 가게에서 일하면서 사람 대하는 법을 터득한 걸까? 나는 아직도 그녀에 대해 아는 게 별로 없는데, 사람들 앞에서는 4년간 친하게 지내온 만화가 선배로 소개가 됐다. 사람들이 그녀에 대해 물어볼까봐 나는 최대한 밥먹는 데만 집중하고 다른 사람과 눈을 마주치지 않고 있었다.

주연의 앞에 앉은 엔젤이라는 사내는 틈나는 대로 주연에게 이것저것 물으며 이야기를 나눴고, 그녀 역시 사내의 말에 죽이 잘 맞는 남녀 개그맨 콤비처럼 반응했다. 대체 내가 여기서 뭘 하는 걸까라는 회의가 드는 순간 문자가 왔다. 열어보니 싸부에게서 온 문자다.

─ 주연이 만나고 있냐? ㅋㅋㅋ

순간 소름이 돋았다. 싸부는 정말이지 촉이 좋다. 진즉에 박수무당이라도 하셨으면 인생 폈을 텐데. 나는 답하지 않고 핸드폰을 닫았다.

자리는 어느새 그들의 전공인 언론홍보 분야에 대한 이슈로 흐르고 있었다. 최근 정권의 언론 장악 문제부터 SNS(소셜네트워크서비스) 법안 관련 논쟁, 소셜테이너에 대한 평가 등 나로선 역시 끼어들기도 힘든 이야기들이다. 주연은 나름 그들 사이에서 자기주장을 하며 이야기에 참여했고, 그런 모습을 옆에서 보고 있자니 멋있기도 하고 괴리감이 들기도 했다.

"만화 그리신다고요?"

돌아보니 내 옆 여자분이다. 작은 체구에 바가지 머리, 동그란 안경을 쓴 것이 마치 해리 포터 역을 맡았던 배우를 연상케 하는 여성이다. 나이는 40대 초중반. 주연을 신경 쓰느라 옆에 있는 줄도 몰랐던 그분이 나를 보고 웃고 있다.

"예, 오영준이라고 합니다."

"저도 만화 많이 좋아해서요. 주연 씨 남자친구세요?"

"그냥 선뱁니다. 주연 씨랑 예전에 만화를 같이 배웠거든요."

나는 주연이 가르쳐준 매뉴얼대로 대답하고는 슥 그녀를 돌아보았다. 그녀는 여전히 앞자리 사람들과 이야기를 나누느라 바빠 보인다.

"그렇군요. 근데 주연 씨가 우리 대학원 모임에 남자 데려온 거 처음인데……."

"하하, 그럼 영광이네요."

"심심하시죠? 다들 학구열이 대단해서 그런지 술자리에 와도 늘 이래요."

"뭐, 전 괜찮습니다."

해리 포터를 닮은 여성이 내게 잔을 들어 보였다.

나는 그녀와 건배했다. 좋다. 드디어 나도 여기서 원활한 관계를 맺기 시작했다. 그녀는 만화가들에 대해 물었다. 좋아하는 만화가는 누구이고, 어떤 만화가 감명 깊었는지, 왜 요즘은 만화잡지가 안 나오는지 등. 나는 아는 대로 대답했고 그녀가 좋아하던 순정만화가가 최근에 운명을 달리했다는 소식을 알려주었다. 그녀는 잠시 홀로 묵념을 취하고는 술잔을 비웠다. 이 누나(마흔 살은 확실히 넘어 보이지만 아줌마 같진 않아 보이니 누나라고 할 수밖에 도리가 없다) 좀 똘끼가 있어 보인다. 그래도 대화를 나누니 소외되는 느낌이 들지 않아 좋다.

자신만의 추모를 마친 뒤 해리 포터 누나는 내게 좋아하는 만화가를 물었다. 나는 별 생각 없이 데즈카 오사무가 떠올라 그대로 말했다. 그러자 해리 포터 누나는 눈을 반짝이며 내게 고백하듯이 말했다.

"데즈카 오사무가 아나키스트였다는 거 아세요?"

"데즈카 오사무 만화는 좋아하는데…… 아나키스트였는진 몰랐네요."

"『밀림의 왕자 레오』라는 작품 있잖아요. 그게 철저히 아나

키스트 사상을 보여주는 작품이에요. 막판에 보면 사자랑 임팔라랑 같이 뛰어놀고, 밭도 경작하고 그러잖아요. 동물들이 말이죠."

그랬었나? 이거 당혹스러운걸.

"그리고 그거 아세요? 스머프는 공산주의를 어린이들에게 소개하는 만화라는 거."

나는 그게 무슨 개 풀 뜯어먹는 소리냐는 표정으로 그녀를 바라보았다. 그러자 그녀가 안경을 고쳐 쓰고는 이야기를 이어나갔다.

"스머프란 말 자체가 '소셜리스트 맨 언더 레드 파더'의 앞 글자만 따온 조어예요. 에스, 엠, 유, 아르, 에프. 직역해서 붉은 아버지 아래 사회주의자들. 아시겠죠? 파파 스머프는 그 수염만 봐도 예상되죠? 마르크스고요. 똘똘이 스머프는 트로츠키랑 딱이잖아요. 기억나세요? 똘똘이 스머프는 항상 잘난 척하다가 휭 날아가서 처박히잖아요. 실제로 트로츠키도 추방당해서 망명 중에 암살당했고요⋯⋯."

똘똘이 스머프라고 하니 트로츠키는커녕 아이툰즈 담당 편집자가 생각났다. 나는 뭔가 잘못되어 간다는 걸 느꼈다.

내가 놀라는 표정으로 답을 하자, 해리 포터 누나는 그때부터 미야자키 하야오도 일본 공산당원 출신이었다는 말과 함께『미래소년 코난』이야기를 하다가, 다시『은하철도 999』,『북해의 별』,『베르사이유의 장미』등에 나타난 정치적 은유에 대해 내게 이야기하기 시작했다. 작은 목소리로 조곤조곤 이야기를 멈추지 않으며 수시로 동의를 구하는 바람에 나는 차라리 아까의 꿔다놓은 보릿자루 신세가 그리워졌다.

어쩔 수 없이 그녀의 말에 답해주며 틈이 날 때마다 주연을 돌아보았다. 역시 앞자리 사내와 무슨 이야기를 나누는지 내 쪽은 신경도 쓰지 않는다. 고심 끝에 나는 문자가 온 척하며 핸드폰을 열고, 그녀에게 문자를 보냈다.

– 우리, 이제 여기서 도망가면 안 될까요?

잠시 뒤 그녀가 핸드폰을 확인했다. 곧 그녀가 내 어깨를 붙잡고 해리 포터 누나와의 대화에 끼어들었다.

"선배, 오늘 경아 언니 강의 듣고 있구나?"

주연이 내게 말한 뒤 해리 포터를 닮은 경아 누나를 살폈다.

"에이, 만화가님 앞에서 내가 무슨, 난 그냥……."

"근데 선배, 우리 이제 가야 되거든요."

그녀가 미소를 지어 보이며 잔을 들었다. 나도 잔을 들자 해리 포터 누나가 아쉽다는 표정으로 잔을 부딪쳤다.

그녀는 내 핑계를 대고는 같은 상의 사람들에게 인사하고 자리에서 일어났다.

우리가 방을 나와 신발을 신는데 엔젤 사내가 뒤따라 나왔다. 사내는 주연에게 대리비라며 5만 원짜리 한 장을 건넸다. 주연은 그런 걸 왜 주느냐며 거부했는데, 사내는 자기가 뒤풀이 오라고 했고 술도 권했다며 반드시 줘야겠다고 우겼다. 그녀는 못

이기는 척 돈을 받았다. 그때 문득 가게에서 주연의 모습이 떠올랐다. 나와 함께 버드와이저를 마시며 신나게 만화 얘기를 하던 모습이 아닌, 화이트칼라들의 자리에서 조니워커 블루를 마시며 웃어대던 그녀의 모습 말이다. 자격지심일까? 어떻게 하면 담담할 수 있을까? 나는 신발 끈을 고쳐 매고 일어났다.

주연은 대리를 부르지 않았다. 소주 네 잔 정도는 벌써 해독됐다며 근거 없는 자신감을 부렸고, 그녀를 말릴 수 없었다. 차가 성북동 골목을 빠져나오는데 그녀가 내게 말했다.

"오늘 재미없었죠?"

"아뇨, 좋았어요. 책도 받았고. 물론 안 읽을 거지만."

"저도 안 읽을 거예요. 자, 이제 어디 갈까요? 익숙하지도 않은 곳 오셔서 고생 많았는데 제가 쏠게요."

"아뇨, 제가 쏩니다."

"자꾸 그럼 우리 가게 데려갑니다."

그녀가 짓궂은 표정으로 말했다. 이번에도 우길 수가 없었다. 나는 홍대로 갈 것을 부탁했다. 그녀가 내비게이션에 홍대를 찍었다.

'올드 앤 와이즈'에 도착했다. 드디어 그녀와 나 둘만 있게 됐다. 그녀는 조용히 LP판에서 나오는 노래를 들으며 맥주를 홀짝였다. 아까 자리와는 달리 그냥 음악과 맥주를 즐기는 모습이 보기 좋았다. 둘만 남게 됐지만 그런 그녀를 방해하고 싶지 않아 나는 조용히 맥주를 마시며 담배를 피웠다.

"오늘 오 작가님 덕분에 폼이 좀 난 것 같아요."

"뭘요."

"아까 보셔서 아시겠지만, 대학원이란 게 다들 잘나가는 사람들이 인맥 쌓고 교류하는 곳이에요. 그 사람들과는 사실 정서적 괴리감도 있고요."

"아까 그 해리 포터 닮은 누나는 소박하시던데······."

"푸핫, 해리 포터? 진짜 그렇네. 역시 만화가라 관찰력이 좋으셔. 근데 그 언니 종부세 내는 사람이에요. 소박하긴요. 뭐, 우리 클래스에서 왕따이긴 하지만."

"너무 자기 얘기만 하시긴 하더라고요."

"대신 그 언니는 돈이 많으니까 끼워주죠. 대학원이란 데가 돈만 내면 받아주고, 이런 자리도 다 그런 게 좌우한다고요. 나는 아무것도 없으니 차라리 막내 역할 하며 도움받는 포지션인 거죠."

"그 엔젤한테요?"

내 말에 주연이 입을 삐쭉 내밀고는 맥주를 마셨다.

말 꺼낸 김에 나는 한 발 더 나갔다.

"엔젤한테 마음이 있는 거죠? 그래서 난 들러리로 데려간 거고."

그녀는 웃지도 않고 화내지도 않았다. 다만 맥주를 더 시키고 담배를 한 대 피운 뒤 나를 올려다보고는 LP판 말고도 신청곡이 되는지 물었다. 나는 고개를 끄덕이고 테이블 구석에 놓인 종이와 볼펜을 건넸다. 그녀는 크랜베리스의 〈좀비(Zombie)〉를 적었다. 카운터에 가져다주자 손님이 아무도 없는 관계로 주인 장이 바로 노래를 틀어주었다.

자리로 돌아와 보니 주연이 노래를 따라 흥얼거리고 있다.

"IMF 때 이 노래만 계속 들었어요. 큰아버지 댁에서 사촌들 텃세 받으며 혼자 방에 갇힌 채로 말이에요. IMF 때 우리 집은 망했고, 가족은 뿔뿔이 흩어져야 했어요. 그 전까지 난 한 번도 가난했던 적이 없었거든요. 공부도 잘했고, 중학교 2학년 때는 반장도 맡았고, 미술대회에서 상도 탔는데……."

노래의 후렴구가 나오자 그녀는 다시 노래를 따라 부르곤 맥주를 비웠다.

"솔직히 말해 나는 당신이 싫지 않아요. 하지만 당신이 가진 게 뭔지 모르겠어요."

"당신이 싫어하지 않는 것 정도는 가졌나보죠."

"내 말이."

그녀가 손뼉을 치며 웃었다.

"엔젤이 날 계속 꼬시는데 난 안 넘어가려고, 그리고 더 패를 올리려고 하는 거예요. 그래요, 난 속물이고 술집에서 일해서라도 박사가 되고, 성공한 사람들과 어울릴 거예요."

그녀의 말이 이해가 가지 않는 건 아니었다. 그렇다고 딱히 공감이 되는 것도 아니다. 나는 그녀에게 첫눈에 반했지만, 지금은 괴리감을 느끼고 있다. 세상에 속물 아닌 사람이 어디 있나? 나 역시 부자가 되고 싶고 떵떵거리고 살고 싶다. 하지만 지금 내 손에 들린 재능으로는 그저 아이들에게 보여줄 좋은 이야기를 그림으로 그리는 것 정도밖에 할 수 없다. 내가 만약 큰 인기를 얻는 만화가가 된다면 그녀는 나를 선택할 수도 있겠지. 하지만 큰 인기를 얻는 만화가가 되려고 만화를 그리는 건 아니지 않은가.

"그럼 내가 만화가 P처럼 대박 작가가 되면 그땐 날 택할 수도 있나요?"

그녀가 약간 취해 풀린 눈으로 나를 보며 웃었다.

"그게 언제쯤이죠? 나, 내년이면 서른인데."

"정확히 언제쯤 상류층이 될 계획인데요?"

순간 그녀가 고개를 숙이곤 아무 말도 하지 않았다.

취했는지, 기분이 상한 건지 알 도리가 없는 나는 그녀를 그렇게 방치한 채 맥주만 들이켰다. 솔직히 빈정이 상해 있었다. 그녀가 속물이고 대학원에서 정치를 하든 영업을 하든 상관없는 일이었을 것이다. 나를 거기에 들러리로 데려가지만 않았어도. 대체 그녀는 나를 뭐라 생각한 걸까? 명품 백을 사기 전 아쉬운 대로 쓸 수 있는 짝퉁 백? 그거야말로 그녀의 큰 오산이다. 나는 휴대용 종이 백 정도의 인간밖에 안 되니까. 그때 제니스 조플린의 〈썸머타임〉이 흘러나왔다.

나는 〈썸머타임〉을 휘파람으로 따라 불렀다. 그러자 그녀가 고개를 들었고, 나를 한 번 노려보더니 자리에서 일어나 곧바로 백을 들고 가게를 나가버렸다. 황급히 그녀를 따라 나갔다.

차에 타는 그녀를 쫓아갔다. 서둘러 보조석 문을 열고 그녀의 차에 올랐다.

그녀가 나를 돌아보고 비웃었다.

"내려요. 경찰 부르기 전에."

순간 와이퍼에 꽂힌 대리운전 전단이 눈에 들어왔다. 나는 핸드폰을 꺼내 대리운전 번호를 눌렀다. 그녀가 당황해 나를 바라본다. 통화가 됐고 나는 대리운전 기사를 보내달라고 한 뒤 이곳 위치를 알려주었다.

"당신 여기서 지금 경찰 부르면 음주로 바로 걸려. 대리 올 때까지만 얘기 좀 해요."

그녀는 한숨을 쉬고는 나를 돌아보았다.

"그냥, 내가 만화를 좋아하긴 했구나. 그래서 당신이 좀 반가웠던 거구나 정도예요."

"……알았어요. 그럼 왜 날 거기에 데려간 거죠? 그것만 정확히 말해봐요."

"됐고요, 내가 당신 잘못 봤으니까. 미안하고, 이제 가요."

"대리기사 올 때까진 안 갑니다."

내가 눈을 부릅뜨고 물러날 기세를 안 보이자, 그녀도 눈을 크게 뜨고 나를 똑똑히 바라보았다.

"이기기가 얼마나 힘든지 알아요? 이기려고 살다 보니 너무 힘들어서, 잠깐 당신이랑 편하게 지내볼까 했어요. 당신이란 사람은 왠지 날 이해해줄 거라 생각했거든. 내가 잘되면 사람 좋게 웃어주고 보내줄 수 있는 그런 사람. 그동안 날 조금만 다독여주면, 나도 나름은 잘해줄 수 있는데…… 당신 참 고지식한 거 알지?"

그녀는 답을 듣지 않고 고개를 돌렸다. 그녀에게 전혀 동정심이 들지 않았다. 나와 그녀는 이러지도 저러지도 못한 채 차에 앉아, 침묵 속에서 대리기사를 기다렸다.

달려라, 해장마차!

깨어나 보니 해가 중천이다. 어제의 기억을 더듬어본다. 대리 기사가 왔고, 그녀를 보냈고, 다시 '올드 앤 와이즈'에 들어가 주인장과 술을 마셨다. 집에 돌아오다가 맥주와 소주를 잔뜩 사들고 잠자는 싸부와 김 부장을 깨워 술을 마셨다. 싸부가 주연에게 들이대다 차였느냐며 놀렸고, 대답 대신 싸부에게 무언가를 던졌다. 그리고 좀 더 마시다가 잠이 들었던 것 같다.

마당에 나와 담배를 피우며 어젯밤의 거대한 악몽을 분석해본다. 술을 너무 많이 마셨고, 돈도 5만 원 넘게 썼다. 무엇보다 오랜만에 설렘을 느낀 여자가 그저 나를 편하게 생각해 이용했다니 기분이 더럽기 그지없었다. 그녀의 현실과 욕구에 들러리로 동원된 나는 대체 뭘까? 오히려 나도 그녀를 이용할 수는 없었을까? 정말 그녀 말처럼 난 고지식한 걸까? 아니면 내가 그녀의 그런 마음조차 받아주어 결국 그녀를 안아줄 순 없는 것이었나?

더러운 기분은 곧 슬픔으로 치환됐고, 맑은 가을빛이 그 서러움을 더하고 있었다. 담배 연기조차 쓸쓸하게 느껴진 나는 담배를 끄고 방으로 들어갔다.

오늘은 김 부장이 '해장마차'를 오픈하는 날이다. 밤 열한 시에 열어 다음 날 아침 열한 시까지, 열두 시간을 임대하고 한 달에 70만 원을 임대료로 내기로 했다. 아구찜집 주인아저씨 입장에서는 가게 문 닫는 시간에 돈을 벌어 좋고, 김 부장도 보증금 없는 형편에 자리를 얻을 수 있다는 점에서 서로에게 윈윈이다. 관건은 김 부장이 매달 70만 원 임대료와 재료비, 인건비, 각종 부대비용을 상회하는 수입을 올려야 한다는 것.

밤 열 시. 아구찜집 주인 부부가 장사 마무리를 하는 동안 나와 싸부는 김 부장과 함께 오픈 준비를 했다. 오픈 준비라고 해 봐야 별다를 건 없고, 장사를 시작하기 위해 전용 솥을 준비하고, 재료를 다듬고, '해장마차'라고 크게 써진 입간판을 꺼내다 길에 세우는 정도다.

열한 시가 되자 주인 부부가 퇴근했다. 곧바로 싸부는 돕던 청소를 멈추고 의자를 길게 연결해 주무시기 시작했다. 우리는 그를 깨울 겨를도 없이 장사 준비를 했다. 김 부장은 육수를 끓이기 시작했고 나는 콩나물을 다듬었다. 삼척동자는 다음 주 시험이 끝나야 합류할 수 있으니 그때까진 우리가 도와야 하는데, 싸부는 도움은커녕 방해만 될 듯하다. 결국 내가 일주일 동안은 가게 준비를 도와줘야 한다.

열두 시. 첫 아구아구 콩나물 해장국이 완성됐다. 나와 싸부는 최종 감별사 기분으로 국물을 떴다. 말간 국물이 설렁탕 국물처럼 부드럽다. 개운하고 시원한 맛이 확실해졌고 이전에 느꼈던 약간 비린 맛과 걸쭉한 느낌은 사라졌다. 나도 모르게 두어 번 국물을 떠먹은 뒤 탄성을 내뱉었다.

"부장님, 이거 국물에 뭔 짓을 한 거예요?"

"요새 유행하는 하얀 국물 라면 스프 좀 넣었다, 왜?"

김 부장이 흐뭇한 표정으로 농담을 날렸다.

"국물이 많이 좋아졌네요. 돈 내고 먹을 만해요."

"흐흐, 그럼 돈 내."

내가 진짜 지갑을 빼들자 김 부장이 손을 저으며 웃었다.

"아구가 너무 적어!"

싸부가 불만 어린 목소리로 한마디 했다.

"형님, 이건 아구탕이 아닙니다."

"그럼 소주라도 줘."

"싸부, 이제 곧 오픈이라고요."

내가 면박을 주자 싸부가 눈을 흘겼다.

"술값 낼 거니까 가져와봐!"

김 부장이 혀를 내두르며 소주와 잔을 가져왔다. 싸부는 자신의 잔에 소주를 따르고 내 잔에도 따르려 했다. 나는 손사래를 쳤다.

"마셔둬. 여자한테 차인 심장엔 알코올을 부어줘야 돼."

내가 어이없어하는데 김 부장이 다가와 내 앞에 앉는다.

"너 어제 아무 말도 안 하더라. 싸부가 말한 그 여자 맞아?"

나는 대답 대신 소주병을 들어 잔을 채웠다.

"진짜 들이대다 차인 거야?"

"안 도와주고 그냥 갑니다."

김 부장이 손사래를 쳤다. 나는 묵묵히 국밥을 먹었다. 전날의 술기운이건 무슨 기운이건 해장으로 치유하듯이, 알코올이 아닌 국밥으로 어제의 기억을 없애려 했다.

확실히 맛이 업그레이드됐다. 알려지기 시작하면 새벽의 술꾼들에게 분명 인기를 끌 수 있을 거라는 생각이 들었다. 그때 문이 열리고 누군가 들어왔다. 삼척동자였다.

녀석은 큰 키로 꾸벅 인사한 뒤 해장국 솥으로 향했다. 공부 안 하고 왜 왔느냐는 김 부장 말에 "그래도 오픈인데……"라며 웃는 녀석. 자기 손으로 해장국을 퍼들고 테이블로 온다. 그리고 한 수저, 우리는 모두 삼척동자의 반응을 주목한다. 다시 한 수저 국물을 떠먹고는 녀석 엄지손가락을 들어올린다.

"대박!"

우리 모두 크게 웃는다.

"어때, 해볼 만하겠지?"

내가 물었다.

"김 부장님, 진짜 대박입니다."

삼척동자가 말했다.

"짜식, 니 도움이 컸다."

김 부장이 피식 웃었다.

"이 녀석, 아부 떨긴."

싸부가 삼척동자를 보며 이죽였다.

"아부 떨어야죠. 일주일 뒤엔 제 보스가 되실 분인데."

삼척동자가 넉살을 부린다.

"인마, 일단 시험이나 잘 볼 생각해."

내가 단도리를 한다.

"뭐…… 만약에 떨어져도 준비된 일자리가 있다는 건 좋지 않습니까?"

삼척동자가 말했다.

"떨어지긴…… 너 우리 가게 일 하다가 합격 소리 듣고 공무원 되는 거다."

김 부장이 격려했다.

"거참, 훈훈들 하네."

싸부가 한마디 하고 소주잔을 비웠다.

오픈 뒤 정확히 3시간이 지난 두 시 남짓에 코가 삐뚤어진 두 명의 중년 남자가 개시를 끊었다. 둘은 택시 할증이 끝나는 네 시까지 버티다가 가야겠다며 해장국 하나에 소주 한 병을 시켰다. 둘이 무슨 해장국 하나? 나와 싸부는 갸웃했지만 김 부장은 영업 부장 시절의 싹싹함을 서비스에도 제대로 장착했다. "국물

더 필요하면 말씀하세요"라며 해장국 하나도 정성껏 대령했고, 손님들은 한 모금 들이켜고는 취객 특유의 말투로 떠들어댔다.

싸부가 턱짓으로 가자는 신호를 보냈다. 나는 첫 손님 보고 가겠다고 기어이 버티다 테이블에 머리를 박고 잠든 삼척동자를 깨웠다. 삼척동자는 첫 손님을 확인하고는 만족스러운 듯 자리에서 일어났다. 김 부장에게 아침에 와서 돕겠다는 말을 남기고 우리는 가게를 나왔다.

망원동 큰길가에서 싸부가 택시를 잡았다. 버스로 한 정거장 반 거리를 가려고 호기롭게 택시를 잡는 아저씨. 멋지다. 다짜고짜 택시에 오르고 행선지를 말하자 반발하는 택시 기사. 싸부는 우리 아들이 몸이 안 좋은데 그럼 어떻게 걸어가느냐며 버럭한다. 아무리 젊게 봐도 우리가 싸부의 아들뻘은 아닌데. 그리고 우리는 멀쩡한데…….

싸부는 택시를 옥탑 앞 골목길까지 끌고 온 뒤 내린다. 택시비로 나온 4천3백 원. 싸부가 나를 바라본다. 내가 5천 원짜리를 내자, 싸부가 기사를 향해 잔돈은 됐다는 말을 남기고 내린다. 선심도 공짜로 쓰시는 싸부. 다시 한번 멋지다. 긴 하루가 지나갔고, 마치 우리가 가게 주인인 것처럼 오전 장사를 걱정한다.

원고를 좀 그리다 잠들고는 아침 아홉 시에 일어나 허겁지겁 오전 장사를 도와주러 나갔다. 가게는 텅 비어 있고 김 부장은 졸고 있다. 만반의 준비를 하고 오전 손님을 기다렸지만, 해장을 원하는 사람이 별로 없는 것 같다. "도대체 술들을 그렇게 먹어대면서 왜 해장은 안 하는 거야?"라고 되도 않는 푸념을 한다. 그대로 열한 시가 됐다. 김 부장과 나는 해장마차를 아구찜집 모드로 전환해놓고 가게를 나섰다.

"오늘 몇 테이블 받으셨어요?"

"오늘은 개시한 걸로 만족이다."

"정말 해장국 한 그릇에 소주 한 병이 전부예요?"

"두 병이야. 그래도 해장국 진짜 맛있다고 하더라."

"입 돌아간 취객들 혀가 과연 성할까요?"

"하긴 그렇네."

"시작이 반인걸요. 힘내세요."

"전단이라도 돌려야 할까봐."

나는 대답하지 않았다. 전단 돌리는 일까지 도와주고 싶지는 않았기 때문이다.

역시 가게는 쉽지 않았다. 둘째 날도 한 테이블만 받았다.

셋째 날부터 나는 가게에 나가지 않아도 됐다. 가게에서 멍하니 시간을 보내는 건 한 명으로도 충분했기 때문이다. 김 부장은 점심쯤 돌아와 실의에 잠들어 뻗은 뒤, 저녁이 되면 좀비처럼 일어나 가게로 향했다. 기대가 컸던 만큼 실망도 큰 듯했다.

반면 내 새로운 교양만화는 전보다 훨씬 수월하게 작업이 진행됐다. 첫 번째 작업이 L선배의 그림체를 따라해야 해서 어려웠던 것도 있었고, 지금은 내 풍으로 그릴 수 있어 훨씬 쉬웠다.

또한 이번 스토리 작가는 콘티 개념을 제대로 알고 있어서 이야기 전개도 부담이 없다.

싸부는 요새 부쩍 옥탑 마당에서 서성이는 시간이 많았는데, 알고 보니 옆집 빌라의 어떤 아줌마를 훔쳐보느라 그런 거였다. 싸부는 슈퍼할아버지를 통해 그녀가 남편 없이 중학생 딸과 둘이 산다는 사실을 알아냈다며 내게 자랑을 했다.

그날 오후 나는 싸부의 급한 호출에 마당으로 나갔다. 우리는 빨래 뒤에 숨어 옆집 빌라 3층 베란다를 살펴보았다. 40대 중반 정도로 추정되는 아줌마가 중학생 딸과 같이 빨래를 널고 있다. 정말 이모와 조카 정도로 보일 정도로 아줌마가 젊어 보인다. 싸부는 내게 눈으로 어떠냐고 질문했고, 나는 다시 아줌마를 돌아봤다.

자세히 보니 그들은 일전에 가야마트 이벤트 때 나와 함께 먹기 시합 조로 나왔던 모녀였다. 딸이 교복을 벗고 있으니 잘 못 알아봤고, 아줌마는 그때 자세히 보지 못했기에 한 번에 못 알아본 것이다.

방으로 돌아와 내가 그 사실을 이야기하자 싸부는 인연은 인연인가보다며 고개를 끄덕였다. 그게 대체 어떻게 싸부와의 인연인지 갸우뚱하며 나는 밖으로 나갔다.

옆집 아줌마는 베란다에서 할 일이 많아 보였다. 무말랭이랑 호박 썬 것도 널어놓고, 빨래도 어찌나 자주 하는지 베란다를 자주 오간다. 싸부는 그녀가 나올 때면 옥탑 마당의 의자에 앉아 담배를 피우며 무라카미 하루키의 『1Q84』를 읽었다. 그건 사실 읽는다기보다 듣고 있다고 해야 맞는 표현일 거다.

나는 다시 한번 싸부에게 허황된 생각 마시라고 했다. 싸부는 다음 주면 이혼 숙려 기간도 끝나고 자기는 자유의 몸인데, 옆집 아줌마에게 관심을 보이는 게 뭐가 문제냐며 오히려 나를 이상한 놈 취급했다. 내가 지금 여자나 흘깃댈 때냐고 타박하자 싸부는 너야말로 여자도 못 꼬시는 녀석이라고 다시 내게 한 방 먹인다.

그리고 드디어, 마침내 삼척동자 시험이 하루 앞으로 다가왔다.

우리는 녀석을 초대해 옥탑에서 삼겹살을 구워주었다. 서늘한 바람이 불기 시작한 가을. 옥탑에 돗자리를 깔고 앉아 비 내리는 소리를 내며 구워지는 삼겹살을 야무지게 나눠 먹었다. 상추쌈에 구운 김치와 밥까지 올려 먹으며, 삼척동자를 제외한 우리는 소주도 곁들이며 녀석의 내일 시험을 응원했다.

삼척동자는 다시 한번 이번이 인생의 마지막 국가고시임을 천명했고, 혹 떨어지면 해장마차에서 일해 어느 정도 돈을 벌어 유럽 여행을 떠나겠다고 했다. 이에 김 부장은 지금 같아선 너할 일 없을 거라고 한숨을 쉬었다. 삼척동자는 경영 개선을 해 대박을 내겠다며 경영 능력이 출중한 척 굴었다.

다음 날. 시험을 마치고 본가에 간 삼척동자에게선 연락이 없었다. 시험을 망친 건지 어쩐 건지, 월요일부터는 해장마차에서 일해야 하는데 남겨놓은 문자에 답도 없다. 아무래도 못 믿겠다며 김 부장은 월요일부터 내게 다시 가게에 나와줄 것을 부탁했다. 마침 만화가 잘 그려지고 있을 때라 속도를 내고 싶던 참이었다. 한편으론 나가고 싶지 않은 마음이 들어 무심코 김 부장에게 말했다.

"혼자 해도 되지 않아요?"

그러자 김 부장 얼굴이 굳어지는 게 보였다. 나는 수습하겠다고 서둘러 해명을 했다.

"제 말은…… 당분간 말이에요. 저도 백수가 아니잖아요. 이거 해야…….."

"알았어. 니 일 해."

웃음기 없는 얼굴로 말하고 김 부장이 돌아서 나간다. 순간 한기가 내 몸을 덮쳤다. 수습한다고 한 말이 오히려 더 그의 심기를 건드린 것 같다. 나는 황급히 밖으로 나갔다.

"부장님, 일단 오늘은 제가 갈게요. 그리고 삼척동자 녀석 곧 연락 오겠죠."

김 부장이 선 채로 고개만 돌렸다.

"됐어, 괜찮아. 내가 니 집에 얹혀사는 것만도 죄스러운데 일까지 도와달라니 정말 염치없는 놈이지, 뭐."

발끈한 나는 계단을 내려가려는 김 부장을 붙잡았다.

"왜 그렇게 말해요? 나 죄책감이라도 느끼게 하려는 겁니까?"

내가 세게 나오자 김 부장이 이번엔 꼬리를 만다.

"아니, 난 그냥 너도 바쁜 사람인데…… 아무튼 나, 너 백수 취급한 적 없다."

"가난한 만화가나 백수나 그게 그거죠, 뭐. 부장님도 솔직히 그렇게 생각하지 않았나요?"

그러자 김 부장이 내려가던 계단을 도로 올라와 퉁퉁한 배를 내밀고 내 앞에 섰다.

"얘가 아니라면 아닌 줄 알지. 뭐가 어째?"

"지금 소리치시는 거예요?"

"아니, 내가 무슨 소리를 쳤다 그래? 니가 어른한테 함부로 하니까 그러지!"

"어른? 난 그냥 친한 형이라고 생각했는데, 이제부턴 집안 어른처럼 모실까요?"

"아이, 씨팔. 진짜!"

욕과 함께 김 부장의 손이 번쩍 올라갔다.

나는 움직이지 않았다. 그가 한 대 때려주길 바랐다. 시선은 김 부장의 배를 바라보며 그대로 있었다. 흥분해 덤볐지만 그와 이렇게까지 싸울 거라곤 생각을 못 했으니까. 오히려 한 대 맞음으로써 사과하고 싶었다.

그런데 김 부장이 손을 내리고 돌아서 계단을 내려간다. 그제야 방금 전 무슨 일이 일어났는지 혼란스럽기 시작했다. 몸에선 전류가 찌릿찌릿 흐르는 듯하고 이마는 땀범벅이 됐다. 그때 기척이 들려 돌아보니 방에서 나온 싸부가 옆집을 향해 미안하다는 듯 손을 들어 보이고 있다. 옆집 아줌마가 이쪽을 뜨악하게 바라보고 있었다. 싸부가 다가왔다.

"왜 그래?"

"아무것도 아니에요."

"이웃 쪽팔린다. 들어가자."

나는 싸부를 따라 방으로 들어갔다.

그날 밤. 나는 싸부의 독려에 이끌려 함께 가게로 나갔다.

여전히 손님은 없었고, 김 부장은 나와 싸부를 보고는 주방으로 들어가 나오지 않았다. 단단히 마음이 상한 것 같다. 물론 나도 마음이 편치 않았다. 누구도 먼저 사과할 분위기는 아니었다. 싸부도 그런 우리를 부러 화해시키려 노력하지 않았다.

싸부는 주방으로 들어가 김 부장과 무슨 이야기를 하더니, 나오면서 소주를 한 병 꺼내 내 앞에 놓았다. 나와 싸부가 소주를 마시는데 김 부장이 해장국 두 개를 가져와 테이블에 내려놓고 다시 주방으로 들어갔다. 우리는 말없이 소주를 비우고 해장국을 먹었다. 싸부가 김 부장에게 돈을 건네고 나에게 가자고 했다. 화해는 실패다.

다음 날. 마침내 삼척동자에게 문자가 왔다.

— 형, 며칠만 더 있다 갈게요. 김 부장님께 양해 부탁드린다고 전해 주세요.

나는 녀석에게 문자를 보냈다.

— 니가 직접 연락해라.

시험 잘 봤느냐는 말도 묻지 않았다. 그녀석도 짜증이 난다. 김 부장도 짜증이 난다. 야구에만 빠져 있다가 다시 옆집 과부에게 빠져 하루 종일 그쪽만 살피는 싸부도 보기 싫다.

생각해보니 남자 셋, 아니 넷이 넉 달이 다 되도록 10평도 안 되는 공간에서 지내며 아직까지 다툼 한 번 없었다는 게 오히려 신기한 거였다. 그건 나이나 성품의 문제가 아니라, 동물로서 자기 공간에 대한 기본적인 점유 본능이기도 했다.

문득 옥탑을 떠나고 싶어졌다. 더 이상 이곳은 내 공간이 아니다. 싸부는 이혼을 하면 당장 갈 데가 없고, 김 부장 역시 마찬가지다. 삼척동자 녀석은 분명 시험에 떨어졌겠지? 그럼 김 부장과 해장마차에서 일하며 결국 이곳을 제 집처럼 또 드나들 거고. 나야말로 가출이 하고 싶어졌다. 그럼에도 내가 집에서 나와 향한 곳은 해장마차였다.

삼척동자가 오기 전까진 냉전 상태라도 김 부장의 일을 도와야 한다. 그 정도는 지키고 싶다. 김 부장은 대안이 없기에 지난 며칠간 내가 와 일하는 걸 막지 않았다. 대신 우리는 말을 나누지 않았고, 마치 무성극을 연기하듯 행동했다. 나는 주문을 받고 계산기 머신에 메뉴를 찍고 서빙을 하고, 그는 계산기 머신에 적힌 주문을 보고 주방에서 해장국을 끓여 내온다. 누가 볼까봐 유치한 광경이지만, 그렇게 말을 하지 않고 일하는 시간을 보냈다.

원고를 들고 가게에 도착해보니 김 부장이 아구찜집 주인아저씨와 소주를 마시고 있다. 나는 차라리 잘됐다는 생각으로 혼자 구석 테이블에 앉았다. 술을 권하는 아구찜집 주인아저씨에게 일해야 한다고 사양하고는 원고를 펼쳤다. 그러다 생각이 나 김 부장에게 다가갔다. 나는 말없이 삼척동자의 문자를 보여주었고, 그는 어차피 신경 안 쓴다는 투로 어깨를 으쓱한 뒤 소주잔을 비웠다.

열한 시가 됐고, 아구찜집 주인아저씨는 아내의 독촉을 받으며 술자리를 정리하고 퇴근했다. 김 부장은 그들을 배웅한 뒤 축 처진 어깨로 들어와 해장마차 입간판을 들고 다시 나갔다. 나는 가게 오픈을 도와주기 위해 일단 원고를 접었다.

생각해보면 가게를 처음 오픈할 땐 사람이 너무 많이 와 '둘이 감당이 안 되면 어쩌지?'라는 걱정도 했다. 지금은 사람이 너무 안 와 걱정이다. 언제나 너무 많아도 너무 적어도 문제인 거다. 모든 일엔 적당히, 적절히, 균형 잡힌, 그런 적정선이 중요하다. 기우는 순간 삶은 곡예가 된다. 오늘 밤도 지루한 곡예다. 김 부장은 테이블에 고개를 묻고 잠들어 있고 나도 원고를 멈춘 채 핸드폰으로 인터넷 서핑을 하고 있다. 바야흐로 새벽 세 시. 도대체 중심이란 건 어떻게 잡는 것일까?

그때 부서질 듯 문을 열고 싸부가 들어섰다. 그 뒤로 여자 셋이 수다를 떨며 들어왔다. '너티 걸'의 여자들이다. 주연은 없다. 아마도 싸부는 그녀에게 내가 여기 일을 한다는 걸 알렸을 거다. 그래서 그녀는 오지 않았을 거고…….

싸부가 자는 김 부장을 깨웠다.

"어이, 일어나. 손님 모시고 왔다고!"

그제야 상체를 들어올린 김 부장은 눈을 비비며 일어나 주방으로 들어가버렸다. 뒤이어 가스 아끼려 꺼놓았던 육수 불을 켜면서 분주하게 준비하는 소리가 주방에서 들려왔다.

나는 물을 따라 싸부와 세 여자가 앉은 테이블로 가져갔다. 마담 언니가 내게 아는 척을 했다. 나는 어색한 표정으로 그녀에게 인사했다. 안면이 있던 여직원 둘은 여전히 나를 본체만체하며 자기들끼리 손님에 대한 이야기를 나눈다.

"손님 많이 왔냐?"

싸부가 마치 가게 사장인 양 묻는다.

"오늘 개시하는 거예요."

내가 대답했다.

마담이 싸부를 보고 그럴 줄 알았다는 표정이다. 두 여직원 중 하나가 소주를 달라고 한다. 내가 소주와 잔을 가져오자 여자들이 김치 안주에 소주를 마신다. 싸부는 마담에게 술을 금지당했는지 거기에 끼지 못한 채 혼자 이런저런 이야기만 늘어놓왔다.

원고를 접어넣고 주방의 김 부장에게 가는 나를 마담 언니가 바라본다. 왠지 그 시선이 무섭다. 마담 언니도 나와 그녀가 다툰 사실을 알고 있겠지.

"시원한데?"

"해장되네요."

"맛있어요. 근데 북어도 들어가면 좋겠다."

"북어 들어가면 차별성이 없지. 대신 아구가 있잖아."

"나 아구 안 먹는데, 이거 아구 맞아요?"

"바보야, 이름이 아구아구 콩나물 해장국인데 아구가 없음 어쩌라고."

"거기 있잖아. 와사비 간장에 찍어 먹어봐."

어느새 김 부장이 주방에서 나왔다. 그는 여자들에게 맛이 어떠냐고 물으며 운을 띄우고는 열심히 듣고 소주도 따라준다. 그 틈을 이용해 싸부도 소주를 한 잔 받아먹고, 김 부장도 자리에 앉아 같이 술을 마신다.

나는 이참에 주방으로 향했다. 안에서 담배를 피우며 먼저 집에 돌아가야겠다고 생각하는데, 마담이 주방으로 들어왔다.

"주방에서 담배 피워도 되나요?"

그녀가 입꼬리를 올리며 묻는다.

"안 되죠."

그녀는 입맛을 다시더니 내게 담배를 한 대 달라고 했다.

내가 준 담배를 한 대 피우고는 그녀가 말했다.

"혹시…… 주연이 어디 갔는지 알아요?"

그걸 내가 어떻게 알아? 그런 표정으로 그녀를 바라보았다.

그녀는 알겠다는 표정을 지어 보였다.

"주연이가 그때 당신 만난 뒤 며칠 지나 잠수 탔거든요."

"저 언제 만난 거 말씀하시는지……."

"아유, 왜 이래. 다 알아. 걔가 당신이랑 홍대로 술 마시러 간다고 문자 보냈거든."

언제였지? '올드 앤 와이즈' 도착하고 나서 바로 내가 화장실 갔을 때였나보다. 그때까지는 분위기가 화기애애했으니, 친한 언니에게 나와 있는 걸 문자로 알릴 수도 있었겠지.

"걔가 그날 이후 안색이 안 좋았어. 나한테 아무 말도 안 털어놓고…… 대체 무슨 일이 있었던 거예요?"

"그냥 술 마셨어요. 마시다 말다툼 좀 하고."

"당신, 걔한테 상처 준 거 맞지?"

순간 나도 성질이 났다.

"댁이 알 바 아니고요. 취해서 차 몰고 가겠다는 걸 대리운전까지 불러서 보냈습니다. 나보고 어쩌란 겁니까?"

내가 강경하게 나오자 그녀의 태도가 조금 누그러든다.

"알았어요. 걔 사라져서 일에 지장이 좀 있거든. 그래서 내가 좀 날카로웠어요. 아무튼 혹시라도 연락 오면 나한테 연락 좀 하라고 말해줘요."

마담은 그렇게 말하고 주방을 나갔다.

존댓말과 반말을 잘도 섞어 말한다. 주연이라고 하다가 어느 순간부터 개라고 지칭한다. 그녀는 마담이 자기 빽이라며 자랑하지 않았던가. 대학원에서도 그녀는 같은 처지인 건 아닐까. 과연 그녀는 누구에게 진심으로 인정받고 있는 것일까. 그런 걸 생각하기엔 내 골치가 너무 아팠다. 더 이상 그녀에게 애착도 없고, 오히려 씁쓸함만 더해갔다.

주방을 나와 작업 도구를 챙겼다. 테이블에서는 싸부와 김 부장에게 마담이 장사에 대한 충고를 하고 있었다. 마담은 아침에 출근하기 바쁜 직장인이 무슨 해장을 하겠냐며, 반드시 점심 타임까지 해장국을 팔라고 힘주어 말하고 있었다. 김 부장 역시 더 늦게 열고 점심에 장사를 해야겠다며 고개를 주억거렸다.

나는 그들을 뒤로하고 가게를 나섰다. 아무도 나에게 인사하지 않았다. 새벽 어스름의 찬 공기가 나를 깨웠다. 세상은 혼자라는 걸 폐 속으로 들어온 차가운 공기가 상기시켜주는 듯했다. 망원동이 이처럼 씁쓸한 적은 처음이다. 어쩌면 이곳을 떠날 때가 된 건지도 모르겠다.

소파와 육조

집에 돌아온 나는 곧바로 컴퓨터를 켜고 온라인 집 구하기 직거래 카페를 찾았다.

4년 전 망원동 이 옥탑을 찾을 때도 이곳에 올라온 게시글을 보고 거래할 수 있었다. 그때 이곳엔 가난한 커플이 살고 있었는데, 슈퍼할아버지와 싸우고 6개월 만에 방을 빼는 상황이었다. 남자분 말씀을 아직도 잊을 수 없다.

"주인할아버지가 사이콘데 그것만 참으시면 다 좋아요."

덕분에 5백에 30에, 8평 남짓의 이곳을 구할 수 있었다.

서울에 있는 원룸은 관악이나 금천 그리고 도봉이나 강북 쪽이 확실히 쌌다. 은평은 예전 같이 싸지 않고, 마포는 여기 망원동을 포함해 4년 전보다 엄청 올랐다. 현재 내가 가진 돈은 새 작품 계약금 3백. 여기에 저번 작품 잔금 2백을 곧 받으면 최대 5

백까지 보증금으로 낼 수 있다. 하지만 손 빨고 살 수는 없지 않은가. 결국 보증금 3백짜리 방을 구하고, 2백으로 월세를 내며, 다음 고료를 받을 때까지 살아남아야 한다. 원룸 싼 곳은 월세가 30부터 시작이니 최소 6개월은 버틸 수 있다. 그 안에 이 작업을 끝내서 잔금을 받고, 새 작업도 구해야 한다.

마치 처음으로 부모님에게서 독립해 서울에 집을 구할 때의 기분이다. 서울 각 동네의 3백에 30짜리 원룸을 살피는데, 그 재미가 쏠쏠했다. 집을 찾다 보니 잠이 안 오는 건지, 잠이 오지 않아 집을 찾는 데에 열을 올리는지 헷갈리기 시작했다. 정든 망원동을 떠나는 게 서운하기도 하지만 그 기생충 바퀴벌레 빈대 진드기 같은 김 부장, 싸부, 삼척동자로부터 자유로워진다는 생각에 벌써부터 기분이 좋아졌다. 도대체 그동안, 어떻게 그들과 지난여름을 이 좁아터진 곳에서 보낼 수 있었던 거지? 짐승처럼 살다가 이제야 사람이 되려는 것이다.

관악구 쪽은 고시생이 많아 싸긴 했지만 그곳에 살며 고시생으로 보이긴 싫었다. 은평구는 마포, 특히 망원에서 가까우니 혹여 그들이 침투해올 우려가 있다. 고로 연신내 쪽의 마음에 드는 원룸은 과감히 포기했다.

마침내 서울 북쪽에서 적당한 원룸을 두 개 발견했다. 하나는 3백에 35의 방학동 옥탑. 방학동을 검색해보니 정말 서울의 천장쯤 됐다. 실제로 도봉산과도 가깝고 4층 건물 옥탑이라 전망도 탁 트여 보였다. 다만 예상 가격보다 월세가 5만 원 비싸고, 올려놓은 사진을 보니 옥탑치고는 마당이 너무 좁은 게 아쉬웠다.

다른 하나는 3백에 30의 수유동 반지하. 돈은 딱 맞지만 아무래도 반지하가 걸린다. 반지하는 딱 한 번 살아봤지만 정말 안 좋았다. 옥탑보다 덥고 추운 건 덜하지만, 1층에 누가 사느냐에 따라 복불복 층간 소음을 감수해야 하고, 햇빛이 덜 들고 습기가 많이 차 늘 우울한 기분이었다. 무엇보다 지하에 산다는 게 집에서 일하는 나로서는 갑갑하기 그지없었다. 게다가 방범창까지 달려 있으면 왠지 쇠창살 같아 진짜 감옥에 사는 느낌이다.

그럼에도 이곳은 사진으로 보니 계단은 여섯 개밖에 안 내려가고, 주인집 정원 쪽으로 창문이 있어 방범창도 없다. 지금 세입자가 정리를 잘해놔서 제법 실내 공간도 넓어 보였다.

결론적으로 보면 옥탑은 내가 선호하는 주거 형태지만 월세 부담이 있고, 반지하는 좋아하지는 않지만 가격대가 딱 맞다. 나는 각각의 방을 올린 사람들의 번호를 핸드폰에 저장했다. 내일 바로 전화하고 찾아가볼 생각이다. 순조롭게만 진행되면 이번 달 안에 이곳을 뜰 수 있을 것이다.

마루의 컴퓨터를 끄고 방으로 향했다. 문을 열고 침대와 TV, 작은 비키니장으로 꽉 차 있는 방을 살폈다. 침대는 어느새 싸부의 그림자가 웅덩이처럼 고인 것 같다. 내 방 내 침대를 버려두고 지난 4개월을 마루에 이불을 펴고 잠을 청했다.

지금이 10월 중순. 곧 겨울이 찾아온다. 그러면 나도 마루에서 잘 수 없고, 김 부장도 텐트에서 잘 순 없을 것이다. 그들을 추운 겨울에 내쫓고 싶진 않다. 여기는 숙주들에게 넘기고 나는 새 집을 찾는다.

떡 본 김에 제사 지낸다고 급하게 추진한 이사 혹은 탈출이지만 아주 잘하는 일이라는 생각이 들었다. 나는 마루 이불에 몸을 부리고 엑소더스의 날을 꿈꾸기 시작했다.

망원동에서 방학동까지는 생각보다 멀었다. 망원역에서 6호선 지하철을 타고 강북 지역을 꼬박 돌아 도착한 석계역에서 내려, 그곳에서 1호선으로 갈아타고 또 한참을 가서야 방학역이 나왔다. 방학동의 옥탑은 세 시, 수유동의 반지하는 다섯 시에 약속이 잡혔다. 둘 다 친절하게 전화를 받아 부담 없이 찾아가게 된 것이 다행이었다. 간혹 집을 알아보다 보면 약속을 어기거나 굉장히 무성의한 사람들도 있기 때문이다. 온라인에서의 직거래는 중고 노트북이나 집이나 마찬가지다. 판매자가 미심쩍으면 거래할 수 없다.

방학역에서 걸어서 10분. 마을버스가 있기는 하나 그 정도는 걸을 수 있고, 출퇴근을 하는 것도 아니니 교통은 크게 중요치 않다. 다만 계속되는 오르막에 슬슬 지쳐가기 시작했다. 서울의 천장에 또 오르막이라, 공기는 좋겠거니 스스로를 위로했다.

집 부근 슈퍼마켓에서 만난 사내는 대학생이었다. 휴학하고 곧 군대를 가야 돼서 방을 내놨다는 이야기를 들으며 옥탑으로 올랐다. 맙소사. 생각보다 마당은 더 좁고, 방은 정말이지 심하게 어질러져 있다. 대학생 역시 "집 정리를 안 해서……"라며 말꼬리를 흐린다. 옷걸이가 있음에도 그냥 방에 옷을 널브러뜨려 놓고 다니고, 침대에는 더러운 이불이 커다란 걸레처럼 웅크리고 있다. 싱크대에는 설거지 거리와 각종 편의점의 일회용 음식 껍질들이 쌓여 있다. 그나마 수압은 좋았고 집주인이 이곳 건물에서 안 살아 전혀 터치가 없다는 것도 장점이다. 가늠해보니 청소를 하고 정리를 하면 방 하나 거실 하나 크기는 지금의 망원동 집과 크게 다를 바 없을 듯했다. 다만 좁은 마당은 빨랫줄은커녕 빨래 건조대 하나 놓으면 끝날 판이었다. 여기에 비하면 망원동 옥탑 마당은 대궐 앞마당이다.

대학생에게 잘 봤고 고민해보겠다는 인사를 남기고 내려왔지만, 마음은 벌써 다음 집에 가 있었다.

한 시간 반의 공백을 메꾸려고 PC방에 가 컵라면을 먹으며 온라인 집 구하기 카페에 다시 접속해 집들을 살폈다. 방학동은 아웃, 수유동도 아웃일 경우 빨리 대안을 찾아야 한다. 나는 서울을 벗어난 인천-부천, 안양-수원까지 구역을 넓혀 살펴보았다. 확실히 서울보단 같은 가격대비 매물이 훨씬 많았다. 그러나 어차피 최저 수준의 보증금과 월세라면 서울 안에 있고 싶었다. 심리적 저항감이랄까, 서울에 올라온 이후론 서울을 벗어나기가 싫었다. 나 말고도 지방에서 올라온 사람들이면 누구나 수도권보다는 특별시 안에 거하길 바랄 것이다. 서울에서 벗어난다면, 차라리 고향으로 돌아가길 바랄 뿐이다.

최악의 경우로 수원의 2백에 25까지 봐놓은 뒤 PC방을 나와 수유동 반지하로 이동했다. 방학역에서 다시 1호선을 타고 창동역으로 가 4호선으로 갈아타 수유역에 내렸다. 여기서 마을버스를 타고 청수탕 앞으로 가야 한다. 아, 멀고 번잡하다. 다시 한번 익숙한 마포구와 망원동이 그리웠다. 마포구는 서울에서 지낸 시간의 대부분을 보낸 곳이라 버스 노선도 모두 익숙하고, 웬만한 거리는 걸어서 다니는 최단거리도 알고 있다. 맛집도 많이 꿰고 있고, 홍대·신촌 등의 대학가에서 싸게 뭐든 즐길 수 있다. 아직 살아보진 않았지만 이 동네는 낯설고 황량하다는 느낌부터 들었다. 북한산이 계속 나를 내려다보고 있어서인가, 여기서의 겨울은 더욱 추울 듯했다.

의기소침해진 마음으로 청수탕 앞에 도착했다. 오전에 통화한 반지하 사는 여자는 이곳에 와서 전화를 하라고 했다. 게시글 내용을 아기자기하게 올린 걸로나 앳된 목소리로 볼 때 20대의 꼼꼼한 여자일 거란 생각이 들었다. 곧 여자가 전화를 받아 위치를 설명했다. 여자는 청수탕 앞에서 오르막으로 주욱 올라오다가 태화세탁소를 끼고 좌회전해 걷다 보면 나오는 녹색 대문 양옥집이라고 알려주었다.

앳된 목소리와는 달리 텔레마케터나 상담원처럼 정확하고 친절하게 말하는 게 신뢰가 갔다. 아마도 집을 보러 몇 번이나 사람들이 오가며 익숙한 설명 매뉴얼이 생긴 게 아닐까.

알려준 대로 태화세탁소를 끼고 좌회전해 걷다 보니 녹색 대문 앞에 키 작은 여자가 서 있다. 첫인상은 정말 작다는 말밖에 떠오르지 않는다. 여자도 나를 알아본다.

"집 보러 오셨죠?"

"예."

"여기예요. 들어오세요."

그녀는 대학생이거나 막 대학을 졸업한 정도의 나이로 보였다. 트레이닝복에 질끈 묶은 웨이브 머리가 영심이나 하니 같은 명랑만화 속 여주인공을 떠올리게 했다. 양옥 옆에 난 녹색 대문을 따고 들어가니 뒤꼍이었고, 그 옆으로 난 계단으로 여자가 내려갔다. 나도 따라 내려가는데 정확히 여섯 계단이다. 많이 깊은 건 아니군. 반지하는 습기와 침수 여부, 하수도 역류를 확인해야 해. 반드시.

방에 들어가 보곤 살짝 놀랐다. 아까 옥탑의 더러움과는 반대로 깔끔하게 정돈되어 있는 집 안은 사진에서 본 것보다 더 넓어 보였다. 행거와 수납장, 책상과 침대, 책장 등이 마치 레고 블록처럼 착착 잘 맞춰져 있고, 여자 방 특유의 아기자기한 소품이 더해져 마치 잘 꾸민 지하 요새의 느낌마저 들었다.

"생각보다 넓네요."

"예. 얼마 전까지 둘이 살았는데, 그래도 충분했어요."

둘이 살아? 아무리 그녀와 같이 작은 여자여도 둘이 살기엔 좀 좁아 보인다. 순간 헛웃음이 났다. 내가 아는 어느 집엔 이만한 방에 성인 남자 넷이 살기도 하니까.

"반지하지만 여기 창으로 햇볕도 잘 들고요, 습기도 없어요. 주인집이 위층인데 무슨 문제 생기면 바로 고쳐주시고요."

여자가 세일즈맨처럼 말했다.

"장마철에 침수나 혹시 하수도 역류 같은 건……."

"아, 그런 건 전혀 없었어요. 참, 혹시 고양이 좋아하세요?"

고양이? 몇 년 전 옥탑 마당에 드나들던 길고양이에게 음식을 줬다가 슈퍼할아버지에게 잔소리를 들은 적은 있다.

그녀는 내 대답이 있기도 전에 주인집 마당이 보이는 창을 열어보였다. 거기엔 고양이 것으로 보이는 밥그릇과 물그릇이 있었다. 그녀는 밥그릇에 사료를 담고는 마술이라도 보여주듯 창문을 몇 번 두드렸다.

그러자 무대 뒤에 대기라도 하고 있었다는 듯 고양이 한 마리가 슥 나타났다. 잿빛 털에 줄무늬가 있는 흔히 볼 수 있는 길고양이였다. 녀석은 하녀가 차린 상을 받는 귀족처럼 그녀에겐 눈길 한 번 주지 않고 사료를 먹어대기 시작했다.

"얘는 치치예요. 주인집 마당에 드나드는 길고양인데, 사람되게 잘 따르고 착하거든요."

그래서 나도 여기 살면 이놈에게 밥을 줘야 하나? 나는 동물을 제대로 키워본 적이 없기에 이런 게 그다지 흥미롭지 않았다.

"근데 사람을 잘 따르는 것 같진 않는데요?"

"아녜요. 밤에 와서 울다 가기도 하고, 가끔 쥐도 잡아다 여기 가져다놔요."

"그건 안 좋은 거 아닌가요?"

"에이, 쥐 잡아 갖다놓는 건 고양이 최고의 애정 표현이에요."

그녀는 고양이 떡밥이 내게 안 통한다는 걸 눈치채고는 방의 다른 장점들을 말하기 시작했다. 상관없이 나는 방이 이미 마음에 든 터라 크게 귀 기울이지 않았다. 급기야 화장실을 살펴보고는 확신을 굳혔다. 여기 살고 싶다고.

"화장실이 넓네요. 반신욕조도 있고."

"겨울에는 매일 반신욕했어요. 화장실 넓으면 장점이 많은 거 아시죠?"

"그럼요. 반신욕조 들어가는 화장실은 자취생의 로망이죠."

내가 기분이 좋아져 한마디 했다. 그녀가 공감한다는 듯 고개를 격하게 끄덕였다.

"소파도요."

"예?"

"소파요. 소파와 욕조. 그거야말로 자취생의 두 가지 로망이라고 생각해요."

"그런가요?"

이유를 묻자 그녀가 손가락으로 방 한쪽 구석을 가리켰다. 거기엔 녹색의 빈 백(bean bag)이 놓여 있었다.

"20평 넘는 집에 가면 꼭 거실엔 소파가, 화장실엔 붙박이 욕조가 있더라고요. 10평 미만 자취생 집엔 큰 가구라곤 침대 하나 겨우 놓을 수 있지 소파는 무리잖아요. 그리고 욕조 있는, 아니 욕조 들어가는 화장실도 드물고……. 그래서 전 소파 대신 빈 백, 붙박이 욕조 대신 반신욕조라도 들여놓고 사는 거예요."

듣고 보니 그럴 듯하다. 앳된 목소리와 자그마한 체구의 이 여자, 자취를 오래했는지 내공이 있다. 더욱 이 집에 대한 믿음이 간다. 불쑥 여자가 원하는 답이 튀어나왔다.

"저 이 집 마음에 듭니다. 언제쯤 이사 올 수 있을까요?"

"앗, 좋아요. 그런데 아시다시피 일단 저도 이사 갈 곳을 알아봐야 하니까요……. 이제부터 알아보러 다닐게요. 혹시 지금 집은 언제까지 비워주셔야 돼요?"

"시기는 딱히 정해지지 않았고요, 그쪽 편한 대로 하시되 빠르면 좋습니다."

"예, 그럼 제가 내일부터 최대한 빨리 알아볼게요. 쫌만 기다려주실 수 있죠?"

그녀는 성적 장학금이라도 받은 것처럼 기뻐했다.

어쩐지 좋은 일을 한 것 같았다. 나는 그녀에게 빨리 집을 구한 뒤, 이사 날짜를 맞추자고 하고는 집을 나왔다. 그녀가 VIP 고객을 배웅하는 매니저처럼 뒤에서 인사를 했다. 부담스럽지만 나쁘지 않은 기분이다.

누군가의 집을 구경한다는 건 그 사람의 내장을 관찰하는 것과 같다. 내시경으로도 볼 수 없는 몸속 어떤 상태 말이다. '방학 옥탑남'에게선 소화불량이 엿보였고, 그에 비해 '수유 반지하녀'는 리드미컬한 연동운동이 떠올랐다. 그렇다면 내 옥탑방은 어떤가? 아마도 만성변비일 것이다. 빠져야 할 똥차가 너무 많은.

집에 돌아와 보니 또 술판이다. 싸부와 김 부장이 옥탑 마당
에 평상을 놓고 그 위에서 삼겹살을 구워먹고 있다.

평상이라니! 대체 저건 어디서 난 거지? 다가오는 나를 흐뭇
하게 바라보는 싸부의 시선에서 뭔가 꿍꿍이가 느껴졌다. 김 부
장은 그 큰 등판을 내게 보인 채 고개도 돌리지 않는다.

"어때? 이거 김부랑 나랑 유수지에서 주워온 거야."

뭐, 나야 상관 안 합니다. 이제 여길 뜰 거니까요.

"이리 와. 오늘 평상 확보 기념으로 삼겹살 파티니까."

별로 당기지가 않네요. 누가 와도 돌아보지 않는 사람과 겸상
할 것까지 있나요.

내 생각을 들었는지 김 부장이 고개를 돌려 나를 바라보았다.
그리고 헤벌쭉 웃는다. 얼굴이 온통 벌건 게 이미 잔뜩 취해 있
는 김 부장. 내게 삐쳐서 고개를 안 돌린 게 아니라 취해서 반응
이 늦었던 거다.

"어? 영준. 왔냐? 이리 와. 이거 우리가 주워왔어. 좋지? 응?"

김 부장이 금방이라도 오바이트 분수를 뿜을 기세로 평상에
서 일어섰다. 평상을 내려오던 그가 중심을 잃었다. 나는 황급
히 다가가 김 부장을 붙잡았다. 그는 나를 그대로 부여잡고는
이산가족 상봉한 것처럼 포용한다.

"씨발, 어디 갔었어? 니가 없으니까 서운하잖아. 영준아."

서운하면 평소에 잘하세요. 맨날 삐치지나 말고.

"내가 잘못한 거 있으면 용서해라. 원체 내가 밴댕이 소갈딱지잖아. 이해해줘라. 가게하면서 스트레스 받아서 그래. 그러니까, 응?"

"오늘 장사 안 하실 거예요?"

"아니지, 해야지. 이것만 먹고 한숨 자고 가면 돼. 그치?"

계속 주절대는 김 부장을 평상에 앉히고 나도 앉는다. 싸부는 히죽 웃으며 나에게 그러려니 하라는 눈짓을 보낸다. 취한 김 부장과 말다툼하긴 싫다. 그렇다고 취한 채 얼버무리듯 사과를 받긴 싫다. 김 부장의 사과를 푸념이라 여기곤 싸부가 채워준 잔을 비웠다.

"여름에 구했으면 더 좋았을 텐데, 그치?"

싸부가 평상을 가볍게 탁탁 치며 말했다. 나는 마지못해 고개를 끄덕였다.

굿바이, 망원동

"아니, 이 자식은 같이 일을 하겠다는 거야, 안 하겠다는 거야?"

점심 장사를 구상하며 더욱 바빠진 김 부장이 급기야 삼척동자에 대한 불만을 터뜨렸다. 김 부장은 더 이상 못 참겠다며 직접 삼척동자에게 전화를 걸었다. 그동안 녀석이 먼저 전화하기를 기다렸는데, 언제까지 그럴 수도 없는 상황이다. 가게 일을 그만 돕고 싶던 나로서도 내심 김 부장이 직접 전화를 거는 걸 기다렸다. 역시 목마른 자가 우물 파는 거다. 한동안 신호가 가다가 마침내 삼척동자가 전화를 받았다.

"마, 어떻게 된 거야? 왜 연락이 없어!"

그렇게 소리치고는 한참을 묵묵히 듣기만 하는 김 부장. 마침내 알았다며 전화를 끊는다.

"떨어졌단다."

"어디래요? 고시원에도 안 돌아오고."

"집인가봐. 나온다고 하네."

"다행이네요."

"다행인지 모르겠다. 가뜩이나 장사도 안 되는데, 짐이나 되는 거 아닌가 몰라."

"그럼 자르세요."

"시험도 떨어진 놈 어떻게 또 잘라?"

"그럼 잘 다독여 데리고 하세요. 어차피 선택도 없잖아요."

"그냥 니가 더 해주면 안 되냐? 알바 비 줄게."

화해하고 나니 또 엉기는 김 부장. 어휴, 자존심도 없나.

"저도 이제 마감 좀 합시다. 원고 넘겨야 고료 나온다고요. 그래야 월세도 내고, 쌀도 사고, 물도 사고……."

"알았다. 됐다, 미안하다."

이제 미안하단 말도 듣기 싫다. 이렇게까지 김 부장을 싫어하지 않았는데. 그의 염치없음 때문일까, 그동안 너무 오래 붙어 있어서일까. 함께 있는 동안만이라도 김 부장과 싸부에게 못되게 굴지 말아야겠다고 다시 다짐했다. 그런데 싸부는 어딜 간 거지? 아직 점심도 안 됐으니 싸부에겐 꼭두새벽인데…….

저녁 내내 원고에 집중했지만 쉽지 않았다. 이 집을 나가기로 마음먹자 모든 게 새롭게 보였다. 누군가 그랬지. 사랑하기는 쉽다고. 그것이 사라질 때를 상상할 수만 있다면. 덥지만 햇살만큼은 마음껏 쪼일 수 있었던 창문, 2주일치 빨래를 한 번에 넣어도 충분한 길고 튼튼한 빨랫줄, 그 빨랫줄이 있는 넓디넓은 마당, 괴팍하고 잔소리는 많지만 그만큼 잔정도 많은 주인할아버지와 할머니 내외, 서울 어디에도 뒤지지 않는 재래시장인 망원시장, 아직도 사람 사는 냄새가 그득한 망원동 구도로와 아기자기한 골목들, 산책하러 가기 딱 좋은 시야가 탁 트이는 한강 둔치까지……. 벌써부터 망원동의 모든 것이 그리워진다.

나는 수유동 여자에게 어서 연락이 오기를 기다리며 습관처럼 핸드폰을 켰다. 혹 전화가 오면 바로 알아볼 수 있게 그녀의 번호를 저장했다. 이름은 '수유녀'. 뒤이어 밀린 카톡을 정리하는데 새로 친구 등록된 사람에 수유녀가 있다. 호기심에 카톡 프로필을 열어보니 무슨 유니폼 같은 걸 입고 얼짱 각도로 찍은 그녀의 사진이 떴다. 자세히 보니 레스토랑 같은 곳이고, 종업원 복장이다. 카톡 남김 글은 일본어로 되어 있다. 궁금증에 문장을 드래그해 검색했다. '29세의 크리스마스.' 헉, 이대로라면 스물아홉 살? 그것보다 훨씬 어려 보이지 않았나? 높게 잡아야 스물대여섯이었는데……. 역시 여자 나이는 물어보는 것도 예측하는 것도 아니다.

생각해보니 그녀 또한 내 번호로 카톡이 등록됐을 것이다. 내 프로필을 열어보니 1년 전에 올려놓은 '토토로 버스'만이 외로이 남아 있다. 폼 좀 나는 걸로 바꾸겠다고 사진을 찾아봐도 다 싸부랑 김 부장, 삼척동자랑 술 먹는 사진과 그때의 안주들뿐이다. 보기만 해도 술기운이 올라온다.

그나마 예전에 옥탑 마당에서 찍어놓은 한강 쪽 전망 사진을 발견했다. 망원동이라는 이름이 원래 조선시대 왕족이 지은 '먼 경치도 잘 볼 수 있는 정자'라는 '망원정'에서 비롯된 것이라고 하니, 내가 찍은 사진도 그럴듯해 보였다. 그래 이 옥탑은 망원정이다. 주안상 같은 평상도 있고 연못 같은 반신욕조도 있고 대책 없는 한량도 넷이나 되는 호사스러운 곳. 떠나는 마당이 되니 감상적이다.

카톡 프로필에 사진을 올려놓고 '굿바이, 망원동'이라고 적었다. 왠지 있어 보인다. 역시 허세가 최고다. 그러고 보면 아까 수유녀는 참 솔직하게 찍었다는 생각이 든다. 카톡 프로필만으로 자기 직장과 나이를 가늠할 수 있게 하다니. 허술한 걸까, 꾸밈이 없는 걸까? 그녀를 다시 떠올려보았다. 깔끔하고 밝은 인상이 보기 좋았고, 작고 아담한 체구는 다부진 느낌이었다.

그녀에 대해 자꾸 생각하게 되는 건 어서 이사를 가고 싶어서겠지? 아니면 얼마 전 여자에게 비참하게 취급당한 걸 상쇄하려고 주변 아무 여자나 떠올리는 건가?

그때 핸드폰 신호가 울렸다. 화들짝 놀라며 수유녀가 아닌가 잽싸게 들어 살피니 싸부였다.

— 가게로 와라.

뭐야, 이 맥락 없는 메시지는? 나는 투덜대며 외출복을 입었다.

도착해보니 저녁 열한 시 반. 손님은 역시 한 테이블. 홀로 앉아 해장국에 소주를 마시는 싸부다. 그가 나를 향해 손을 들어보인다. 앞자리에 앉다가 새로 소주를 가지고 오던 삼척동자와 마주쳤다. 삼척동자는 그동안 뭔 일 있었냐는 듯 태연한 표정으로 나를 향해 웃으며 소주를 흔들어 보였다.

"할 만하냐?"

"일이랄 것도 없네요. 근데 손님 없어도 김 부장님 시급 확실히 챙겨주는 거 맞죠? 괜히 깎는다거나 그런 거 아니죠?"

"직접 물어봐. 참고로 난 아직 못 받았다."

나는 그의 어깨를 두드려주었다. 이제 둘이 지지고 볶아봐라. 삼척동자 너에게도 진짜 사회생활이 시작되는 거란다. 물론 수금도 직접 해야 하는 거야. 삼척동자에게 소주를 받아들고 싸부 앞자리에 앉았다. 싸부가 턱짓으로 어서 소주를 따르라고 한다. 술을 따르려 소주잔에 가져가는데 '어어' 하고는 손으로 옆의 글라스를 가리킨다. 나는 글라스를 홱 치워버리고 소주잔에 소주를 붓는다. 그는 불만 어린 표정으로 나를 바라본다.

"적당히 드세요."

"너 나랑 술 마시러 왔냐, 술 마시는 거 방해하러 왔냐?"

"같이 마시려면 조금씩 마시세요."

"걱정 마. 오늘은 안 취할 테니까."

"그걸 어떻게 믿어요."

싸부는 대답 대신 잔을 비우고, 국물을 한 모금 떠먹고는 음식 품평하듯 한마디 했다.

"나 오늘 이혼했다."

나도, 옆에서 들은 삼척동자도 별로 놀라지 않았다. 싸부의 이혼 예고와 이혼 숙려에 이은 수순이 돌아온 것뿐. 반응이 무덤덤하자 싸부가 입맛을 다신다.

"생각보다 간단하더라구, 이혼."

김 부장이 나와서 자리에 합류한다.

"없는 사람에겐 말야. 이건 뭐, 나눌 재산이 있어야 분할을 하든 분쟁을 하든 하지."

우리는 다 함께 소주를 털어넣었다.

싸부가 일어나 크게 기지개를 켰다.

"씨발, 자유다! 마누라도, 애도, 이제 없다. 돈도 없다. 나밖에 없다. 씨발, 자유라고!"

축구선수가 골 세리머니 하듯 두 손을 펼친 채 싸부가 고성을 외쳐댔다. 마침 문이 열리고 중년 남녀 커플이 들어오다가, 그대로 뒷걸음질 쳐 가게를 나갔다. 싸부는 자기 탓이라는 듯 문가로 향했으나 커플은 오히려 서둘러 멀어져갔고, 김 부장은 삼척동자의 어깨를 툭 쳤다. 니가 어서 손님을 챙겨야 했다고 질책하는 투였다. 삼척동자는 어깨를 으쓱댔고, 김 부장은 짜증 섞인 표정으로 답했다.

"미안하다. 나 때문에 손님 못 받았네."

김 부장이 벌떡 일어났다.

"아유 괜찮습니다, 형님. 오늘 장사 끝났습니다."

"왜? 내가 더 팔아줄게."

"됐고요, 같이 어디 바람이라도 쐬러 갑시다. 삼척동자도 시험 떨어졌고, 영준이 저놈도…… 야, 너 그 여자랑 안 된 거지?"

"되고 말고 할 것도 없었다니까요."

"그러니까 다 같이 여행이나 갑시다. 동해 바닷바람 맞으며 회라도 먹자고요."

싸부가 김 부장에게 다가가 마르고 긴 팔로 그의 굵은 몸통을 안았다. 마치 참나무에 담쟁이 넝쿨이 얽힌 모습이다. 김 부장도 싸부를 안고 그의 마른 등을 두드려주었다. 삼척동자가 둘의 모습을 흥미롭게 바라보다가 내게 말했다.

"매우 다정한 중년 게이 커플 같은데요?"

"우린 취해도 저러지 말자."

"물론이죠."

싸부와 김 부장도 곧 민망해졌는지 포옹을 풀었다.

"근데 어떻게 가요?"

내가 물었다.

"차야 렌트하면 되지."

김 부장이 대답했다.

"제 말은 운전은 누가 하느냐고요? 싸부는 음주고, 부장님은 운전 트라우마 있고……."

내가 다시 물었다.

"넌 장롱이랬지? 삼척동자, 너도 못 하냐?"

김 부장이 물었다.

"면허도 없는데요."

당연하다는 듯 삼척동자가 말했다.

김 부장은 괜히 질문했다는 표정을 짓고는 잠시 머리를 굴렸다.

"……씨발, 택시 불러. 내가 쏠 테니까!"

"왜? 나 운전할 수 있어."

싸부가 입에 손을 가져가 냄새를 맡아보고는 외쳤다.

"에이, 음주운전 안 돼요."

내가 손사래를 쳤다.

그러자 싸부는 화장실로 갔다. 잠시 뒤 '꾸어어어, 우웨에에, 엑 엑' 걸진 오바이트 소리가 터져나왔다. 우리는 인상을 찌푸렸다. 입을 헹구는 '고로로로' 소리와 세수하는 '푸파푸파' 소리가 마저 들린 뒤 싸부가 돌아왔다.

"알코올 다 뽑아냈거든. 이제 음주운전 아니지?"

실핏줄이 징그럽게 돋아난 눈으로 싸부가 우리에게 눈도장을 찍었다. 딱히 할 말이 없다. 김 부장이 핸드폰을 꺼내 렌터카 번호를 검색했다. 그때 삼척동자가 김 부장의 팔을 잡았다.

"차 있어요. 집에."

"엥?"

"집에 차 있다고요. 그거 몰고 가면 돼요."

택시를 타고 도착한 곳은 한남동 부근이었다. 삼척동자는 백 평은 족히 됨직한 단독주택들이 모여 있는 부촌으로 택시를 안내했다. 그리고 가히 '성'이라고 불러도 될 만한 집 앞에 차를 세운 뒤 싸부와 함께 안으로 들어갔다. 김 부장과 나는 알 수 없는 허탈감에 빠진 채 '성문' 앞에 멍하니 서 있었다.

곧 묵직한 기계음을 내며 차고가 열렸다. 검정색 벤츠 550을 중년 사내가 끌고 나왔고, 그 뒤로 싸부를 운전석에, 삼척동자를 보조석에 앉힌 흰색 인피니티 승용차가 차고를 빠져나왔다. 김 부장과 나는 은행을 털고 도주하는 강도들처럼 잽싸게 차에 올랐다. 차는 부드럽게 출발했다.

"아까 벤츠 타고 나온 분이 아버지냐?"

김 부장이 물었다.

"아뇨, 일하는 아저씨요."

"너 왜 진짜 부자면서 부자인 척했어?"

내가 물었다.

"제가 부잔가요? 울 아버지가 부자지."

"삼동아, 너…… 부모님이랑 사이가 안 좋은 거냐?"

예상보다 안정적인 핸들링을 하며 싸부가 물었다.

"좋은 건 아닌데…… 그렇다고 딱히 나쁘지도 않아요."

"야, 너 우리 가게 일 하지 말고 그냥 투자를 하면 어때?"

김 부장이 물었다.

"진짜, 저는 가난하거든요."

"차 참 잘나가네. 이거 내가 좀 쓰면 안 되냐?"

싸부가 물었다.

"엄마 거예요. 잠깐 빌린 거라고요."

"너 그냥 집에 들어가 살어. 백 평도 넘어 보이던데. 부모님이랑 사이 안 좋아도 얼굴 안 보고 살 수 있지 않겠냐?"

내가 물었다.

"자꾸 쓸데없는 말 할 거면 도로 돌아가시죠."

우리는 이후로도 정신없이 수다를 떨었다. 너무나 좋은 차와 처음으로 함께 떠나는 여행에 모두 고무된 채 밤의 영동고속도로를 만끽했다. 싸부는 마치 이 차를 운전할 때를 기다렸다는 듯, 적토마를 만난 관우처럼 늠름하고 차분하게 차를 몰아갔다. 잠시 뒤 나는 차만 타면 나오는 버릇이 시작됐다. 깊은 잠에 빠져들었고 더 이상 차 안에서의 기억은 남지 않았다.

깨어나 보니 바다가 보였다.

꼬박 잠든 채 강원도를 가로질렀고 지금은 오른쪽 차창으로 검고 푸른 밤의 동해 바다가 넘실댄다. 앞에서 싸부와 김 부장은 무슨 이야기를 하고 있고 삼척동자는 나보다 더 깊은 잠에 빠져 있다.

"어디로 가요?"

내가 물었다.

"일어났냐?"

김 부장이 돌아보며 내 부스스한 상태를 보고 웃는다.

"집에서보다 잘 잤네요."

"오작, 어떠냐? 이 싸부의 운전 솜씨가. 아주 스무스하지?"

싸부가 으스댄다.

"역시 차가 차인지라…… 승차감이 좋네요."

"짜식, 곧 죽어도 싸부를 인정 안 해요."

"하하, 진짜 운전 잘하시네요. 그동안 차 없이 어떻게 사셨어
요?"

"그러게 말이다. 이제 걸릴 것도 없고…… 차나 한 대 사서 전
국 일주하며 살란다."

"형님, 저도 같이 다닐까요? 가끔 운전대도 잡아 트라우마도
극복할 겸……."

"자넨 열심히 해장국 팔 생각이나 해."

"근데 진짜 어디로 가는 거예요?"

"공현진."

"공형진?"

"공형진이 아니라 공현진!"

"그런 데가 있어요? 차라리 공효진에 가지."

"아서라, 돌아가신 공옥진 여사한테 이른다."

"진짜 해변 이름이 공현진이에요?"

"그렇대두. 그 옆에 호수 있는데, 거긴 뭔지 아냐?"

"……정준호?"

"흐흐, 틀렸다. 송지호."

"윽, 진짜 송지호예요?"

"속아만 살아왔나. 가보면 알아."

속초도 훨씬 지나 이대로 북한까지 가려는 건 아닌가 의심되는 찰나, 차는 정말로 공현진이라는 해변에 멈췄다. 새벽의 공현진은 쥐새끼 한 마리 없는 고요한 바다였다. 방파제가 있는 가을의 한산한 포구가 펼쳐져 있었다. 삼척동자는 깨어나자마자 차에서 내려 동해 밤바다를 향해 좀비처럼 걸어가기 시작했다. 우리도 차에서 내려 해변을 향해 걸어갔다.

통과의례처럼 모두는 해변에 선 채 동해 바다를 바라보며 심호흡을 했다. 공기에서 청량한 파도의 포말이 느껴졌다. 바다에 와본 지도 꽤나 오래됐다. 6년 전 실연당한 친구를 달랜다며 친구들 몇과 함께 충동적으로 찾아간 새벽의 강릉 이후로 처음이다. 공교롭게 늘 동해 바다. 서해는 가본 적도 없고, 남해는 부산에 한 번 간 게 전부다. 여행을 그리 즐기지 않고 책상에 박혀 그리는 게 일인지라 그랬다. 무엇보다 고향 김천은 내륙 중의 내륙이다.

어둠에 젖은 밤바다라지만 탁 트인 바다다. 눈이 다 맑아진다. 그림쟁이는 손 못지않게 눈이 좋아야 한다. 관찰의 시각, 그리고 그 눈으로 담은 내용이 그림이 된다. 그러자 또 손이 근질근질해졌고, 덮어두고 온 마감이 떠오른다. 애써 그것을 잊는다.

새벽의 횟집. 다행히 문 연 데가 있다. 늙수그레한 어부로 보이는 주인아저씨가 수족관에서 우럭을 꺼내 회를 뜨기 시작한

다. 우리는 기본 찬을 놓고 소주를 마시며 중독된 듯 밤바다를
바라본다. 파도가 세다. 당근을 된장에 찍어 우적 씹는다. 달고
시원하다. 충동적으로 달려왔기에 막상 할 게 없다. 삼척동자 시
험 떨어진 얘기도 꺼내기 그렇고, 싸부 이혼 얘기도 말하기 껄끄
럽다. 그렇다고 나의 탈출 계획을 말할 수야 없지 않은가. 그나
마 김 부장이 해장마차의 점심 장사에 대해 설명하고 삼척동자
에게 열심히 뛸 것을 강조한다. 나는 두 손으로 소주잔을 들어
싸부에게 올린다. 싸부는 한 손으로 하라고 눈짓한다. 그래도 싸
부에겐 두 손이 좋다. 건배 후 술잔도 돌려 마신다. 싸부는 저놈
의 고집이란 투다. 10년의 인연. 한물간 싸부와 못 나가는 제자.
다시 만나도 여전히 우리는 한물간 이, 못 나가는 놈이다.

"이제 어쩌실 거예요?"

메뉴는 뭐로 할 거냐는 식으로 싸부에게 던진다.

"음…… 새 여자를 찾아야지."

"중고차 살 돈밖에 없다면서요. 여자도 돈이 있어야 만나죠."

"그건 너같이 인기 없는 애나 그렇고……. 인기 많은 나는 다
르거든. 봉인이 풀린 거지."

"예, 그럼 잘해보세요. 잘 안된다고 서운해하진 마시고요."

"너는 잘되냐?"

"……."

"주연이 잘해보지 그래?"

"잘하긴요. 아니에요."

288

"인마, 걔 괜찮다니까. 진화 걔 밑에서 버티는 거 보면 강단도 있고, 너랑도 잘 어울리던데."

"예, 저도 그럴 줄 알았는데요. 그 사람은 나를 그냥 가볍게 생각했더라고요. 진짜 원하는 건, 뭐랄까…… 좀 더 위 계급 남자를 원하더라고요."

"위 계급은 무슨, 우리나라가 계급사회도 아니고……."

"아니라고요?"

"……."

싸부도 답하지 못한다. 정말, 그렇구나.

"형, 연애해요?"

삼척동자가 끼어든다.

"아니, 그냥 서로 살피다 안 맞은 여자."

"삼척동자야, 여자 신경 꺼라. 우린 가게 성공할 때까지 스파르타다. 여자도 유흥도 없다고!"

"거참, 알겠어요."

나 때문에 알게 된 두 사람이다. 함께 일 잘해나가기를 바라며 그들 앞으로 잔을 들었다. 건배를 하고 나자 우럭 회가 나왔다. 아무런 장식도 없이 접시에 투박하고 두툼하게 썰려 나온 우럭은 꽤나 먹음직스러웠다. 먹어보니 역시 고소하기 이를 데 없다. 우리는 드디어 바다에 온 목적을 발견했다는 듯 회에 집중했다.

회를 먹고, 소주를 마시고, 담배를 피워대고, 주변 사람들을 씹고, 소녀시대 멤버 중 각자의 베스트를 고르고, 고단한 날들을 까대다 보니 어느새 동이 터오고 있다. 김 부장이 졸고 있는 주인아저씨를 깨워 계산을 했다(역시 여행을 지른 사람이 메인을 쏴야 하는 법). 삼척동자는 뭐가 아쉬운지 냉장고에서 맥주 두 병을 꺼내들고 나왔다.

밖으로 나오자 동해 바다에서 나고 자란 듯한 탐스러운 불덩이가 어두침침한 새벽하늘로 떠오른다. 세상이 밝아오는 데는 그리 많은 시간이 걸리지 않았다. 네 명의 남자는 나란히 해변에 서서 말없이 바다를 바라본다. 연고도 나이도 다른 네 명의 남자가 서울 한구석 옥탑방에서 만나 여기까지 동행해와 해를 바라본다. 옥탑방에서 보던 그해와 별다를 바도 없다. 근데 뭉클하다. 지난 몇 개월, 함께 먹고 자다시피 한 이 빈대 기생충 바퀴벌레들…… 같지만, 사실은 '입구멍'이라는 식구. 그동안 이들을 미워하고 꽁했던 내 소갈머리는 뜨거운 태양에 소독되고 시원한 파도에 세탁되고 있다.

삼척동자는 모래사장에 털썩 앉은 채 이로 맥주병을 따려 안간힘을 쓴다. 싸부는 똥 싸는 자세로 앉아 담배를 빼문다. 나는 앉고 싶지만 김 부장이 어깨동무를 해와 그냥 서서 바다를 바라본다. 감격스러운 듯 김 부장은 연신 탄성을 지른다. 싸부가 안쓰러운지 삼척동자의 맥주를 빼앗아 라이터로 따준다. 삼척동자는 찬물도 위아래라며 싸부에게 병을 들이민다. 싸부가 병나발을 분다. 보는 내가 다 시원하게 맥주를 들이켜는 싸부. 멋지다. 싸부는 다시 여자를 만날 수 있을 것이다.

　김 부장은 싸부에게 받은 맥주병을 힘껏 들이켜고 배턴 터치하듯 내게 건넨다. 돌아온 맥주는 얼마 안 남아 있다. 마저 다 들이켜고, 삼척동자가 건네는 새 맥주를 라이터로 딴다. 모자란 맥주를 다시 한 모금 마시고 삼척동자에게 건넨다. 그는 다 이루었다는 듯 만족한 표정으로 맥주병을 나발 분다. 쿨럭쿨럭 옆으로 다 흐른다. 녀석은 월드컵에서 우승한 선수들이 서로에게 샴페인을 부어대듯 머리에 맥주를 부은 뒤 모래사장에 대자로 뻗는다. 싸부와 김 부장은 가만히 돌아보며 웃고는, 이제는 완연히 떠오른 붉은 해를 감상한다. 나는 천천히 바다로 향한다. 걷다가 신발을 벗는다. 양말을 안 신고 와 맨발에 밟히는 모래의 감촉이 시원하고 촉촉하다. 이윽고 발이 파도에 닿는다. 붉은 해를 바라보는 마음은 뜨겁고, 내가 디딘 바다는 차다. 최고다.

　횟집 뒤에 자리한 민박집 방은 딱 내 옥탑방 크기였다. 침대가 없으니 넷이 일렬로 누울 수가 있다. 잠 못 자고 운전해온 싸부가 먼저 뻗었고, 김 부장 역시 금세 코를 골았다. 김 부장보다 먼저 자지 않으면 겪어야 되는 어려움을 감수하며 뒤척이는데 뒤에서 기척이 느껴졌다. 돌아보니 삼척동자도 잠 못 들고 있다.

　"어떻게 된 거야?"

　"네?"

　"너 진짜 부잣집 아들이었던 거잖아."

　"……."

"고시원에 살 필요 없잖아. 해장마차 같은 데서 일할 필요도 없고. 집 도움을 받기 싫은 거야, 못 받는 거야?"

"다 사연이 있지 않겠어요?"

"말해봐."

"싫어요."

"나만 알고 있을게, 응?"

삼척동자는 하품인지 한숨인지를 쉬고는 입을 열었다.

"나 첩자예요."

"뭐?"

"첩자……? 아, 그런…… 거?"

"아버지가 두 집 살림했고, 난 어릴 때부터 엄마랑 둘이 살았거든요. 중학교 3학년 때 엄마가 돌아가셨고, 그래서 아버지 집에 들어간 거죠. 새어머니가 받아주긴 했는데 친할 수가 있겠어요? 그 집엔 나보다 나이 많은 아들이랑 딸이랑 나랑 동갑인 여자애도 있고 그랬어요. 다행히 집이 크니까 구석방에 조용히 처박혀서 있는 듯 없는 듯 살았죠."

"힘들었겠다."

"꼭 그런 것도 아니에요. 대학 때까진 용돈도 받고 등록금도 받아 썼으니까 풍족했죠. TV 드라마에 나오는 것 같은 스토리는 없어요. 다들 넉넉하신 분들이라."

"그럼 대학 졸업하고는 스스로 살겠다고 결심한 거구나?"

"그것도 딱히 반항심이나 그런 건 아니었고……. 큰형이 사법 고시 오래 준비하다가 포기했거든요. 아버지가 안타까워하시더라고요. 그래서 뭐, 내가 사법 고시 합격하면 인정 좀 받겠다 싶었죠. 공부도 제대로 할 겸 고시원을 찾은 거고."

"그게 니 국가고시 도전기의 시작이로군."

"글쵸. 근데 사법 고시 떨어지고 공무원 시험까지 떨어지니까 진짜 집에 면목이 없더라고요. 결국 내가 해내겠다 호기로운 척했지만, 제대로 한 건 하나도 없는 거죠."

"다 이해하실 거다."

"그거 이해 못 할 분들은 아니에요. 근데 내가 분한 거지. 지금도 집에선 들어오라 그러는데, 난 이참에 독립하려고요. 마침 일도 생겼잖아요."

"해장마차 일 진짜 제대로 하려는 거야?"

"그럼요. 나 어릴 때 우리 엄마가 가게를 했어요. 그리고 나 가게 일 좋아해요."

"그럼 다행이고. 잘해봐."

"당근이죠. 김 부장님 잔소리가 많아 그렇지 착한 분이잖아요."

"그래."

그 뒤로 우리는 말을 아끼고 잠을 청했다. 이 갈기와 코 골기의 이중주도 잦아들었고, 둘 사이의 침묵이 창문으로 비치는 햇살 아래 마르고 있었다. 이제야 삼척동자가 왜 그렇게 있는 척, 잘생긴 척, 아는 척했는지 알 것 같았다. 녀석은 실제로 있는 집

자식이고, 그 정도면 훤칠하게 생겼고, 아는 것도 많다. 하지만 실제로도 인정받고자 하는 욕구가 가득했으니 얼마나 스트레스였을까? 녀석의 긍정적인 모습은 어쩌면 이런 걸 감추고자 하는 또 다른 척이었으리라. 녀석의 웅크린 등을 한 번 돌아보고는, 등이 붙은 샴쌍둥이처럼 반대로 웅크린 채 잠을 청했다. 곧 잠이 들었다.

깨어나 보니 다들 밖에 나가고 나만 방에 누워 있다.

마당으로 나왔다. 해는 중천에 떴고 속은 쓰리다. 차가운 바닷바람에 정화된 공기 덕분인지 머리는 맑다. 집 앞으로 걸어 나오니 새파랗다 못해 창백한 하늘과 이어진 수평선까지 바다가 펼쳐진다. 청신하다. 여기서 평생 살 자신은 없지만 도시에서 이곳을 그리워 할 날은 평생이란 생각이 든다. 늘 이런 맑고 신선한 자연을 그리워하는 게 도시에서의 삶이다. 하지만 정작 인간은 도시에서 살아가게 된다. 24시간 편의점과 대형 마트가 밤을 지키는 곳, 복잡한 버스 환승 노선과 아홉 개나 되는 지하철이 있는 도시 말이다. 그나저나 도시에서 온 바이러스 같은 이 인간들은 어디로 퍼진 걸까?

방파제에서 싸부와 삼척동자를 발견했다. 둘은 주인집에서 빌렸는지 낚싯대를 드리운 채 담배를 물고 제대로 강태공 흉내를 내고 있다. 삼척동자가 나를 반기며 잡은 고기를 들어 보인다. 어망 속의 물고기들은 돔, 놀래미, 돌참치 등이라는데 나는 뭐가 뭔지도 모르겠다. 내가 삼척동자에게 이거 다 네가 잡은 거냐 물으니 싸부 눈치를 보며 고개를 끄덕인다. 그제야 묵묵히 서 있는 싸부가 보인다. 한 낚시 하신다던 싸부는 지금껏 한 마리도 못 낚은 거다. 놀려야 할까, 조심해야 할까.

그때 우리가 타고 온 인피니티가 방파제로 다가와 멈춰섰다. 운전석에서 김 부장이 내린다. 만면에 자부심을 가득 담은 김 부장. 내가 놀라자 김 부장은 별것 아니라는 투로 손을 들어 보였다.

"역시 인피니티야. 확실히 차가 좋아."

"괜찮아요?"

"뭐가?"

"운전 트라우마."

"잊어라. 질주 본능 부활했다."

으스대는 김 부장의 모습에 이제 해장마차 망하면 대리라도 뛸 수 있겠네 하는 안심이 든다.

"너무 자신하지 말아요."

내 말을 귓등으로 들으며 김 부장이 낚시하는 두 사람에게 다가간다.

"형님, 좀 잡으셨수?"

싸부가 대답할 리 없다. 그러자 어망을 살피며 쾌재를 부르는 김 부장.

"우와, 이 정도면 되겠네. 매운탕이나 끓여 먹고 서울 갑시다."

"떠들지 말고 저리 가서 니네들이나 끓여 먹어! 얘들이 낚시 예절을 몰라. 고기 다 도망가잖아."

마침내 싸부가 폭발했다.

우리는 웃으며 어망을 들고 방파제를 빠져나왔다. 싸부는 '낚시하는 사람'이란 제목의 동상처럼 방파제에 선 채 미동이 없다. 집념이 멋지긴 한데, 대체 초보라는 삼척동자도 우수수 잡은 물고기를 왜 한 마리도 못 잡은 걸까? 으흐흐.

김 부장이 끓인 매운탕이 다 쫄고 나서야 싸부가 졸복 한 마리를 낚아서 왔다. 그리고 우리의 반대에도 굳이 그걸 회로 뜨겠다고 우긴다. 삼척동자가 복은 독이 있어 요리사가 떠야 된다고 해도, 졸복은 독 같은 거 없다며 아는 척 말라고 발끈한다. 급기야 우리 셋이 모두 뜯어말리자 삐쳐서는 소주를 글라스째 마시고는 방으로 가 뻗어버린다. 저럴 땐 정말 내 남편도 아니지만 이혼하고 싶다.

오후가 됐고, 운전을 담당해야 할 싸부가 취한 관계로 어둡기 전에 서울로 돌아가고자 했던 계획이 어긋날 판이었다.

그러자 김 부장이 자기가 운전을 하겠다며 취해서 뻗은 싸부를 뒷자리에 태우라고 한다. 이번엔 삼척동자와 내가 김 부장을 말렸다. 김 부장은 고집을 꺾지 않았다. 결국 삼척동자가 키를 줬고, 그가 의기양양 앞장서 차로 걸어갔다.

김 부장은 천천히 차를 몰았다. 보조석의 삼척동자는 내비게이션 아가씨의 목소리를 반복하며 김 부장에게 연신 주의를 주었다. 뒷좌석의 나는 취한 싸부의 머리를 내 다리에 올려놓은 채 등을 기대고 있었다. 술 냄새와 운전 걱정에 잠도 오지 않는다. 마지막까지 우리의 여행은 뒤죽박죽이다.

여주부터 영동고속도로는 지루하게 막히기 시작했고, 김 부장은 늦기 전에 가게를 열어야 한다며 초조한 모습을 보였다. 그럴수록 삼척동자는 진정하시라고 김 부장을 다독였고, 그럴 때마다 김 부장은 걱정 말라며 투덜댔다. 그때 카톡이 왔다.

– 안녕하세요? 제가 지금 방을 알아보고 있는데 생각보다 방 구하기가 어렵네요 ㅠㅠ 죄송하지만 더 기다려주실 수 있는지요?

수유녀였다. 나도 모르게 입꼬리가 올라갔다.

– 괜찮습니다. 기다릴 수 있으니 방 구하시면 연락주세요.

이게 최선이다. 이번 여행을 통해 동거인들에 대한 대책 없는 미움이 싹 씻겨나갔기에, 굳이 망원동 옥탑을 탈출할 생각이 없어졌다. 내가 왜 내 집을 떠나느냐 말이다. 막상 돌아다녀봐도 망원동같이 좋은 곳도 없다. 하지만 이 인간들이 다시 내 속을 썩이면 수유동 반지하가 아쉬울 수도 있기에, 보험처럼 기다리겠다는 답문만 보내놓는다.

답문을 보내고 눈 한 번 깜짝했을까? 곧바로 답이 왔다.

– 아아, 감사합니당~ 그럼 열심히 집 구해서 최대한 빨리 연락드릴게용^^

뭐지? 왜 스물아홉이나 된 처자가 외간 남자에게 이리도 귀엽고 싹싹하게 답을 보내는 거지? 날 좋게 본 건가? 생각해보면 그날 복장 정말 아니었는데. 트레이닝복 상의에 낡은 카고 바지. 머리도 안 세우고 벙거지 모자 쓰고 가서 인상 참 더러웠을 텐데……. 그럼 이 처자는 누구에게나 이 정도로 친절한 걸까? 다시 오만 가지 상상이 떠오르는 가운데 답을 보낸다.

– 넵. 연락 주세요.

보내고 나니 답을 안 하는 게 더 있어 보였겠다 싶다.

"너, 왜 그리 실룩대냐?"

깜짝 놀라 내려다보니 내 다리에 머리를 기댄 싸부가 나를 올려다보고 있다.

"왜 그리 입을 실룩이며 웃어대?"

"아닌데, 뭐가요?"

"누구야?"

누구라고 말할 수야 없죠. 여자여서가 아닙니다. 당신들에게 질려 떠나려고 알아본 집에 사는 사람이라고, 어찌 말할 수 있겠습니까!

댄싱 인 더 옥탑

김 부장은 삼척동자와 함께 낮 시간 장사에 심혈을 기울이기 시작했다.

둘은 밤 열한 시에 출근해 아구찜집 주인 내외와 배턴터치를 하고, 함께 새벽 세 시까지 장사를 한다. 이후 손님이 뜸한 세 시부터 일곱 시까지는 김 부장이, 일곱 시부터 열한 시까지는 삼척동자가 입식 좌석에 가림막을 치고 교대로 자며 손님을 받고, 열한 시부터는 둘이 함께 오후 두 시까지 손님을 받고 퇴근한다.

그렇게 일주일. 서서히 점심 손님이 늘기 시작했다. 직장인들 가운데 점심시간에 해장하는 사람들이 꽤 있었다. 곧 밤과 아침 손님 받은 매상보다 점심시간만의 매상이 더 올랐다. 그리고 단골이 된 점심 손님들이 다시 저녁과 새벽에도 찾아오게 되면서 해장마차는 서서히 자리를 잡아갔다. 김 부장과 삼척동자는 여전히 티격태격하지만, 그조차 가게가 잘되어 생기는 활기찬 에너지로 보였다.

가게가 자리 잡은 것보다 더 고무적인 것은 김 부장이 형수님과 냉전 상태를 벗어난 것이라고 봐야겠다. 그동안 김 부장은 오후 두 시 퇴근 후 잠을 청한 뒤 여덟 시쯤 일어나 민진이와 화상 채팅하는 게 유일한 낙이었는데, 요즘은 민진이와 채팅 후 형수님과도 이야기를 나누고 있다. 형수님이 화상 채팅에 응한 건 김 부장이 가게를 차리고 의욕적으로 활동을 재개하고부터였다. 형수님은 김 부장이 가게를 한다는 게 잘 믿기지 않는다고 했다.

"형수님이 왜 안 믿기신다는 거죠? 부장님 한 요리 하시잖아요."

"얌마, 나 원래 라면도 내 손으로 안 끓이던 사람이야."

"그럼 우리 집 와서 그 해장국도 처음 끓여본 거예요?"

"총각 때는 좀 했는데, 이렇게 요리에 재주가 있는 줄은 몰랐지."

역시 사람은 궁할 때일수록 숨은 재주가 발현된다고⋯⋯. 이젠 형수에게 요리 실력 자랑하며 한국 오면 뭐 해준다, 뭐 해준다 하고 있다. 그 큰 덩치로 작은 의자에 앉아 형수와 제법 간지러운 채팅을 나누는 걸 보면 다행스럽기도 하고 민망하기도 하다.

삼척동자는 가게가 끝나면 고시원에서 한숨 자고 옥탑방으로 넘어와 싸부와 야구를 본다. 코리안 시리즈가 열리고 있었고 그들이 응원하는 팀은 모두 떨어졌지만, 시리즈에 오른 팀 중 각각의 팀을 정해 내기를 걸었다. 둘은 잠실야구장에 한 번도 가지 못해 아쉽다면서 대신 TV에 대고 떠나가라 응원을 해댄다. 급기야 나도 월드컵 때만 되면 축구 열기에 빠지는 사람처럼 응원에 동참했지만, 사실은 그들이 먹는 치킨에 맥주를 뺏어먹는 게 가장 큰 이유였다.

김 부장에게 삼척동자가 일은 잘하느냐고 물었다. 그러자 김 부장은 일이야 늙은 당나귀처럼 빈둥대며 하는데, 제법 손님을 많이 끌어온다고 했다. 일주일에 두세 번은 밤마다 삼척동자의 고시 시절 친구들과 대학 동기들이 와서 해장국에 소맥을 먹고 간다며, 그리고 소맥이 제법 돈이 된다며 웃었다.

더 놀라운 건 삼척동자의 이복형과 누나가 왔다 갔다는 사실!

며칠 전 점심시간에 김 부장이 전화를 해서 가게로 빨리 와달라고 했다. 가서 보니 삼척동자가 일 끝나고 남은 해장국에 소주를 마시며 눈물을 글썽이고 있었다. 점심에 이복형과 누나가 같이 와 해장국을 먹고 갔다는 거였다. 그들은 김 부장에게 밥값을 내고, 삼척동자에게는 금일봉을 주고 갔다고 한다. 금일봉엔 2백만 원이 들어 있었다.

"그거 알아요? 형이랑 누나…… 다 술 한 방울 입에 안 대는 사람들이에요. 근데 해장국을 먹으러 왔다니까요. 그게 뭔 뜻인지 아냐고요?"

"인마, 다 니네 아버지가 너 감시하라고 보낸 거야."

"아니에요. 백만 원씩 자기들이 갹출했다고 했어요. 그리고, 그리고…… 아빠도 언제 모시고 온다고 누나가 그랬다니까, 흑."

어느새 녀석이 꺼이꺼이 울며 콧물까지 흘리기 시작한다.

나는 상상했다. 이 가게로 김 부장의 아내와 딸, 삼척동자의 아버지가 모두 찾아오는 날을.

두 사람이 함께 잘해나가는 모습을 보니, 옥탑방에 둘을 들인 것에 보람을 느꼈다. 그들이 가게에서 보내는 시간이 많아졌기에 상대적으로 방의 인구밀도도 줄어들었다. 잠을 자는 시간이 달라졌기에 김 부장도 텐트에서 안 자고 방으로 합류했고.

그럼에도 텐트를 접지 않은 건 싸부 때문이다.

싸부는 낮이면 텐트에서 옆집 베란다를 자꾸 살폈다. 싸부 말에 의하면 옆집 아줌마 이름은 정연숙이고, 보험 일을 하고 있으며, 중학교 3학년 딸의 고교 입시가 현재 최고 관심사이다. 일주일에 두 번 망원시장에서 장을 보며, 마을버스 정류장 옆 초원미용실 아줌마와 절친이라고도 했다.

"정말 텐트에 누워 그쪽만 바라보면 그런 사실을 다 알 수 있는 건가요?"

싸부가 당연하다는 듯 고개를 끄덕였다.

"싸부, 그렇게 관심 있으면 남자답게 건너가서 대시를 하시든가."

"지금도 인사는 하고 있거든."

"아하, 텐트 안에서 기회만 노리고 있다가 옆집 아줌마가 베란다에 출몰하면 쓱 나가서 담배 피우는 거요? 그러다 눈이라도 마주치면 까딱 고개 숙여 인사하는 거요? 말 한마디도 못 건네고?"

"다 작전이야. 그거 아니? 내가 일주일간 그러다가, 이번 주는 연숙 씨가 나와도 내 모습을 안 비췄거든. 그러니까 어땠는지 아냐? 그쪽에서 이쪽을 살피더라고. 그게 뭔 뜻인지 알지?"

싸부는 '연숙 씨'가 주인할머니와 같은 교회에 다닌다는 첩보도 입수했다며, 나에게까지 자기와 함께 교회에 가자고 했다. 종교라면, 특히 기독교라면 치를 떠는 싸부가 왜 이러는 걸까요? 나는 진심으로 싸부가 걱정되기 시작했다.

그사이 수유녀에게선 카톡이 두 번 더 왔다. 둘 다 방 구하기가 쉽지 않아 이사가 늦어진다며 양해를 구하는 내용이었다. 급할 게 없어진 나는 계속 대인배의 자세로 답했다. 그때마다 그녀는 고맙다는 답을 했고, 뭐랄까, 나로선 포인트가 쌓여가는 기분이었다.

한편으론 대체 보증금은 얼마나 가지고 있으며 어디로 이사 가고 싶은 건데 방을 못 구하는 걸까 하는 궁금함이 치솟았다. 나보다 보증금이 적을 리는 없고. 아마도 살림이 많고 꼼꼼한 성격이어서 최적의 집을 찾느라 시간이 걸리는 것 같다. 자꾸 그녀의 다부진 인상과 넘긴 머리 아래 도드라지던 반듯한 이마가 떠올랐다.

다가온 마감에 헐떡이다 잠시 낮잠을 자고 있는데 카톡이 울렸다. 그녀다.

– 안녕하세요. 또 양해를 구하게 됐네요 ㅠㅠ 정말로 괜찮으신 거죠? 혹시 문제가 된다면 저희 집 말고 다른 곳 알아보셔도 됩니다. 넘넘 미안하고 그렇네요. ^^

다시 양해 카톡이다. 포인트 또 적립. 반가운 마음에 나는 농담으로 답을 했다.

– 괜찮습니다. 근데 올해 안엔 되는 거죠? ㅎㅎ

– 그게…… 그게…… 정 안 되면 제가 서울역에 가는 한이 있어도 올해 안엔 꼭 비워드릴게요. ㅋㅋ

농담을 받아주자 기분이 좋아진다. 그래서 더 과감하게 치고 나갔다.

– 그럴 순 없고, 방에 커튼 치고 반반 나눠 쓰도록 하죠. ㅎㅎ

한동안 답이 없다. 실수한 건가? 시간을 보니 고작 2분 지났다. 초조해하지 말자. 농담일 뿐이잖아. 그때 그녀의 답이 왔다.

– 가로로 나눌까요, 세로로 나눌까요? ㅋㅋ

잠시 뜸을 들인 건 농담을 못 받아들인 게 아니라, 더 센 농담을 찾기 위해서였구나. 농담을 잘 받아치는 상대가 매력적이지 않을 수 있나? 수유녀에게 부쩍 호감이 가기 시작한다. 그런 생각에 오히려 이번엔 내가 답이 늦어지고 있는데, 그녀의 답이 또 왔다.

― 카톡 프로필 보니까 망원동 사시는 것 같은데…… 거기 괜찮은가요? 그쪽도 집 알아보려 했거든요.

반사적으로 나는 내 자식 자랑이라도 하듯 망원동의 장점을 카톡에 기관총처럼 쏴댔다. 그녀는 망원시장과 한강까지 걸어갈 수 있다는 점에 큰 호응을 보였다. 나는 출퇴근 동선만 문제없으면 망원동을 강추한다고 다시 힘주어 답했다. 그녀가 내게 다시 답했다.

― 사실 지금 새 직장도 알아보려고 하거든요…… 홍대 쪽에요.

그녀에 대해 구체적으로 알 수 있는 찬스가 왔다!

― 실례지만 무슨 일을 하시는데요? 홍대 쪽이라면 가게나 뭐 그런 건가요?

― ……예, 가게 쪽은 거의 다 해봐서요. 그쪽에 가게 많으니까 일도 새로 구할까 해요.

그녀가 이쪽으로 이사 오면 동네에서 자주 볼 수도 있겠다는 생각이 들다가…… 그녀가 이리 오면 내가 그리로 가야 한다는 사실을 깨달았다. 갑자기 이사가 가기 싫어졌다. 그런 마음이 드는 데 놀랐고, 그래서 더 용기가 난 건지도 모르겠다. 어느새 나도 모르게 카톡에 이렇게 적고 있었다.

― 오늘 저 시간 되는데, 혹시 망원동 쪽 집 보러 오실 거면 제가 안내해드릴게요. 저희 집 주인할아버지가 이 동네 터줏대감에다가 복덕방 하시니까, 미리 알아봐놓을 수 있습니다. 이렇게 도와드리려는 건 그쪽이 빨리 집을 구해야 저도 이사를 갈 수 있으니까 그런 거고요, 그러니

까 너무 부담 느끼시지 않으셔도 됩니다. ^^

속사포처럼 적은 뒤 일고의 주저함 없이 카톡을 날렸다.

답은 좀처럼 오지 않았다. 뜸이 드는 것일까? 코를 빠트린 것일까? 초조함에 침이 다 마를 즈음 그녀에게 답이 왔다. 잘 지은 밥 한 공기 같은 답이었다.

오후 네 시의 망원역 2번 출구. 다시 여기서 누군가를 기다린다.

4개월 전 김 부장을 여기서 만나 데리고 옥탑방으로 걸어 올라갈 때만 해도 내가 망원동을 떠날 생각을 할 줄은 꿈에도 몰랐다. 하지만 이제 여기서 내가 이사 갈 곳에 사는 여자를 만나 그녀가 이사 갈 곳을 찾아주고 망원동을 떠나려고 한다.

갑작스러운 수유녀와의 만남에 기분이 묘했다. 실제로 묘한 임무고 묘한 인연이란 생각이 들었다. 나중에 단편 만화로 그려도 좋을 이야기다. 상대방 집에 이사 가려고 상대방의 살 집을 찾아주는 이야기. 그러자 다시 마감을 미루고 온 게 마음에 걸렸다. 똘똘이 스머프에게 신임을 얻어야 할 시기이기에, 마감에 절대 늦으면 안 되는 상황이지 않은가. 그때 그녀가 역에 모습을 드러냈고, 마감의 압박도 감쪽같이 사라졌다.

"아, 안녕하세요오?"

앳된 목소리에 반가움이 섞이자 그 강도가 더욱 세다. 나는 최근에 혼자 김칫국 마셨던 일을 떠올리며 마음을 다잡았다.

"수유동에서 오시는 길이세요?"

"아뇨. 오는 참에 홍대에서 면접 하나 보고 왔어요."

"그새요?"

"예, 이왕 올 거 하나라도 일 더 해치우면 좋잖아요."

"그런 거 같았어요."

"예?"

"되게 부지런해 보이시더라고요."

"아, 제가 좀. 헤헤."

그녀의 웃음에 나도 따라 웃었다. 나는 그녀를 망원동으로 안내했다.

그녀는 미리 천에 30이나 5백에 40 전후의 최대한 큰 원룸을 찾는다고 내게 알려줬다. 아무래도 짐이 많으니 그럴 수밖에. 그녀는 살림을 낮춰가는 게 아니라 올려가는 거다. 부럽다는 생각을 하며 슈퍼할아버지에게 문의했고, 슈퍼할아버지는 3백에 50, 5백에 40, 천에 35, 이렇게 세 군데를 약도까지 그리며 알려주었다. 그리고 주인과 흥정할 일이 생기면 자기에게 전화하라는 말을 덧붙였다. 역시 슈퍼할아버지 같은 분은 상대편일 땐 악몽이지만 내 편일 땐 수호천사다.

생각 이상으로 그녀는 깐깐했다. 내가 보기엔 말쑥한 두 군데 모두를 살펴본 뒤 퇴짜 놓았고 3백에 50짜리는 아예 가지 않기로 했다. '역시 집 고르는 데 시간이 걸리는 이유가 있네'라고 생각할 즈음 너무 까다로워 미안하다며 그녀가 뭐라도 사겠다고 했다. 나는 그녀를 망원시장에 데려갔다.

집을 보면서는 답답한 표정이던 그녀는 망원시장에 들어서자
마자 연신 화사한 표정을 터뜨리며 감탄하기 시작했다. 역시 망
원동의 노른자, 망원동의 식스팩, 망원동의 얼굴마담인 망원시
장은 그녀를 실망시키지 않았다. 수유녀는 싸다며 곧바로 이것
저것 사서 검정 비닐봉지 하나를 가득 채웠다. 수유동엔 시장이
없느냐고 하니, 여기보다 비싸다며 멈춰선 가게에서 콩기름을
한 병 샀다. 이쯤 되니 여자랑 데이트하는 기분은 사라지고, 엄
마랑 시장 온 것 같은 기분이 든다. 나는 떡볶이를 먹으려고 시
장을 따라갔는데, 엄마는 이것저것 사고 흥정하느라 시간을 끌
어 입에 침만 가득 고이던 날의 기분 말이다.

백화점 아닌 시장통에서 쇼핑 중독이 된 그녀를 끌고 겨우 시
장 끝 'ㅇㅇ분식'에 도착했다. 튀김 다섯 개 2천 원, 꼬마 김밥,
떡볶이 모두 최고다. 그녀는 분식은 다 좋아한다며 세 가지를
시켜 먹고야 말았다. 그리고 내가 내려는 걸 굳이 자기가 계산
하겠다고 했다. 나는 망원동에 왔으면 한강 둔치까지 나가봐야
하는 거라고 말한 뒤, 거기서 캔맥주는 내가 사는 조건을 달았
다. 딜. 그녀가 분식을 계산하고 나는 캔맥주를 사기로 했다.

10월 중순임에도 한강은 제법 쌀쌀했다. 둔치 입구 가게에서
산 캔맥주를 각각 든 채 우리는 벤치에 앉아 말없이 한강을 바
라보았다. 집을 보고 분식집을 찾고 하는 목적이 있을 땐 대화
가 제법 오갔는데, 한강에 와 있으려니 부쩍 어색함이 몰려온

다. 그녀 역시 초면에 너무 편하게 군 건 아닌가 생각하고 있는 것 같다. 커다란 검정 비닐봉지에 김이며 콩기름, 멸치 등을 담은 채 옷은 면접을 위해 준정장으로 입고 와서 어딘지 부조화스러운 그녀다. 내가 자기를 계속 바라보자 그녀가 수줍은 듯 돌아봤다.

"어쩌죠? 오늘도 집을 못 찾아서."

"망원동은 마음에 드세요?"

"예, 완전. 오늘 좋은 곳 많이 소개해주셨는데…… 제가 너무 까다로워서."

"최소 2년은 살 집인데 꼼꼼하게 고르셔야죠. 잘하시는 거예요."

그녀가 한층 밝은 표정을 짓고는 내게 물었다.

"그런데 그쪽은 왜 여기서 이사 가려고 하세요? 이 동네 애착이 많으신 것 같던데."

"그렇게 보였나요?"

"거의 망원동 동장 수준이었다니까요, 헤헤."

"뭐, 좋아도 떠나야 할 때가 있고 그런 거 아니겠어요."

그러자 그녀가 장난 섞인 눈으로 날 흘겨보았다.

"그거 남자가 여자 찰 때 주로 하는 말인데."

당황해서 뭐라 할 말을 잃자, 그녀가 재미있다는 듯 웃어댔다.

"농담이에요. 감정이 얼굴에 바로바로 나타나시는 거 같아요."

"예, 포커 같은 거 그래서 못 쳐요."

"실례지만, 뭐 하시는 분이세요?"

"저요? 아, 저는…… 근데 강바람이 좀 춥죠?"

"조금요."

"맥주도 다 마셨는데, 홍대 같이 갈래요? 제가 좋아하는 곳 있거든요."

"여기도 한강 바라보고 좋은데……."

그녀가 한번 튕긴다는 게 눈에 보였다. 당신도 포커는 치면 안 되겠다.

"거긴 음악이 있어요. 그리고 저 역시 그쪽이 어떤 분인지 궁금하고요."

순간 그녀의 작은 이마가 붉게 물들었다. 당신은 포커는커녕 고스톱도 치면 안 되겠다.

'올드 앤 와이즈'. 지난번 주연과 왔던 기억은 올드 팝 몇 곡 흐르자 금세 쓸려나갔다. 지금 내 앞에는 작고 붉은 이마를 가진 부지런쟁이 여자가 있다. 그녀는 오자마자 술과 안주를 주도적으로 시키고, 신청곡을 열 곡 넣어놓고, 전화로 꼭 해야 할 일들을 처리하고 있다. 미안하다며 금방 끝난다며……. 그런 그녀의 모습을 가만히 바라보며 음악을 듣는다.

그녀는 작고 수수하다. 옷도 면접이라고 챙겨 입기는 했는데, 저번 반지하방에서 본 트레이닝복이 더 잘 어울린다는 느낌이다. 얼굴은 눈 크고 코 작고 입은 커서 개구리 아롬이를 연상케 하고, 오밀조밀한 게 개성 있어 보인다. 이마가 예뻐 넘긴 머리가 잘 어울리지만 풀어헤친 긴 머리도 보고 싶다. 나는 항상 글래머러스한 여자를 좋아했는데, 아담한 스타일에 이렇게 끌릴 줄은 몰랐다. 마침내 그녀가 친구와 동생에게 여러 가지 지시를 마치고 전화를 끊었다.

나는 하이네켄을 들어 건배를 청했다. 그녀도 자신의 코로나를 들었다.

"전 만화갑니다."

만화가가 특색 있는 직업이긴 하다. 그녀 역시 호기심을 표하며 자신이 좋아하는 만화와 만화가를 나열하기 시작했다. 그리고 곧 만화가들 요즘 힘들지 않느냐며 내 걱정을 해준다. 어쩔 수 없이, 언제 대박 만화가가 될 거냐고 묻던 누군가와 비교가 되기 시작했다. 나는 지금 내 앞의 그녀에게 집중하고자, 그녀에 대해 물었다.

"전 알바의 신이에요."

그녀가 살짝 수줍어하며 말했다. 푸핫, 나는 웃음을 참았다.

전주가 고향인 그녀는 서울 소재 대학에 온 뒤로 스물아홉 지금까지 한 번도 아르바이트를 쉬지 않았다고 했다. 고향의 부모님에게 기댈 형편이 못 돼 지난 9년간을 아르바이트만으로 등록금과 생활비 그리고 현재는 동생 대학 등록금까지 대고 있다고 했다. 그녀가 왜 이리 부지런쟁이인지 알 것 같았다. 그녀의 부지런함을 다독이고 싶어졌다.

"커피숍 서빙, 편의점 계산대, 회사랑 학원 사무보조, 패밀리 레스토랑 예약 담당, 옷가게 점원, 바텐더, 매표소 매수원, 대형 서점 매대 직원, 맥도날드 주방, 파스타 집 매니저, 핸드폰 매장 판매직 등 사람 대하는 일은 안 해본 게 없어요. 과외랑 학원, 술집 같은 건 빼고요. 과외랑 학원은 제가 학교가 약해서 안 되고, 술집은…… 바텐더 정도는 해봤지만, 제일 힘들더라고요."

"어땠는데요?"

"뭐, 짜리몽땅한 애가 블라우스 입고 술 따라주니까 인기 없죠. 돈은 다른 알바보다 많이 벌었는데, 술도 너무 많이 마시고 낮밤이 바뀌어서 힘들더라고요."

"매력 있으신데, 얘기도 재미있게 하시고."

"그런 손님도 있긴 했어요. 저한테만 양주 시키고. 근데 그거 왕 부담돼서 못 하겠더라고요."

"그나저나 '알바의 신'이라는 말…… 대박입니다."

"정말이라니까요. 저 서빙이나 계산 같은 거 칼같이 해요. 단골손님도 많이 만들고. 제가 일해서 망한 집이 없다니까요. 짤린 적도 한 번 없어요, 다 붙잡는데 제 발로 나왔지. 이쯤이면 알바의 신이라고 할 만하지 않아요?"

"차라리 알바의 여신은 어때요?"

"풋, 저처럼 짜리몽땅한 여신이 어디 있어요."

"하나 물을게요. 왜 붙잡는 데서 오래 일하며 정직원도 되고 하시지, 제 발로 그만두고 그랬어요?"

그녀가 새 맥주를 땄다. 알바의 신답게 리드미컬하게 병따개를 다루는 솜씨가 훌륭하다.

"꼭 안정될 때쯤 하면 사건이 터져요. 남자친구랑 싸운다던가, 친구가 사고를 치거나, 동생이 아프거나 해요. 그리고 저도 몸이 그렇게 좋은 편이 아니어서요."

"너무 바지런하게 움직이셔서 몸에 무리가 가 그런지도 몰라요."

"사람들이 다 그렇게 말해요. 근데 제가 매사에 급하고 일도 확실하게 안 하면 찝찝해하는 성격이라…… 잘 안 고쳐지네요."

"이번에 이사하는 것도 같이 살던 친구가 문제 일으킨 거죠?"

"아, 지금 소름 돋았어. 어떻게 아셨어요?"

"친구가 나가서 집 내놓았다고 했잖아요. 그때부터 예상했어요."

"너무 보였나? 아, 민망해."

"제가 촉이 좀 좋아요."

그녀가 손부채로 자신의 얼굴에 바람을 불어댔다.

그녀를 알아가는 게 너무 재미있어, 맥주 마시는 것도 잊을 지경이었다. 나는 친구와 왜 싸웠는지를 집요하게 물었다. 몇 번 손사래 치던 그녀가 마침내 입을 열었다.

"진짜 좀 창피한 얘긴데……."

"괜찮아요. 그래야 저도 창피한 이야기 해드리죠."

"……친구가 자꾸 저 없을 때 애인을 데려와서…… 크게 싸웠어요. 그러니까 그게…… 가끔 와서 둘이 밥 먹고 가고 그런 건 상관없는데…… 저 일하러 나가면 기다렸다는 듯 와서 꼭 자고 가더라고요."

"네?"

"집 청소하다 보면 남자 흔적들이 있는 거예요. 누군 남자친구 없이 2년째 혼잔데 너무하잖아요. 그래서 참다가 터진 거죠. 할 거면 모텔 가서 해!"

우리는 함께 박장대소했다. 그리고 나는 깨달았다.

1. 그녀는 최근 2년간 남자친구가 없다.
2. 그녀는 매우 웃기다.
3. 내가 그녀에게 급속도로 빠져들고 있다.
4. 그녀가 나에게 솔직한 이야기를 하는 걸 보면 감정적으로 많이 편해져 있다.

우리는 계속 맥주를 마시며 소소한 이야기를 나누고 신청한 음악을 들었다. 맥주의 강이 흐르는 가운데 음악의 물결이 설렁거렸으며 이야기라는 배가 그녀와 나 사이를 둥둥 뜬 채 오갔다. 그녀는 술도 세고 말도 잘했다. 야무진 그녀가 왜 꿈을 가지고 몰두할 자기 일을 아직도 못 찾았을까 궁금했지만 금방 답이 나왔다.

이름난 대학을 나온 것도 아니고, 엄청난 미모도 아닌 데다, 집이 빵빵한 것도 아닌 지방 출신 20대 여자가 서울에서 번듯한 직장에 들어가기가 쉽지 않은 것이다. 말 잘하고 센스 있다고 취직이 되는 건 아니다. 지원 서류에 보이는 스펙에서부터 사회생활은 시작된다. 그녀는 연년생인 동생이 대학생이 되자 휴학을 했고, 군대를 가자 복학을 했다. 동생이 다시 제대를 하자 휴학을 했고, 졸업을 하고 자기 학자금 대출을 갚고, 동생 졸업도 도와야 한다. 자기 스펙을 준비할 겨를이나 있었겠는가? 오히려 전문직도 아니면서 빚쟁이 대학 생활을 끝까지 잘 해치운 게 대견할 따름이다.

"저라고 알바만 하다 서른이 되는 게 안 두렵겠어요? 하지만 상관없어요. 20대의 반은 빚을 내 공부했고, 나머지 반은 빚을 갚는 데 썼어요. 대학을 졸업했다고 특별한 걸 배운 것도 아니지만, 대학조차 졸업 안 했으면 사람 취급도 못 받았을 거예요. 부모님이 못 도와주신 대학 저 스스로 나오고, 동생도 도운 거에 전 만족해요. 이제 두 달 지나면 서른이네요. 서른 되면 또 새로운 길이 보이겠죠, 뭐."

적당히 취해 그녀가 말했다. 나는 그녀의 어깨에 손을 올리고 싶었다. 가능하다면 그 어깨를 주물러주고 싶었다. 그녀는 내게 만화가로 사는 건 정말로 어떠냐고 물었다. 아르바이트생이랑 비슷하다고 얼버무렸다. 그녀는 포기하지 않고 집요하게 물었다.

"그러니까 자기가 하고 싶은 일을 선택한 대신 다른 많은 걸 포기하는 삶이죠."

"그래서 뭘 포기하셨는데요?"

"많죠. 배추 한 포기, 두 포기, 세 포기……."

"지금 재미없는 만화가 인증하시는 거죠?"

"변명하자면, 동거인들의 저질 유머에 중독됐어요."

"중증인 것 같아요. 그런데 동거인들이 있어요? 그럼 저희 반지하에도 같이들 들어오시나요? 두 명 이상 살긴 좀 좁으실 텐데. 그것도 남자들이면."

"사연이 긴데, 들으실래요?"

"네, 근데 재미없으면 바로 자를게요."

그래서 나는 기러기 아빠 김 부장의 등장부터 황혼이혼당한 싸부의 출현, 만년 고시생 삼척동자의 방문까지 차례대로, 최대한 재미를 살려 그녀에게 들려주었다. 그녀는 자르기는커녕 눈을 크게 뜨고 고개를 연신 끄덕이며 내 이야기를 들었다. 마침내 내가 그들에게 질려 도망치려고 집을 알아본 거라고 하자, 하얀 이를 가득 드러내며 마침 흘러나오던 프레디 머큐리의 고음보다 높은 데시벨로 웃어댔다.

"뭐예요? 왜 도망을 쳐요? 난 친구 쫓아냈는데."

"쫓아내면 진짜 갈 데 없는 사람들이고요. 쫓아내려 해도 안 나갈 거예요. 근데 지금은 화해도 했고…… 그래서 사실 그쪽이 집 빨리 못 구했다고 해도 크게 급하지 않았던 겁니다."

"그럼 계속 제가 못 구하면 그냥 지낼 수도 있으시겠네요?"

"아마도…… 다시 참고 살 만해졌거든요."

"아니에요. 빨리 집 구해서 그쪽이 거기서 탈출하실 수 있게 할게요. 자, 탈출을 위해!"

그녀가 맥주병을 들었다. 노란 병 안의 맥주가 하얀 거품을 내며 흔들렸다. 나도 피우던 담배를 내려놓고 녹색 병을 들었다. 잔을 부딪치는데 내가 늘 듣던 노래가 여지없이 흘러나왔다.

"이 노래 알아요?"

"들어는 봤는데, 가수랑 제목을 모르면…… 모르는 거죠?"

"제가 이 가게 오면 여기 사장님이 늘 틀어주거든요."

"진짜요?"

나는 대답 대신 〈썸머타임〉의 전주를 따라 흥얼대기 시작했다. 곧 내 기억은 멜로디 속에 갇혀버렸다. 노래의 볼륨은 점점 커졌으며, 그녀의 얼굴은 점점 더 예뻐 보였고, 내 감각은 점점 무뎌져 갔다. 핸드폰이 울려 살펴보니 김 부장의 전화였고, 이미 싸부에게서 온 한 통의 전화가 부재중으로 남아 있었다. 나는 핸드폰을 받지 않았다. 이후 그녀가 경쾌한 목소리로 빈 맥주병을 흔들며 새 맥주를 주문하는 모습과, 자기가 제일 좋아하는 노래가 신청곡으로 나온다며 나를 보고 웃던 모습, 내가 뭐라고 말했는지 곧 샐쭉해지던 그녀의 표정까지가 기억난다. 마지막으로 그녀가 한 말이 기억난다.

"괜찮으세요, 만화가 아저씨?"

"나 아저씨 아닌데……."

필사적으로 웅얼대다가 기억을 놓치고 말았다. 귓가를 계속

두드리는 그녀의 앳된 목소리가 귓속 평형기관에 계속 타격을
줄 뿐이었다.

  깨어난 곳은 합정역 뒷골목 모텔이었다. 두꺼운 커튼에 가린
어두컴컴한 실내는 좁고 막막했다. 전자시계를 보니 12시 4분.
직장인들이 점심을 먹으러 이동하는 시간이다. 기억을 거슬러
올라가보려 노력해보지만, 젠장 연어도 아니고 거슬러 올라가
기가…… 불가능하다. 방의 불을 켜고 살피니 가방과 지갑, 핸
드폰은 잘 있다. 옷을 입은 채 그대로 뻗었고, 모텔에서 제공된
음료수도, 수건도, 콘돔도, 아무것도 사용하지 않았다. 무엇보다
다행인 점은 그녀가 여기 없다는 거다.

  핸드폰은 배터리가 다 되었는지 꺼져 있다. 개인에게도 블랙
박스가 있다면 핸드폰이 아닐까? 그러나 핸드폰에 어제 기억이
남아 있더라도 똑바로 바라보기가 무섭다. 무슨 사진이 담겨 있
을 것이며, 누구와 통화를 했고, 어떤 연락이 남아 있을지가 두
려웠다. 기억을 잃은 대가는 언제나 크다.

  모텔을 나와 보니 집으로 향하는 마을버스가 지나가는 길이
바로 보인다. 버스에 타고 나서야 지갑을 열어보았다. 현찰 3만
원이 그대로 들어 있다! 머릿속이 더욱 복잡해지는 가운데 버스
는 망원동 뒷골목을 유유히 지나 금세 우리 동네에 다다랐다.

  옥탑으로 올라와 방으로 들어섰다. 방에서는 싸부가 자고 있
고, 김 부장은 외출했는지 보이지 않는다. 서둘러 핸드폰에 충

전 탭을 연결하고는 화장실로 가 샤워를 한다. 어젯밤 얼마나 술을 마신 건지 머리가 지끈지끈했고, 샤워로 그나마 숙취를 누를 수 있지 않을까 하는 심산이었다.

씻고 나와 옷을 갈아입는데 깨어난 싸부가 상체를 일으키며 나와 눈이 마주쳤다.

"오호라, 이젠 외박까지 하시고. 어디서 잤냐?"

"몰라요."

"여자랑 있었냐?"

"그것도 모르겠어요."

"뭔 소리야?"

"여자랑 술은 먹었는데, 같이 있었는지는 모르겠다구요."

"짜식, 잤구먼. 흐흐."

"정말 모르겠다니까요."

그러자 싸부가 팬티를 확인해보면 안다고 침대에서 내려와 금방이라도 내 바지를 벗길 태세다. 황당한 나는 싸부를 말려 세우곤 침대로 돌려보낸다. 싸부는 다시 침대로 쏙 들어가 나를 보며 실실 웃는다.

"누구냐? 혹시……?"

"싸부 제자 그 아가씬 이제 안 만난다니까요! 그리고 진짜 안 잤어요. 옷 그대로 입은 채로 모텔에서 깼다니까요."

"인마, 꼭 옷을 벗어야 할 수 있냐? 지퍼만 열면 되잖아."

"모텔 콘돔도 그대로였다고요!"

"콘돔을 왜 끼는데?"

"어휴, 싸부님이나 그렇게 하세요."

"마, 나는 더 복잡해. 일단 약부터 먹어야 하고…… 어쨌거나 누구냐고? 누구랑 있었냐니까?"

"인터넷에서 우연히 만난 여자예요. 됐어요?"

"엥? 인터넷으로 여자를? 너 이노무 자식, 그렇게 안 봤는데 아주 고수구나. 뭐야, 채팅? 카페? 아님 그 에센슨가 뭔가?"

"에스엔에스거든요. 그리고 그런 거 아니고 인터넷 부동산 사이트 심심해 들어갔다가 만난 여자예요. 됐어요?"

"뭐야? 부동산? 나이트에서 만나는 건 들어봤어도 부동산은 또 처음이다. 짜식, 이거 고수네. 고수야."

이어지는 집요한 싸부의 질문을 뒤로하고 핸드폰을 켰다. 전원이 들어오는 시간이 너무 길게 느껴져 새삼 아인슈타인의 상대성 원리가 떠올랐다. 이윽고 액정창이 빛나면서 핸드폰이 살아났다. 내 기억도 일부 살아날 것이다. 다시 두려워지기 시작했지만 용기를 내 살펴보았고, 그 내용은 아래와 같다.

1. 부재중 전화 다섯 통

어젯밤 8시 반경 싸부 한 통

11시 10분에서 25분 사이 김 부장 세 통

삼척동자 오늘 오전 10시 45분 한 통

정말이지, 요즘 내 생활을 둘러싼 세 남자가 어김없이 한 통 이상씩 날려주셨다.

2. 문자 네 건

김 부장 2건 : '어디냐?', '올 때 뚫어뻥 사와라!'

070 번호 : '통신 할부 금융 신용불량! 무직자 연체자!

과다 조회 주부! 당일 누구나 100~200만 원 가능!'

1588 번호 : '고객님은 최고 2천만 원까지 무이자 가능하십니다.

상담 및 전화 1588-○○○○ 김미영 팀장.'

3. 사진 열두 장

① '올드 앤 와이즈'의 제니스 조플린 LP 커버

② 손으로 얼굴을 가린 채 입꼬리를 살짝 올린 그녀

③ ②번 사진이 살짝 흔들린 버전

④ 테이블 위 호가든과 버드와이저가 나란히 놓인 사진, 둘 다 반쯤 비워져 있다.

⑤ LP판을 고르고 있는 '올드 앤 와이즈' 사장의 넓은 등판

⑥ 컴컴한 바닥을 찍어놓은 사진 (카메라 기능이 켜진 채 의도치 않게 바닥이 찍힌 듯)

⑦ 김이 무럭무럭 올라오는 즉석 떡볶이 냄비. 냄비 안엔 떡볶이와 라면 사리, 튀김이 잔뜩 들어 있고, 사진 끝에 생맥주잔이 놓여 있다.

⑧ 떡볶이를 포크로 집어든 채 다시 한번 손으로 얼굴을 가린 그녀

⑨ ⑧번 사진이 많이 흔들린 버전

⑩ 칵테일 바로 추정되는 공간. 벽에는 형형색색 술병들이 그득하다.

⑪ 마티니와 모히토가 나란히 놓여 있는 바

⑫ 마티니 속 올리브를 확대해 찍은 사진

추정해보건대 나는 그녀와 '올드 앤 와이즈'에서 나온 뒤 즉석 떡볶이집에서 떡볶이에 맥주를 먹었다(아마도 상상마당 사거리 부근에 몰려 있는 떡볶이집 가운데 하나로 추정된다). 그리고 다시 칵테일 바(이건 상수동과 합정동 사이가 아닐까 한다)에서 마티니와 모히토를 마셨다. 나는 칵테일은 늘 마티니를 시키니까 그녀가 모히토를 시켰을 거고, 이후로 사진이 없는 걸 보면 거기서 합정동의 모텔로 왔을 것이다. 문제는 모텔이다. 모텔에 왜 갔고, 그녀와 같이 간 건지, 혼자 간 건지 난감할 따름이다. 모텔로 돌아가 직원에게 물어봐야 하는 건가? 난감하다! 도저히 그녀에게 전화할 용기가 나지 않는다.

그때 핸드폰 진동이 울렸다. 덜컥, 가슴에도 진동이 인다. 핸드폰을 집어들자 싸부가 침대에서 상체를 뻗으며 관심을 기울인다. 핸드폰을 들고 방을 나오며 보니 문자가 왔다. 수유녀에게 온 것이다!

– 모텔에선 잘 주무시고 나오셨나요? ㅋㅋ 해장 잘하세요~

이런, 제길. 역시 모텔에 같이 갔구나. 내가 무슨 말을, 어떤 추파를, 뭔 소리를 지껄였을까? 갈수록 심란해진다. 싸부가 여자한테 연락 온 거냐며 자꾸 깐죽대기에 마당으로 나온다. 답 문자를 어떻게 보낼까 마당을 빙빙 돌다가…… 될 대로 되라는 식으로 통화 버튼을 누른다.

끝없이 이어지는 통화 대기음은 전화를 끊을까 말까를 연신 고민하게 만든다. 주사 맞기 일보 직전의 기분이 이럴까. 언제 바늘이 엉덩이에 들어오는 걸까, 두려워하는데…… 그녀가 전화를 받았다.

"여보세요."

여전히 앳된 목소리다. 내 전화인 줄 알면서도 '여보세요'란다.

"……접니다. 어제……."

"일어나셨어요?"

"예, 집에 왔습니다. 그게…… 어제 혹시…… 제가 실수…… 라도 했나 해서요."

수화기 너머로 한숨인지 웃음인지 모를 소리가 새어나왔다.

"어제 어디까지 기억나세요?"

어디까지 기억나는지가 기억나지 않는다. 급한 대로 핸드폰 사진을 내 기억으로 대체하기로 한다.

"칵테일 마시던 것까진…… 이후로는 가물가물해요. 참내."

"다행이네요."

"예?"

"민망하신 것들은 다행히 기억 못 하신다고요. 아니면 민망해서 기억을 지웠거나요."

그녀가 킥킥 웃었다. 이제 더 창피해질 것도 없다. 나는 단도직입으로 물었다.

"혹시 제가 모텔에 가자고 그랬나요?"

"너무 취하셔서 망원동 집까지 택시로 바래다드리는데, 합정동 로터리 지나서 다짜고짜 택시를 세우시더라고요."

윽.

"내리더니 집에 가면 사람 많아서 안 된다면서 눈앞에 보이는 모텔 간판 불빛을 향해 좀비처럼 가시더이다."

으윽.

"그, 그게 진짜 저희 집에 객식구들이 많아서, 혹시 오셔도 불편하실 것 같아서…… 제가 그런 것 같네요."

"아하하, 제가 집까지 바래다드린다고 했지, 집에까지 들어가겠다고 한 건 아니었는데. 좀 엉큼한 생각을 하시고 앞서 나가신 것 같아요."

뭐라도 변명을 해. 변명을 하란 말이다, 당장!

"이거 진짜 미안합니다. 제가 어제 너무 즐거워서 취하는 줄도 모르고 실수한 것 같네요."

수화기 너머로 잠시 침묵이 넘실댔다. 판결 선언을 기다리는 피고의 심정으로 전화기를 붙잡고 멍하니 서 있다. 이윽고 땅땅.

"저도 즐거웠어요. 만화가 아저씨 재미있는 사람 같아요. 다만 술친구는 탈락!"

으흑흑.

"저…… 다음엔 쪼끔만 마실 테니까…… 계속 친구해주시면 안 될까요?"

"……알았어요. 대신 저도 부탁 하나 할게요."

"예, 뭐든지 말씀하세요."

"사시는 옥탑에 한번 불러줘요. 같이 사시는 분들 뵙고 싶어요. 빈대랑 바퀴벌레, 기생충, 또 뭐라 그랬더라……."

"제가 그렇게 말했나요?"

"예, 무지 재미있는 조합 같아요."

"아주 징글징글한 사람들이죠."

정말이지 이 인간들이 도움이 될 줄은 몰랐다. 연애에 도움이 된다면 평생이라도 내 집에 머물게 할 수도 있다.

"그럼 해장 잘하세요. 전 이제 다시 집 내놓으려고요."

"예?"

"집 새로 내놓고, 알아도 보고 그래야죠. 아무래도 만화가 아저씨는 여기 오시면 안 될 것 같아요."

"그렇게 보였나요?"

"네. 거기서 친구들과 지내세요. 저 다른 사람에게 집 내놓을 거예요."

"아, 그럼…… 혹시 망원동으로 이사 오실래요? 제가 계속 알아볼게요."

"두고 봐서요."

전화를 끊고 크게 심호흡을 했다. 하늘이 맑았다. 당장이라도 천사가 강림할 것만 같은 하늘이었다.

민망한 와중에도 용케 통화를 잘 마친지라, 기쁜 마음에 혼자 몸을 흔들며 춤 비슷한 걸 췄나보다. 싸부의 엄청난 비웃음 소리가 뒤에서 들려왔다. 돌아보자 자기도 어깨를 흔들며 내게 다가온다. 내친 김에 막춤을 춘다. 손도 마음대로 뻗고 다리도 마음대로 지르고, 대낮에 옥탑에서 지랄해본다. 다가온 싸부도 길고 호리호리한 몸으로 트위스트를 추기 시작했다. 신고 있던 쪼리를 흘리면서도 함께 흥겹게 춤을 춘다.

어디선가 웃음소리가 터져나왔다. 돌아보니 건너편 빌라 베란다의 연숙 아줌마다. 우리는 그대로 굳어버렸다. 먼저 풀린 건 싸부였다. 그는 꾸벅 폴더 접듯 연숙 아줌마에게 인사를 하고는 방 안으로 후닥닥 뛰어 들어갔다. 나도 웃고 있는 아줌마에게 고개를 끄덕이고는 총총 방으로 향했다.

침대에서 통성명하기

사랑은 어떻게 오고 어떻게 가는가? 어떻게 오고간 것을 사랑이라 부를 수 있나? 사랑에 대한 서로의 정의가 다르다면 그것은 사랑인가, 아닌가? 인생에서 가장 적절한 순간에 다다른 사랑이란 게 있을까? 아니면 적절한 사랑을 나눌 수 있는 누군가라는 게 있을 수 있을까?

사랑도 인생도 타이밍이다. 주연은 내겐 이상적인 느낌의 여자였다. 보고만 있어도 매혹되는 스타일이 있었고, 무용수처럼 우아한 몸동작 하나하나엔 감탄이 돌았다. 허스키한 목소리도 섹시하고 대화도 잘 통했으며 무엇보다 만화를 좋아하는 모습에, 그녀만이 나를 이해해줄 수 있는 여자라 생각했다.

정작 만나고 보니 그녀는 나를 특별하게 여기지 않았다. 자신의 현실을 잘 아는 만큼 미래에 대한 계획까지 철저한 그녀에게 내가 설 자리는 없었다. 그녀는 이 정도까진 허용해줄 테니 잡아볼 테면 잡고 쫓아와 보라는, 언제라도 끊어질 두루마리 휴지 같은 걸 내게 던졌다. 그리고 나는 그것을 단단한 동아줄로 꼬아 어떻게든 그녀를 사로잡을 용기도 능력도 없었다.

그러한 경험이 없었다면 '수유녀'의 매력을 알아볼 수도 없었을 것 같다. 그녀는 딱히 예쁘지도 않았고, 잘나가기 위해 누군가를 따르지도 않았다. '알바의 신'답게 자신만의 기조를 가지고 세상을 부지런히 파트타임화하고 있었다. 스물아홉이 믿기지 않는 동안에 앳되다 못해 애기 같은 목소리, 유난히 작은 키는 안쓰럽기까지 하다. 하지만 나는 지금 그녀에게 푹 빠져 있다. 이게 사랑이 아니면 무엇이 사랑일까? 설령 그것이 김칫국이어도 나는 또 마실 것이다.

그녀의 수유동 집이 나갔고, 그녀도 집을 구했다. 물론 나의 도움을 받아.

망원동에선 결국 집을 구하지 못했다. 슈퍼할아버지는 친구인 성산동의 복덕방 할아버지에게 우리를 보냈고, 거기서 그녀의 마음에 쏙 드는 집을 구했다. 경의선 기차가 지나다니는 철도 건널목이 있는 일명 '땡땡이길'이라는 곳 부근의 '무려' 2층 원룸. 그녀는 한 번도 반지하에서 벗어난 적이 없었다며 감격해 마지않았다.

집을 구한 그날 술친구 탈락 재도전을 위해 그녀를 데리고 연남동으로 가 중국 요리에 칭따오를 마셨다. 우리는 참 묘한 인연이라고 내가 말하자 그녀는 자기도 아르바이트하며 별 사람 다 만나봤지만 이번 경우는 신기하다고 했다. "만화가여서 그런가?"라며 웃고는 그녀가 내게 잔을 들어 보였다.

며칠 뒤 그녀가 내일 있을 이사를 좀 도와주지 않겠느냐고 물어왔다. 포장 이사는 비싸서 용달만 불렀다며, 운전기사와 같이 큰 짐(그래 봤자 책상, 침대, 냉장고 정도)을 나를 남자 한 명이 필요하다고 했다. 그녀는 내게 일당 5만 원을 불렀다. 나는 용달 아저씨 일당은 얼마냐고 물었다. 8만 원. 나도 8만 원은 받아야겠다며 3만 원어치 술을 사라고 했더니, 하는 거 봐서란다. 누구 여자가 될진 모르지만 참 깐깐한 처자다. 나는 알겠다고 하고는 마감을 미룬 뒤 그날 저녁 곧바로 그녀의 집으로 향했다. 그렇다. 나는 그녀의 집을 알고 있다.

그녀가 토끼 눈을 하고 문을 열어주었다. 반가움 반 당혹스러움 반이 섞인 표정이었다.

"이삿짐 혼자 싸면 힘들잖아요."

"마음은 고마운데…… 여자들은 보여주기 그런 짐이 많거든요."

"속옷 같은 거 안 훔쳐갈 테니 걱정 마세요."

"아저씨, 진짜 변태 아니죠?"

"떡볶이 너무 좋아하는 건 변태 아니겠죠? 내가 떡볶이에 환장하는 여자 하나 알거든요."

내가 가방 안에 숨겨온 떡볶이를 꺼내 보이자 그녀의 표정이
환해졌다.

"변태 맞는 거 같아요. 떡볶이 변태."

우리는 떡볶이를 나눠 먹고 곧바로 일을 시작했다. 나는 책을
끈으로 묶었고, 주방 식기와 가전제품 등은 그녀가 준비해놓은
뽁뽁이로 싸서 상자에 담았다. 그녀는 옷가지 등을 상자와 트렁
크에 담았다.

일하는 도중 나도 모르게 그녀의 모습을 훔쳐보았다. 질끈 동
여맨 머리가 찰랑거렸고, 이마에는 송글송글 땀이 맺혀 있었다.
순간 그녀가 내 시선을 눈치채고 눈을 흘겼고, 나는 최대한 멋진
미소를 지어 보였다. 그러자 그녀는 뺀질대는 알바생을 갈구는
점장의 표정으로 돌변했다. 나는 이삿짐 싸는 일에 집중했다.

일은 생각보다 일찍 끝났다. 한곳에 짐을 모아놓고 보니 그녀
의 반지하 요새는 더욱 견고하고 넓어 보였다. 서울에 올라와
여섯 번의 이사를 다녔다. 짐을 다 빼고 텅 빈 방을 볼 때면, 마
치 장기를 다 들어낸 육체처럼 보여 마음이 다 스산하다. 그녀
역시 서울에서 이사만 네 번을 했다고 한다. 고향 전주에선 한
번도 이사 갈 일 없이 살던 그녀가 말이다. 그래서일까, 그녀는
텅 빈 방을 살피곤 회한이 담긴 숨을 내쉬었다. 그 모습에 나도
모르게 공감의 미소가 지어졌다. 순간 그녀가 나를 돌아보고 웃
었다.

"아저씨, 오늘은 자원해서 왔으니 일당은 없어요."

"워낙 알뜰하셔서 그럴 줄은 알았지만 조금 서운하긴 하네요."

그때였다. 그녀가 까치발을 해 까치가 감 쪼아먹듯 내 볼에 콕 입술을 갖다댔다.

"이제 안 서운한 거죠?"

그럴 리가.

"그쪽은 안 서운해요?"

내가 물었다.

"제가 서운할 게 뭐가 있…….'"

나는 재빨리 고개를 숙여 그녀의 입을 내 입으로 막았다. 곧 입술을 포갰고, 혀가 오갔다. 몸을 숙여 그녀와 키를 맞췄다. 그녀는 키스도 야무지게 잘했다.

이제 서운하지 않다. 그럴 리가.

그녀도 나도 계속 가고 있었다. 반드시 입술을 맞대야 한다는 규칙하에 빨리 옷 벗기 시합을 하듯, 상대방의 옷은 신경도 안 쓰고 각자의 옷을 벗는 데에만 온 힘을 기울였다. 어디까지 벗었을까, 어느새 우리는 이사를 앞두고 휑한 반지하 바닥에 누워 서로의 몸을 탐하고 있었다. 한마디 말도 없이 물고 빨고 만지고 안았다.

"잠깐!"

그녀가 타임을 외쳤다. 올 것이 왔다.

"그거…… 있어요?"

"……지금 사올까요?"

그녀가 짧은 한숨을 쉬고는 내게 눈짓으로 벽 한쪽에 쌓아놓은 상자들을 가리켰다.

"아까 화장대 챙기며 하나 보긴 했어요. 친구 건지, 친구 애인 건지 아무튼…… 저 상자 다섯 개 중에 한 곳에 있을 텐데……."

"편의점보단 저게 빠를 거 같네요."

"그렇겠죠? 옷 입을 필요도 없고."

"혼자보단 둘이 나을 거고요."

그녀가 크게 웃고는 내 맨 등짝을 찰싹 때렸다. 나는 흥분해 그녀에게 다시 키스를 퍼부었다. 그녀는 나를 제지하고 다시 깔깔 웃어댔다. 우리가 하는 놀이가 무엇인진 모르겠지만 무지 즐거웠다. 당연히 나도 깔깔댔다.

"먼저 찾는 사람이 임자!"

말을 마치고 그녀가 상자로 향했다.

나도 지지 않고 다가가 다른 상자를 뜯고는 뒤지기 시작했다. 그런데 뭐가 임자란 말인가? 콘돔이? 내가? 네가? 우리가?

애당초 짐을 쌌던 그녀가 유리한 게임이었다. 내가 항의했지만 받아들여지지 않았다. 그녀는 상관없다고 말했다. 누가 이기건 한 명이 다른 한 명의 임자가 될 것이기 때문이란 걸 그때쯤 우리 둘 다 알고 있었다.

그녀의 친구 혹은 친구 애인의 콘돔은 고급 일제 초박형이었다. 느낌이 꽤 좋았다. 콘돔이? 아니 임자가. 아까의 달뜬 기분이 한결 누그러진 우리는 보다 차분하게 서로의 몸을 대할 수 있었다. 짐이 정리된 텅 빈 방 안은 벌거벗은 우리의 몸과 꽤나 잘 어울렸고, 우리의 첫 섹스는 바닥의 먼지를 온통 닦으며 요란하게 진행됐다.

섹스가 끝나고 함께 침대에 올랐다. 이불을 덮고 긴 쿠션을 나눠 베었다. 마치 밖은 3차 세계대전으로 인한 방사능으로 오염되어 있고, 이곳 반지하 요새만이 안전한 공간인 듯한 기분이 들었다. 그녀가 내 품으로 몸을 웅크리며 파고들었다. 나는 그녀의 이마에 키스를 했다.

"여기 3년 살면서 그런 생각을 했어요."

"어떤 생각을 했는데요?"

"이 집에서 한 번쯤은 누군가와 섹스를 하겠지?"

나는 대답 대신 그녀의 작고 부드러운 가슴에 손을 가져갔다.

"전 애인이랑은 늘 걔네 집에서 시간 보내곤 했거든요. 걔는 이 집엔 한 번도 안 들어왔어요. 차로 마중을 와도 사거리 큰 길에 세우곤 전화해 나오라고 했죠. 골목에 들어오기 힘들다나 뭐라나. 걔는 아마 몰랐을 거예요. 내가 그걸 꽤 서운해했다는 거."

"서운했을 거 같네요."

"너무 기계적으로 대답해주시는 거 아녜요?"

"아닌데?"

"그러다가 친구가 우리 집에 기생을 하게 된 거죠. 고향 친구고 좋은 애였어요. 그런데 애인을 데려와 그러니까 정이 확 떨어지더라고요. 나도 한번 못 해본 내 집인데."

"하하, 만약 우리 집 기생들이 그런다면 난 물을 확 뿌려 쫓아낼 겁니다."

"지금도 하고 있을지 몰라요. 그러니까 어서 돌아가 자기 침대를 지키세요."

"아뇨. 난 이 침대를 지킬 겁니다."

"왜? 아저씨가 왜 내 침대를?"

"이사 도우려면 내일 다시 일찍 와야 되는데, 여기서 자고 바로 일하면 아주 효율적일 것 같지 않나요?"

"왜? 그건 아저씨 사정인데?"

"아니죠. 나 지금 보내면 내일 안 올 수도 있어요. 그럼 당신 사정이기도 한 거 맞죠?"

"피~ 치사해. 오지 말아요."

"안 올 겁니다."

그러자 정말로 삐친 듯 그녀가 나를 올려다보았다.

"안 갈 건데, 어떻게 오겠어요."

그녀가 콧등을 찡그리며 웃었다.

"그런데 아저씬 이름이 뭐예요?"

"아저씨라고 안 부르면 안 되나? 그리고 그쪽이야말로 이름이 뭐예요?"

"푸핫, 우리 서로 이름도 모르고 있었네요. 아저씬 내 이름 핸드폰에 뭐라고 저장했어요?"

"수유동 반지하녀. 줄여서 수유녀."

"뭐야? 짜증나."

"그쪽은?"

"만화가 아저씨라고 저장했거든요."

"여섯 살 차이밖에 안 나는데 자꾸 그러지 맙시다. 당신도 두 달 후면 서른이고, 그러니 아줌마 소리 듣기 싫으면 이제부턴 만화가 오빠 혹은 오영준 작가님이라고 부르세요."

"오. 영. 준. 반가워요, 오영준 씨. 난 선화. 조선화라고 해요."

"다 벗고 침대에서 통성명하긴 처음이네요."

"나도 처음이에요."

우리는 다시 처음처럼 서로를 안았다.

망원동 브라더스

　　다음 날. 그녀의 이사를 돕고 집에 돌아오니 아무도 없다. 김부장, 싸부, 삼척동자 모두에게 전화를 돌렸지만 아무도 받지 않는다. 그도 그럴 것이 나 역시 어제 그들의 전화와 문자를 모조리 씹었기 때문이다. 선화와 함께하는 시간이 너무 달콤해 다른 것은 신경 쓸 겨를이 없었다. 차차 익숙해지겠지만, 연애 초기엔 그러하지 않은가? 그녀로 인해 수시로 솟는 엔도르핀을 만끽하기 위해 다른 생각과 접촉을 무시해야 했다.

　　전화가 울려 액정을 보니 똘똘이 스머프다. 아차, 마감이 오늘이다. 똘똘이 스머프는 특유의 담담한 말투로 언제까지 되느냐고 물었다. 나는 3일만 더 시간을 달라고 했다. 그는 늦으면 안 된다고 말했다. 그 담담한 말투가 정말 늦으면 큰일 날 것 같다고 느끼게 했다. 서둘러 책상에 자리를 잡고 마감에 돌입했다.

마감을 하다가 그대로 책상에서 잠들었나보다. 깨어나 보니 새벽 세 시. 여전히 아무도 없다. 전화도 없다. 그들 모두 집에서 나간 건가? 내가 뭐 잘못한 거라도 있나? 혹시 내가 집을 떠나려던 걸 알아채고 먼저 나를 버린 건 아닌가? 독수공방 신세인 그들이 내가 여자와 자고 온 걸 알고는 왕따를 시키는 걸까? 오만 가지 생각이 다 들었다. 어서 생각을 떨쳐버리고 마감을 해야 한다.

다시 펜을 잡았다. 선화 생각도, 그들 생각도 접고 교양만화 속 내 캐릭터들의 형상에 주목했다. 너무 익숙해 이제 꿈 같지도 않은 내 꿈. 하고 싶은 일을 하고 살면 그건 더 이상 하고 싶은 일이 아니라 직업이 된다는 말이 있었지. 틀렸다. 하고 싶은 일은 하면 할수록 더 파고들게 만드는 직업 이상의 무언가가 있다. 그 열정이 고갈될 거라면 처음부터 그건 하고 싶은 일이 아니라, 한때의 시도였을 뿐이다. 나는 집중한 채 파고들었다.

아침이 되어서야 겨우 마무리를 남겨둔 채 원고를 끝내고 침대로 향했다. 침대에 몸을 누이고 핸드폰을 켜보니 선화의 카톡이 와 있었다. 작은 이모티콘 하나였다. 그게 그녀와 너무나 닮아 보여서 저절로 미소가 고였다. 나도 그녀에게 나를 닮은 이모티콘을 하나 찾아 보냈다. 그리고 곧바로 잠에 빠져들었다.

다음 날도 원고 마무리를 하느라 옥탑방 밖으로 한 발짝도 나가지 못했다.

오후 두 시가 되어서야 김 부장이 돌아왔다. 그는 아무 일 없었다는 듯 돌아와 침대에 몸을 눕혔다. 내가 다가가 연락도 안 되고 어떻게 된 거냐고 묻자, 김 부장은 가게가 바빠 정신이 없었다며 미안해했다. 그는 내가 엊그제 외박한 것도, 싸부가 어제 외박한 것도 모르고 있었다.

"장사가 잘되긴 잘되나봐요."

"……어. 근데 힘들긴 힘들다."

"삼척동자는요?"

"그놈도 퍼졌지. 바로 고시원으로 가 뻗었을 거야."

"뭐, 대책이 있어야겠네요."

"그런데 사람을 더 구하기도 어정쩡하고…… 무엇보다 말야, 가게를 어서 독립해야지. 아구찜집 주인 부부 눈치도 보이고, 우리가 장사 잘되니까 시기하시는 거 같아. 자꾸 트집을 잡더라고. 청소 좀 잘하라지 않나, 물 좀 아껴 쓰라지 않나, 아주 더러워서. 내…… 어서 가게를 구해야겠어. 작게라도."

"삼척동자에게 투자 좀 하라 그래요."

"그 녀석 소심해서 그러지도 못해. 나도 부탁하기 미안하고. 차라리 네가 투자 좀 해라. 너 이번에 원고 잔금 들어와 한 3백 여유 있지 않냐?"

내가 곤란한 표정을 짓자 김 부장은 금세 풀이 죽었다.

사실 나도 김 부장도 답을 안다. 사모님과 민진이가 캐나다에서 돌아오면 된다. 거기 생활을 정리하고만 와도 작은 가게와 방 두 개 월세 정도는 구할 수 있다. 하지만 김 부장은 절대 먼저 말하고 싶지 않은 거다. 캐나다에서 혼자 돌아온 것도, 어떻게 든 그쪽의 삶을 지켜주려는 모습도, 한때는 어리석게 보였지만 그의 고민을 이제는 조금 이해할 것도 같다. 아내와 딸이 좋아 한다면 그는 그것으로 만족한 것이다.

김 부장의 얼굴을 돌아보았다. 어느새 잠들어 고요하다. 얼굴 에 불 그을음과 땟국이 흐르고, 머리카락은 세고 얇아진 채 헝 클어져서 중년의 피로감을 대변하고 있다. 술과 폭식으로 불쑥 나온 배는 그 안에서 온갖 질병 대표들이 모여 체육대회를 열어 도 이상하지 않아 보인다. 그에게 이불을 덮어주고 다시 책상으 로 돌아왔다. 언제까지 같이 있을진 모르지만 더 잘해줘야겠다 는 생각이 드는데…… 이 인간의 코에 달린 엔진이 시동을 건 다. 드르르르르릉. 밉다. 진짜 사라졌음 좋겠다. 이거 정말 내가 변덕이 심한 걸까?

마침내 마감을 끝낸 저녁. 싸부가 크고 널찍한 아이스박스 하 나를 들고 돌아왔다.

그는 의기양양 내게 내용물을 보여주었다. 놀래미, 돌참치, 우 럭 그리고 성게와 해삼, 개불까지. 해산물 풀세트였다. 한마디로 너무 완벽해서 이걸 다 직접 낚았다는 걸 의심할 지경이다.

"노량진에서 사오셨죠?"

"무슨, 공현진 어게인! 친구들 차에 묻어서."

"에이, 거기서 해삼이랑 성게를 어떻게 낚아요."

"마, 거기 선장한테 내가 낚은 참돔이랑 바꿨다고."

"거짓말."

"뭐야? 그럼 넌 먹지 마."

"왜 그러세요? 저 지금 마감도 끝났는데. 같이 달릴까요!"

"식구들 다 어디 갔어?"

"일요일이잖아요. 쉬는 날이라고 다들 일찌감치 뺐었는데……. 하여간 장사가 잘돼도 문제라니까요."

"모두 집합시켜!"

싸부의 호기로운 모습을 보니 나까지 기분이 들떴다. 싱싱한 회로 마감 뒤풀이를 하는 것도 신났고. 그러자 선화 생각이 났다. 좋은 것을 보면 생각나는 사람이 좋아하는 사람이라더니. 그녀에게도 공현진의 신선한 회를 맛보여주고 싶어졌다.

"싸부, 입 하나 더 와도 되죠?"

회 뜰 채비를 하던 싸부가 누군지 묻지도 않고 손가락을 모아 오케이를 그렸다.

먼저 김 부장을 깨우고 고시원으로 향하며 선화에게 전화를 걸었다.

"선화, 뭐 해요?"

"인터넷으로 구직활동 중입니다."

"우리 집 한번 놀러 오고 싶다고 했죠? 오늘 동해에서 갓 건

져올린 횟감이 배달돼 왔어요."

"그래서요?"

"우럭이랑 해삼이랑 방돌이들 보러 오세요."

"아, 삼겹살이면 안 가려고 했는데."

"비싸게 굴면 삼겹살 줍니다."

"근데, 나 뭐라고 소개했어요?"

"소개 안 했어요. 와서 직접 하세요."

"나, 낯 좀 가리는데⋯⋯."

"저런, 알바의 신께서 낯을 가려서야⋯⋯."

"이건 알바가 아니잖아요. 남자친구 친구들 만나는 거 왕 부담되는 거라고요."

어쩌면 내가 듣고 싶은 말이 이거였는지도 모른다.

나는 부담 따원 집 앞 홍제천에 버리고 트레이닝복 차림으로 편하게 망원역으로 오라고 했다. 그녀는 알겠다고 한 뒤 자기도 불시에 친구들 자리에 호출할 거니 각오하라는 말을 남겼다. 역시 계산은 확실한 처자다.

고시원이 떠나가라 코를 골며 자고 있는 삼척동자를 깨워 함께 마트에 들렀다. 거기서 깻잎, 마늘, 오이, 상추, 고추, 쌈장 그리고 다량의 소주와 맥주를 구입했다.

삼척동자에게 그것들을 들려 보내고, 망원역 앞에서 선화를 기다린다.

택시가 2번 출구 앞에 서더니 한 여자가 내렸다. 케이프 코트에 부츠 그리고 털실 모자를 써 한껏 멋을 낸 그녀였다. 처음에는 알아보지 못했다. 화려한 털실 모자에 가려 얼굴은 더 작아 보였고, 케이프 코트는 마치 인형 옷을 연상케 했다.

"누추한 데 가는데 그냥 편하게 입고 오시라니까."

"여자는 다르다니까요. 참, 여기."

그녀가 들고 온 쇼핑백을 건넸다. 묵직한 쇼핑백에는 나무로 짠 와인 세트 박스가 들어 있다. 예전 동네 주류점에서 원 플러스 원 행사를 할 때 싸게 사놨던 거라며 그녀가 내 부담스러운 눈빛을 무마시켰다. 살짝 감동한 나는 그녀의 볼에 입술을 가져갔다. 그녀가 질겁하며 피한 뒤 내 팔짱을 끼었다. 그것도 나쁘지 않았다.

나는 그녀와 함께 다시 망원동으로 들어섰다.

옥탑에 오르자 벌써 평상 위에선 하얀 생선살이 달빛에 빛나고 있었고 소주가 한창 돌고 있었다. 성질 급한 인간들 같으니라고. 그들은 선화가 등장하자마자 사단장이라도 온 듯 벌떡 기립했다. 생각해보니 최근 몇 년간 이 옥탑에 여자가 발을 들인건 주인할머니 외에 처음이다. 다들 초롱초롱한 눈빛으로 그녀를 향해 다가왔다.

그녀가 먼저 인사를 했고 싸부와 김 부장, 삼척동자가 차례로 고개를 숙인 뒤 자리에 앉았다. 왠지 우스운 광경이었다. 그녀와 나도 평상 한쪽에 앉았다. 확실히 여자가 참석하니 칙칙한 남자들 술자리가 화사해졌다. 그녀는 특유의 친화력으로 대화를 주도했다. 진짜 자연산 맞네요. 저 많이 먹어도 되죠? 이 회를 직접 뜨셨단 말이에요? 등등. 다들 그녀의 반응 하나하나에 하회탈이 된다.

싸부와 김 부장, 삼척동자도 질문 세례를 퍼붓는다. 둘은 진짜 부동산에서 만났냐? 며칠 됐냐? 어디까지 갔냐? 모자 어디서 사셨어요? 성게 알 좋아하세요? 등등. 그녀는 진상 민원인을 상대하는 콜센터 직원처럼 침착하게 대답한다. 덕분에 내가 낄 순간은 없다. 회를 먹고 술을 따르고 오랜만에 느긋하게 옥탑의 밤을 보낸다. 다 함께 잔을 비우고 조용해진 틈에 김 부장이 묻는다.

"영준이 이 녀석이 우리에 대해 뭐라고 말했어요? 손바닥만 한 옥탑에 남자 넷이 모여 산다고 솔직히 말하던가요?"

"다들 사연들이 많으시다고만……. 남자 넷이 옥탑방 하나에 모여 산다니 궁금하잖아요. 그래서 한번 와보고 싶었어요."

"선화 씨, 저는 여기 사는 거 아닙니다. 잠시 기거하는 중이죠."

싸부가 점잔을 뺀다.

"저도요…… 집은 요 앞 고시원이에요. 그냥 여기 가끔 놀러 오는 것뿐입니다."

삼척동자가 아닌 척한다.

"아, 나는 말예요. 집이 캐나다에 있거든요. 마누라도 애들도. 그러니까 여기는 한국에서의 임시 거처라고나 할까. 게스트하우스, 맞아 그런 거예요."

김 부장이 돌려서 말한다.

"영준 씨, 이분들 다 여기 사는 거 아니라는데?"

선화가 장난스럽게 나를 돌아보며 말한다.

"내일 아침 일찍 짐 싸서들 다 나가요. 옥탑 계단에 철문 달 거니까, 더 추워지기 전에 알아서들 거천지 게스트하우슨지들 찾아가시고!"

"오우, 노우!"

"겨울은 나고 보자."

"형, 나 이제 고시원 생활 접을 건데……."

"아, 몰라요. 다들 나가. 브라더스 해체야."

"브라더스요?"

삼척동자가 되물었다.

"비록 좁은 옥탑이지만, 제가 형제들처럼 재워드리고 먹여드렸지 않습니까? 그러니 브라더스죠."

"인마, 난 니 싸부야. 애당초 브라더 먹을 짬밥은 아니지."

"너, 늘 내가 형이라 부르라고, 부르라고 해도 부장님, 부장님 해놓고선…… 이제 와서 브라더는 부담스럽다."

"그런데 다들 형제 같아 보이긴 하네요. 옥탑방 브라더스?"

선화의 말에 다들 투정을 멈춘다. 그러자 그녀가 기세를 몰아 더 이야기한다.

"가만, 옥탑방은 좀 뻔하네요. 여기가 망원동이니까…… 망원동 브라더스. 어때요?"

그녀는 스스로 말해놓고 어감이 착착 붙는다며 좋아한다.

"망원동 브라더스라……."

김 부장이 고기 맛보듯 입안에서 웅얼댄다.

"그건 괜찮은데요, 망원동 브라더스."

삼척동자가 선화에게 잔을 들어 보인다.

"자기, 네이밍 좀 되는데?"

내 칭찬에 그녀가 웃는다. 기세를 몰아 잔을 든다.

"안 쫓아낼 테니 '망원동 브라더스' 다 같이 건배합시다."

"난 싫어."

역시 청개구리 싸부다.

"에이, 선생님. 아니 싸부! 같이 들어요."

선화가 싸부의 잔에 자신의 잔을 가져간다.

싸부가 마지못해 잔을 들며 한마디 한다.

"망원동 브라더스. 이거 줄이면 MB 아냐, MB. 난 MB가 싫단 말이야."

"갖다 붙이지 좀 마세요."

"아무튼 절대 줄여 부르지 말라고."

"그럼 선화 씨는 뭐지? 선화 씨 별명이 뭐예요?"

"저는…… 알바의 신이에요."

"알바의 신이니까…… 알신!"

"아, 진짜 쫌!"

그녀가 재미있어하며 건배를 재촉했다.

술자리는 새벽으로 이어졌다. 그새 슈퍼할아버지가 올라와 한바탕 잔소리를 하고 갔고, 석이 할머니가 주는 거라며 갓김치를 들고 와서는 소주 석 잔을 마시고 담배 한 대를 피우고 내려갔다. 선화와 나는 세 남자들에게 계속 스킨십 진도에 대해 추궁당했고, 우리는 손도 안 잡아본 척 굴었다.

어느새 선화가 가져온 와인 두 병까지 다 비웠다. 김 부장은 꾸벅대기 시작했고, 삼척동자도 꽤나 취해 있었다. 반면 싸부는 정자세로 앉아 허리를 꼿꼿이 세운 채 뒤늦은 술 힘을 발휘했다. 그 때문에 나는 선화를 집에 보낼 타이밍을 잡지 못했다. 그녀 역시 싸부의 말을 끊지 않으려 했고, 싸부의 잔소리는 계속됐다. 싸부는 나를 가리키며 실력은 없어도 비교적 부지런한 만화가라느니, 사귀더라도 결혼은 하지 말라느니, 나를 도우려는 건지 엿 먹이려는 건지 모를 소리를 하고 있었다.

그때였다. '픽' 하는 소리가 옆집에서 들려오기 시작했다. 처음에는 싸움이 나서 누군가 기물을 파손하나보다 생각했다. 하지만 연이어 '픽, 퍼픽' 하며 폭죽 터지는 소리에 모두 그쪽을 돌아보았다. 그곳은 연숙 아줌마와 딸이 사는 빌라였는데…… 불빛이 선연했다. 불빛은 불이었다! 퍼픽거리던 소리는 3층 연숙 아줌마 집의 방 안 유리와 집기 등이 타거나 터지며 내는 소리였다.

"불났나봐요!"

놀라서 나를 돌아보곤 선화가 서둘러 119에 전화를 걸었다.

"여기 있어요. 아니, 불 옮겨올지 모르니 같이 나가요."

나는 전화를 거는 그녀의 손을 잡아 일으켜 세웠다. 다들 누가 뭐라 할 것 없이 일어났다. 우리는 서둘러 옥탑을 내려갔다.

나는 내려가며 슈퍼할아버지 댁 현관문을 부서져라 두드렸다. 동시에 삼척동자와 김 부장은 "불이야! 불이야! 다들 나오세요!"를 동네 곳곳에 외쳐댔다. 선화는 119와 통화하며 이곳 위치 정보 뜨지 않느냐며, 어서 와달라고 재촉했다.

불길은 어느새 3층 연숙 아줌마 집을 서서히 잡아먹었고, 옮겨붙으려 하고 있다. 같은 빌라에 사는 사람들은 간신히 옷만 걸친 채 혼비백산한 얼굴로 계단을 내려왔다. 옆집 사람들도 불이 옮겨붙을 것을 걱정한 나머지 다들 잠옷이나 트레이닝복 차림으로 나와 주변을 걱정스레 서성이고 있었다. 그 와중에도 그들의 손에는 중요한 것들이 들려 있다. 묵직한 가방, 급히 싼 게 분명한 트렁크, 노트북, 금고, 서류철, 고급 카메라, 패물함 그리고 강아지와 고양이들……

반바지에 러닝셔츠 차림으로 튀어나온 슈퍼할아버지가 불난 집 사람들은 다 나왔느냐고 외쳐대며 물었다.

"3층 아줌마랑 딸인데, 못 봤어요. 어쩌죠?"

내가 다급히 말했다. 주위 사람들 모두 걱정스러운 표정으로 3층을 올려다보았다.

슈퍼할아버지는 콧김을 내뿜고는 불길이 치솟기 시작한 빌라

쪽으로 분연히 향했다.

그때 '퍼펑' 하고 무언가 안에서 크게 터졌다. 다가가던 슈퍼할아버지가 그 자리에 주저앉는다. 곧 동네 사람들이 다가가 슈퍼할아버지를 잡고 뒤로 끌었다. 슈퍼할아버지도 안타까운 눈빛을 보이며 뒤로 물러설 뿐 별 도리가 없었다.

구경하는 사람들이 신음을 내기 시작했고, 나와 선화 역시 어쩔 줄 모른 채 자리를 뜨지 못했다.

"대체 소방차는 언제 오는 거야?"

누군가 외치고 선화가 다시 핸드폰을 여는데, 살펴보니 그녀가 전화한 지 겨우 3분밖에 지나지 않았다. 정말로 순식간에 화재가 번지고 있었다.

그때 나를 부르는 김 부장의 목소리가 들렸다. 김 부장과 삼척동자와 석이 슈퍼할아버지 집에서 커다란 고무대야와 양동이에 물을 채운 채 달려나오고 있었다. 나와 선화도 서둘러 돕기 위해 그들에게 다가가는데, 뒤에서 사람들 함성이 일기 시작했다.

돌아보니 다들 하늘을 바라보며 탄식 중이다. 우리는 물이 그득한 고무대야를 나눠 든 채 고개를 쳐들어보았다. 싸부였다! 싸부가 우리 집 옥탑 난간에 마치 자살하는 사람처럼 위태롭게 서 있다. 곧이어 옆 걸음으로 난간을 위태하게 걷던 싸부는 3층의 불타는 연숙 아줌마 집으로 시선을 가져갔다.

"싸부!"

"형님! 위험해요!"

우리의 외침과 사람들의 탄식에도 싸부는 천천히 옆 걸음으로 불타는 연숙 아줌마 집 쪽 옥탑 난간으로 더욱 다가갔다. 나는 마주 들고 있던 고무대야를 버리고 젖 먹던 힘을 다해 옥탑으로 뛰어 올라갔다.

옥탑 마당에 올라가 보니 난간에 선 채 미동 없는 싸부의 뒷모습이 보였다. 그의 뒷모습에는 밑에서는 미처 못 본 내 방 침대의 꽃무늬 홑이불이 망토처럼 둘러져 있었다.

"싸부! 뭐 하세요? 어서 내려와요!"

다급히 외치며 다가가는데, 싸부가 스윽 고개만 돌려 나를 바라보았다. 그러고는 다 알지 않느냐는 미소를 내게 지어 보였다. 씨이이이익.

"싸부!!!"

내 절박한 외침이 끝나기도 전에 싸부는 망토, 아니 홑이불 끝을 붙잡은 양손을 활짝 펼치며 불길이 올라오는 건너편 빌라로 몸을 날렸다. 마치 슬로 비디오 화면처럼 싸부의 모습이 천천히 내 시야에서 사라졌다. 뒤이어 사이렌 소리가 들려오기 시작했다. 나는 미친 듯이 옥탑 계단을 뛰어 내려가며 그것이 환청이 아니길 바라고 또 바랐다.

옥탑을 내려오니 사이렌 소리가 점점 커지는 가운데 골목으로 소방차가 진입해 들어온다. 골목을 메운 동네 주민들은 썰물 빠지듯 자리를 피했다. 반대로 나는 다급히 싸부의 행방을 찾아 불길 쪽으로 다가가다 소방수의 제지를 받았다. 그들은 나를 막

아선 뒤 기민한 동작으로 불길을 향해 호스를 겨냥했다. 사람들
이 안에 사람이 있다고 외치고 있었다.

그때였다. 물이 뚝뚝 떨어지는 홑이불을 머리에 쓴 채 싸부와
연숙 아줌마가 비틀거리는 중학생 딸을 양쪽에서 부축해 계단
을 내려오는 게 보였다. 번개처럼 달려간 소방수들이 그들을 부
축해 구급차로 데려갔다. 사람들이 탄성을 지르며 박수를 쳤다.
온몸에 전율이 일었다. 그때 누가 옆에 다가와 내 손을 잡았다.
선화였다. 그녀는 안도 반 놀라움 반이 섞인 눈으로 나를 바라
보았다. 나 역시 아무 말도 못 한 채 같은 눈빛으로 그녀를 바라
보았다.

소방차가 온 뒤 불길은 곧 잦아들었다. 생각보다 큰 불이 아
님에도 순식간에 동네 사람들 모두가 엄청난 공포에 빠진 순간
이었다.

"이제 정리됐으니, 다들 들어가 주무세요!"

소방서 간부급인 사내가 그렇게 외치자 사람들은 그제야 화
마의 홀림에서 벗어나 집으로 돌아가기 시작했다. 포메라니안
애완견을 가슴에 안고 나온 뒷집 할머니가 녀석을 다독이며 내
옆을 지나쳐갔다. 유일한 가족인 강아지를 안고 나온 할머니의
뒷모습을 보며 나는 무엇을 챙겨 나왔나 생각해보았다. 원고라
도 들고 나왔어야 하는 것 아닌가?

생각해보니 내 옆에는 그녀가 있었다. 나는 맞잡은 그녀의 손
에 힘을 주었다. 그녀 역시 내 생각을 아는지 꼭 손을 옹크려 내

손에 울림을 전달했다. 내가 챙겨 나온 것은 그녀였다.

김 부장과 삼척동자는 최초 목격자로서 화재 조사원에게 정황을 설명하고 있다. 나와 선화는 약속이라도 한 듯 구급차를 향해 다가갔다.

싸부는 구급차 앞에 놓인 간이침대에 누워 있었고, 모녀는 구급차 안 침대에 각각 누운 채 산소 호흡기를 입에 대고 있었다. 병원으로 실려 가지 않는 것을 보니 다행히 큰 문제는 없는 것 같았다. 우리가 오는 것을 보고는 싸부가 침대에서 일어나려 했고, 간호사는 더 누워 안정을 취해야 한다며 그를 눕게 했다. 다가가보니 싸부는 땀 한 방울 흘리지 않은 채 말똥말똥 뜬 눈으로 우리를 올려다보았다.

"괜찮으세요?"

"어."

"선생님, 정말 멋있었어요."

그러자 싸부가 가까이 오라는 손짓을 했다. 우리가 상체를 숙이자 싸부가 나직이 말했다.

"모르겠어."

"예?"

"기억이 안 나."

나와 선화는 놀라서 싸부에게 얼굴이 닿을 만큼 다가갔다.

"혹시 연기나 쇼크 먹으신 거 아녜요?"

"깨어나 보니 여기 침대야. 옥탑에 불난 거냐?"

"옥탑에서 저희한테 계속한 말 기억나세요? 만화 하지 마라, 결혼하지 마라, 기억 안 나세요?"

황당해서 혀가 다 꼬인 내가 물었다.

싸부는 다시 고개를 저으며 나직이 말했다.

"포도주 그거 한 병 마시다가 기억 꼴까닥했어. 진짜 아무것도 생각 안 나……."

"싸부! 옥탑 난간에 선 채 말리는 저 돌아보셨잖아요. 기억 안 나요? 그다음 옆집 빌라로 뛰었다고요! 그리고……."

순간 선화가 내 말을 제지하고 싸부에게 다짐시키듯 말했다.

"선생님, 됐어요. 선생님이 불난 집에 날아 들어가 사람 둘을 구했다고요. 그러니까 누가 묻거들랑 무조건, 오직 이웃을 구해야겠다고 생각해 그렇게 했다고 하셔야 해요. 알겠죠?"

싸부가 눈을 말똥말똥 뜬 채 고개를 끄덕였다.

"그래요. 싸부가 진짜로 이불을 물에 적셔 뒤집어쓰고 그 안으로 들어가셨고요. 정말 멋졌다고요! 아셨죠?"

나는 다짐하듯 덧붙이고는 앰뷸런스 안을 돌아보았다.

싸부는 그제야 앰뷸런스 안을 살펴보고 희미한 미소를 지었다.

11월의 비

꿈에 불이 나면 로또를 사라고 했던가? 영화 촬영장에 불이 나면 흥행에 성공한다고 했던가? 아무튼 '옆집의 화재'로 인해 우리 삶의 궤도는 알게 모르게 조금씩 변경됐다. 로또 당첨이나 영화 흥행까지는 아니더라도 그것이 좋은 쪽인 것만은 분명했다.

그날 그녀와 나는 그녀를 바래다주는 택시 안에서 정신없이 키스를 나눴다. 우리는 택시 기사를 불구경하는 이웃으로 만들었다. 그날 이후 우리는 불구덩이에서도 구해내야 할 서로의 연인이 될 것을 다짐했다.

"불길이 서서히 치솟고 있는 빌라 옆 옥탑 난간에 한 사내가 젖은 이불을 어깨에 걸친 채 서 있습니다. 아래에서는 탄식과 고성이 들려오는 가운데 사내는 마치 박쥐가 하늘을 날듯 이불을 쥔 양손을 훌쩍 펼치고 점프해 그대로 불이 난 빌라 3층 정모 씨 집 베란다로 몸을 날립니다. 깨진 유리창을 통과해 집 안으로 떨어진 사내의 모습은 한동안 보이지 않습니다. 잠시 뒤 사내는 불길을 피해 화장실에 숨어 있던 마흔다섯 살 정모 씨와 그녀의 중학생 딸 이모 양을 이불로 감싼 채 안전하게 불타는 집에서 빠져나왔습니다. 이 영화 같은 구출을 벌인 사내는 올해 쉰네 살의 김인수 씨로, 80년대와 90년대 한국 만화계의 인기 스토리 작가로 활동한 바 있습니다. 그런데 그의 대표작 『불한당』 시리즈 중 한 편인 『동네 영웅 불한당』을 보면, 주인공 방탄성이 불난 집에 이불을 뒤집어쓰고 들어가 이웃 사람을 구하는 내용이 나옵니다. 이 놀라운 유사성에 대해 김인수 씨는 자신은 그저 사람을 구하기 위한 일념으로 행동했을 뿐이라며……."

핸드폰에 찍힌 동영상과 함께 나온 싸부에 대한 공중파 뉴스는 그의 인생을 완전히 바꿔놓았다. 싸부는 그저 "음, 화재가 화제를 낳았군"이라며 태연하게 굴었지만, 방송 이후 인터넷을 통해 싸부의 동영상이 퍼져나가며 많은 사람의 관심이 더해져 갔다.

싸부는 수십 건의 인터뷰를 치러야 했고, 각종 표창과 금일봉이 뒤따랐다. 무엇보다 고무적인 건 한 지방대학 만화학과에서 스토리 강의를 맡기고 싶다는 연락을 받은 것이다.

그래도 가장 잘된 일은 연숙 아줌마와 여중생 딸이 싸부를 종종 자신들의 집에 초대한다는 점이다. 보일러 누전으로 인한 화재였고, 보험 처리가 됐기에 아줌마와 여중생 딸은 적당한 보상을 받았다. 모녀가 새로 마련한 망원시장 옆 거처로 싸부는 종종 초대받아 가곤 했고, 급기야 지난주엔 외박까지 했다! 싸부는 친구네서 잤다고 하지만 우리는 그 말을 믿지 않았다.

선화는 홍대에 새로 생긴 대형 의류브랜드 매장에 매니저로 취직이 됐다. 여전히 비정규직이지만 아르바이트생들을 관리하는 어엿한 관리직이다. 그녀는 이제 우리 옥탑방을 편하게 드나든다. 슈퍼할아버지는 유독 선화를 예뻐해서 그녀가 오가는 것엔 아무 문제도 제기하지 않는다. 슈퍼할아버지의 꼬장꼬장함은 여자들에게는 예외임이 밝혀진 것이다.

그녀는 매장이 끝나면 와서 함께 늦은 저녁을 먹고 나와 싸부와 잡담을 나누다 간다. 나는 홍제천변을 함께 걸어 그녀를 성산동 집까지 바래다준다. 운동 삼아 산책하기 딱 좋은 거리인데다 연인과 함께 걷는 홍제천은 제법 낭만적이다. 들오리들이 모여 사는 곳을 발견하고는 종종 과자도 던져주고 하며 그녀의 집을 향하곤 한다.

싸부가 연숙 아줌마네 집에 간 어느 날(이제 싸부는 자주, 매우 자연스럽게 그 집을 드나든다), 그녀가 집에 가지 않고 나와 함께 침대에서 자게 됐다. 싸부야 분명 외박일 테고, 김 부장과 삼척동자는 밤을 새우고 다음 날 오후에나 오는 게 일상이었다. 우리는 둘만이 함께 옥탑에서 잘 기회를 호시탐탐 노렸기에, 크리

스마스이브 이벤트를 갖는 연인들처럼 잔뜩 기대감을 가지고 함께 침대에 들었다.

혹시라도 누군가 올지 모른다는 긴장이 있어서였을까? 그날따라 우리는 급하게 몇 번이고 몸을 섞으며 서로의 몸에 숨은 알람을 찾아 켰다 껐다를 반복했다. 완전히 지친 우리는 새벽녘이 되어서야 누가 먼저랄 것도 없이 잠들고 말았다.

기척에 눈을 뜨니 이미 해는 중천에 떠 있었다. 푹 잠든 그녀를 뒤로하고 방을 나가 보니 김 부장과 삼척동자가 옥탑 현관 주변을 서성이고 있다. 김 부장이 손으로 그녀의 구두를 가리키며 씨익 웃었고, 나는 손가락을 입술에 가져갔다. 알겠다고 손짓한 뒤 삼척동자가 조용히 신발을 벗고 화장실로 향하는데, 문이 빼꼼히 열리며 그녀가 잠이 덜 깬 얼굴을 내밀었다.

"오셨어요?"

마치 자기 집에 집들이 온 손님을 맞듯이 차분한 그녀의 목소리에 오히려 김 부장과 삼척동자가 민망해하며 각각 화장실과 텐트로 사라졌다. 나는 그녀에게 더 자라고 한 뒤 텐트로 갔다.

텐트에는 김 부장이 벌렁 누워 몸을 뒤척이고 있었다.

"이제 월세 없다."

김 부장이 몸을 옴짝달싹하며 말했다.

"잠깐 온 거예요."

내가 멋쩍게 답했다.

"계속 여기 있다간 눈칫밥 보여 안 되겠어. 삼척동자도 집에 들어간다고 하고, 나도 이제 월세 구할 보증금은 마련했다고."

"부장님, 그럼 제가 미안하잖아요."

"으이구, 곧 겨울인데 동계 훈련도 아니고 내가 계속 이 텐트에서 살 것 같냐? 그러잖아도 방 알아봐달라고 슈퍼할아버지께 이미 얘기해놨다."

"막상 독립하신다니 서운한걸요."

"서운해? 그럼 내 재고하도록 할 테니까, 선화 씨보곤 여기 오지 말라고 할래?"

"그건 좀…… 농담이시죠?"

"역시 여자가 문제야. 천하의 망원동 브라더스가 여자 때문에 해체되다니."

"해체라뇨. 브라더스는 꼭 같이 살아야 브라더슨가요? 어차피 다들 망원시장에서 만나고 마을버스에서 스치면 되는 거 아닙니까."

나도 김 부장도 웃었다. 말해놓고도 기분이 묘하다. 그렇게 망원동 브라더스는 명명된 지 얼마 되지 않아 해산의 길을 걷기 시작했다. 그래, 해체가 아닌 해산이다. 이 8평 옥탑에서 네 명의 남자가 득시글대며 견디던 지난 5개월이 그렇게 끝나가는 게 느껴졌다.

옥탑방을 김 부장과 삼척동자에게 넘기고, 선화와 나는 한강에 가려고 유수지행 마을버스를 탔다. 뒷좌석으로 향하는데 중간쯤 자리에 앉아 있던 교복 입은 여중생 한 명이 우리를 보고는 힐끔 인사를 했다. 싸부가 구해준 연숙 아줌마 딸이다.

"으응, 너구나."

우리는 소녀 앞에 멈춰 섰다.

"잘 지냈니?"

선화가 소녀에게 친근한 미소를 보냈다.

그녀는 한층 밝게 우리를 향해 고개를 끄덕였다.

나는 소녀에게 싸부가 자주 집에 와서 귀찮지는 않은지 물었다. 그녀는 싸부를 '아저씨'라 부르며 늘 고마운 마음에 엄마도 자기도 아저씨가 놀러 오시는 게 좋다고 말했다. 밝게 이야기하는 소녀의 말에서 진심이 느껴져 우리는 마음이 놓였다.

잠시 뒤 소녀가 벨을 누르고 일어서며 우리에게 인사를 했다. 나는 웃음으로 인사를 받다가, 순간 궁금증이 일었다.

"그 아저씨, 거기서도 술 많이 드시니?"

"많이는 드시는데 조용하세요. 돌아가신 아버지처럼 막 그러지 않고 조용하셔서 좋아요. 그리고 술이랑 담배 심부름 하면 용돈 꼭 주셔서 좋아요."

"선생님도 참, 학생에게 왜 그런 심부름을 시키셔."

선화가 한마디 했다.

"동네잖아요. 가게 할머니가 다 아저씨 심부름인 거 알거든요. 그리고 가게 할머니도 아저씨 팬이에요."

"하하, 진짜 동네 영웅 되셨네. 아무튼 네가 그렇게 생각해주니 다행이다."

"당연하죠. 아저씨가 엄마랑 나 구해주셨는걸요."

문이 열렸고 소녀가 꾸벅 인사하고 차에서 내렸다. 우리는 손을 흔들어주었다. 애가 참 밝아 다행이라고 선화가 말했다. 나도 수긍했다. 한편으로 자기 아들이 무뚝뚝해서 늘 불만이라던 싸부의 푸념이 떠올랐다.

핏줄을 나눈 사이만 가족은 아니다. 더 잘 맞는 사람끼리 사는 것도 가족의 한 방편이 아닐까? 싸부는 처음 가족에게는 잘 못했지만, 이번 가족에게는 곧잘 하는 것 같다. 다행이라는 생각이 들자 내 시선은 선화에게로 자연스레 옮겨졌다. 그녀는 자리에 앉은 채 나를 올려다보며 무슨 일이냐고 묻는 눈빛이다. 나는 눈으로만 끄덕였다. 그녀도 눈으로 대답했다.

유수지에서 내린 우리는 처음 여기 왔을 때처럼 맥주 두 캔을 산 뒤 지하 통문을 거쳐 한강 둔치로 나왔다. 제법 쌀쌀해진 11월의 강바람이 폐를 맑게 해준다. 한동안 한강을 바라보며 걷던 우리는 벤치에 앉아 캔맥주를 땄다. 한 모금 들이켠 뒤 그녀는 내 어깨에 머리를 기댔다. 그리고 한강이 흐르듯 슬며시 말했다.

"나, 매니저 일 그만두려고 해."

놀란 내가 잠시 무슨 말을 할까 망설이는데, 그녀가 내 어깨에서 머리를 거두고는 나를 바라보았다.

"이제 아르바이트 생활은 그만하려고."

"……왜?"

그 말밖에 할 말이 없었다. 이제야 그녀 자신만을 위해 돈을

모을 여건이 됐는데, 너무 갑작스러운 게 아닌가 하는 생각이
들었다.

"굉장한 생각이 떠올랐거든!"

그녀가 변신하듯 환하게 표정을 바꾸며 말했다.

"일전에 나한테 자기가 '알바의 신' 그거 만화 스토리로 써보
라 그랬잖아?"

그랬었다. 그녀가 자신을 '알바의 신'이라고 말했을 때 재미있
다고 맞장구쳐주며 웹툰용 만화 스토리로 써보면 좋을 것 같다
고 했다. 그저 무심코 그녀를 북돋아주기 위해서, 그녀에게 점
수를 따기 위해서.

"그리고 재미있으면 자기가 웹툰으로 그려본다고 했고."

했었나? 이건 잘 모르겠다.

"기억 안 나?"

"그게…… 웹툰은 내 전공이 아니라서."

"아냐, 자기 그림이라면 웹툰도 문제없어. 학습만화만 그리긴
너무 아까워."

칭찬은 확실한데 부담이 앞선다. 하지만 그녀가 기대감 어린
표정으로 나를 바라보았기에 나는 짐짓 수긍하는 표정을 지어
보였다.

"자기, 처음에는 학습만화도 싫어했다며. 근데 지금은 잘하고
좋아하잖아. 웹툰, 아직도 싫은 거야?"

잡지만화로 데뷔했다는 자존심이 분명 있었다. 웹툰 시장이

커지는데 그곳을 애써 외면한 건 그 자존심 때문인 게 맞다. 그렇게 도전하지도 않고 부정한 게 사실이다. 그녀가 그것을 정확히 꿰고 있다는 눈빛으로 나를 바라본다.

"그럼 당신 경험이니까 알바의 신 직접 웹툰용 스토리로 써 봐."

"그려주는 거다!"

"스토리가 재미있으면."

"자기는 내가 넘 재미있다며?"

"사람이 재미있다고 해서 그 사람이 쓰는 이야기가 재미있는 것만은 아냐."

그녀가 입술을 잘끈 깨물었다.

"나, 진짜 하고 싶은 일이 생긴 거라고. 쓰는 게 쉽지 않겠지만 해보고 싶어. 자기처럼 무언가 만드는 일에 매진하고 싶어졌어. 돈이야 당장 못 벌겠지만, 나 왠지 잘할 거 같아. 스토리 쓰는 법도 선생님한테 도와달라고 할 거야."

"아니, 내가 도와줄게."

나는 새끼손가락을 올렸다. 선화가 뭉클한 표정으로 자기 새끼손가락을 걸고 도장까지 찍었다. 그녀의 작고 옴팡진 손에서 알찬 의지가 느껴졌다.

그녀는 기분이 좋은지 캔맥주를 들어 벌컥벌컥 마셔버렸다. 뒤이어 입을 훔치고는 나를 돌아보았다. 나도 캔맥주를 거꾸로 세우고 한껏 마셔버렸다. 캔을 내려놓은 뒤 그녀의 어깨를 감싸

안았다. 다시 그녀가 내 어깨에 가만히 머리를 기댔다. 내가 나
직이 말했다.

"뭘 해도 좋아. 내 옆에만 있어줘."

"응."

"고마워."

"자기도."

"뭘?"

"내 옆에 있어줄 거니까."

갑자기 빗방울이 하나둘 떨어지기 시작한다.

"올해는 11월의 비가 빨리도 내리네……."

그녀가 말했다.

나는 차가운 11월의 빗속에서 누군가가 누군가를 그리워하는
노래가 떠올랐다. 우리는 마치 우리 사이에 촛불 하나가 놓여
있어 그것을 지키기라도 하려는 듯 서로의 어깨를 기대고 앉아
떨어지는 빗방울을 맞고 또 맞았다.

에필로그

1년 뒤

갑작스러운 슈퍼할아버지의 죽음은 망원동 일대에선 큰 화제가 아닐 수 없었다.

일흔이 갓 넘은 나이는 노환으로 죽을 나이도 아니었고, 별다른 지병도 없었기에 모두가 놀랄 수밖에 없었다. 그런 이유로 정정하다 못해 혈기왕성하시던 망원 2동 행동대장 슈퍼할아버지가 돌연사하자 경찰 측에 부검 의뢰까지 들어갔다. 결론은 취침 중 돌연사 이상도 이하도 아니었고, 그 양반 죽을 때까지 요란하게 죽었다며 할머니는 푸념을 아끼지 않으셨다. 5년째 옥탑에 살며 정이 많이 들었던 나와, 이제 1년 차지만 나에 비해 슈퍼할아버지, 할머니와 훨씬 친했던 선화는 집안의 큰 어른이 돌아가신 것처럼 슬퍼했다.

평소 슈퍼할아버지의 바람이었다며 장례식은 집에서 치러

졌다.

옥탑 마당에도 돗자리를 깔고 장례 손님을 받았고, 선화와 나는 할머니와 석, 고모들을 도와 분주히 장례를 치렀다. 놀랍게도 상주로 집에 돌아온 슈퍼할아버지 아들도 처음으로 볼 수 있었다. 40대 중반이지만 외지를 떠돌아서인지 제 나이보다 열 살은 더 늙어 보이는 그는 한마디 말도 없이 상주 역할을 다했다. 동네 할머니들은 그래도 영감이 기어이 아들을 집으로 불러왔다며 다행이라 했고, 펑크 밴드를 하고 있는 석은 슈퍼할아버지가 질색하던 밴드 친구들을 데려왔다. 뾰쪽뾰쪽 고슴도치처럼 솟은 펑크색 머리에 징 박은 검정 가죽옷을 입고 온 녀석들은 석을 도와 문상객들에게 밥과 술과 육개장을 날랐다.

그리고 망원동 브라더스도 재회했다.

김 부장은 바쁘게 일해서인지 살이 많이 빠졌다. 그는 옥탑을 나가고 난 뒤 아구찜집에서도 독립해 자신만의 온전한 가게, '해장마차'를 차렸다. 자금은 결국 형수와 민진이가 캐나다의 집을 빼서 한국에 돌아오며 충당했다. 김 부장의 끊임없는 설득과 구애가 형수 마음을 돌린 것이다. 다시 합친 살림과 새로 차린 가게…… 둘 다 그들 가족에게 나쁘지 않았다. 살림이 어느 정도 자리 잡은 뒤 김 부장은 나와 선화를 초대했다. 우리는 형수님이 차려준 오리지널 캐나다산 로브스터 요리를 맛있게 먹었다. 홀쩍 큰 민진이는 선화를 내려다보며 "언니, 언니"라고 살갑게 불러댔다. 무엇보다 몸도 마음도 훨씬 건강해진 김 부장을 보는 건 즐거운 일이었다.

삼척동자는 김 부장의 해장마차 일을 도우며 아울러 해장마차 프랜차이즈를 기획하고 있다. 사법시험과 병행해 변리사 시험도 준비했기에 상표등록도 직접 하는, 녀석이야말로 뭘 좀 아는 놈이다. 집에 돈도 많고 아는 것도 많으니 지금은 당연히 잘생겨 보이기까지 한다. 녀석은 그 와중에 친구들과 팟캐스트 시사 방송을 하며 그쪽으로도 나름 유명한 논객이 됐다. 그럼에도 여자가 안 붙는 걸 보면서 역시 게이가 아닐까 하는 궁금증을 지울 수 없게 만든다.

나는 틈날 때마다 김 부장과 삼척동자에게 일생의 파트너를 만나게 해준 턱을 내라고 공치사를 떨고, 그럴 때마다 둘은 매일 티격태격하는데 뭔 소리냐며 투덜대는 걸 잊지 않는다.

문상 손님이 뜸해진 새벽 한 시경. 김 부장과 삼척동자, 선화와 함께 육개장에 소주를 들이켜고 있는데 싸부가 그의 새 아내와 여고생 딸과 함께 도착했다. 세 사람은 문상을 하고 우리 쪽으로 와 식사를 나눴다. 놀라운 건 싸부가 술을 끊었다는 것이다. 싸부는 건강을 생각해 술을 끊었다며 슈퍼할아버지가 돌아가신 것도 다 술 때문이라는 추론을 펼쳤다. 김 부장은 술도 안먹어 재미없어졌다며 싸부에게 한마디 던졌고, 싸부는 가족과 건강이 최고라며 정말로 달라진 면모를 과시했다. 싸부는 한 지방대학 강의와 동시에 만화가협회 임원을 맡아 각종 만화 관련 행사에서도 왕성하게 활동하고 있었다. 나는 업계에서 위상이 오른, 점잖은 싸부의 모습이 너무나 보기 좋았다. 그럼에도 한편으론 대책 없는 가출 중년 시절의 싸부 모습이 그립기도 했다. 그건 선화도 마찬가지였는지, 가끔은 싸부의 뒤통수를 한 대 때리고 그 반응을 살펴보고 싶다는 말까지 했다. 참 재기발랄한 생각이 아닐 수 없다.

이런 재기발랄한 여자친구 선화가 내 옆에 있다. 그녀는 지금 공인중개사 시험을 준비 중이다. 그녀가 처음 쓴 웹툰 스토리 '알바의 신'은 내 선에서 반려됐다. 분해하면서도 그녀는 수긍했다. 그러고 나서 슈퍼할아버지와 친해지고는, 복덕방 일에 대해 급 관심을 보였다. 슈퍼할아버지는 공인중개사 자격증만 따면 선화야말로 이 일을 잘할 수 있는 처자라며, 자기 복덕방을 물려주기라도 할 듯 적극적으로 선화에게 조언을 아끼지 않았다.

선화는 다시 홍대에서 알바를 하고, 누군가에게 좋은 집을 찾아주는 일이 가장 자신에게 맞는 일이라 믿으며, 공인중개사 시험문제집을 풀고 또 풀고 있다. 그 와중에도 내 만화 작업에 수많은 조언(이라 쓰고 잔소리라 읽는다)을 해주는 걸 즐긴다. 어느새 나는 그녀가 좋아하는 만화를 그리기 위해 온 힘을 기울이고 있다. 그리고 이것이야말로 가장 행복한 창작의 길이라 믿는다. 그렇다. 돈이 안 벌리건, 인기를 얻지 못하건, 지구온난화로 빙산이 녹건, 그녀가 내 만화를 좋아한다면 다른 게 대체 무슨 상관이란 말인가.

최근 선화와 나는 새로운 계획을 꾸미고 있다.

마침 모인 자리에서 내가 말을 꺼냈다.

"이번에 제가 준비하는 신작은…… 학습만화가 아닙니다."

"왜? 요즘 영준이 너 학습만화 잘나간다며?"

김 부장이 고개를 갸웃하며 묻는다.

"진짜, 오작 너는 말야…… 선화 씨가 옆에서 감 놔라 배 놔라 해서 잘되는 거다."

싸부가 얄밉게 한마디.

"형, 요새는 학습만화가 제일 돈이 된다던데."

삼척동자가 또 아는 척.

"자자, 조용히들 해보세요. 영준 씨가 이번에 만들 작품은 웹툰이고요, 제목은…….."

그녀가 나에게 기회를 넘긴다.

"망원동 브라더스."

"뭐?"

"진짜예요?"

"망원동 브라더스, 오랜만에 듣네…… 그럼 우리도 나오냐?"

나는 고개를 끄덕이고, 선화를 한 번 살핀 뒤 말했다.

"제가 뮤즈로 모시는 조선화 씨께서 어느 여름날, 망원동 8평 옥탑에 돼지같이 모여 살던 네 명 남자들에 대한 이야기를 쓰라고 재촉하기 시작했습니다. 웹툰으로 딱일 거라면서요. 저 역시 웹툰에 대한 막연한 거부감과 자격지심이 있지만, 이제는 선화 씨의 말을 믿고 거침없이 한번 그려볼 겁니다."

"어디 연재는 결정된 거냐?"

싸부가 고개를 갸웃한다.

"아뇨. 아마추어들 올리는 곳 있어요. 거기서 조회 수 높으면 정식 연재되고 그래요."

다들 멍하니 반응이 없다. 선화가 서둘러 말한다.

"앞으로 영준 씨가 집요하게 취재 들어갈 거거든요. 모두 협조 잘해주실 거죠?"

"안 돼. 생각만 해도 토할 거 같아."

김 부장이 고개를 저었다.

"형, 이거 실제 인물이 출연하면 명예훼손 관련해 복잡해져요."

그래, 너 사시 준비한 거 안다.

"뭐, 여러분이 반대하면 저도 안 그릴 겁니다."

다들 또 멍하니 반응이 없다. 선화가 서둘러 말한다.

"근데 그거 알아요? 반대하면 다들 국물도 없을 줄 알아요!"

"음…… 난 찬성. 반대하면 빈대야."

싸부의 말에 다들 웃음이 터졌다.

"저 녀석에게 더 이상 빈대 취급당할 순 없죠."

김 부장이 찬성하며 삼척동자를 돌아본다.

"진짜 그럴 순 없죠."

삼척동자도 고개를 끄덕인다.

"다들 완전 멋진 거 알죠?"

선화가 그렇게 말한 뒤 엄지손가락을 들어 보이곤 나를 향해 웃어 보였다. 나도 웃었다.

우리 이야기로 웹툰을 그리려 한다. 대단하진 않지만 한 발 또 나아간다. 거기에 이들과 함께할 수 있어 다행이다.

나는 잔을 들었다. 선화가 잔을 들고는 내 잔 옆에 붙였다. 김 부장과 삼척동자도 잔을 들었다. 싸부는 식혜 캔을 들었다. 우리는 여느 때처럼 건배했다. 순간 슈퍼할아버지가 관에서 나와 호상도 아닌데 예절도 모른다며 버럭 하실 것 같다. 상관없다. 슈퍼할아버지의 잔소리가 그리웠기 때문이다. 그렇게 망원동 옥탑방의 밤이 깊어갔다.

　2013년 1월의 어느 토요일 오후. '꽁꽁 언 주말'이란 기상예보
에도 불구하고 성산동 집에서 자전거에 올랐다. 추위를 온몸으
로 받으며 도착한 상암동 시나리오 작가존엔 토요일 오후임에
도 작가 몇몇이 나와 피아노 치듯 노트북 자판을 두드리고 있
다. 나는 지각한 학생처럼 서둘러 자리에 앉아 1년째 끌어온 시
나리오를 고치기 시작했다.

　전날 늦은 신년회로 오랜 친구와 선배를 만났다. 대학 시절
함께 문학을 공부했던(사실은 함께 술만 마셨던) 그들은 올해 꼭
내 작품을 볼 수 있었으면 좋겠다고 말했다. 물론이지, 올해는
꼭. 호기롭게 그러겠다고 했지만 술잔을 비우며 어쩔 수 없는
회의감이 들었다.

시나리오 작가로 데뷔 후 10년간 꾸준히 썼으나 한 편도 영화로 완성되지 못했다. 만화 스토리 공모전에서 대상을 받았으나 역시 만화로 만들어지지 못했다. 매일 뭘 쓴다고 하고 툭하면 마감이라고 잠수를 타면서, 지난 10년간 작품은커녕 꼭지글 하나 보여주지 못한 나였다. 그들도 답답했을 것이다.

영화로 만들어지지 못한 시나리오는 과녁을 빗나간 화살이고, 시나리오 작가는 무명일 따름이다. 이름을 얻는다는 건 신용을 얻는다는 것. 그것이 바로 크레딧이고 영화가 끝나면 올라오는 글씨들이다. 지인들에게 그 글씨를 보여주고 싶었으나, 쉽지 않았다.

한창 시나리오를 고치고 있는데 낯선 번호로 전화가 왔다. 지난 2년간 시나리오를 쓰면서 틈틈이 쓴 소설이 당선되었다는 소식이었다. 어떤 소식은 특허받은 숙취 해소 음료보다 탁월한 효과가 있다. 전화를 끊고 나자 맑아진 머릿속으로 여러 가지 상념이 피어오르기 시작했다. 무엇보다 가족과 친구에게 내 작품을 보여주겠다던 어제의 다짐, 아니 10년 된 다짐을 이룰 수 있게 됐다는 기쁨이 가장 컸다. 쉽지 않았으나, 지키고 싶던 약속이었다.

그날, 뿌듯한 마음을 뒤로하고 다시 시나리오를 고쳤다.

그리고 책이 나오는 지금, 시나리오는 내 손을 떠났고, 나는 세 번째 장편소설을 준비 중이다.

『망원동 브라더스』는 두 번째로 쓴 장편소설이다. 첫 번째 장편소설은 너무도 소중한 나머지 서랍 속에 숨겨둔 채 가끔 혼자 꺼내 읽는다(사실은 모든 공모전과 출판사에서 퇴짜 맞았다). 불쌍한 나의 첫사랑, 빈 서랍에 갇혔네.

시작은 2010년 초. 당시 나는 합정동 발전소 뒷길 빌라에 살고 있었다. 절두산 성지가 가까운 그곳은 숨어 있기 좋은 동네였는데, 그럼에도 눈 밝은 선후배들은 홍대와 합정에서 술잔을 기울이다 잘도 찾아오곤 했다.

그러던 어느 날 각각 다른 연령대의 사내 다섯 명이 동시에 우리 집에서 자게 됐다. 깨어나 보니 집은 대학 시절 자취방 꼴이었다. 각각은 무명작가, 만년 대학원생, 일 뜸한 번역가, 백수 기러기 아빠, 자칭 독거노인이었다. 직장인이 점심을 먹고 사무실로 돌아가는 시간에 우리는 집에서 기어나와 동네 해장국집을 찾았다. 식사를 하며 서로 사는 꼴을 돌아보니 다들 대책이 없었다. 그 대책 없음에 너 나 할 것 없이 금세 웃음꽃이 피었다. 언제 파산할지 모르는 인생들이었지만 다들 '알게 뭐람'이었고, 누가 더 불운한지 도토리 키 재기 하듯 놀려대며 웃었다.

나는 이 느긋하게 가난한 사람들에 대한 이야기가 쓰고 싶어졌다. 하지만 실제로는 느긋할 겨를이 없었기에 그해는 당장 고료가 들어오는 이야기를 쓰면서 살아야 했다.

2011년 봄. 일생 일대 시나리오(이 작품은 무려 '그해 영화로 만

들어지지 않은 베스트 시나리오 3위'에 올랐다. 물론 뻥이다!)의 집필을 마쳤다. 잠시 쉬면서 다음 작품은 무얼 써볼까 궁리하던 내 앞에 '그들'이 튀어나왔다. 나를 포함한 대책 없는 그들 말이다. 곧바로 나는 망원동 옥탑방에 그들을 투입했다. 이후로 소설 쓰기와 시나리오 작업을 병행하며 몇 계절을 더 보내야 했다.

2010년 초 합정동에서 발아된 이 작품은 2013년 초 성산동에 와서야 완성되었다. 동시에 내가 사랑하는 실재와 상상이 잘 버무려진 캐릭터들과도 작별을 고했다. 그리고…… 책 속 가장 애착을 쏟은 캐릭터와는 2010년 여름에 실제로 작별을 고했다. 그분의 옥탑방이 망원동에 있었다. 이 책으로 돌아온 그분이 많은 사람들의 기억 속에서 미소 짓고 있기를 마음속으로 빌어본다.

나는 스토리텔러다. 시나리오를 짜고 만화 스토리를 그리며 소설을 쓴다. 떠오르는 재미있는 이야기를 특성에 맞는 장르로 써내려갈 따름이다. 10년 넘게 이야기를 써오며 배우고 또 배우는 것이 있다면 바로 '진실을 이야기에 담는 기술'이다. 진실과 상관없이 기발한 이야기는 많지만 그것은 나를 감동시키지 못한다. 다른 기술들은 금세 배울 수 있지만, 진실을 담는 기술은 배웠음에도 숙달되지 않는 '늘 새로운 도구'다. 이 새로움이 내 삶을 돌아보게 한다. 내 삶을 수시로 해체하며 떨구어진 벽돌들을 모아 이야기라는 집을 짓다 보면 언젠가는 나만의 스타일을 장착할 수 있으리라 믿으며 또 쓸 뿐이다.

작품을 선정해주신 심사위원 여러분과 세계문학상 관계자 여러분께 깊이 감사드린다. 멋진 첫 책을 만들어주신 '나무옆의자' 이수철 대표님과 관계자 여러분, 감동적인 추천사를 써주신 서진, 김미월 작가님과 송해성 감독님께도 큰절을 올린다. 좋은 소설가가 되어 보답하겠다.

『망원동 브라더스』는 쓸 때도 즐거웠고, 쓰고 나서도 즐거운 소설이 됐다. 이 소설을 읽는 독자들도 부디 그러하길 희망해 본다.

책이 나오기까지 도움을 주신 소중한 분들의 이름이 엔딩 크레딧에 올라오고 있다.

잘 봐요. 당신 이름이에요.

2013년 7월
김호연

제9회 세계문학상 우수상

망원동
브라더스

초판 1쇄 발행 2013년 7월 10일
초판 27쇄 발행 2024년 7월 19일

지은이 김호연
펴낸이 이수철
주   간 하지순
디자인 최효정
마케팅 오세미, 전강산
영상콘텐츠기획 김남규
관   리 전수연

펴낸곳 나무옆의자
출판등록 제396-2013-000037호
주소 (10449) 경기도 고양시 일산동구 호수로 358-39 동문타워1차 703호
전화 02) 790-6630 팩스 02) 718-5752
전자우편 namubench9@naver.com
인스타그램 @namu_bench